MAYA RODALE

Geheimes Spiel der Liebe

Buch

Eliza Fieldings' Tage als Reporterin der *London Weekly* sind gezählt, wenn sie ihrem Arbeitgeber nicht bald eine heiße Story vorlegt. Und was könnte heißer sein als eine Story über Sebastian Digby, den mysteriösen Duke of Wycliff, der erst kürzlich von einer Reise aus dem Orient zurückgekehrt ist?

Als Hausmädchen verkleidet verschafft Eliza sich Zugang zur Residenz des Dukes, und schon bald sind die pikanten Details aus dem Leben des Dukes Stadtgespräch.

Sebastian ignoriert den Klatsch, der über ihn kursiert, denn er hat ganz andere Probleme: Er muss eine wohlhabende Braut finden, doch stattdessen zieht es ihn wie magisch zu seinem neuen Hausmädchen hin. Eliza hat eigene Geheimnisse zu bewahren, doch auch sie kann sich der Ausstrahlung des gefährlich attraktiven Dukes nicht entziehen ...

Autorin

Maya Rodale begann – auf Empfehlung ihrer Mutter – bereits auf dem College, historische Liebesromane zu lesen, und es dauerte nicht lange, bis sie anfing, selbst welche zu schreiben. Inzwischen hat sie zahlreiche Romane veröffentlicht. Maya Rodale lebt mit ihrem Hund und ihrem ganz persönlichen Helden – ihrem Mann – in New York.

Außerdem von Maya Rodale bei Blanvalet

Lady meines Herzens (37861)
Rivalen der Liebe (38179)

Maya Rodale

Geheimes Spiel der Liebe

Roman

Deutsch
von Juliane Korelski

blanvalet

Die amerikanische Originalausgabe erschien 2012
unter dem Titel »The Tattooed Duke« bei Avon Books,
an Imprint of HarperCollins*Publishers*, New York.

FSC
www.fsc.org
MIX
Papier aus verantwortungsvollen Quellen
FSC® C014496

Verlagsgruppe Random House FSC® N001967
Das FSC®-zertifizierte Papier *Holmen Book Cream*
für dieses Buch liefert Holmen Paper, Hallstavik, Schweden.

1. Auflage
Deutsche Erstausgabe Mai 2014
im Blanvalet Verlag, einem Unternehmen der
Verlagsgruppe Random House GmbH, München

Umschlagmotiv: © Johannes Wiebel | punchdesign,
unter Verwendung einer Illustration von © Chris Cocozza
und Shutterstock.com
Redaktion: Almut Werner
WR · Herstellung: cb
Satz: DTP Service Apel, Hannover
Druck und Bindung: GGP Media GmbH, Pößneck
Printed in Germany
ISBN: 978-3-442-38180-7

www.blanvalet.de

Für meine Freunde beim Rodale Institute.
Ich vermisse euch, aber Timbuktu hat gerufen.

Und
für Toni.
Meinen eigenen brillanten und stürmischen
Weltreisenden und Forscher.

XOXO,
dein Schreibmädchen, deine Frau

Kapitel 1

Der Duke kehrt zurück

London, 1825
Am Dock

Sie behaupteten, er sei Pirat gewesen. Das schien ihr auch absolut glaubwürdig, nach alledem, was sie über ihn gehört hatte. Die anderen Gerüchte über Sebastian Digby, den Duke of Wycliff, waren mindestens genauso fesselnd. Man erzählte sich, dass er sich quer durch die Länder und Kontinente einen Weg aus Verführung und Verzauberung gebahnt habe. Und man munkelte, dass es kein Gesetz gebe und keine Frau existiere, die er nicht dazu bewegen könne, sich seinen Launen zu beugen. Er soll unter den Eingeborenen in Tahiti gelebt und vollkommen nackt in dem klaren türkisfarbenen Wasser geschwommen sein. Am anderen Ende der Welt soll er den nassen und kältesten Gefängnissen entkommen sein und sich anschließend ausgiebig im Harem eines Sultans amüsiert haben.

Ein Gentleman war er jedenfalls eindeutig nicht.

Und jetzt war dieser charmante, abenteuerlustige, skandalöse Duke nach Hause zurückgekehrt. Nach London.

Miss Eliza Fieldings hatte sich der Menschenmenge angeschlossen, die sich am Dock drängte, um Augenzeuge der lange erwarteten Rückkehr dieses Dukes zu werden. Die Anweisung dazu war von ihrem Arbeitgeber Mr. Derek Knightly gekommen. Sie schrieb für die ungeheuer beliebte Zeitung *London Weekly*, die ihm gehörte und für die er sich als Herausgeber verantwortlich zeigte. Tatsächlich war sie eines der vier berühmten Schreibfräulein, die für die Zeitung schrieben. Im Augenblick jedenfalls noch.

Wenn sie diese Story allerdings nicht bekam …

Eliza zog sich die Haube tiefer in die Stirn, um sich vor dem leichten Nieselregen zu schützen, der unverdrossen fiel. Die Hände vergrub sie tief in den Taschen ihres Mantels.

»Wenn Sie diese Story nicht bekommen«, hatte Mr. Knightly ihr rundheraus mitgeteilt, als sie gestern vor ihm gestanden hatte, in seinem Büro in der Fleet Street, »wenn Sie diese Story nicht bekommen, dann kann ich Sie nicht länger als Autorin für die *London Weekly* beschäftigen. Ich kann ihr Gehalt einfach nicht mehr rechtfertigen, wenn Sie keine veröffentlichungswürdige Arbeit abliefern.«

Das war nur absolut logisch – hier ging es schließlich ums Geschäft. Trotzdem fühlte es sich für Eliza an, als wäre sie von einem Liebhaber betrogen worden.

Knightly brauchte sie nicht extra darauf hinzuweisen, dass sie in letzter Zeit keine anständigen Storys mehr geliefert hatte. Aus Wochen der Flaute waren Monate geworden, und seither war kein einziger Artikel aus ihrer Feder in der Zeitung erschienen.

Oh, dabei schrieb sie die wunderbarsten Storys – wenn sie nur die Gelegenheit dazu bekam und ihr niemand dazwischenfunkte! Eine Woche lang hatte sie sich zum Beispiel verdeckt im Arbeitshaus eingeschlichen, um die erbärmlichen Lebensbedingungen dort zu dokumentieren. Oder ihre Exklusivinterviews mit den zum Tode verurteilten Gefangenen in Newgate! Einmal hatte sie sogar detailliert beschrieben, wie es in einem Bordell zugeht – um zu zeigen, wie das Leben als Prostituierte wirklich war. Wenn es eine Wahrheit gab, die ans Licht gebracht werden musste, dann war Eliza die Richtige dafür! Wenn Abenteuer, Gefahren und die dunkle Seite Londons damit zu tun hatten, umso besser.

In letzter Zeit war sie nur leider nicht besonders inspiriert gewesen. Die Worte wollten einfach nicht kommen, wenn sie mit der Feder in der Hand an ihrem Schreibtisch saß. Stundenlang starrte Eliza das leere Papier an und hatte am Ende doch nur sinnlose Tintenkleckse darauf verteilt.

Aber diese Story …

Knightlys Auftrag war denkbar einfach: Sie sollte jedes noch so kleine Geheimnis des Dukes of Wycliff enthüllen. Ganz London gierte nach den intimen Details seiner zehn Jahre währenden Reise. Es war nicht nur der Umstand, dass er ein *Duke* war – und der Letzte in der langen Ahnenreihe der »wüsten Wycliffs«, wie man die Familie auch gerne bezeichnete. Ach, allein *das* würde bereits eine ganze Spalte füllen. Aber all die Gerüchte, die hinzukamen …

War er wirklich ein Pirat gewesen? Stimmte das mit dem Harem? Hatte man ihn tatsächlich zum Häuptling eines kleinen Eingeborenenstammes auf einer abgelegenen Insel in Polynesien erhoben? Welche Berge hat er bestiegen, welche Flüsse durchschwommen, welche Länder entdeckt? Viel wichtiger für die Londoner Gesellschaft war jedoch die brennendste aller Fragen: War er auf der Suche nach einer Frau?

Es gab viele Rätsel zu ergründen. Und sie sollte die Antworten finden. *Nur wie*?

»Aber wie?«, hatte sie Knightly gefragt, als er sie mit ihrem neuen Auftrag vertraut gemacht hatte. »Er ist ein Duke, und ich bin weit davon entfernt, in seinen Kreisen zu verkehren.«

Julianna, die Countess Roxbury, ihre Redaktionskollegin und Inhaberin einer Klatschkolumne, war für diese Aufgabe ja wohl viel besser geeignet.

»Wollen Sie diese Geschichte etwa nicht?«, hatte Knightly ungeduldig gefragt und auf den Stapel Papier auf seinem Schreibtisch gestarrt, der nach seiner Aufmerksamkeit verlangte.

»Oh, natürlich will ich sie machen«, hatte Eliza leidenschaftlich gesagt – und dabei war es ihr keine Sekunde um das Geld gegangen. Knightlys Bezahlung war angemessen, aber nicht allzu üppig. Es ging ihr beim Schreiben um mehr: Es war etwas Besonderes, zu den Schreibenden Fräulein zu gehören. Eine von ihnen zu sein, dazuzugehören, bedeutete wahre Freundschaft, das erregende Gefühl, die Fesseln abzustreifen und etwas zu tun, was einer Frau in dieser Zeit eigentlich unmöglich war, das Vergnügen, einer großen Story hinterherzujagen, und der Spaß am Schreiben, auch wenn der Prozess selbst manchmal noch so quälend sein konnte.

Vor allem aber verdiente Eliza sich dank ihres eigenen Verstands den Lebensunterhalt, bewahrte ihre Würde und musste sich von niemandem aushalten lassen. Dieses Privileg würde sie nicht leichtfertig aufgeben.

»Denken Sie sich was aus«, hatte Knightly gesagt. »Werden Sie seine Mätresse, bestechen Sie das Personal! Oder noch besser: Verkleiden Sie sich als eines der Hausmädchen. Es ist mir egal, *wie* Sie es schaffen, aber *besorgen Sie mir diese verfluchte Story!*«

Knightly brauchte nicht hinzuzufügen »Sonst …« oder irgendwelche beiläufigen Drohungen auszusprechen, um seinen Standpunkt zu verdeutlichen. Die Wahrheit war glasklar und eindeutig: Diese Geschichte war ihre allerletzte Chance, etwas Großartiges zu schreiben. Sonst würde es bald nur noch drei Schreibende Fräulein geben.

Darum stand Eliza jetzt hier am Dock inmitten der Volksmenge. Die Londoner verrenkten sich den Hals, um den lange vermissten Piratenduke zu sehen.

Zunächst wurden aber nur alle möglichen Kuriositäten von Bord des Schiffes geschleppt: exotische Tiere, herrliche Blumen und Pflanzen, Dutzende angeschlagene Kisten, in deren Holzbretter *GEFÄHRLICH* oder *ZERBRECHLICH* oder *ENTZÜNDLICH* eingebrannt war.

Auf alle Fälle war bereits das schon sehr interessant, fand Eliza. Aber sicher nichts im Vergleich zu dem Mann selbst, der nun hoffentlich bald auf die Bildfläche treten würde.

Vermutlich würde einfach alles an ihm einen Skandal hervorrufen …

Und dann sah sie ihn.

Seine dunklen Haare waren unmodisch lang und reichten ihm bis zu den Schultern. Er hatte sie bis auf ein paar vereinzelte Strähnen, die der Wind gelöst hatte und die seine scharfen Wangenknochen umspielten, zu einem Zopf zusammengebunden.

Seine Haut war immer noch sonnengebräunt – ein aufreizendes Stückchen Haut blitzte am Halsausschnitt auf, den ein Gentleman sicher verhüllt hätte. Eliza fragte sich unwillkürlich, wie viel von seiner Haut der glühenden

Tropensonne ausgesetzt gewesen war. Hatte er sich bis auf die Hose ausgezogen und die Brust vollständig entblößt? Oder waren all seine Kleider überflüssig gewesen, und er hatte sie vollständig abgelegt?

Der Duke of Wycliff trug keine Krawatte; stattdessen standen die Knöpfe des Leinenhemds offen und gewährten den Neugierigen einen Blick auf seine Brust. Die graue Jacke trug er nachlässig offen, als bemerke er den Nieselregen überhaupt nicht.

Wenn er sich bewegte, konnte man sehen, dass er ein Schwert an die Seite gegürtet hatte, woraus Eliza schloss, dass man davon ausgehen durfte, dass er außerdem ein Messer im Stiefel oder eine Pistole in der Jackentasche trug.

Die Story. Die Story, die Story, die Story!

Selbst an diesem nasskalten Nachmittag hatte Eliza das Gefühl, ihre Nerven würden einfach zerreißen. In Flammen aufgehen, gleichermaßen vor Erregung und vor Angst. Es war dasselbe altvertraute Gefühl, das sie immer zu Beginn einer Mission packte. Aber dieses Mal war da noch etwas anderes.

Irgendwas machte sie atemlos. Irgendwas ließ Eliza am ganzen Körper eine unerklärliche Hitze spüren, obwohl es so feucht und kalt hier draußen war. Irgendwas machte es ihr plötzlich schrecklich schwer durchzuatmen. Irgendwas machte es ihr unmöglich, den Blick von diesem Mann loszureißen. Von dem hinreißenden Duke. Von der *Story.*

Zwei Männer neben ihr in dunklen, rauen Mänteln begannen ein Gespräch, das Eliza einfach belauschte. Ihr war jedes Mittel recht, um an Informationen über den Duke of Wycliff heranzukommen. Dabei behielt sie ihr Opfer jedoch permanent im Blick. Sie beugte sich leicht vor, um die beiden schroffen Stimmen besser zu verstehen.

»Hab gehört, sein Haushalt stellt wohl grad Leute ein, aber die Mädels stehen nicht grad Schlange für den Job. Ich hab meiner Schwester jedenfalls gesagt, dass sie unter keinen Umständen eine Arbeit bei dem Kerl annehmen darf, ob's nun der Haushalt eines Dukes ist oder nicht.«

»Aye? Wieso das?« Die Haltung und der Tonfall des Anderen deuteten darauf hin, dass er glaubte, es sei dumm, so einen Job abzulehnen. Besonders wenn er von einem Duke angeboten wurde.

»Jeder weiß, dass die wüsten Wycliffs gerne ihre Dienstmädchen bespringen und sie in die Wüste schicken, sobald sie ein Kind von ihnen erwarten«, sagte der Erste bestimmt. Eliza fragte sich, wo er das wohl aufgeschnappt haben mochte. Vermutlich hatte es in der *London Weekly* gestanden.

»Mehr als andere?«, fragte der Andere. Er schien mit diesem Vorgehen eines Dienstherren durchaus vertraut zu sein.

»Aye, die sind berüchtigt dafür. Heißen ja nicht umsonst die *wüsten Wycliffs*. Und besonders der hier. Schau ihn dir doch nur an! Würdest du wollen, dass deine Schwester oder dein Weib seine Arbeitszeit unterm selben Dach verbringt wie der?«

Gleichzeitig richteten alle drei den Blick auf den Duke. Er marschierte gerade selbstbewusst über die Deckplanken seines Schiffs. Sein Mantel stand offen und setzte ihn den Elementen aus. Inzwischen klebte das weiße Hemd nass an der breiten flachen Brust und dem Bauch des Neuankömmlings. Hitze stieg in Elizas Wangen – und an eine andere Stelle auch.

Der Duke blieb kurz stehen, um mit einem wild aussehenden Mann zu reden, der einen Arm in der Schlinge trug und über einem Auge eine Klappe. *Die personifizierte unehrenhafte Begleitung*, schoss es Eliza durch den Kopf, und eine sanfte Röte überzog ihre Wangen.

Jetzt drehte der Duke sich um und gab der Mannschaft einen Befehl, die derweil seine wertvolle Fracht weiter von Bord brachte. Eliza wusste, dass er nicht der Kapitän des Schiffes war, *aber verflixt noch eins*, er verhielt sich so, als sei er Herr und Meister über alles, was um ihn war. *Alles und jeden.*

Zu behaupten, der Duke sei attraktiv, wurde ihm nicht gerecht, das erkannte Eliza sogar auf die Entfernung. Er war viel mehr: nämlich unglaublich fesselnd. In der Tat, ein gefährlicher Mann.

»Nein«, sagte jetzt der Mann neben ihr. »Ich würd nicht wollen, dass irgendwer von meinem Weibsvolk nur in die Nähe von so einem kommt.«

Eliza lächelte, denn ihr war ein Plan in den Sinn gekommen: *Sie* würde es riskieren, sich ihm zu nähern. Sie dachte wieder an Knightlys beiläufige und ungeduldige Bemerkung. *Oder noch besser: Verkleiden Sie sich als eines der Hausmädchen.*

Ihr Herz hämmerte, als sie diese Idee mit dem Gerücht zusammenbrachte, das ihr soeben zu Ohren gekommen war. *Ich hab gehört, sein Haushalt sucht nach Dienstmädchen, aber die Mädels stehen wohl nicht grad Schlange für den Job.*

Erregtes Zittern durchflutete ihren Körper. Dieser wohlig-anregende Nervenkitzel der Jagd. Ja, sie würde es wagen. Immerhin ging es hier um ihren Job, der auf dem Spiel stand.

Besorgen Sie die Story, besorgen Sie die Story, besorgen Sie die Story …

Auf der Stelle traf Eliza eine Entscheidung. Um ihre Stellung als eines der Schreibenden Fräuleins bei der *London Weekly* zu behalten, würde sie sich als Dienstmädchen verkleidet im Haushalt des skandalösen und verruchten Dukes of Wycliff einschleichen. *Ja, bei Gott, das würde sie tun.*

Bereits am nächsten Tag stand sie in einem schlichten Kleid und mit gefälschten Empfehlungsschreiben von ihren Freundinnen, den anderen Schreibenden Fräulein, der Duchess of Brandon und der Countess Roxbury, vor der Tür von Wycliff House. Dort stellte man sie sofort ein. Ohne weiter nachzufragen. Es war eine Sache von zehn Minuten.

Schon kurz darauf staubte sie die Bücherregale ab und wusste es so einzurichten, dass Ihro Gnaden just zu diesem Zeitpunkt einen Besucher in der Bibliothek empfing. Hier hatte sie uneingeschränkten Zugang zum Duke, seinem Haushalt und seinen Geheimnissen … Und garantiert schon bald auch zu der schockierenden Geschichte, die sie so dringend brauchte, um weiterhin als Autorin bei der *London Weekly* beschäftigt zu sein.

Kapitel 2

In dem es nackt zugeht

Wycliff House

Kaum vierundzwanzig Stunden nach seiner Rückkehr auf englischen Boden hatte Sebastian Digby, der junge Duke of Wycliff, einen ersten Besucher. Sein idiotischer Cousin Basil hatte ihn heimgesucht – angeblich, um ihm den gesellschaftlichen Wiedereinstieg zu erleichtern. Zu Sebastians Entsetzen hatte Basil ein ganzes Jahrzehnt Klatschgeschichten im Gepäck und verfügte leider über die beklagenswerte Fähigkeit, Interessantes nicht von Unwichtigem unterscheiden zu können. Und so zog sich der Besuch mittlerweile über Stunden hin.

Sebastian – der sich immer noch nicht daran gewöhnt hatte, den Namen Wycliff zu tragen, fühlte sich nur allzu deutlich an die Zeit erinnert, als er in einem ägyptischen Gefängnis zusammen mit einem Mann eingesessen hatte, der darauf bestanden hatte, ihm die lange, quälend langweilige Geschichte zu erzählen, wie er Vieh in der Wüste gehütet hatte. Basils Gesellschaft und seine Gesprächsthemen waren mindestens genauso einschläfernd.

Trotzdem nahmen die beiden in guter englischer Tradition vor dem Kamin ihren Tee ein. Es war wieder einer dieser feuchten, grauen Märznachmittage, die Sebastian während der letzten Jahre so ganz und gar nicht vermisst hatte.

Gelangweilt ließ er den Blick schweifen. Ein Dienstmädchen staubte die Bücherregale ab. Sie hatte einen sehr hübschen Rücken, stellte er erfreut fest. Das war aber auch so ziemlich das Einzige, was ihn mit diesem Nachmittag versöhnte.

Basil faselte derweil unverdrossen weiter. Er berichtete von allen großen Skandalen – von Hochzeiten, einer Scheidung, Duellen und Todesfällen – und erwähnte beiläufig gewisse Neuigkeiten bezüglich Lady Althea Shackley. Bei der Erwähnung ihres Namens rutschte Wycliff unangenehm berührt auf seinem Stuhl herum, was sein Cousin geflissentlich ignorierte.

Dann kam Basil auf die Gläubiger zu sprechen, die dem Haushalt zunehmend zusetzten und die inzwischen schon vor dem Anwesen herumlungerten. Die Nachricht, der Duke sei zurückgekehrt, hatte sich wie eine Seuche verbreitet, und auf einmal krochen Horden von Kaufleuten aus dem Gebälk und verlangten Zahlungen, die man ihnen angeblich noch für ihre Dienste am verstorbenen Duke schuldete oder die sich angehäuft hatten, während Wycliff auf der anderen Seite der Welt das Abenteuer suchte.

Wycliff wusste, dass er über kurz oder lang etwas dagegen unternehmen musste. Wahrscheinlich würde er sie ganz einfach bezahlen müssen. Oder rasch mit unbekanntem Ziel verreisen.

Er tendierte zu letzterer Möglichkeit. Timbuktu kam ihm reizvoll vor.

»Wir haben dich ja alle schon für tot gehalten«, fing Basil an. »Obwohl es immer mal wieder Gerüchte gab.«

»*Wir?*«

»Nun, ich, mein Weib, der Rest der Gesellschaft«, erklärte Basil. »Aber dann hörten wir ja all die Geschichten über deine Abenteuer und deinen Verbleib. Immer mal wieder. Und immer kamen sie von einem anderen Erdteil. Stimmt es wirklich, dass du eine Woche lang in einem Harem gelebt und an die hundert Konkubinen des Sultans vernascht hast?«

Die Gerüchteküche brodelte wohl auch auf die Entfernung munter vor sich hin.

Jetzt verlangsamte das Mädchen mit dem hübschen Hintern sein Tempo beim Staubwischen. Es schien beinahe, als versuche es zu lauschen. Das vermutete Sebastian zumindest, und er konnte es ihr nicht einmal verübeln: Jeder würde das an ihrer Stelle tun. Basil konnte noch so stumpfsinnig sein, aber er war sicher spannender als Staubwischen.

Wycliff grinste bei der Erinnerung an die eine herrliche Nacht hemmungsloser Leidenschaft, die durch die drohende Entdeckung nur noch zusätzlich entfacht worden war. Manche Dinge waren es eindeutig wert, Leib und Leben dafür zu riskieren.

»Es war nur diese eine Nacht«, stellte er klar.

Das Dienstmädchen hüstelte.

Aha, sie lauschte also. Und rechnete vermutlich gerade nach, was hundert Frauen in einer Nacht wohl für einen Schnitt bedeuteten.

»Das sind genau die Gerüchte und Geschichten, bei denen die Mütter der Gesellschaft durchdrehen werden«, bemerkte Basil. Er biss in einen Keks und wischte die Krümel von seiner rotbraunen Weste.

»Diese Wirkung habe ich nun einmal auf sie«, antwortete Sebastian. »Ist ja nichts Neues, oder?«

Das war schon immer so gewesen. Seit Generationen waren die Wycliffs berüchtigt für ihre Freizügigkeit und ihre recht laxen Moralvorstellungen. Es gab wohl kaum eine unverschämtere, ausschweifendere und unbekümmertere Sippe in Englands Geschichte. Die Männer waren bekannt dafür, mit den Dienstmädchen anzubandeln, ein Vermögen für ihre Mätressen auszugeben und ganz allgemein und über einen Kamm geschoren, ein betrunkener, undisziplinierter Haufen zu sein. Merkwürdigerweise neigten sie dazu, ernste, praktisch veranlagte und kühle Frauen zu heiraten. Die Sorte Frauen also, die man für fähig hielt, unter Umständen eine gewisse Ordnung zu schaffen, im Kleinen wie im Großen, und ein zivilisiertes Verhalten von ihren Gatten einzufordern. Gelungen war es bisher allerdings keiner von ihnen.

Seine eigenen Eltern bildeten da keine Ausnahme. Was Sebastian aber bislang niemandem erzählt hatte und was er auch tunlichst für sich behalten würde: Wie durch ein Wunder hatte er die unnachgiebige Selbstkontrolle seiner Mutter geerbt, und diese kämpfte ständig mit seinem wüsten Wycliff-Blut.

»Ich vermute, es braucht nicht viel, um die Gesellschaft zu verärgern«, räumte Basil jetzt ein. Er schlug eindeutig nach der anderen Seite der Familie. Der stumpfsinnigen. »Und was hat es mit den Gerüchten auf sich, du wärst Pirat gewesen?«

»Was soll mit denen sein?«, fragte Wycliff und hob anzüglich die Brauen, um seinen Cousin zu provozieren. *Eigentlich sollte ich Harlan einladen, sich zu uns zu gesellen*, dachte er. Basil wäre beim Anblick der Augenklappe, der Armverletzung und der Piratenverkleidung des Mannes sicher fassungslos und würde sich fragen, wie der Papagei die Reise von Fidschi nach Wycliff House in London nur überlebt hatte.

»Willst du sie nicht abstreiten?«, wollte Basil wissen. »Ich meine ja nur. Du weißt doch, wie viel getratscht wird.« Seine Stimme war schrill vor Freude. »Und erzähl doch mal von Tahiti. Ich habe gehört, dort habe man dich schließlich aufgefunden.«

»Warmes kristallblaues Wasser, das an weißen Sandstränden glitzert, täglich Sonnenschein, nackte oder kaum bekleidete Frauen. Nach einer Weile kann's schon langweilig werden«, sagte Wycliff und zuckte mit den Schultern.

Monroe Burke, sein Freund und Rivale, hatte ihn nach mehrmonatiger Suche schließlich dort aufgefunden und ihm die Nachricht überbracht, dass der bisherige Duke verstorben sei und Sebastian gut daran täte, nach einem Jahrzehnt außer Landes endlich wieder in die Heimat zurückzukehren.

»Du hast dich in einem Tropenparadies gelangweilt und bist nach England zurückgekehrt, um dein Herzogtum zu beanspruchen«, erklärte Basil. »Hmpf.«

»So ist eben das Leben …«, meinte Wycliff nur. Er sollte sich wohl wegen seiner Reisen und Abenteuer schuldig fühlen – das war es doch, was Basil ihm zu verstehen geben wollte –, aber darauf hatte er keine Lust. Er wusste, er sollte seinen verfluchten Sternen danken, dass er als Duke geboren war. Aber es fühlte sich für ihn meist eher wie eine Last an und nicht wie ein Segen. Stattdessen ging Sebastian dem nach, was ihn wirklich interessierte, und er ließ das Herzogtum gnadenlos links liegen. War das denn wirklich ein Verbrechen? War das verantwortungslos und frevelhaft? Oder führte er einfach nur ein gutes Leben?

Das Dienstmädchen schaute über die Schulter, und obwohl er ihr Gesicht nur im Profil sehen konnte, bemerkte Sebastian ihren finsteren Blick. Diesen und die zarten, englischen Gesichtszüge zu der sahnig weißen Haut. Sie war entzückend. Diese pinkfarbene, kleine Knospe von einem Mund. Die dunklen Haare, die zu einem straffen Knoten im Nacken aufgesteckt waren. Wycliff wollte mehr von ihr sehen. Er wollte ihre Augen sehen.

»Nun, dann wünsche ich dir viel Glück bei der Rückkehr in die Gesellschaft«, sagte Basil und warf einen kritischen Blick auf Wycliffs Aufzug. »Du wirst dir vorher selbstverständlich die Haare schneiden müssen. Oh, und mit diesem … mit diesem *Ohrring* wirst nie in den Almack's eingelassen werden.«

Sebastian musste schmunzeln. Basil hatte wirklich keine Ahnung. Der kleine, goldene Reif – unter Seeleuten die traditionelle Art, Geld für ihr Begräbnis zu sparen – war in dieser Hinsicht noch das geringste Problem. Während seiner Reisen hat er sich so manchen Schmuck zugelegt …

»Da bin ich nun an all diese Orte gereist; von Afrika bis nach Australien hat mich die Abenteuerlust geführt. Und der einzige Ort, der mir verwehrt bleiben soll, ist Almack's?«, knurrte Wycliff. »Das ist ja nun wirklich allzu schade.«

Das Mädchen konnte sich ein giggelndes Lachen nicht verkneifen. *Es war eindeutig, sie lauschte*!

»Wenn du eine Frau und irgendwann auch einen Nachfolger willst, wirst du zu Almack's gehen müssen. Bring es hinter dich, oder alles wird eines Tages an *mich* gehen«, sagte Basil mit einem Hauch Schadenfreude in der Stimme. »Das würde meinem Eheweib wohl gefallen.«

Wycliff blickte zu dem Dienstmädchen herüber, das die Augenbrauen hob, als wolle es sagen nun-kümmere-dichdoch-um-Himmels-Willen-schleunigst-um-eine-Ehefrau-ehe-du-ein-ganzes-Herzogtum-ausgerechnet-in-*Basils*-Hände-fallen-lässt.

»Nicht, dass es da besonders viel zu erben gäbe, wenn man sich die bemitleidenswerten Gläubiger anschaut, die an deine Tür kratzen«, fügte Basil leicht gehässig hinzu. »Trotzdem würde mein Weib sich freuen, Duchess zu werden.«

Wycliffs Miene verfinsterte sich. Dann fiel ihm aber wieder ein, wie wenig es ihn stören würde, wenn Basil alles erbte, weil er bis dahin ja ohnehin längst tot wäre. Ehrlich gesagt entsprach das auch ganz der Tradition der Wycliffs. Die da lautete: Mach dir keine Sorgen, die Erben können das ganze Chaos doch lösen mit den bis unters Dach belasteten Landgütern, den wild wuchernden Schulden, den aufmüpfigen Pächtern und so weiter und so fort.

Mistkerle.

Das Mädchen staubte unverdrossen und gründlich weiter die Regale ab – war das etwa all die Jahre nicht gemacht worden? – und bewegte sich jetzt auf seinen Schreibtisch zu. Weil er so gelangweilt war und weil er sich nach einer Frau verzehrte, starrte Wycliff ihr völlig ungeniert auf den Hintern und die sanduhrförmigen Hüften. Ihre Augen allerdings konnte er immer noch nicht sehen. *Ihre Augen, ihre Augen. Er wollte so gerne ihre Augen sehen. Die Augen verrieten einem Mann so viel über eine Frau ...*

»Du musst dir unter allen Umständen eine Frau suchen, und wenn es nur wegen des Geldes ist«, fuhr Basil fort.

Wycliff widersprach ihm nicht.

»Zuerst musst du dir die Haare schneiden, dann musst du in die Saville Row und dir was Anständiges zum Anziehen besorgen ...«

Wycliff sah an sich herab. Was war falsch an seinem Aufzug? Er trug eine schlichte Wildlederhose und ein Hemd. Nun gut, der Kragen stand offen, und die Ärmel waren hochgekrempelt. Seine Stiefel waren vielleicht ein wenig in Mitleidenschaft gezogen. Sie hatten ihn durch ganz Afrika getragen, waren über die Deckplanken Dutzender Schiffe gestampft, durch Sümpfe und Seen gewatet. Wenn er ehrlich war, sahen seine Sachen wirklich aus, als hätten sie so viel durchgemacht. So viel und noch einiges mehr.

»Ich dachte bisher, es würde genügen, dass ich ein Duke bin«, unterbrach Sebastian seinen Cousin jetzt rüde.

»Manchmal genügt das auch«, antwortete Basil. »Aber wenn du verzweifelt bist …«

»Ich bin nicht verzweifelt.«

Tatsächlich hatte Sebastian nicht vor, sich zu binden. Vielmehr hatte er ganz andere Pläne für seinen Aufenthalt in England. Hier hielt ihn nur die Notwendigkeit, dass er eine neue Expedition planen und das Geld dafür auftreiben musste. Sobald das geschehen wäre, würde er erneut Segel setzen und zu neuen Ufern aufbrechen. Aber das würde Basil nicht hinnehmen, weshalb Sebastian gar nicht erst versuchte, seinen Cousin davon zu überzeugen. Stattdessen ließ er ihn einfach weiterreden.

»Du solltest dir trotzdem eine Frau suchen«, redete Basil auf ihn ein. »Ich würde mich freuen, wenn ich dich dabei unterstützen dürfte. Dich überall vorstellen und so weiter.«

Würde ich allen Ernstes planen, mir eine Frau zu suchen, überlegte Wycliff, *wäre es der größte Fehler, meinem idiotischen Cousin davon zu erzählen*. Dieser Weg, ahnte er, führte sicher nur zu katastrophalen Kuppelversuchen und anderen Abscheulichkeiten in den besten Kreisen.

»Ich danke dir, Cousin Basil. Das ist zu freundlich von dir.«

Zu diesen abschließenden Worten schlürfte Basil einen letzten Schluck Tee, stellte dann die Tasse ab und stand auf, um endlich zu gehen.

Wycliff seufzte auf. Der Besuch war beendet, und gleich würde er sich wieder der Aufgabe widmen können, sich in seinem Heimatland zu akklimatisieren. Die Bordelle wären ein guter Anfang dafür, beschied er.

Basil schlenderte durch das Arbeitszimmer und verlangsamte seine Schritte, als er zum Schreibtisch kam. Wycliff unterdrückte einen Fluch.

»Sieh nicht hin«, murmelte Wycliff.

Basil schaute hin. Natürlich schaute er hin.

»Hör mal, sind diese Zeichnungen von deinen Reisen?«, rief sein Cousin jetzt begeistert. Er nahm sich sogar die Freiheit heraus, eine hochzunehmen, um sie sich genauer anschauen zu können.

»Verdammt, Cousin! Was zum Teufel …« Basils Augen fielen ihm fast aus dem Kopf.

Es war das Porträt eines Mädchens namens Miri. Sie hatte ihm die Gnade zuteil werden lassen, sie bis zu den Tätowierungen zeichnen zu dürfen, die ihre Hände bedeckten. Und mit diesen Händen umfasste sie ihre vollen, üppigen Brüste. Sie lachte auf dem Bild, doch Sebastian konnte sich beim besten Willen nicht mehr daran erinnern, was so lustig gewesen war. Und er würde es nie erfahren, wenn er nicht zurücksegelte und sie fragte.

Er ignorierte den stechenden Schmerz der Sehnsucht, die sich fast wie Heimweh anfühlte.

»Tätowierungen«, erklärte Wycliff. »Das ist eine tahitische Sitte, bei der scharfe Knochen Tinte unter die Haut klopfen. Es dauert tagelang und ist eine unglaublich schmerzhafte Prozedur …« Er verstummte, weil Basils Haut eine grünliche Färbung annahm, die zu seiner Weste recht apart aussah.

Das Dienstmädchen reckte den Hals, um ebenfalls einen Blick auf die Zeichnung zu erhaschen. Sebastian grinste und gestattete ihr diese Neugier. Ihre Augen weiteten sich vor Schreck, als sie das Motiv erkannte, und sie blickte fragend zu ihm auf.

Dieser Blick raubte ihm den Atem und fegte das Lächeln von Wycliffs Gesicht. Blau. Ihre Augen waren graublau wie der Ozean, nach dem er sich so sehr verzehrte.

»Ich vermute, solche Sitten muss man wohl von den Wilden erwarten«, sagte der idiotische Cousin.

Wycliff verdrehte die Augen.

»Sie sind keine Wilden, Basil. Das sind einfach Leute, die zufällig nach einem völlig anderen kulturellen Konzept leben«, erklärte er ungeduldig.

»Natürlich hast du aufgrund deiner Reisen eine völlig verquere Einstellung zu dem Thema. Aber es ist doch wirklich offensichtlich, dass niemand auf der Welt die Briten übertrifft«, antwortete Basil und blätterte durch die anderen Bilder.

Du blätterst gerade in den privaten Bildern eines anderen, du idiotischer Kerl.

Das Dienstmädchen biss sich auf die Lippe. Sie wollte etwas sagen, und Wycliff interessierte sich brennend für ihre Meinung.

»Na, das ist ja mal 'ne Wucht«, sagte Basil und bezog sich damit auf ein Aquarell, das Orama zeigte. Eine wunderschöne Frau mit weichen Lippen und einer wärmenden Umarmung, die ihm erlaubt hatte, ihren nackten Körper zu zeichnen, als sie wie Aphrodite aus dem Ozean stieg und das türkisfarbene Wasser ihre Hüften umspülte. Sie war atemberaubend, und es war ein widerlicher Irrtum, dass sein idiotischer Cousin Basil ungestraft eine so natürliche Schönheit betrachten durfte.

Aus dem Augenwinkel sah Wycliff, wie die Wangen des kleinen Dienstmädchens sich rosig färbten. Er hatte vergessen, wie begehrenswert prüde und anständig englische Frauen sein konnten.

Wycliff nahm Basil das Blatt aus der Hand und raffte die anderen Bilder an sich. »Du redest von Anstand, dem man angeblich nur in England begegnet. Dafür verhältst du dich aber ziemlich unanständig und durchwühlst die persönlichen Sachen eines anderen.«

»Wie wahr, wie wahr«, lenkte Basil ein. »Ich bitte vielmals um Entschuldigung. Aber man ist eben immer so neugierig auf alles Exotische. Du musst mich mal in meinen Club begleiten, Cousin, um dort meinen Freunden von deinen Reisen zu erzählen!«

Wycliff murmelte irgendwas, das als Zustimmung gedeutet werden konnte, obwohl er nicht den Wunsch verspürte, in einem alten, muffigen Club mit alten, muffigen Männern zusammenzusitzen.

Nach viel Gewese verabschiedete Basil sich doch, und Wycliff war mit dem Mädchen allein. Sie knickste verlegen vor ihm, murmelte »Euer Gnaden« und fragte, ob sie ihm irgendwie zu Diensten sein könne. Und das alles mit diesem kleinen, rosigen Mund … Wüste Gedanken gingen ihm durch den Kopf, doch die würde Sebastian jetzt nicht aussprechen, obwohl es typisch für einen wüsten Wycliff wäre, solche Gedanken zu äußern.

»Wenn ich die Fähigkeit besäße, die Zeit zurückzudrehen, hätte ich gerne diese Stunde meiner Lebenszeit zurück«, sagte er deshalb nur ehrlich.

»Wenn ich die Fähigkeit besäße, die Zeit zurückzudrehen, bräuchte ich Euren Lohn nicht«, erwiderte sie scharf und sammelte das Teegeschirr ein. Eigentlich eine einfache Aufgabe, sollte man meinen, aber die Porzellantassen klapperten derartig auf den Untertassen, und die Silberlöffel rutschten so unbeholfen über das Tablett, dass Sebastian berechtigte Zweifel an ihrer Befähigung als Dienstmädchen hegte. Zu all ihrem Unglück verschüttete sie auch noch die Milch. Außerdem fluchte sie leise, was ihn sehr amüsierte. Entweder war sie Harlan bereits über den Weg gelaufen, oder sie hatte selbst keine Bilderbuch-Vergangenheit.

Bisher war dieses kleine Dienstmädchen mit den meerblauen Augen und der gesalzenen Sprache das Einzige, was in England wirklich interessant war.

»Wie heißt du?«, fragte Simon.

Sie zögerte, ehe sie antwortete: »Eliza.«

Ihre Hände waren mit dem Teetablett beladen, so dass sie nur einen knappen, ungeschickten Knicks zustande brachte, ehe sie verschwand. Auf dem Weg nach draußen gönnte sie ihm jedoch noch einen wunderbaren Blick auf ihre Kehrseite.

Sobald sie verschwunden war, zog Wycliff den Schlüssel von dem Lederband, das er um den Hals trug, und schloss damit die Tür auf, die von der Bibliothek direkt in einen weiteren Raum führte, den man nur auf diesem Weg erreichte. Hier bewahrte er all die Dinge auf, die niemand zu Gesicht bekommen sollte. Noch nicht.

Kapitel 3

In dem Ihro Gnaden nackt ist

Später am Tag, Abenddämmerung

Eliza stand vor der Tür zum Schlafgemach des Dukes of Wycliff und nahm all ihren Mumm zusammen. Gleich würde sie schwungvoll und vor allem unangekündigt den Raum betreten. Das war zumindest der Plan.

Ihro Gnaden saß in der Badewanne. Nackt.

Es war nun nicht so, dass Eliza noch nie einen nackten Mann gesehen hätte. Sie war nicht gerade als behütetes Fräulein aufgewachsen.

Das Protokoll, das so eine Situation erforderte, war ihr trotz alledem jedoch nicht vertraut. Ein nackter Duke in der Badewanne und ohne Handtuch. Vermutlich sollte sie das Zimmer gar nicht betreten. Handtuch hin oder her. Oder womöglich doch? Weil sie nie mit Dienstboten aufgewachsen war und bislang noch nie selbst Dienerin gewesen war, musste Eliza alles, was dieser neue Job ihr abverlangte, auf die harte Tour lernen.

Sie hatte diese verfluchte Badewanne gefüllt, hatte gemeinsam mit einem anderen Hausmädchen namens Jenny die schweren Eimer mit heißem Wasser einzeln die drei Stockwerke hochgeschleppt. Ihre Aufgabe war es, schnell genug zu sein, damit das Wasser noch warm war, wenn

Ihro Gnaden die Wanne bestieg (aber zugleich nicht so schnell, dass es überschwappte). Es war wirklich schrecklich. *Möge der Duke sein verdammtes Bad gefälligst genießen!*, dachte Eliza ärgerlich. Genug Arbeit es herzurichten, war es jedenfalls.

In all der Eile und dank ihrer Unerfahrenheit hatte Eliza zu guter Letzt vergessen, ihm ein Handtuch hinzulegen. Ob er einer der Dienstherren war, die bei einem derartigen Versäumnis laut lospolterten und wütend schimpften oder nicht – das wollte sie, wenn sie ganz ehrlich war, lieber gar nicht herausfinden müssen. Ihr Arbeitgeber war ein imposanter, einschüchternder Riese von einem Mann, und sie war nicht der Typ, der zurückschimpfte und -polterte. In jedem Fall bedeutete das alles aber jede Menge Probleme. Und zwar Probleme auf ganzer Linie. Probleme, die bis zur Kündigung führen konnten. Doch so weit wollte Eliza gar nicht erst denken. Sie durfte diese Stellung einfach nicht verlieren, weil dann auch ihre Story für die *London Weekly* verloren war.

Besorg die Story. Knightlys Worte klangen ihr noch immer in den Ohren. *Besorg die Story!*

Darum rang Eliza jetzt auch so sehr mit sich. Sollte sie den Duke ohne Handtuch lassen? Oder ihn stören?

Er war ohne Leibdiener zurückgekommen und hatte auch noch keinen eingestellt. Das hieß, es war sonst niemand da, der ihm zur Hand gehen konnte …

So sah also das Leben als Autorin aus, die in Bedrängnis geriet und verdeckt recherchieren musste. Eliza seufzte. All das machte sie nur für Mr. Knightly und für die *Weekly*! Aber – bei Gott: Wenn sie solche Mühen in Kauf nehmen musste, um eine Story zu veröffentlichen – sich als Dienstmädchen im skandalösesten Haushalt der Stadt verdingen und in eine peinliche Situation nach der anderen schlittern –, dann würde sie das verdammt noch mal auch tun. Weil sie ihre Arbeit liebte. Ja, sie würde jetzt dort hineingehen und dieses verwünschte Handtuch abliefern. Nein, sie würde ihre Stellung *nicht* verlieren, das schwor sie sich! Nicht wegen dieser einen Sache.

Ich sollte jetzt aber auch wirklich reingehen, überlegte Eliza, nachdem sie eine weitere halbe Ewigkeit vor der Tür verharrt hatte. Wenn ich einfach nicht auf ihn achte, wird er bestimmt dasselbe mit mir tun, schließlich bin ich ja nur eine Dienerin und seine Aufmerksamkeit gar nicht wert.

Eliza lächelte in sich hinein. So viel wusste sie schon über das Verhältnis zwischen Dienstherr und Dienerin. Dennoch hatte sie das ungute Gefühl, dass es nicht ganz so einfach würde, wie sie sich das gerade erhoffte.

Eliza erinnerte sich noch deutlich daran, wie Ihro Gnaden sie heute Nachmittag im Arbeitszimmer angestarrt hatte. Sein Blick hatte sich angefühlt wie eine intime Berührung. Der Mann raubte ihr den Atem. Doch darüber dachte sie jetzt besser nicht nach.

»Ach, was soll's«, murmelte sie und betrat seine Gemächer. Doch dann blieb sie wie angewurzelt stehen.

Eliza sah den Duke in der Wanne, wie sie es erwartet hatte. Doch es war kein gewöhnlicher Anblick: Die nassen Haare hatte er sich aus dem Gesicht gestrichen, was seine harten, kräftigen Gesichtszüge besonders betonte. Sein Mund war voll und fest, und wider Erwarten lächelte er nicht. Sogar in dieser entspannten Haltung erinnerte er Eliza an einen Krieger: stets in Alarmbereitschaft und jederzeit bereit zu kämpfen.

Das Wasser leckte an seinen Lenden. Seine Brust war eine breite, nackte Fläche aus fester Haut, die sich über wohlgeformte Muskeln spannte. Als Eliza näher auf ihn zuging und einen deutlicheren Blick auf den Mann werfen konnte, der von der glühenden Asche im offenen Kamin und den flackernden Kerzen beleuchtet wurde, bemerkte sie die tintigen blauschwarzen Linien auf seiner Brust. Tätowierungen. Wie bei der Frau auf dem Bild.

Sie schnappte nach Luft.

Er öffnete die Augen. »Hallo Eliza.«

Die Stimme des Dukes war leise und rauchig und ließ ein Beben über ihren Rücken laufen. Das Fenster stand leicht offen, und die kühle Brise ließ die Kerzenflammen wild tanzen und warf schieferschwarze Schatten. Plötzlich wirkte der ganze Raum auf sie wie eine fremde, magische Parallelwelt.

»Euer Gnaden«, murmelte Eliza und sank in einen tiefen Knicks.

»Bist du etwa gekommen, um dich zu mir zu gesellen?«, fragte Sebastian mit rauer Stimme, und sie konnte im ersten Moment nicht sagen, ob er das ernst meinte oder sie beschwindelte.

»Auch dafür werde ich nicht bezahlt, Euer Gnaden«, antwortete Eliza selbstbewusst und erschrak kurz über ihren Mut. Bisher war es ihr leider noch nicht gelungen, sich unterwürfig zu geben. Aber sie wurde für ihre Dreistigkeit belohnt: Sein Mund verzog sich zu einem Grinsen.

Erleichtert atmete Eliza aus, und prompt glitt ihr Blick wieder hinab zu seiner Nacktheit. Sie konnte einfach nicht anders …

Die Tätowierung bedeckte einen Großteil seiner muskulösen Brust und führte über die Schultern bis zu den Oberarmen, die sie weitläufig bedeckte. Einzelne Linien reichten sogar bis zu seinen Unterarmen. Eine Million Fragen brannten Eliza auf der Zunge. Doch ihr Mund war plötzlich zu trocken, um auch nur ein Wort über die Lippen zu bringen.

»Tätowierungen«, bestätigte der Duke, als könne er ihre Gedanken lesen. »Eine tahitische Tradition. Als ich in Rom war …«

»Ihr habt erwähnt, der Prozess sei sehr schmerzhaft«, sagte Eliza und spielte damit auf sein Gespräch mit Basil an. »So sieht es auch aus.«

»Es tat höllisch weh.«

»Warum habt Ihr es dann machen lassen?«

»Weil ich nicht wie ein Feigling dastehen wollte«, erklärte Sebastian mit leiser Stimme.

»Das ist alles? Weil Ihr wünschtet, in den Augen der Männer, die am anderen Ende der Welt leben, nicht als Schwächling zu erscheinen?«

Der Duke lachte und sah ihr direkt in die Augen. »Du hast keine Ahnung von Männern, kann das sein?«

»Offensichtlich nicht«, erwiderte Eliza trocken. Seine Direktheit ärgerte sie. Doch das durfte sie ihm auf keinen Fall zeigen.

»Die Zeichnungen zu sehen, ist das eine. Dies hier ist etwas völlig anderes. Findest du nicht auch?«

Eliza nickte.

»Es ist wie ein Reisebericht und eines von vielen Artefakten, die ich gesammelt und zurück nach England gebracht habe. Es gibt da draußen jenseits der Stadtgrenzen von London eine Welt der Wunder, weißt du?« Der Duke sah sie ernst an. »Die Leute sollen davon erfahren.«

»Darf ich es mir näher ansehen?«, fragte Eliza flüsternd, weil es in ihren Augen verboten war, einen Duke zu bitten, ihn so intim mustern zu dürfen. Aber sie *musste* sich die Tätowierungen einfach aus der Nähe anschauen. Und wenn sie sie berühren dürfte, würde sie auch das tun. Genau diese Art von Detail liebte man bei der *Weekly*, sagte Eliza sich begeistert. Und gestand sich nur ungern ein, dass sie damit auch ihre ganz eigene Neugier befriedigen würde.

Eifrig kniete sie sich neben die Wanne, um sich die Tätowierungen aus nächster Nähe anzusehen. Dabei entdeckte sie jedoch noch etwas anderes, das ihr Interesse weckte: eine Narbe auf seiner Oberlippe sowie weitere kleine unter den Stoppeln um sein Kinn. Eliza atmete durch die Nase ein und merkte, dass der saubere, seifige Geruch des Dukes sie irritierte. Er widersprach dem Hauch von Gefahr, den er gleichzeitig verströmte.

Sein Kopf war ihrem jetzt ganz nah, sein Mund nur wenige Zentimeter von ihrem entfernt.

Sie wollte seine Haut berühren, weil sie wissen wollte, ob sie sich unter den Tätowierungen weich oder rau anfühlte. Die harten Muskeln seiner Arme wollte sie spüren und seine breite Brust unter ihren Handflächen. Alles für die *Weekly*, selbstverständlich. Eliza wurde heiß.

Als hätte der Duke ihre Gedanken gelesen, nahm er jetzt ihre Hand und legte sie auf seinen Bizeps. Genau dorthin, wo die Tätowierung begann.

Mit fragendem Blick bat Eliza ihn um Erlaubnis, ehe sie mit den Fingern behutsam über die Linien fuhr. Manche waren gerade, manche eckig, andere drehten sich spiralförmig nach oben und um seine Schulter, ehe sie hinab zu seinem breiten, muskulösen Oberkörper führten. Sie breitete die Hand über seiner Brust aus und spürte die heiße Haut und darunter den pulsierenden Herzschlag.

Die Hand des Dukes schloss sich um ihre.

Noch immer flackerten die Kerzen im Luftzug und warfen unheimliche Schatten. Dampf stieg vom Wasser auf und machte die Luft zwischen ihnen heiß und feucht. Seine Lippen öffneten sich, und Eliza hielt den Atem an – wollte er sie küssen oder sie für ihre Dreistigkeit rügen?

Sie öffnete ihrerseits den Mund, um ihm zu sagen, dass sie nicht so ein Mädchen sei. Doch dummerweise hatte Eliza schon immer die nicht ganz unproblematische Angewohnheit besessen, ihren gesunden Menschenverstand und die Vernunft über Bord zu werfen, um ihre Neugier zu befriedigen. Besonders gefährdet war sie, wenn sie hinter einer Story her war oder das Abenteuer suchte. Oder wenn sie Männer jagte. Wer sie genauer kannte, wusste, dass Eliza Geheimnisse hatte und eine Vergangenheit, die das zur Genüge bewies.

Dass das andere Dienstmädchen Jenny ausgerechnet diesen Moment wählte, um seinerseits den Raum zu betreten, war ausgemachtes Pech. Denn so konnte sie das erleichterte Seufzen in aller Deutlichkeit hören, das die Stille durchbrach. Jenny traten die Augen aus den Höhlen. Kam das aus Elizas Mund oder gar aus dem vom Duke?

Der lehnte sich zurück und schloss genüsslich die Augen. Bei Jennys Anblick riss Eliza ihre Hand von seinem bloßen Oberkörper, sprang auf und wich eilig von der Wanne zurück. Sie sprach das andere Mädchen an.

»Ich wollte nur sehen, ob Ihro Gnaden schon fertig ist«, flüsterte Jenny. »Wir müssen die Wanne und das Wasser noch heute Abend fortschaffen.« Dann riss sie die Augen noch einmal auf, weil sie nun ihrerseits die Tätowierungen des Dukes bemerkte. »Außerdem musst du noch das Bett für ihn herrichten und das alles. Aber pass bloß auf … du weißt doch, welchen Ruf er hat.«

Kapitel 4

Die Schreibenden Fräulein

Im Büro der London Weekly
Am folgenden Tag, einem Donnerstag

Eliza eilte die Fleet Street entlang. Das Herz hämmerte in ihrer Brust, und jeder Atemzug tat weh.

Es war eine Herausforderung gewesen, sich am Butler Saddler und den zahllosen Lakaien vorbeizuschleichen, die überall herumstanden. Mrs. Penelope Buxby, die Haushälterin, war Gott sei Dank leichter zu narren, sobald sie mit dem Whisky angefangen hatte. Sie begann stets zur Mittagszeit mit dem Schnaps, und als Eliza aufgebrochen war, war es später Nachmittag gewesen. Jenny hatte sich einverstanden erklärt, Elizas Abwesenheit zu decken und zu behaupten, sie fege auf dem Dachboden, falls jemand fragte. Dorthin würde niemand gehen, um nach ihr zu sehen.

Eliza traf in der Fleet Street Nummer 57 ein. Ihre Brüste hoben sich schwer mit jedem Atemzug, und ihr Herz klopfte laut. Sie nickte Mehitable Loud zu, dem großen und beängstigend dreinblickenden, nichtsdestotrotz aber sehr freundlichen Riesen, der die Büroräume und alle beschützte, die sich darin aufhielten – insbesondere Mr. Knightly, den Eigentümer und Herausgeber von Londons beliebtester Zeitung.

Eliza hatte sich noch nicht wieder ganz gefasst, als sie in das wöchentliche Redaktionstreffen der *London Weekly* platzte. Sie kam zu spät; die anderen Autoren waren bereits alle um den großen Tisch versammelt. Damian Owens und Alistair Grey verstummten mitten im Gespräch, und die Köpfe drehten sich in ihre Richtung. Knightly bemerkte mit einem sanften Heben der Augenbrauen ihren Aufzug.

Sie trug ein schlichtes graues Kleid und hatte noch immer die weiße Schürze umgebunden und eine kleine, ebenso weiße Haube auf dem Scheitel. Es war ihr keine Zeit geblieben, um sich umzuziehen, geschweige denn hatte es einen Ort dafür gegeben. Elizas Hände waren gerötet und rau von der morgendlichen Arbeit. Sie hatte Böden geschrubbt.

Es war Annabelle, die schließlich die Frage stellte, die alle interessierte: »Eliza, wieso hast du dich wie eine Dienerin verkleidet?«

»Ich habe eine Stellung im Haushalt des Dukes of Wycliff angetreten«, antwortete Eliza stolz und musste sich ein Grinsen verkneifen, weil sogleich ein erstauntes Raunen durch den Raum ging. Sie bemerkte das zufriedene Funkeln in Knightlys Augen und das Schmunzeln, das unwillkürlich seinen Mund umspielte.

Die anderen Kollegen wussten, was das hieß: Die *London Weekly* hatte einen Spion in dem Haus, über das ganz London alles wissen wollte.

Eliza hatte schon immer Storys geschrieben, die verdeckte Recherchen erforderten. Und oft hatte sie sich für diese Recherchen auch verkleidet, um so eine Seite Londons kennenzulernen, die die wenigsten ihrer Leser je zu sehen bekamen (in jedem Fall aber eine Seite Londons, die von den anderen Zeitungen selten erforscht wurde): Sie schrieb über die Billighochzeiten der niederen Klassen, über Quacksalber und ihr Schlachterhandwerk, und sie verbrachte sogar ein paar Tage im Armenhaus, um die Londoner später über die wahren Zustände dort aufklären zu können.

Es war also für Eliza nichts Neues, sich ganz auf eine Geschichte zu stürzen und Leib und Seele für die Story aufs Spiel zu setzen. Aber dieses Mal war es anders, weil ein skandalöser, geheimnisvoller und freigeistiger Duke beteiligt war. Und weil sie sozusagen um ihr Leben als Schreibfräulein schrieb.

Eliza lächelte breit. Alles würde gut gehen – die Kolumne, die sie jetzt in der Hand hielt, war Gold wert.

»›Der tätowierte Duke‹«, fügte sie hinzu, und sofort wurde sie von den Redaktionsmitgliedern der *Weekly* mit Fragen gelöchert. Ihr Herz schlug immer noch schnell, und ihr war ein bisschen schwindlig. Schuld daran war nicht nur die Eile, mit der Eliza hergerannt war, sondern das vollkommen neue und schwindelerregende Gefühl, im Zentrum der allgemeinen Aufmerksamkeit zu stehen.

Eliza überreichte Knightly das Blatt und verzog das Gesicht. Bei ihrem Lauf in die Redaktion war es zerknittert und feucht geworden. Er begann zu lesen.

Es war der beste Zeitpunkt und zugleich der schlechteste für den erst kürzlich nach London zurückgekehrten jungen Duke of Wycliff, um einen alten, berüchtigten Titel für sich zu beanspruchen.

Übrigens sieht er überhaupt nicht so aus, wie man es von einem Duke erwartet: Das Haar trägt er geradezu skandalös lang und dazu einen kleinen goldenen Ring im

Ohrläppchen. Kurz: Er sieht eher aus wie ein einfacher Seemann als ein distinguierter britischer Adliger.

Aber all das sind unbedeutende Kleinigkeiten verglichen mit den Tätowierungen des Dukes …

Knightly überflog die nächsten Zeilen und fand eine Stelle, die er ebenfalls laut zum Besten gab: »›Sein Auftreten ähnelt dem eines wilden heidnischen Kriegers.‹« An dieser Stelle bemerkte Eliza, wie ihr Gesicht feurig rot wurde. Hätte sie gewusst, dass Knightly die Story laut vorlesen würde – die sie gestern Nacht wie im Fieber verfasst hatte –, dann hätte sie nicht unbedingt diese Formulierung gewählt.

Verstohlen schaute Eliza ihre Freundinnen an. Die blauen Augen der lieben Annabelle waren vor Entsetzen weit aufgerissen, und Juliannas Vergnügen an der Geschichte war unverkennbar. Julianna besaß diesen unersättlichen Hunger nach Klatschgeschichten, und diese Story stillte diesen Hunger offenbar. Sophie hingegen lauschte sehr interessiert.

»Das ist so herrlich skandalös«, murmelte Julianna wohlig. Sie war die Autorin von »Geheimnisse der Gesellschaft«, der anerkanntermaßen besten Gesellschaftskolumne der Stadt. Und sie war *Lady* Julianna Roxbury, geborene Somerset.

»Skandale bringen Verkäufe«, bemerkte Knightly automatisch. Das war die Kernaussage, auf die er sein wachsendes Verlagsimperium aufgebaut hatte.

»Skandal bedeutet Veröffentlichung«, flüsterte Eliza kaum hörbar. Annabelle Swift, die eine Ratgeberkolumne unterhielt und die liebste Frau der Welt war, nickte mitfühlend.

»Skandal heißt: Erzähl mir mehr«, sagte Julianna grinsend, als sie nach dem Ende der Sitzung plaudernd den Konferenzraum verließen.

»Ja, erzähl uns alles«, mischte Sophie sich ein. Seit ihrer Hochzeit mit dem Duke of Hamilton and Brandon schrieb Sophie nur noch gelegentlich über Hochzeiten, weil sie Hochzeiten eigentlich nicht mochte. Ihre Kolumne »Miss Harlows Hochzeiten in besseren Kreisen« war jedoch so beliebt, dass sie es ihren Lesern nicht antun konnte, sie einzustellen. Häufiger schrieb sie in letzter Zeit allerdings über ihre große Leidenschaft, die Mode.

»Vielen Dank euch beiden für eure Empfehlungsschreiben«, begann Eliza. Ihre reichen adeligen Freundinnen lachten. Die Briefe waren notwendig gewesen, damit sie sich im Haushalt des Dukes überhaupt mit Erfolg als Dienstmädchen vorstellen konnte. Eliza fuhr fort: »Die Haushälterin war entsetzt, weil jemand mit meinen tadellosen Qualifikationen allen Ernstes einen Haushalt wie eure verlassen und für Wycliff arbeiten wollte.«

»Wenn sie wüsste …«, murmelte Sophie.

»Ich bin ein schreckliches Dienstmädchen, aber sonst ist ja keiner da, um meinen Platz einzunehmen«, sagte Eliza und kicherte. »Sieht ganz so aus, als habe der Ruf des Dukes so ziemlich jede Bewerberin verscheucht. Geblieben ist wirklich nur der harte Kern derjenigen, die zutiefst verzweifelt sind. Nun ja, und den Rest haben die Gerüchte über seine Schulden erledigt. Ich habe wirklich Glück gehabt – die Stelle habe ich quasi auf dem Silbertablett präsentiert bekommen.«

»Gute Hilfe ist wirklich schwer zu finden«, meinte Julianna wehmütig.

»Die Mädchen werden aber bestimmt Schlange stehen,

sobald deine Story über den tätowierten Duke veröffentlicht ist«, prophezeite Sophie.

»Was für mich die Frage aufwirft, liebe Eliza, woher du von diesen Tätowierungen weißt«, sagte Julianna streng.

»Ich glaube, diese Frage hat so ziemlich jeden unserer Kollegen gequält, aber keiner hat sich getraut, vor den anderen danach zu fragen«, fügte Annabelle hinzu und lächelte.

»Ganz einfach deshalb, weil der Duke gerade ein Bad nahm, als ich in seinen Privatgemächern zu tun hatte«, sagte Eliza. Allerdings wusste sie selbst, dass diese Worte nicht annähernd ausdrückten, wie es wirklich gewesen war. Denn sie verschwieg ihren Freundinnen das Kerzenlicht, den aus der Wanne aufsteigenden Wasserdampf und wie sie sich neben ihn gekniet hatte und mit den Fingern über die tintigen Wirbel seiner Tätowierung gefahren war.

»Oh mein Gott!«, keuchte Annabelle. »Hat er etwa versucht, sich Freiheiten herauszunehmen?«

»Nein«, sagte Eliza zögernd – immerhin waren ihre Lippen einander nahe genug gewesen für einen Kuss. »Ich bin nur kurz in seine Gemächer geschlüpft, um ihm ein Handtuch hinzulegen.«

»Es ist nur eine Frage der Zeit, bis er es tut«, behauptete Julianna. »Die Dukes of Wycliff sind berüchtigte Lebemänner, und ich weiß aus sicherer Quelle, dass sie sich gerne mit ihren Dienstmädchen vergnügen.«

»Ich habe so viel Arbeit zu erledigen, dass mir gar nicht die Zeit für so etwas bliebe«, sagte Eliza mit ausdruckslosem Gesicht. »Und nachts bin ich einfach zu erschöpft.«

»So spricht eigentlich nur eine Ehefrau«, sagte Sophie schmunzelnd.

»Also, nun aber heraus mit der Sprache: Wie ist er wirklich, der Duke?«, fragte Annabelle. »Ist er nett?«

»Nett ist nicht der richtige Ausdruck«, antwortete Eliza. »Außerdem geht das Gerücht um, dass er Pirat gewesen sein soll. Und der Armleuchter von Cousin sagte irgendwas von einem ganzen Harem, den der Duke in einer einzigen Nacht vernascht haben soll.«

»Also ist er doch kein durchschnittlicher Gentleman«, bemerkte Julianna. Das Funkeln ihrer Augen spiegelte die Freude, die auch Eliza über diese exquisite Geschichte empfand.

»Sieht er denn gut aus?«, fragte Sophie jetzt nachdenklich und seufzte wohlig. »Er klingt jedenfalls attraktiv. Es geht doch nichts über einen gutaussehenden Duke.«

Eliza wog ihre Antwort wohl ab. Man konnte ihn jedenfalls nicht als schön bezeichnen. Da war etwas Kantiges an seinen Wangenknochen, etwas zu Raues an seinem unrasierten Kinn und den langen Haaren, die er einfach nur zurückgenommen zu einem Zopf trug. Eliza erinnerte sich an die Narbe an seiner Oberlippe, die von seinen Abenteuern erzählte. Aber sein Blick – so unheimlich wach und offen – der war sehr wohl attraktiv.

»In gewisser Weise … könnte man sehr wohl sagen, dass …«, stammelte Eliza. »Nun, irgendwie macht er eine Frau atemlos.«

»Ich wage einmal die Behauptung, die Wycliff-Tradition wird noch ein paar Tage in ihm wach bleiben …«, murmelte Julianna.

»… oder Nächte«, fügte Sophie hinzu.

»Ich habe euch doch schon gesagt, dass ich für solche Dinge nicht zur Verfügung stehe. Dazu bin ich zu beschäftigt und zu müde«, sagte Eliza, obwohl das nur zum Teil der Wahrheit entsprach. Der Nervenkitzel, eine solche Story zu jagen und einzufangen, hatte sie gestern Nacht wach gehalten und quasi durchschreiben lassen. Und was den Duke selbst betraf … das kleine Wörtchen *Ja* brannte ihr auf den Lippen.

Aber sie durfte diesen Gedanken nicht zulassen – *nichts*, einfach *gar nichts* durfte sich ihr bei ihrer Bemühung in den Weg stellen, diese Story und alle weiteren gedruckt zu bekommen. Nicht, wenn sie – wie es den Anschein hatte – mit dieser letzten pures Gold geschrieben hatte. Sie durfte an nichts anderes als an ihre Kolumne denken – immerhin stand im Raum, dass dies möglicherweise ihre letzte sein könnte.

»Wann werden wir denn die Bekanntschaft dieses Dukes machen?«, fragte Julianna. »Des ach so skandalösen Dukes?«

»Bislang scheinen die Einladungen nicht gerade auf ihn niederzuregnen. Aber ich bin sicher, er würde dich empfangen, wenn du ihn darum bätest«, antwortete Eliza. Außer diesem Armleuchter von Cousin Basil kam niemand zu Besuch. Und der Duke bekam auch nicht viele Briefe. Eigentlich hätte sie gedacht, es gebe einen ganzen Bienenschwarm Interessierter, die ihm die Tür einrennen würden, um seine Bekanntschaft zu machen – schließlich war er ein Duke –, aber es schien sich bereits herumgesprochen zu haben, dass er … nun, ungewöhnlich war.

»Wir können unmöglich selbst bei ihm vorsprechen«, sagte Sophie missmutig.

»Die Regeln. Skandale. Wütende Ehemänner und so weiter und so fort …«, erklärte Julianna.

»Ach ja«, sagte Eliza. Nicht zum ersten Mal wurde sie an die riesige Kluft erinnert, die sich zwischen ihren

Freundinnen, der Countess und der Duchess, und ihr, der Tochter einer Schauspielerin und eines Bühnenautors, auftat. Es gab so viele nervtötende gesellschaftliche Regeln, um die sie sich dank ihrer Herkunft nie kümmern musste. »Zu schade. Ich hätte wirklich gerne beobachtet, wie ihr euch unterhaltet.«

»Wir sollten eine Party geben und ihn einladen«, schlug Sophie vor. »Das ginge immerhin.«

»Er scheint keinen besonderen Wert auf gesellschaftliche Verpflichtungen zu legen«, sagte Eliza. Bisher hatte der Duke of Wycliff die meiste Zeit in einem abgeschlossenen Zimmer verbracht, oder er saß in seinem Arbeitszimmer über den Karten, Büchern und Journalen, die sie nur allzu gerne einmal in die Finger bekäme. *Was genau er dort wohl trieb?*, fragte Eliza sich zum soundsovielten Mal. Er nahm die Mahlzeiten mit seinem einäugigen, einarmigen Freund Harlan ein, aber ansonsten widmete er sich ausschließlich seiner Arbeit – worin auch immer diese bestehen mochte.

»Ein brütender, tätowierter, zurückgezogen lebender Duke«, sagte Annabelle atemlos. »Das Dienstmädchen mit einem Doppelleben. Das ist wie ein Roman von Minerva Press, der zum Leben erwacht.«

Eliza lachte und sagte: »Na ja, das Schrubben der Böden ist ehrlich gesagt alles andere als romantisch.«

Kapitel 5

In dem das Schrubben der Böden
doch noch romantisch wird

Am folgenden Tag fand Eliza sich auf dem Boden der Eingangshalle wieder. Sie schrubbte und verschluckte sich innerlich an ihren eigenen Worten. Der Butler Saddler war in seinem kleinen Gelass in der Nähe und polierte geradezu obsessiv das Silber. Die Tür stand offen, weshalb er hören konnte, wenn ihre Arbeit auch nur für einen Moment ruhte. Eliza hatte mittlerweile entdeckt, dass der Butler die nervtötende Angewohnheit besaß, still hinter ihr aufzutauchen und ihr ausgerechnet dann einen entsetzlichen Schrecken einzujagen, wenn sie kurz innehielt, um ihre Gedanken von der Arbeit abschweifen zu lassen.

Heute war es aber nicht der Butler, der ihre Gedanken beschäftigte …

Ihro Gnaden war zwischendurch vorbeigekommen, und Eliza hatte die nächste Stunde damit zugebracht, die gesamten sieben Sekunden, die er für den Weg durch die Eingangshalle vom Salon zu seiner Bibliothek gebraucht hatte, immer und immer wieder genüsslich in ihrer Erinnerung zu durchleben. Vor allem den schamlosen Blick, mit dem er sie gemessen hatte, stellte Eliza sich immer wieder vor.

Als der Duke auftauchte, war sie auf Händen und Knien wie zum Gebet auf den Fliesen umhergerutscht und hatte sich geärgert, weil ihr immer wieder Haarsträhnen ins Gesicht fielen. Ihre Wangen waren gerötet, weil heißer Wasserdampf vom Eimer mit der Seifenlauge aufstieg.

Der Duke of Wycliff ignorierte sie nicht, wie er es eigentlich hätte tun müssen. (Sie hatte sogar gehört, dass die Diener in anderen Haushalten dazu aufgefordert würden, sich mit dem Gesicht zur Wand zu stellen, wenn ihre Dienstherren auftauchten.)

Stattdessen gönnte Ihro Gnaden sich einen langen Blick auf sein Dienstmädchen. Einen Blick, der schrecklich ungehörig war – allein deshalb, weil er sich diese Freiheit herausnahm. Er erkundete sie mit glühend heißem Blick; einem Blick, der in aller Gemütsruhe über ihre Brüste, die Senke ihres Rückens und den Schwung ihres Hinterns glitt. Dieser Blick war so schamlos und dreist, dass Eliza ihn geradezu körperlich spüren konnte.

Eine Stunde später spürte sie seinen Blick noch immer. Die Hitze und ihr Entsetzen, ihre gespielte Wut und das geheime Verlangen. Alles.

Kapitel 6

In dem der Duke sein Schicksal verflucht

Am folgenden Abend

Wycliff nahm einen ordentlichen Schluck aus seinem Krug Ale und murmelte eine erstaunliche Bandbreite Flüche vor sich hin. »Oh verdammt. Verflixt und zugenäht. Herr im Himmel, ach zum Teufel! Scheiße.«

Timbuktu war immer weit weg gewesen, aber nie so weit wie jetzt. Sebastian hatte davon geträumt, der erste Europäer zu sein, der es dorthin schaffte – und wieder zurück. Diese Herausforderung hatte ihn während seiner Reisejahre stets begleitet, und nicht zuletzt deshalb hatte er die Gelegenheiten, die sich ihm boten, immer direkt am Schopf gepackt. Er war im Sinne der Wycliffs ein wahrhaft schamloser Reisender gewesen, aber die Disziplin, die er von seiner Mutter geerbt hatte – *woher sollte sie sonst kommen?* –, hatte sich stets mutig behauptet.

Sebastian wollte eine richtige Expedition anführen. Er wollte etwas zustande bringen – vor allem etwas, das nichts mit den Umständen seiner noblen Geburt zu tun hatte.

Er hatte einen Traum, einen Plan. Und den musste er jetzt loslassen.

Er genehmigte sich noch einen großen Schluck Ale.

Neben ihm war Harlan damit beschäftigt, die Schankmädchen und Dienstmägde in Augenschein zu nehmen, die in diesem Pub in einer Seitengasse der St. James Street arbeiteten. »Das ist mal ein hübsches Ding«, sagt er gerade.

Wycliff folgte seinem Blick und schloss aus dieser Bemerkung, dass Harlan schon ordentlich einen im Tee haben musste oder nach den langen, enthaltsamen Monaten auf See mittlerweile vollkommen verzweifelt war. Das Mädchen war in Ordnung. Aber er hätte sie beim besten Willen nicht als *hübsches Ding* bezeichnet.

»Bist du dir da wirklich sicher? Du hattest nämlich schon einige Krüge, und außerdem ist dir nur ein funktionierendes Auge geblieben«, wandte Sebastian grinsend ein.

Harlan rückte seine Augenklappe mit der gesunden Hand, die nicht in einer Schlinge steckte, zurecht.

»Oh, ich bin mir ziemlich sicher, dass ich schon ordentlich was hatte. Und ja, da hast du recht – ich bin einige Monate auf See gewesen«, erwiderte Harlan.

Darauf hob Wycliff sein Glas und sagte: »Cheers.«

Sie war kein Hingucker, und Harlan konnte sie gerne haben. Das einzig richtig hübsche Ding, das ihm bislang begegnet war, war dieses neue Dienstmädchen. Eliza. Jedes Mal, wenn er ihr irgendwo im Haus begegnete, fiel ihm irgendetwas Besonderes an ihr auf. Beispielsweise die perfekte, straffe Form ihres Popos. Oder ihre Brüste, die eine gute Handvoll groß waren. Oder ihre Figur, bei deren Anblick ein Mann körperliche Schmerzen litt und extrem unanständige Gedanken bekam.

Am allermeisten zogen ihn jedoch ihre Augen an, und das nicht nur, weil sie ihn an das Meer und den Himmel und andere schöne blaue Dinge erinnerten. Diese Eliza sah ihn mit diesen Augen wirklich an, forschend und neugierig. Dabei sollte sie doch eigentlich das Gesicht zur Wand wenden, sobald er vorbeikam.

Wycliff hatte keine Lust, sie für ihre Dreistigkeit zu tadeln. Weshalb es ihm so schwerfiel, gesellschaftliche Konventionen von seinen Hausangestellten einzufordern, wusste er auch nicht so genau. Nur, dass er derlei Dinge zur Not lieber Mrs. Buxby überließ. Die war jedoch die meiste Zeit betrunken, so dass ihn das neue Dienstmädchen wohl auch weiterhin mit diesem forschen, wissenden Blick fixieren würde. Und weil Mrs. Buxby schon vor seiner Geburt Haushälterin bei den Wycliffs gewesen war, schien es Sebastian unpassend, sie zurechtzuweisen. Außerdem waren die Wycliffs noch nie bekannt dafür gewesen, einen konventionellen Haushalt zu unterhalten. Seinetwegen durfte also alles gerne so bleiben, wie es war.

Sebastian nahm noch einen Schluck Ale. Wie alle Wycliffs vor ihm, verlangte es auch ihn nach diesem Dienstmädchen, obwohl er echte Probleme hatte, die gelöst werden mussten. *Verflixt und zugenäht*! Er dachte mit dem falschen Körperteil.

»Ich bin gleich wieder da«, sagte Harlan. »Also, eigentlich hoffe ich ja, in der nächsten Stunde nicht zurückzukommen. Vielleicht dauert's auch länger«, fügte er hinzu, stürzte den Rest Ale herunter und schlenderte quer durch den Raum, um das Schankmädchen anzusprechen, das ihm ins Auge gefallen war.

Sie tranken heute Abend hier, weil Wycliff eine schlimme Nachricht erhalten hatte. Sie tranken aber auch hier, weil Sebastian es in den beengten Räumen von Wycliff House nicht aushielt, solange diese Nachricht drohend über jedem seiner Atemzüge hing. Und besonders dann nicht, wenn dieses Dienstmädchen Eliza von einem Zimmer zum nächsten bummelte, ihre Hüften wiegte, ihren rosigen Mund zu einem Lächeln verzog und ihn in Versuchung führte. Und dann waren da noch ihre Brüste …

Am liebsten wollte er sie über den Tisch im Speisesaal legen und sich mit ihr vergnügen. Oder auf dem Schreibtisch oder in einem der zwanzig Betten. Oder auf so ziemlich jedem Möbelstück, das es in seinem Haus gab. Wirklich. Und je schneller, desto besser – denn wenn es stimmte, was Sebastian fürchtete, würde ohnehin jedes einzelne Möbelstück in Kürze veräußert werden.

So lautete nämlich die Nachricht, die ihn heute erreicht hatte. Ein Winzling von einem Anwalt und ein Bankier so groß wie ein Wal hatten sie ihm überbracht: Es würde keine Expedition geben. Wenigstens keine, die er mit eigenen Geldern finanzieren konnte, denn Ihro Gnaden, der achte Duke of Wycliff, war pleite.

Kapitel 7

In dem es zu einem mitternächtlichen Stelldichein kommt

Es geschah zu später Stunde. Das Blatt Papier vor ihr war immer noch leer. Eliza biss sich auf die Unterlippe und verlor sich in ihren Überlegungen. Morgen würde ihre erste Kolumne veröffentlicht werden, und sie wartete gespannt darauf. Es fühlte sich an wie Weihnachten oder ihr Geburtstag. In der schnelllebigen Welt der Zeitungen jedoch blieb ihr aber nur wenig Zeit, um ihren Erfolg zu konservieren, ehe die nächste Kolumne fällig wurde.

Bisher hatte sie nur *Der tätowierte Duke* auf die Seite geschrieben. Das war alles.

Eliza runzelte die Stirn. Was konnte sie noch schreiben? Sein Haushalt war unkonventionell und wurde aufs Geratewohl geführt. Seine Besitztümer waren außergewöhnlich und geradezu widersprüchlich: Totenschädel und Muscheln, Waffen und exotische Pflanzen. Und das waren nur die Dinge, auf die sie einen flüchtigen Blick hatte erhaschen können. Es blieb immer noch die Frage, was hinter der verschlossenen Tür in der Bibliothek verborgen lag. Oder was in den Journalen des Dukes stand, die auf seinem Schreibtisch verstreut lagen.

Ich sollte diese Tagebücher lesen, dachte Eliza. *Ich sollte sie sogar unbedingt lesen*!

Die Seite vor ihr war immer noch leer. Schuld daran war die lähmende Panik, die es ihr unmöglich machte, die

Worte aneinanderzureihen. Eliza atmete schwer. So hatte ihr Abstieg bei der *London Weekly* ihren Anfang genommen. Diese Kolumne hier war ihre letzte Chance, und Eliza spürte die Last, die sich wie ein Klumpen in ihrem Hals zusammenballte. Sie konnte es sich nicht leisten, leere Seiten abzuliefern. Aber was konnte sie dagegen tun?

Die Antwort lag auf der Hand: Sie sollte wirklich diese Journale lesen. Oder versuchen, in den verschlossenen Raum zu gelangen.

Vielleicht morgen, überlegte Eliza und warf sehnsüchtig einen Blick auf ihr Bett. Aber das Risiko, entdeckt zu werden, war bei Tageslicht einfach zu groß.

Sie sollte jetzt lieber gehen, obwohl es schon auf Mitternacht zuging.

Nein, beschloss sie; dabei könnte sie dem Duke über den Weg laufen. Ihr Puls beschleunigte sich.

Oder, überlegte Eliza – und ein Lächeln umspielte ihre Lippen –, vielleicht sollte sie es ja sogar darauf anlegen, dem Duke in einem dunklen, vollkommen stillen Haus zu begegnen. Was auch passierte, sie würde auf jeden Fall etwas bekommen, worüber sie schreiben könnte.

Eliza nickte entschlossen, nahm spontan ihr Schultertuch und blies die Kerze in ihrer Schlafkammer aus.

Im Schutz der Dunkelheit machte sie sich auf den Weg. Die Treppe runter und in die Bibliothek hinein. Zum Glück war das Feuer nicht vollständig erloschen.

Eliza schlich zu seinem Schreibtisch. Ihr Herz hämmerte, und unwillkürlich hielt sie die Luft an.

Besorg dir die Story. *Los, besorg sie dir.* Diese Worte hallten immer wieder in ihrem Kopf.

Aber ... was war das, was da in ihr nagte? Schuldgefühle? Eliza war die Verärgerung des Dukes nicht entgangen, als der Armleuchter von einem Cousin freimütig die persönlichen Papiere durchforstet hatte – wie sie es nun auch tun würde.

Oder war das die Aufregung, weil sie vielleicht das persönliche Tagebuch des wüsten Dukes of Wycliff entdeckte, in dem er detailliert seine Reisen und weiß der Teufel was noch beschrieb? Eliza hob den Heftdeckel und sah darunter Zeilen in der krakeligen Schrift des Dukes.

Besorgen Sie die Story. *Besorgen Sie die Story.*

Eliza brauchte einen Augenblick, ehe die Kerze brannte. Die Worte tauchten jetzt vor ihren Augen auf.

Tahiti 1823

Miri hat mich mit einigen erlesenen Stellungen vertraut gemacht, wie keine englische Jungfer sie je mit sich machen ließe …

Elizas Wangen brannten heiß, während sie weiterlas.

Hatte sie wirklich Schuldbewusstsein verspürt?

Ja, zugegeben, dem war so gewesen. Das Schuldbewusstsein wog allerdings nicht annähernd so schwer wie ihre Neugier. Besonders, wenn es um die Beziehung zwischen einem Mann und einer Frau ging, wie sie sich das nie hätte ausmalen können. Eliza blätterte um.

Herr im Himmel, es gab sogar Illustrationen!

Was Eliza jetzt verspürte, war definitiv kein Schuldbewusstsein und reichte weit über die anfängliche Neugierde hinaus. Sie spürte eine Empfindung, die für sie völlig neu war. Eine Hitze, eine Intensität, die sie noch nie so empfunden hatte. Die dunklen Spitzen ihrer Brüste waren auf einmal auf wundersame Weise empfindlich. Plötzlich verlangte jeder Teil von ihr ihre Aufmerksamkeit.

Und all das rang in ihr gegen die Eifersucht auf dieses Mädchen Miri, das sich in eine ihr fremde Art von Rausch mit dem Duke hatte ergeben dürfen. *Unter einem unermesslich sternenklaren Himmel, während eine warme und schwüle Brise über unsere nackte, erhitzte Haut strich.*

Eliza fächelte sich frische Luft zu. Sie las weiter, erfuhr von den leidenschaftlichen Begegnungen und den wahnsinnigen Schmerzen beim Tätowieren; sie las, wie der Duke die Sprache der Eingeborenen lernte, sich mit den Regeln dieser Kultur vertraut machte und ins Innere der Insel reiste, um dort neue Pflanzen zu entdecken; sie las von herrlich faulen Nachmittagen, an denen er im türkisfarbenen Meer schwamm.

Atemlos blätterte Eliza zurück zu den sehr anschaulichen Illustrationen; drehte das Buch auf die Seite und neigte den Kopf. Und dann wagte sie zu träumen ... Ja, sie wagte, sich vorzustellen, wie sie selbst mit dem Duke diese Stellungen ausprobierte, von denen er behauptete, keine englische Frau würde so was mit sich machen lassen.

Ein Seufzen entrang sich ihren Lippen. Ihr Herz hämmerte schnell und hart in ihrer Brust. Sie fühlte sich von ihrem Schlafrock förmlich eingeengt. Das wurde ihr wirklich zu viel.

Eliza klappte das Journal entschlossen zu, legte es zurück auf den Schreibtisch ihres Arbeitgebers und blies die Kerze aus. Sie hatte nicht besonders viel gelesen, das sich in ihrer Kolumne verwenden ließ – es sei denn, sie wollte jedes Mädchen in London verderben und noch ein paar Ehen dazu, indem sie sehr detailliert und plastisch ein paar Möglichkeiten beschrieb, wie man sich äußerst vergnüglich im Bett verrenken konnte.

Gedankenversunken schlich Eliza auf Zehenspitzen durch den Flur und die Eingangshalle. Sie war im Licht der Wandleuchter, die selbst nachts noch brannten, kaum geschützt. Der Duke. Seine Lust. Ihr Schreiben. Die Schuldgefühle kehrten schlagartig zurück, doch sie waren immer noch nichts verglichen mit den brennend heißen Funken ihrer Leidenschaft, die in dieser Nacht zu einem beständig verzehrenden Feuer entfacht worden war.

Sie hatte die große Fläche aus Marmorfliesen in der Eingangshalle halb durchquert, als der Duke durch die Haustür hereinkam. Offensichtlich war er unterwegs gewesen.

»Eliza.« Seine Stimme war leise, aber Himmel – trug sie in der riesigen, leeren Halle weit …

»Euer Gnaden«, flüsterte sie heiser. Wie begrüßte man wohl einen Duke, wenn man ihm mitten in der Nacht und nur mit seinem Morgenrock bekleidet über den Weg lief? Nun, sie wusste jetzt immerhin, wie Miri ihn begrüßen würde …

Auf gut Glück sank Eliza in einen tiefen Knicks und neigte den Kopf, um ihn die Röte nicht sehen zu lassen, die ihr Gesicht überzog.

Langsam durchquerte Wycliff das Foyer mit langen, bewusst gesetzten Schritten, und ihr blieb genug Zeit, seine Kraft zu bewundern, die in jeder seiner Bewegungen schlummerte und die er vermutlich kaum bezähmen konnte. Dann stand er vor ihr.

Es war dunkel. Spät. Sie hatte gerade erst die intimen Details seiner leidenschaftlichen Liebe studiert und war darum noch ganz atemlos.

»Es ist ziemlich spät. Was hat ein Hausmädchen um diese Zeit noch auf den Korridoren zu suchen?«, fragte der Duke. »Noch dazu im Morgenrock …« Seine Stimme senkte sich zu einem Flüstern, ehe er verstummte. Die Empfindung, die sie vorhin bei der Lektüre empfunden hatte, überfiel Eliza erneut und hinterrücks. Jede ihrer Nervenfasern war gespannt und schien irgendwas von ihm zu erwarten.

»Ich habe etwas vergessen«, brachte sie schließlich hervor.

»Was könnte das sein?«, fragte der Duke mit maliziösem Lächeln.

Meinen Verstand, dachte Eliza. *Meinen Anstand. Meinen Respekt vor den privaten Besitztümern und dem Recht auf Privatsphäre anderer Leute. Und ein bisschen auch meine jungfräuliche Unschuld*, gestand sie sich ein. Daran waren die aufreizenden Beschreibungen und Bilder schuld, die sie gesehen und gelesen hatte.

»Ich wollte nach dem Feuer sehen …«, sagte Eliza und kam sich wie eine Schauspielerin vor, die diese Rolle einstudiert hatte. Oder wie eine Lügnerin. Was sie dabei empfand, waren eindeutig Schuldgefühle, und diese Schuldgefühle wurden immer größer und überwältigten jedes andere Gefühl, das bis gerade eben in ihr getobt hatte.

Er war ein Mann – noch dazu einer, der ein faszinierendes Leben führte und darüber hinaus umwerfend gut aussah. Er war ein Mann, der seine Privatsphäre ebenso verdiente wie seinen Ruf. Und er war ein Mann, bei dem ihr Herzschlag aussetzte, wenn er sie nur anschaute; der ihr den Atem raubte und bei dem ihr sofort schwindelig wurde, wenn er sie so tief anschaute. Er war ein Mann, der sie faszinierte, der sie in Brand setzte, ein Mann, der …

… jetzt ihre Taille mit einer warmen Hand packte. Wer hätte gedacht, dass der Schwung ihrer Hüfte so empfindlich sein konnte?

Eliza legte den Kopf in den Nacken und blickte zu ihm auf. Seine Augen waren unglaublich dunkel bei dieser spärlichen Beleuchtung, aber für sie bestand kein Zweifel: Da war ein Funkeln, voller Lust. Lust oder Unheil, das wusste sie nicht zu sagen. Und in diesem Augenblick war es ihr auch ziemlich egal.

Sein Mund legte sich auf ihren. Seine Lippen waren warm, und bei dem sanften Druck wurde ihr augenblicklich heiß. Mit der Zunge fuhr er behutsam über die Spalte zwischen ihren Lippen, bedrängte sie, damit sie sich ihm öffnete, und das tat Eliza auch nur allzu bereitwillig. Er schmeckte nach Alkohol, aber ebenso nach Gefahr und Erfahrungen und Macht und genau den wilden Vergnügungen, an die sie bis zu diesem Abend noch keinen Gedanken verschwendet hatte.

Wycliff legte die Hände auf ihre Wangen; seine Finger fuhren durch ihr Haar. Inzwischen war die Hitze schier überwältigend. Sie wünschte, eine schwüle Meeresbrise würde jetzt durch die Eingangshalle fegen, um ihre unglaublich heiße Haut zu kühlen. Aber der Gedanke führte Eliza sogleich wieder zu dem Buch, zu den Bildern, zu dem Unrecht, das sie begangen hatte, weil sie seine privaten Aufzeichnungen gelesen hatte.

Trotzdem küsste sie ihn. Wie sollte sie auch Nein sagen zu diesem wüsten Wycliff? Vermutlich schaffte das keine Frau, und nur deshalb waren die Wycliffs auch als derartig wüst bekannt. Es war ihr unmöglich, dieses kleine Wörtchen *Nein* auszusprechen, wenn er sie so küsste, als wäre es zugleich das erste und letzte Mal. Wenn er sie so besitzergreifend in den Armen hielt.

Und es gefiel ihr.

Wobei *Gefallen* vielleicht nicht der richtige Ausdruck

war. Sie würde später darüber nachdenken … Jetzt legte sie erst einmal versuchsweise die Hände auf seine Brust und spürte sein Herz, das hart gegen ihre Handflächen schlug. Lästigerweise ruinierte die Standuhr diesen wunderbaren Moment. Ein einzelnes Läuten durchbrach die Stille und zeigte, wie spät es tatsächlich schon war. Der Kuss war vorbei.

Er sagte nur ein Wort. »Geh.« Seine Stimme klang rau, und Eliza tat wie ihr geheißen. Sie eilte die Treppe hinauf bis in ihre winzigkleine Schlafkammer im dritten Stock.

Der Bogen Papier lag immer noch auf ihrem Schreibtisch. Leer. Sie seufzte. Die gute Nachricht: Sie hatte delikate Informationen für ihre Kolumne sammeln können. Das Jämmerliche daran: Nach diesem Kuss war Wycliff für sie nicht mehr bloß Futter für ihre Feder, sondern ein heißblütiger, leidenschaftlicher Mann. Der Gedanke, seine Geheimnisse der Presse anzuvertrauen, zerriss ihr förmlich das Herz.

Kapitel 8

In dem »Der tätowierte Duke« eingeführt wird

Samstagmorgen

Zu seiner Überraschung hatte Wycliff zum Frühstück Gesellschaft. Und zwar nicht nur den guten, alten Harlan, der nie eine Mahlzeit mit ihm verpasste. Harlan versuchte, mit nur einem Arm zu essen, weil er immer noch darauf bestand, diese alberne Schlinge zu tragen, obwohl er sich die zugehörige Verletzung schon vor Jahren zugezogen hatte.

Wycliff hatte Harlan irgendwo in der Nähe von Sansibar aufgelesen und ihn seither nie mehr verloren. Sie hatten gegen Haie, Piraten und andere Katastrophen gekämpft. Sie hatten einander mehr als einmal das Leben gerettet.

Harlan war in die herzogliche Residenz eingezogen, ohne ihn um Erlaubnis zu fragen, und er hatte sich seither ausschließlich damit beschäftigt, zukünftige Abenteuer »an Orten mit besserem Wetter« zu planen, mit den Hausmädchen zu schäkern und seinen mit Whisky versetzten Tee mit Mrs. Penelope Buxby zu teilen.

Wycliff jedoch hatte es sich bisher verkniffen, Harlan auszuhorchen, was er über die hübsche Eliza vom herzergreifenden Kuss um Mitternacht in Erfahrung gebracht hatte. *Was hatte er sich dabei bloß gedacht?*

Die Antwort war ganz einfach: Er hatte natürlich überhaupt nicht nachgedacht; er war betrunken und verdrießlich gewesen nach der schlechten Nachricht über die Finanzen seines Herzogtums. Aber verdammt, der Kuss war es wirklich wert gewesen.

Harlan starrte erst Eliza und dann den Duke an, der sich um einen möglichst ungerührten Gesichtsausdruck bemühte. Wycliff wusste, falls Harlan auch nur den Hauch einer Ahnung hätte, dass er eine Vorliebe für ein Mädchen hegte – und mochte sie auch noch so flüchtig sein –, würde er ihn dafür gnadenlos und ohne Unterlass verspotten. Harlan war schätzungsweise schon knapp über dreißig, aber im Grunde seines Herzens war er dreizehn geblieben.

Eliza versuchte gerade, ihnen das Frühstück zu servieren, was von Gläser- und Tellerklappern und atemlosen Flüchen begleitet wurde. Sie war eine schreckliche Dienerin (aber bei Gott – wusste dieses Mädchen zu küssen!), und es war Sebastian ein Rätsel, wie sie an die hervorragenden Empfehlungsschreiben von einer Countess und einer Duchess gekommen war. Da die Bewerber nicht gerade Schlange standen, um in seinem Haushalt eine Anstellung zu bekommen, und weil seine Mittel begrenzt waren, würde er sich aber hüten, sie zu feuern. Abgesehen davon war Sebastian kein Mann, der großen Wert auf Etikette legte. Seine Angestellten mussten sich die anfallenden Aufgaben unbürokratisch teilen: Diejenigen Arbeiten, die von Männern erledigt werden mussten, übernahmen die wenigen Lakaien, weshalb die Dienstmädchen an ihrer Stelle die Mahlzeiten servierten.

Er fing einen Blick aus Elizas meerblauen Augen auf. Sie verstand ihn als Aufforderung, seine Kaffeetasse nachzufüllen – eine Angewohnheit, die er aus der Türkei mitgebracht hatte.

Eigentlich wollte er gar keinen Kaffee. Aber als sie neben ihm stand, um einzuschenken, bemerkte Sebastian, dass ihre Brüste für ihn genau auf Augenhöhe waren, wenn er saß und sie stand. Er würde heute Früh eine wahrlich exorbitante Menge von dem Zeug trinken.

»Euer Gnaden«, meldete sich nun Saddler irgendwo hinter seiner Schulter zu Wort. Wycliff fluchte leise und musste sich zusammenreißen, um nicht vor Schreck aufzuspringen. Der Butler hatte diese verflixte Angewohnheit, sich lautlos zu bewegen und einfach irgendwo *aufzutauchen*. Das nervte ihn unheimlich.

»Ihr habt Besucher«, psalmodierte Saddler nun und hielt ihm ein Silbertablett mit dem Kärtchen von Mr. Monroe Burke hin, der kurz darauf mit einer Zeitung in der Hand eintrat.

Na wundervoll. Noch mehr Mäuler zu stopfen.

»Wohin willst du mich denn heute entführen?«, fragte Wycliff trocken. Zuletzt war Burke einfach so auf Tahiti in seinem Leben aufgetaucht. Das war ungefähr ein Jahr, nachdem er ihn dort absichtlich ausgesetzt hatte. *Ach, es geht doch nichts über einen Konkurrenzkampf unter Freunden*, dachte Sebastian sarkastisch. Er erinnerte sich nur allzu gut an ihre letzte Begegnung: Burke war mit der Nachricht von seiner Erbschaft zurück nach Tahiti gesegelt und hatte ihm »freie« Passage nach England angeboten. Wycliff hatte keine Ahnung gehabt, was diese Erbschaft für ihn bedeutete. Er hätte lieber an jenen warmen weißen Sandstränden unter dem wolkenlosen Himmel und der heißen Sonne bleiben sollen.

»Ich wünsche dir auch einen guten Morgen, Euer Gnaden«, antwortete Burke. »Ich wollte nur mal schauen, wie du dich so eingelebt hast.«

»Ich werde von Gläubigern verfolgt, das Wetter ist mies, ich sehne mich nach der Sonne und bin schon jetzt von diesem Adelstitel gelangweilt«, antwortete Wycliff und trank einen Schluck Kaffee. Die Dinge standen wirklich schlimmer als befürchtet. Seine Hoffnung, nach einer Stippvisite sein Geburtsland wieder verlassen zu können, hatte sich zerschlagen.

»Und wir vermissen die freigiebigen, leichtherzigen und viel nackteren Frauen von Tahiti«, fügte Harlan hinzu und zwinkerte mit seinem gesunden Auge.

Burke grinste und sagte: »Da können wir wohl einen Club gründen.«

Er sah, wie Eliza die Augen aufriss. Es würde bestimmt nur noch ein, zwei Tage dauern, bis sie im Wycliff'schen Haushalt nichts zu schockieren vermochte.

»Warum sind wir dann hier?«, fragte Wycliff. »Ich sehe keinen Vorteil in einem Leben in England.«

»Wir sind hier, weil du zum Duke erhoben wurdest«, erinnerte Burke ihn. »Du hast eine Verantwortung zu tragen.«

Harlan verzog das Gesicht.

»Aber das erklärt nicht, was ihr beide hier zu suchen habt.« Wycliff bemerkte Elizas Blick, und sofort eilte sie mit der Kaffeekanne an seine Seite. Er versuchte, diskret auf ihre Brüste zu starren, als sie ihm einschenkte. Sie waren wohlgerundet, schwer und hübsch, und er kam gerade von einer sehr langen Seereise zurück. Er war ein Mann. Ein Wycliff. Er konnte nicht anders – er musste sie anstarren.

»Ich mag es, wenn meine Abenteuer auf hoher See sich

mit den Abenteuern in London die Waage halten«, antwortete Burke.

»Darauf trinke ich«, fügte Harlan hinzu und hob sein Glas. Wycliff riss sich beinahe gewaltsam vom Anblick von Elizas Brüsten los und hob ebenfalls die Tasse.

»Bringt es nicht Unglück, wenn man mit Wasser oder Tee anstößt?«, fragte sich Burke. »Oder mit diesem komischen Kaffee, den du immer trinkst?«

»Wer behauptet denn, dass hier nicht was Stärkeres drin sei?«, antwortete Harlan und grinste. »Die Haushälterin hat immer was vorrätig.«

»*Da* bleibt also das ganze Geld«, murmelte Wycliff. Aber nur Eliza hörte ihn. Er genoss zu hören, wie sie leise die Luft einsog und versuchte, sich ihr Lachen zu verkneifen.

»Hast du mir endlich vergeben, Wycliff?«, fragte Burke jetzt. Es fühlte sich merkwürdig an, von seinem Freund aus frühester Kindheit mit diesem neuen Namen, seinem Titel, angesprochen zu werden. Sebastian dachte darüber nach, etwas zu sagen, aber er wusste ja, dass er sich glücklich schätzen konnte, mit dem Titel angeredet zu werden und nicht mit irgendeiner schrecklich beleidigenden Bezeichnung, wie alte Freunde sie neuerdings zu äußern wagten.

Er fühlte sich allerdings auch nicht wie ein Wycliff. Aber das musste nichts bedeuten.

»Was denn? Dir vergeben, dass du mich im Paradies aufgestöbert und in das kalte, regnerische, mit Verantwortung beladene England gezerrt hast? Niemals.«

»Also, mir fängt's an, hier zu gefallen«, sagte Harlan.

Wycliff wandte sich aufgebracht an ihn. »Erst gestern hast du eine Liste mit 73 Orten aufgestellt, an die du reisen willst, weil sie angeblich so viel besser sind als England.«

»Da hab ich ja auch noch nicht gewusst, was für Vergnügen diese Stadt zu bieten hat«, bemerkte Harlan. »Hab ich mir letzte Nacht dann mal ein bisschen näher angesehen. Diese englischen Mädels sind schon was …«

Wycliff blickte flüchtig Eliza an. Ein schüchternes, zweideutiges Lächeln umspielte ihre Lippen. Sein eigenes Techtelmechtel der vergangenen Nacht hatte nichts dazu beizutragen vermocht, sein Verlangen zu stillen, und seither musste er ständig an das Hausmädchen denken.

»Vollständige Sätze ›sind auch was‹«, bemerkte Wycliff sarkastisch.

»Nun, entschuldige bitte, Eure Gnadenschaft, aber nicht jeder von uns war in Eton«, schoss Harlan zurück und vermischte absichtlich die unterschiedlichen Anreden.

»Wie ich sehe, zankt ihr euch noch immer«, mischte Burke sich ein und grinste schief. »Ihr zwei seid wie ein altes Ehepaar.«

»Aye, da hast du recht: Wir zanken uns und gehen nicht zusammen ins Bett«, witzelte Harlan.

Wycliffs Miene verfinsterte sich … Doch dann bemerkte er, wie dieses Geplänkel Eliza zum Lächeln brachte.

»Vielen Dank für die Klarstellung«, knurrte Wycliff.

»Ich glaube nicht, dass das die Gerüchte sind, um die du dir ernsthaft Sorgen machen musst«, deutete Burke geheimnisvoll an.

»Ja, ich weiß schon. Mit diesem Ohrring und den langen Haaren werde ich nie Zutritt im Almack's bekommen«, ätzte Wycliff sarkastisch.

»Scheiß auf den Almack's. Ich meine die *London Weekly*«, sagte Burke und hielt die neuste Ausgabe hoch.

»Ja und? Was interessiert mich, was die Schmierfinken in irgendeiner Zeitung absondern?«, bemerkte Wycliff nur und trank einen Schluck Kaffee.

»Das sollte es aber, mein Lieber. Die *London Weekly* ist nicht bloß irgendeine Zeitung«, widersprach Burke. Seine Lippen verzogen sich zu einem Lächeln – demselben Lächeln, das Wycliff gesehen hatte, kurz bevor turmhohe Wellen über ihrem Schiff zusammenschlugen oder als er die Nachricht über seinen Vater und das Herzogtum überbracht bekommen hatte. Burke hatte ihm damit jenen wunderschönen Tag im Paradies verdorben. Darin war er gut – im Verderben. Ja, Sebastian kannte dieses Lächeln, das Burke sich für unangenehme Neuigkeiten reservierte.

Wycliff trank seinen Kaffee und wartete. Dann schaute er Burke an, ließ seinen Blick weiter nach links wandern, wo Eliza mit einem leisen Lächeln auf den Lippen Tee einschenkte. Und dann wieder zurück zu Burke, damit der ihm erklärte, was so *besonders* an dieser Zeitung war.

Verdammt richtig, das ist nicht bloß irgendeine Zeitung, dachte Eliza und goss diesem Burke mehr Tee ein. Kam der jetzt aus der richtigen Kanne oder aus der für Harlan, in der sich Mrs. Buxbys Spezialmischung mit Whisky befand? Sie konnte sich nicht erinnern.

Ach, was soll's. Ein bisschen Whisky am Morgen schadet niemandem, sagte sie sich. Sie bemerkte den Blick des Dukes und trat zu ihm, um Kaffee nachzuschenken. Er trank ziemlich viel von dem Zeug.

»Und was genau ist so besonders an der Zeitung?«, fragte der Duke jetzt skeptisch.

»Die Schreibenden Fräulein zum Beispiel«, antwortete Burke, und Eliza versuchte, nicht zu lächeln.

»Ah, das Zeug wird von Frauen geschrieben? Dann enthält es vermutlich die neusten Berichte über Haarbänder, Saumlängen und Rouge. Ich kann dir versichern: Nichts davon ist für mich von Interesse«, sagte der Duke.

Eliza dachte kurz darüber nach, ob sie die dampfend heiße Flüssigkeit nicht in seine Tasse, sondern seinen Schoß kippen sollte. Sie hasste diese typischen Kommentare über die Interessen von Frauen. Andererseits hatte sie dieselben Argumente in ihrem Bewerbungsbrief an Knightly verwendet, wo sie betonte, dass sie über ernste Themen berichten wolle und nicht über Gesellschaftsnachrichten oder Hochzeiten.

Und hier stand sie nun, als Dienstmädchen verkleidet, und schrieb Klatschgeschichten über einen skandalösen, attraktiven Duke. Sie war versucht, schwer zu seufzen.

Besorgen Sie die Story …

»Dort geht es doch nicht um Haarbänder, du Depp«, antwortete Burke. »Ich glaube, dafür interessieren sich nicht mal mehr die Schulmädchen. Diese Zeitung ist voll mit geschmacklosen Nachrichten und Klatsch, und es dreht sich immer nur um Anzügliches und Skandalöses aus den besseren Kreisen. *Jeder* liest diese Zeitung. Und jeder will die neuesten Schmutzgeschichten lesen.«

Elizas Herz schwoll vor Stolz. Für sein leidenschaftliches Plädoyer für die *Weekly* hatte dieser Mr. Monroe Burke sich ein paar schmeichelhafte Zeilen in ihrem nächsten Artikel verdient.

»Jeder?« Wycliff hob fragend eine Braue.

»Man kann in der besseren Gesellschaft kein Gespräch führen, wenn man die *Weekly* nicht gelesen hat. Wirklich, Sebastian, alle lesen sie – quer durch alle Gesellschaftsschichten«, erklärte Burke.

Was stimmte, wie Eliza wusste – die anderen vom Personal studierten gerade in der Küche die neueste Ausgabe.

»Da ist noch ein Besucher, Euer Gnaden«, psalmodierte Saddler, und Eliza wäre vor Überraschung beinahe hochgesprungen. Wie ein Mann sich so lautlos bewegen konnte, überstieg ihre Vorstellungskraft.

Der Armleuchter von einem Cousin platzte hinter Saddler in das Frühstückszimmer.

»Hört mal, redet ihr auch gerade über die *London Weekly*?«, fragte er. Heute trug er eine violette Weste, die farbtechnisch ziemlich heftig mit seiner Gesichtsfarbe wetteiferte.

»Siehst du, sogar Basil weiß davon«, betonte Burke.

»Also, das muss schon was heißen«, meinte der Duke.

»Hast du schon die Geschichte über dich gelesen, Cousin? Hör mal, ich hätte ja gedacht, dass du deshalb vor Wut außer dir wärst. Und weil du das so gar nicht bist, schließe ich daraus, dass du sie noch nicht gelesen hast.«

»Bist du etwa deshalb hergekommen? Um Zeuge einer Szene zu werden?«, fragte der Duke an Burke gewandt.

»Zum Teil«, gab Burke zu. »Und wegen Timbuktu.«

»Wegen Timbuktu?«, wiederholte der Duke interessiert.

»Dort ist es warm. Und trocken«, fügte Harlan hinzu. »Gibt aber keine englischen Mädels da.«

»Lesen wir jetzt die *Weekly* oder nicht?«, unterbrach Basil das Geplänkel.

Wycliff schnappte sich die Zeitung. »Es steht auf Seite zwei«, sagte Burke hilfsbereit.

Auf Seite zwei! Elizas Herz hüpfte vor Aufregung. Ihre Story erschienen sonst immer auf der siebzehnten oder achtzehnten Seite, ganz weit hinten also, neben den Anzeigen für magische Heilcremes und den Korsetts für Männer.

»›Der tätowierte Duke‹«, begann Burke mit einem teuflischen Grinsen die Überschrift vorzulesen. Eliza hätte gerne erklärt, dass Feinsinn keine Auflage verkaufte, aber sie hielt lieber den Mund. Sie musste sich sogar auf die Unterlippe beißen, um nicht breit zu grinsen. *Ihre Story auf Seite zwei!*

»Wie haben die das denn alles herausgefunden?«, fragte Harlan mit großen Augen und beugte sich vor.

Der Duke schaute Eliza an. Es war geradezu eine Herkulestat, sich nichts anmerken zu lassen … und sie dankte Gott für ihre Kindheit in einem Theater.

»Die ganze Mannschaft auf dem Schiff hat die doch gesehen«, erklärte Burke. »Und viele von denen haben Frauen oder verkehren mit losem Weibsvolk. Und solche Weiber reden nun mal.«

»Oh, die Tätowierungen!«, rief Basil aus, und der Duke rieb sich erschöpft die Augen. »Ihr meint wie auf den Bildern mit dem nackten Mädchen? Ich muss gestehen, ich war versucht, dieses Detail mit den Herren in meinem Club zu teilen. War das ein Geheimnis?«

Die Schwatzsucht des Armleuchters von einem Cousin schien alles zur allgemeinen Zufriedenheit zu erklären. Eliza wagte daher, erleichtert aufzuatmen.

»Lies weiter«, verlangte der Duke und schob Burke die Zeitung wieder zu.

»Also gut, Euer Gnaden«, antwortete Burke. »Oder soll ich lieber sagen ›Euer tätowierter Gnaden‹? Klingt irgendwie nicht richtig, oder?« Er grinste.

»Ist es nicht interessant, dass etwas, das am einen Ende

der Welt so vollkommen gewöhnlich ist, am anderen Ende so eine Sensation ist?«, überlegte Harlan laut.

»Lies weiter«, knurrte Wycliff, und Burke gehorchte. Er las laut all die Details über das wilde, fremdartige Aussehen und die Tätowierungen des Dukes vor.

Die Eingeborenenkunst bedeckt die breite Brust, die Schultern und Oberarme Seiner Gnaden. Mit den zurückgebundenen Haaren und den ausgedehnten tintigen Tätowierungen sieht er wie ein gefährlicher heidnischer Krieger aus.

Die Frauen durchleiden diese Tortur des Tätowiert-Werdens ebenfalls, wie durch Zeichnungen in der Sammlung Seiner Gnaden belegt ist.

Andere Zeichnungen zeigen fremde Pflanzen und Tiere, die für die Gärtner in Kew sicher von großem Interesse wären. Am interessantesten für die geilen Böcke der Londoner Gesellschaft dürften jedoch die äußerst realistischen Zeichnungen der eingeborenen Frauen sein, die sich mit ihren Tätowierungen, ihrem langen pechschwarzen Haar und einem sinnlichen Lächeln ohne irgendwelche Korsetts, Kleider, Strümpfe und anderen Tand, mit dem sich die jungen Ladys hierzulande bedecken, sichtlich wohl fühlen. Ob Ihro Gnaden dieses freizügige Verhalten jetzt auch von den Schönheiten Englands erwartet?

»Die sind *alle* nackt?«, fragte Basil atemlos. Eliza zuckte zusammen.

»Es ist verdammt noch mal zu heiß dort, um irgendwelche Kleidung zu tragen«, antwortete Harlan.

»Was ist mit Ihrem Auge passiert? Und mit dem Arm?«, erkundigte sich Basil.

»Ein Piratenangriff«, antwortete Harlan ernst. Erst gestern hatte Eliza belauscht, wie er dem Diener Thomas erzählt hatte, das sei nach einem Kampf gegen einen Hai passiert. Und vorher hatte sie mitbekommen, wie er sich damit brüstete, das sei bei einem fehlgeleiteten Opfer an die Götter passiert.

Burke las weiter:

Der Duke hat nicht einmal geleugnet, in nur einer Nacht Hunderte Frauen in einem Harem beglückt zu haben. Ladys von London, passt gut auf! Dieser Duke scheint einen exotischen und unstillbaren Hunger zu haben.

»Ich mache mir deshalb keine allzu großen Sorgen«, behauptete der Duke. »Allerdings erwähnen sie nicht all meine Leistungen im Dienst der Krone.«

»Wie zum Beispiel Nachkommen auf der ganzen Welt zu zeugen?«, fügte Harlan grinsend hinzu.

»Wie der Vater, so der Sohn«, wagte Burke zu sagen.

Der Duke funkelte ihn wütend an und erklärte dann süffisant: »England in der Fremde preisen. Den Austausch der Kulturen fördern. *Das* ist gemeint, du Ignorant!«

Einer der Gentlemen schnaubte.

»Die Gesellschaft ist in Aufruhr«, erklärte Basil. »Mein Weib hat schon *vor Mittag* Besucher empfangen, nur um über dieses Thema zu diskutieren. Eine der Frauen ist sogar in Ohnmacht gefallen. Ich habe gehört, wie sie nach dem Riechsalz riefen.«

»Wirklich?«, fragte Wycliff interessiert.

»Ja, tatsächlich. Es sind die Tätowierungen. Und der Ohrring. Und die Piraterie«, fügte Basil hinzu. »Die nackten Frauen natürlich auch. All die Mamas, die ihre Töchter verheiraten wollen, überlegen im Moment, ob der Umstand, dass du ein Duke bist, wirklich genügt, um über alles andere hinwegzusehen.«

Der Duke schwieg, und Eliza fragte sich, ob er wirklich vorhatte zu heiraten. Sie spürte bei der Vorstellung ein Flattern in ihrem Bauch, das sie jedoch rasch als lächerlich abtat.

»Wenn du *nicht* planst zu heiraten, habe ich eine Neuigkeit für dich«, sagte Burke, woraufhin der Duke ihm seine volle Aufmerksamkeit widmete. »Die französische Regierung hat demjenigen zehntausend Pfund versprochen, der als Erstes Timbuktu erreicht.«

Eliza wollte laut lachen, weil die Bandbreite der Gefühle, die sich auf dem Gesicht des Dukes abspielte, von Missmut (bei der Erwähnung der französischen Regierung) bis zu Erstaunen reichte (beim Wort Timbuktu riss er die Augen weit auf).

»... und der als Erster auch wieder zurückkehrt, nehme ich an?«, hakte Wycliff nach.

»Ich denke darüber nach, selbst eine Expedition auf die Beine zu stellen«, sagte Burke leise. Als der Duke das hörte, sah er aus, als wolle er im nächsten Moment Gift und Galle spucken. Die beiden Männer blickten einander böse an.

»Was ist Timbuktu?«, fragte Basil, und Eliza war ausnahmsweise froh über den Armleuchter von Cousin, weil sie das auch gerne wissen wollte.

»Das ist eine Stadt in Afrika, in der die Straßen mit Gold gepflastert sind und es Diamanten regnet. Alle Frauen sind nackt und schenken jedem ihre Zuneigung«, antwortete Burke.

»Hör ihm gar nicht zu, Basil«, mischte sich der Duke

ein. »Timbuktu ist eine legendäre Stadt in Afrika, die aber vermutlich kaum mehr als eine armselige Ansammlung von Lehmhütten ist. Allerdings hat bislang noch kein Europäer den Weg dorthin gefunden, und selbst wenn, so ist keiner je zurückgekehrt.«

»Bis der große Monroe Burke kam«, fügte der verdammte Monroe Burke hinzu.

»Oder der Duke of Wycliff. Du weißt ganz genau, dass ich diese Herausforderung schon immer annehmen wollte. Nach Timbuktu! Ich glaube, darüber habe ich dich nach meiner Rückkehr aus Tahiti in Kenntnis gesetzt. Sehr detailliert, übrigens«, antwortete Wycliff angespannt. Eliza sah, wie ein verärgerter Ausdruck über Burkes Gesicht huschte, ehe er eine gelassene Miene aufsetzte.

»Und schon geht die große Rivalität zwischen uns weiter«, bemerkte Burke großspurig und versuchte, den stillen Zorn des Dukes beiseitezuwischen. »Von den Plumpsklos in Eton bis zu den Lehmhütten von Timbuktu.«

Eliza räumte die Teller ab, und als sie mit dem Geschirr in die Küche kam, drängten sich die Köchin und die Mädchen um ihre Ausgabe der *London Weekly*. Sie lasen »Der tätowierte Duke«. Sie musste sich wirklich anstrengen, damit ihr Lächeln nicht zu breit geriet, aber das wollte ihr einfach nicht gelingen: Das zufriedene Grinsen ließ sich nicht aufhalten. Sie war endlich angekommen.

Kapitel 9

In dem der Ruf des Dukes ihm vorauseilt

Später an diesem Abend

Der Name war ihm den ganzen Tag über durch den Kopf gespukt; immer wieder hüpften die drei melodischen Silben von seiner Zunge. Tim…buk…tu. Wie ein Gedicht oder ein Lied. Ein Gebet.

Wycliff hatte schon immer auf diese Expedition gehen wollen – schon seit er ein kleiner Junge war. Als er die Geschichten über Timbuktu zum ersten Mal gehört hatte, hatte er sofort den Wunsch verspürt, dem Schulzimmer und den engen Räumen von Wycliff House zu entkommen. Auf Tahiti hatte er erneut darüber nachgedacht und auf dem Weg zurück nach England kaum über etwas anderes geredet. Tatsächlich war er nur heimgekehrt, um diese neue Expedition zu planen. Und jetzt ließen die Franzosen mehr springen als Ruhm und Ehre. Zehntausend Pfund! Schade nur, dass er die nicht schon vorher bekommen konnte …

Schade auch, dass Burke ebenso hinter dem Preisgeld her war. Ein schöner Freund war das! Auf der anderen Seite basierte ihre Freundschaft von jeher auf Rivalität. Sie hatten schon immer versucht, einander beim Trinken, Rauchen, Kämpfen und Herumhuren zu übertreffen. Die ganze Welt war ihnen die Bühne, auf der sie sich in einem beständigen Kampf um die Vorherrschaft befanden. Burke hatte ihn ein Jahr lang auf Tahiti zurückgelassen. Wycliff hatte Burke dafür zuvor eine Woche lang in einer Leprakolonie alleingelassen.

Selbst nach zehn Jahren auf großer Fahrt hatte die Reiselust Wycliff in dem Augenblick wieder gepackt, als er im Londoner Hafen Burkes Schiff verließ. Irgendetwas an seiner alten Heimat England schnürte ihm die Luft ab – irgendetwas und der Regen und die Geschichte und der Schatten seines Vaters und all der vorherigen Dukes of Wycliff, die vor ihm getrunken und geschwelgt hatten und gestorben waren.

Sebastian wollte kein solches Leben führen. Und genauso wenig wollte er ein Leben führen, bei dem ihm die Hände gebunden waren, weil ihn die Schulden schier erstickten.

Timbuktu war sein Ziel.

Und das hier – dieser Ballsaal, dieses gesellschaftliche Geklüngel, diese Orgie aus Wohlstand und Dekadenz und Geschwätz – war einer der Höllenkreise, die er auf seiner Reise durchqueren musste.

»Ich bete zu Gott, dass sie bei diesen Zusammenrottungen immer noch Brandy servieren«, sagte Sebastian bitter. Es war eine Ewigkeit her, seit er an einem gesellschaftlichen Ereignis dieser Art teilgenommen hatte.

Burke grinste. »Eines ist sicher: Niemand würde mehr kommen, wenn sie damit aufhörten.«

Sie schoben sich durch die Menge, erwiderten die stumm genickten Begrüßungen (Burke) und das Starren (Wycliff). Niemand begrüßte den wieder heimgekehrten Duke, niemand sagte ein paar freundliche Worte darüber, dass man sich so lange nicht gesehen habe oder fragte Sebastian nach seinen Reisen. Offensichtlich war er in den Augen der besseren Gesellschaft sogar zu bizarr, als dass man Konversation mit ihm betreiben wollte. Ein finsterer Zug lag um seinen Mund.

Bis jetzt hatte Wycliff keinen Gedanken daran verschwendet, wie fremd er mit den langen Haaren und dem Ohrring erscheinen musste. Jetzt, während er durch den Ballsaal schlenderte und in die Gesichter der Menschen sah, die ihn pikiert musterten, erkannte er das. Die anderen Gäste dachten wahrscheinlich an seine Tätowierungen und stellten ihn sich mehr oder weniger unbekleidet vor.

Kein Wunder also, wenn all die jungen Frauen und ihre Mütter beschämt und errötend den Blick abwandten, sobald er vorbeikam. Im Stillen konnte Sebastian sich ein Grinsen darüber nicht verkneifen.

Während er seinen Brandy nippte, genoss er die Erinnerung daran, wie er den Frauen von Tahiti erklärt hatte, was genau einen Ball in London ausmachte. Danach hatte er ihnen am weißen Sandstrand beigebracht, Walzer zu tanzen, bis in die schäumende Brandung hinein.

Aber jetzt, im Ballsaal von Lord und Lady Dies-oder-Jenes verglich er die Festlichkeit eher mit einem Haifischbecken.

Die Gäste drehten sich langsam im Walzertakt, in streng kontrollierten Kreisen. Sie beäugten ihn aus zusammengekniffenen Augen, und ihre langen, spitzen Nasen witterten nach einem Anzeichen von Schwäche. Und gelegentlich schoss einer von ihnen auf ihn zu, um ihn zu warnen.

Ein bestimmter Hai hatte besonders Gefallen an ihm gefunden, und Wycliff sah, wie sie durch den Schwarm in seine Richtung glitt. Die anderen Gäste traten beiseite, um dieser männerfressenden Lady Platz zu machen, damit sie leichter zu ihrer Beute gelangte.

Ihre Haare schimmerten golden im Kerzenlicht. Golden wie Timbuktu. Er würde gut daran tun, sich daran zu erinnern.

Dieser rote Schmollmund, der jetzt ihm galt – den kannte er sehr gut. Einst hatte dieser Mund abwechselnd um seine Berührung gefleht und ihn alternativ mit kreativen Schimpfworten belegt. Sie war eine feurige Frau. Wie ein wilder, stürmischer Ozean, über den ein Sturm hinwegfegt. Nur eben ein Ozean in Korsett und Seide.

»Lady Althea Shackley«, sagte Sebastian gedehnt, als sie vor ihm stehenblieb. Ihre grünen Augen funkelten, und ihre Wangen waren rosig. »Das muss eine Ewigkeit her sein«, sagte sie lächelnd und streifte ihre Handschuhe ab. Mit der nackten Hand versetzte sie ihm eine schallende Ohrfeige.

Im Ballsaal wurde es augenblicklich totenstill, und alle Augen richteten sich auf die beiden.

Lady Shackley schien die Aufmerksamkeit zu genießen. Majestätisch drehte sie sich auf dem Absatz um und marschierte davon. Der Saum ihrer Seidenröcke wischte im Takt ihrer Schritte über den Boden. Den Kopf hielt sie stolz oben.

Nachdem sie abgerauscht war und weiter in Richtung Ausgang stöckelte, richtete die Menge ihre geballte Aufmerksamkeit auf ihn. Mit einem spöttischen Lächeln hob der tätowierte Duke of Wycliff sein Glas.

»Auf England!«, rief er.

Viele sahen sich gezwungen, seinem Beispiel zu folgen und ebenfalls auf ihr Heimatland zu trinken, obwohl er so ziemlich der Fremdländischste und Merkwürdigste von ihnen allen war – Titel hin oder her. All diejenigen aber, die etwas auf Titel und Rangfolge gaben, mussten seinem Beispiel wohl oder übel folgen.

In diesem Augenblick verstand Wycliff etwas: Er war nicht nur völlig unpassend, nein: Sein Verhalten grenzte an Hochverrat. Für einen Mann seines Stands war die Adaption fremder Bräuche und Kulturen ein Tabu: Was er als weltmännisch betrachtete, sahen seine Landsleute als Ausweis dafür, dass er andeuten wolle, England sei anderen Kulturen nicht in allen Dingen überlegen. In ihren Augen hatte er sein Land verraten, und das durfte nicht toleriert werden.

»Auf den König!«, fügte Wycliff deshalb hinzu und hob erneut sein Glas. Die Ballgäste folgten seinem Beispiel. Ein selbstzufriedenes Lächeln umspielte seine Lippen. Wie es sie alle schmerzen musste, ihre Solidarität mit dem verräterischen Duke zu zeigen, der die Haare lang trug, einen Ring im Ohr hatte, der auf seiner sonnengebräunten Brust mit Tätowierungen übersät war und der betrogene Frauen zu öffentlichen Gewalttaten provozierte! So ein Mann war er nämlich.

Sie nannten ihn nicht umsonst »den wüsten Wycliff«.

Seine Wange brannte noch immer von der Ohrfeige. Lady Althea hatte sich nicht zurückgehalten. Und Sebastian musste zugeben: Es war eine verdiente, hervorragend ausgeführte Ohrfeige – die alle Anwesenden an die skandalösen Umstände erinnerte, unter denen er einst fluchtartig das Land verlassen hatte.

Lady Althea blieb noch einmal stehen und blickte gequält über die Schulter.

»Und auf die Königin«, sagte Wycliff und hob grüßend das Glas in ihre Richtung. Lady Althea wandte sich ab und ging.

Kapitel 10

Eine sternklare Nacht

Nach seinem kurzen Vorstoß in die High Society kehrte Wycliff früh nach Hause zurück. Das drückte zusätzlich seine Stimmung. An diesem Abend hatte er im Grunde nur einen goldenen Käfig gegen einen anderen getauscht, obwohl jede Faser seines Körpers sich nach der großen Freiheit sehnte.

Er nahm eine Flasche Brandy mit nach oben auf das Hausdach, wo er sich über das Geländer beugen, zu den Sternen aufblicken, frische Luft atmen und auch sonst so tun konnte, als würde er immer noch über das Meer segeln. Aber unter ihm erstreckte sich immer noch nur das Haus – keine sanfte Dünung, wie er es vom Meer gewohnt war. Außerdem ruinierte der verfluchte Londoner Dunst den Ausblick.

Sebastian seufzte. Er konnte nicht gehen. Konnte dem Hier nicht entfliehen. Denn …

Man brauchte Gelder, um eine Expedition auf die Beine zu stellen. Er hatte jedoch absolut keine Mittel. Ja, nicht nur das: Er hatte bei seiner Heimkehr sogar über einen Gläubiger steigen müssen, der auf seiner Treppe schlief. So konnte es nicht weitergehen! Gleich morgen Früh, nahm Wycliff sich fest vor, würde er ein ernstes Wörtchen mit Saddler darüber reden, wie sie zumindest so tun konnten, als herrsche in diesem unkonventionellen Haushalt ein Mindestmaß an Würde.

Wäre er ein typischer Duke, überlegte Wycliff müßig, würde er einfach eine wohlhabende Frau heiraten, und damit wäre alles erledigt – er wäre wieder ein gemachter Mann und alle Sorgen los. Je länger er darüber nachdachte, desto eher schien Sebastian eine reiche Ehefrau die Lösung all seiner Probleme zu sein. Er stellte sie sich in Form einer hübschen weiblichen Geschenkverpackung vor, am besten noch mit einer Schleife zugebunden. Sie würde das Geld zur Verfügung stellen, damit er auf Reisen gehen konnte, und in seiner Abwesenheit die Landgüter verwalten.

Doch zwischen der unverschämten Kolumne in der *London Weekly* und Lady Altheas öffentlicher und gewaltiger Ohrfeige erschien es Wycliff nahezu ausgeschlossen, dass eine reiche Frau sich an einen wie ihn binden – geschweige denn seine Eskapaden finanzieren wollte …

Wycliff überlegte weiter.

Er könnte sich auch einen Fahrschein ohne Rückfahrt kaufen und von einem Hafen zum nächsten ziehen, von einem Abenteuer ins nächste stolpern, ohne Plan und Ziel. Ihm bliebe zwar nichts, worauf er sich verlassen könnte außer seinem Witz und Charme – aber so hatte er sich ja schon seit Jahren durchgeschlagen …

Morgen Abend um diese Zeit könnte er schon wieder auf hoher See sein, überlegte Sebastian. Sofort klopfte sein Herz schneller.

Was hielt ihn hier auf?

Wycliff kannte die Antwort: Sein Verlangen strebte nach etwas Größerem. Er wollte nicht nur auf einem Schiff umherziehen, auch wenn er die salzige Seeluft und das Krachen der Wellen liebte. Es war Zeit für eine richtige Herausforderung, die ihn gründlich auf die Probe stellte. Jetzt war der Moment gekommen, um einen großen Sieg zu erringen. Er musste irgendwo auf der Welt seine eigene Fahne in den Boden rammen, damit er nicht für alle Zeiten »einer von den wilden Wycliffs« blieb.

Timbuktu. Unentdeckt und gefährlich lockte ihn das ferne Ziel mit einem Preisgeld und unendlichem Ruhm. Ein unkartiertes Land, das es zu beanspruchen galt. *Das* war das perfekte Abenteuer für ihn.

Eventuell bestünde die Möglichkeit, Burke anzuflehen, ihn mitzunehmen – als Teil von dessen Mannschaft. Aber das wollte Wycliff auch wieder nicht: Er wollte führen, nicht folgen. Er wollte seinen eigenen verdammten Weg auf dieser Welt finden.

Er könnte der erste Mann sein, der es lebend nach Timbuktu schaffte und zurückkehrte.

Wycliff drehte sich um, als er ein Geräusch hörte. Jemand gesellte sich zu ihm aufs Hausdach. Die Türangeln waren nicht gut geölt. Noch ein Problem auf seiner ellenlangen Liste: Schulden, Verfall und eine quietschende Dachbodentür.

»Euer Gnaden?« Eine Frauenstimme durchschnitt die Dunkelheit. Sebastian wusste sofort, wem diese Stimme gehörte: Eliza, der Dienerin, die er bei jeder Gelegenheit anstarrte. Erst gestern hatte er gesehen, wie sie auf allen vieren über den Marmorboden im Foyer kroch. Er musste danach eine Stunde lang Kontenbücher wälzen, ehe er wieder einigermaßen bei Verstand war.

Fesselnde Sache, diese Geschäftsbücher.

Und dann, jener Abend … Er hatte zwar zu viel getrunken, aber so richtig berauscht war er nicht. Bis seine Lippen ihre berührten. Es war eine ruchlose, impulsive, hochgradig idiotische Idee gewesen, das Dienstmädchen im Foyer zur Mitternachtsstunde zu küssen. Doch er würde es sofort wieder tun.

Sie sollte nicht da sein, dachte er. Auf dem Dach, in der Dunkelheit. Zusammen mit ihm.

»Was machst du hier?«, fragte er. Seine Stimme klang rau.

»Ich habe etwas gehört. Das waren Sie, nehme ich an. Aber ich dachte, ich sollte lieber mal nachsehen«, erklärte Eliza und blieb neben ihm am Geländer stehen.

Es gibt immer diesen einen, kleinen, flüchtigen Moment – wenn man auch nur blinzelt, verpasst man ihn womöglich –, in dem sich alles ändern kann und an dessen Ende man einen völlig anderen Weg einschlägt. Ohne sagen zu können, weshalb. Dies war so ein Moment. Die Wycliff-Dukes und ihre Dienstmädchen waren seit Jahrhunderten dafür berüchtigt, diese Momente zu fassen und zu halten.

Ein Teil von ihm argumentierte, dass das die Erlaubnis war, die er brauchte, um sich über sie beugen und seinen Spaß mit ihr haben zu dürfen.

Aber wenn er ehrlich zu sich war, dann sehnte Sebastian sich nach mehr als nur nach dem schnellen Vergnügen. Er wollte lieben und nicht nur Zeit mit einem warmen, willigen Körper vertändeln. Außerdem versuchte er verzweifelt, nicht ein typischer Wycliff zu sein – auch wenn sein Verhalten vom Vorabend nicht gerade dafürsprach.

Und trotzdem: Dieses hübsche freche Mädchen kam einfach auf das Dach, um mitten in der Nacht einem merkwürdigen Geräusch nachzugehen. Selbst hier oben allein mit einem berüchtigten Halunken wie er es war, wahrte sie die perfekte Haltung. Sie war entweder eine komplette Närrin oder der Typ Frau, in den er sich auf der Stelle verlieben könnte.

Dies war der Moment. In dem sich alles änderte.

Weil er ein Wycliff war und ein waghalsiger Abenteurer – nur darum gab er ihr die Flasche mit Brandy.

»Danke, Euer Gnaden«, antwortete sie sehr brav. Dann nahm sie einen ordentlichen Schluck aus der Flasche und gab sie ihm zurück. Kein Husten oder Keuchen, keine Tränen. Bemerkenswert.

»Ich trinke jeden Nachmittag mit Mrs. Buxby Tee«, erklärte Eliza als Antwort auf seinen erstaunten Blick.

»Freut mich zu hören, dass sich manche Dinge offensichtlich nie ändern«, bemerkte er trocken.

»Was treibt Euch hier aufs Dach, wenn ich fragen darf?«, erkundigte sie sich ziemlich dreist. Andererseits hatte er sie gerade eingeladen, mit ihm zu trinken. Schon jetzt verschwammen die Standesgrenzen.

»Du bist ziemlich neugierig für ein Dienstmädchen«, entgegnete er verstimmt. »Impertinent, würde ich schon fast sagen. Es geht dich nämlich wirklich nichts an, was ich auf dem Dach zu suchen habe. Ich könnte dich für diesen Ungehorsam sogar vor die Tür setzen.«

»Ich weiß, Euer Gnaden. Und ich bitte Euch vielmals um Verzeihung. Ich bin schrecklich direkt – das ist einer meiner größten Fehler.« Sie gab sich zerknirscht, aber Wycliff wurde das Gefühl nicht los, dass alles nur gespielt war. Dennoch genoss er ihre Gesellschaft und wollte den Moment nicht verderben. Klare Nachtluft, ein guter Brandy, ein hübsches Mädchen an seiner Seite. Ein Mann konnte es schlechter treffen.

»Ich werde es dir sowieso sagen«, sagte Wycliff, »weil ich getrunken habe und du vermutlich nie irgendwo anders eine Anstellung finden wirst, nachdem du hier gearbeitet hast. Also muss ich dich wohl oder übel behalten.«

»So ist es, Euer Gnaden.« Ein Lächeln umspielte ihre Lippen. *Hinreißend!*

»Ich bin nach oben gekommen, um die Sterne zu sehen und mich an meine Zeit auf hoher See zu erinnern«, sagte Wycliff. »Aber dieser verfluchte Dunst ist im Weg.«

Sie wandte den Blick von ihm ab und schaute in den Nachthimmel.

»Ein paar kann man aber erkennen«, erwiderte sie. Ihre Stimme klang tröstend. Er folgte ihrem Blick nach oben über die Hausdächer Richtung Mond.

»Ja, aber auf dem Ozean kannst du Millionen von ihnen sehen. Zehn Millionen. Bist du schon mal aus London rausgekommen, Eliza?«

»Einmal war ich in Brighton«, sagte sie tonlos.

»War das eine angenehme Reise?«

»Ich wurde vom Glanz des Pavillons, der Seeluft und der Romantik dieses Urlaubs einfach hingerissen ... Die ganze Sache war ein Fehler.«

»Ich muss gestehen, jetzt bin ich neugierig«, murmelte Wycliff und beugte sich zu ihr herüber. Frauen meinten oft, er würde über ihnen aufragen. Manche fanden es beängstigend, andere unwiderstehlich. Eliza wich nicht zurück.

»Ihr solltet auch neugierig werden«, antwortete sie vorlaut, ehe sie hastig hinzufügte: »Euer Gnaden.«

Er grinste und hielt ihr noch einmal die Brandyflasche hin. »Noch mehr?«

»Bitte.«

Nachdem sie getrunken hatte, nahm er ihr die Flasche wieder ab und gönnte sich auch einen Schluck. Sie verfielen in ein angenehmes Schweigen und blickten erst auf die Stadt und dann hinauf zu den wenigen Sternen, die am Himmel funkelten. Wycliff war sich ihrer schlanken, weiblichen Gestalt neben sich nur allzu deutlich bewusst. Sie war ihm so nah auf diesem abgeschiedenen Hausdach … So nah wie nur einmal zuvor.

Sie brach das Schweigen als Erste und fragte ihn, woran er dachte.

»Ich habe eigentlich nicht die Angewohnheit, mich meinen Hausangestellten anzuvertrauen«, antwortete er. Vor allem, um sich selbst daran zu gemahnen, dass sich das nicht gehörte.

»Natürlich nicht«, stimmte sie sofort zu. »Aber vergesst nicht: Ihr habt getrunken.«

Eliza wusste, was sie tat; schließlich sah sie, dass er sich nicht gerade darauf versteifte, den strengen Duke zu spielen. Wenn sie ihm ein wenig entgegenkam, mit Charme und ein wenig Frechheit, würde er schnell einsehen, dass es irgendwie lächerlich war, weiterhin Wert auf Etikette zu legen und sich zu weigern, einfach ein angenehmes Gespräch mit einem hübschen Mädchen zu führen, das Brandy wie ein Mann trinken konnte.

»Der Haken an der Angelegenheit ist Folgendes …«, setzte der Duke jetzt an und runzelte die Stirn. »Ich weiß, dass ich hierher gehöre. Schließlich bin ich ein Wycliff. Aber ich möchte viel lieber da draußen sein.« Er wies in einer weit ausholenden Geste zu den Dächern und dem Himmel und der ganzen, weiten Welt, die sich hinter London erstreckten.

Eliza folgte seiner Geste und wusste, wovon der Duke sprach: von den entferntesten Ecken der Welt. Sie wusste auch, wie er durch die Gänge von Wycliff House tigerte und an den Gitterstäben seines Käfigs rüttelte. Das Haus mochte noch so groß und noch so schön sein – es blieb ein Käfig, aus dem er entkommen wollte.

»Ihr seid erstaunlich selbstkritisch«, sagte sie, dachte aber etwas anderes: Er machte ihr nur Probleme und war zutiefst verdorben – aber dumm war er nicht. Und er sah gut aus; ja, er war geradezu lächerlich attraktiv. Sie gab sich große Mühe, ruhig und gefasst zu wirken, so als pflege sie regelmäßig mit Dukes auf Hausdächern zu stehen und Brandy zu trinken.

Zugleich war Eliza sich aber auch nur allzu bewusst, wie heftig ihr Herz in ihrem engen Brustkorb schlug. Ihr Blick glitt unwillkürlich wieder zu seinem Mund. Nicht zum ersten Mal stellte sie sich vor, wie sie die Lippen auf seine presste.

»Das mag ja alles sein. Mit meiner Selbstkritik verdiene ich jedoch kein Vermögen – das ich aber bräuchte, um einfach dorthinaus gehen und mitmachen zu können.«

»Das ist allerdings ein Problem«, stimmte Eliza ihm zu. Eines, über das der Duke ihr hoffentlich gleich mehr erzählte. Sie hörte schon wieder Knightlys Stimme in ihrem Hinterkopf. *Besorgen Sie mir die Story. Besorgen Sie mir die Story.*

»Das Herzogtum ist an die Wycliff-Männer verschwendet«, fuhr Sebastian düster fort. »Sieh mich an: Ich trinke und plane und wünsche mir, das Land auf schnellstem Wege zu verlassen. Und was mache ich stattdessen? Ich vertraue mich einem Hausmädchen an.«

Eliza nahm ihm die Flasche aus der Hand und trank noch einen tiefen Schluck. Sie hoffte, das Brennen des Brandys würde sie davor bewahren zu beichten, dass sie mehr sei als bloß ein Hausmädchen. Zu prahlen damit, dass sie Autorin sei – eine *veröffentlichte* Autorin. Sie war eine gute Freundin der anderen Schreibenden Fräulein und hatte auch Wünsche und Träume – genau wie er. Sie war mehr als eine Frau mit einem Besen in der Hand und einer Schürze. Aber weil der Duke glaubte, sie sei zu mehr nicht fähig, und weil er ihr das auch nur allzu deutlich zeigte, schwand das bisschen Reue, das Eliza empfand, weil sie über ihn schrieb.

Trotzdem blieb die Frage im Raum, warum es ihr überhaupt etwas ausmachte, was er von ihr dachte. Darüber musste Eliza allerdings wohl ein anderes Mal nachdenken. Solange Gedanken über den Duke nicht für ihre Artikel taugten, waren sie es im Moment nicht wert, weitergedacht zu werden.

Besorgen Sie die Story. Besorgen Sie die Story.

»Ihr wollt also Eurem Schicksal entkommen«, fasste Eliza seine Worte zusammen. Sie musste vorankommen mit ihrem Artikel. Sie brauchte Informationen!

»Ich vermute, das ist eine verdammt akkurate und knappe Zusammenfassung der Umstände«, antwortete der Duke. Erneut wollte sie ihm am liebsten an den Kopf werfen, dass sie Autorin war und daher bestens mit Worten umgehen könne.

»Aber ich will ... also, ich will das, was offensichtlich so nicht für mich vorgesehen ist. Das will ich«, sagte er und trank aus der Flasche. »Heute Abend hat mir Lady Althea vor den Augen aller Anwesenden eine saftige Ohrfeige verpasst.«

»So etwas Dreistes«, murmelte Eliza, obwohl sie ihn viel lieber fragen sollte, was er angestellt habe, um diese Ohrfeige zu verdienen.

Julianna war vermutlich mit unverhohlenem Vergnügen Zeugin dieser Szene geworden und hatte bereits eine neue Ausgabe von »Geheimnisse der Gesellschaft« über diesen Abend geschrieben für all jene, die ihn verpasst hatten.

Die Elizas dieser Welt, die Hausmädchen und die Arbeiterklasse und all jene, die nie auf der Einladungsliste der Reichen und Schönen standen. Manchmal war es schon schwer, mit einer Duchess und einer Countess befreundet zu sein, die nie eine Party verpassten und immer neue Kleider hatten, dachte Eliza.

Andererseits konnten ihre Freundinnen nie tun, was sie gerade tat: einfach verschwinden und den Abend damit zubringen, zu den Sternen aufzuschauen und mit dem faszinierendsten, attraktivsten und skandalösesten Duke der Stadt Brandy zu trinken. Sie merkte, wie sie sich unwillkürlich zu ihm herüberlehnte und seinen Duft einatmete.

»Ich habe diese Ohrfeige natürlich verdient«, fuhr er fort. »Aber dieser Vorfall, gepaart mit dieser vernichtenden Zeitungskolumne …« Wenn er bemerkte, wie sie zusammenzuckte, zeigte er es jedenfalls nicht. »… hat es mir unmöglich gemacht zu bleiben, und ebenso unmöglich ist es mir zu fliehen. Ich habe das Gefühl, nicht länger hierher zu gehören. Aber dennoch haben England und das Herzogtum mich fest in der Hand, und ich kann nicht einfach gehen.«

»Warum seid Ihr überhaupt zurückgekommen?«, fragte Eliza.

Wycliff lächelte. »Soll ich ehrlich sein? Ich war von Tahiti gelangweilt, und in dem Moment bot sich keine andere Gelegenheit.«

»Jetzt bin ich fast versucht, Euch ebenfalls zu ohrfeigen«, bemerkte Eliza.

»Burke hatte Harlan und mich ein Jahr zuvor dort ausgesetzt. Es war seine noble Vorstellung, uns damit eine Lektion zu erteilen, damit wir zukünftig vorsichtiger sind mit dem, was wir uns wünschen. Ich wusste: Irgendwann würde für mich der Zeitpunkt kommen, um mein Erbe anzutreten. Ich habe nur nicht so schnell damit gerechnet. Nicht so bald. Ich erinnere mich noch sehr gut, wie ich am Strand lag und Burkes Schiff am Horizont auftauchte … Und dann überbrachte er mir die Nachricht, dass mein Vater gestorben sei und ich nun Wycliff. Ich dachte, angesichts dieser Umstände sollte ich lieber heimkehren.«

Eliza sah ihm in die Augen. »Ihr seid reingewaschen. Zumindest fast«, sagte sie dann ernst.

»Wir lieb von dir, das zu sagen. Ich habe durchaus Pflichtgefühl«, erwiderte der Duke. Ein leises Lächeln lag auf seinen Lippen, das bis an seine Augen reichte. Er hob die Hand und strich eine Haarsträhne aus ihrem Gesicht, die sich gelöst hatte. Dabei strichen seine Fingerspitzen über ihre Wange, und Eliza konnte nicht anders – sie musste die Augen schließen und seine Berührung genießen.

»Wir sollten wieder reingehen, ehe ich dich hier oben auf dem Dach verführe«, bemerkte der Duke beiläufig.

Eliza riss die Augen auf. Ein kokettes Lächeln stahl sich auf ihre Lippen. Wann war sie jemals kokett gewesen? Oder hatte geflirtet? Sie konnte sich nur an ein einziges Mal erinnern – in jener Woche in Brighton …

»Geh«, befahl der Duke und klang sehr herzoglich dabei. Sie war entlassen. »Und öffne auf keinen Fall deine Tür, falls ich klopfe.«

Kapitel 11

In dem die Schreibenden Fräulein
das British Museum besuchen

Sonntag

Es war Sonntagnachmittag, und Eliza hatte einen halben Tag frei. Sie verbrachte ihn mit den anderen Schreibenden Fräulein und Sophies jüngerer, lästiger Schwägerin Lady Charlotte im British Museum. Sie schlenderten müßig umher und blieben schließlich vor einer griechischen Statue stehen. Der Mann – bestimmt eine Gottheit – war vollkommen entkleidet bis auf ein strategisch platziertes Blatt. Ein sehr großes Blatt, wie man vielleicht betonen sollte.

»Oh mein Gott«, murmelte Julianna. Ihre Lippen verzogen sich zu einem herrlich verruchten Lächeln.

»In der Tat«, stimmte Sophie im selben Tonfall zu, und dann ermahnte sie ihre Schwägerin: »Charlotte, mach die Augen zu.«

»Lieber Gott im Himmel«, hauchte Annabelle und fächerte sich heftig frische Luft zu.

»Das ist nichts verglichen mit Wycliff«, bemerkte Eliza wahrheitsgemäß und ging an der Statue vorbei zur nächsten. Ihre Freundinnen starrten ihr perplex hinterher.

Diese Sonntagnachmittagsbeschäftigung unterschied sich sehr von dem, was die Freundinnen sonst immer machten. Meist lümmelten sie herum, tranken Tee und blätterten müßig in alten Ausgaben von »La Belle Assemblée«. Eliza wusste, wie quälend es für Annabelle war, all die schönen Kleider zu sehen, die sie sich weder leisten noch tragen konnte, weil sie nie Gelegenheit dazu hätte. Ihr ging es ähnlich.

Nach dieser Woche harter Arbeit hätte Eliza nichts dagegen gehabt, auf einem Sofa zu liegen, sich Tee und Kekse servieren zu lassen und träge zu plaudern. Obwohl sie zugeben musste, dass es auch nicht schlecht war, sich nackte Männerstatuen anzusehen.

»Ich dachte, in dieser Ausstellung geht es um Töpferarbeiten«, sagte Annabelle und bemühte sich, pikiert zu klingen. Ihre Wangen waren rosig.

»Da drüben.« Sophie zeigte auf einen angrenzenden Raum, und einträchtig strebten sie alle dorthin, um die ausgestellten Töpfereien zu bewundern. Auf denen, selbstverständlich, nackte Männer abgebildet waren, die nackte Frauen jagten. Und Lauten.

»Wer hätte gedacht, dass Töpferwaren so interessant sein können?«, überlegte Lady Charlotte. »Und wer hätte gedacht, dass sie in der Antike so … *nackt* waren.«

»Charlotte!«, zischte Sophie.

»Herrje, wann ist denn aus dir so eine Spielverderberin geworden, Sophie?«, fragte Julianna entsetzt.

»Seit ich für die Tugend einer jungen Lady verantwortlich bin, die Schwierigkeiten anzieht wie Motten das Licht«, murmelte Sophie ein wenig eingeschnappt.

»Stellt euch nur vor, wenn wir diesen Hang zur Nacktheit annehmen würden«, fuhr Lady Charlotte fort.

Annabelle wurde knallrot. Auch Elizas Gesicht nahm bei dieser Vorstellung eine rosige Färbung an, weil jeder nackte Mann – sei er nun auf Keramiken abgebildet, aus Stein gehauen oder in ihren Gedanken – sogleich wieder die Erinnerung an Wycliff zutage förderte. Er war so viel beeindruckender als diese Sammlung nackter Marmormänner. Und das lag nicht nur an seinen Tätowierungen, die ihn so viel wilder und verbotener erscheinen ließen als alle Männer, die sie je gesehen hatte.

»Sag mir doch bitte eins, Eliza. Wieso bist du eigentlich so rot?«, wollte Julianna von ihr wissen. Es war nicht immer von Vorteil, eine besonders aufmerksame Freundin zu haben …

»Ach, du weißt schon«, erwiderte Eliza möglichst lässig und zwinkerte ihrer Freundin zu. Auszusprechen, was sie genau beschäftigte, seinen Namen zu sagen, in aller Öffentlichkeit – das konnte sie einfach nicht!

»Der Duke. Du musst ziemlich verknallt sein«, sagte Sophie, die neugierig mitgehört hatte, und schmunzelte.

»Natürlich ist sie das – und sie hat auch allen Grund dazu, wenn er auch nur annähernd so ist wie früher«, fügte Julianna hinzu. »Und natürlich muss man die ganzen Gerüchte hinzurechnen, die in letzter Zeit über ihn kursieren. Das macht ihn nur umso begehrenswerter.«

»Wie war er denn früher so?«, fragte Eliza und bemühte sich, nicht allzu eifrig zu klingen. Immerhin war das eine berechtigte Frage; jeder Reporter würde versuchen, etwas über die Vergangenheit seines Rechercheobjekts in Erfahrung zu bringen. Dass sie rein zufällig auch aus persönlichen Gründen an der Antwort interessiert war, wollte sie sich – wenigstens der Form halber – nicht anmerken lassen. Obwohl sie ihren Freundinnen natürlich nichts vormachen konnte.

Julianna erklärte mit gedämpfter, aber trotzdem aufgeregter Stimme: »Also, bisher waren alle Dukes of Wycliff furchtbar wild und berüchtigte Schwerenöter. Es geht die Legende, dass bisher noch kein Duke of Wycliff gezähmt werden konnte. Sie haben alle irgendwann geheiratet – ernste und strenge Frauen allesamt, was ja an sich schon merkwürdig genug ist, wenn ihr mich fragt –, und sie haben Nachfolger gezeugt; aber keiner von ihnen hat je aufgehört, sich einem wüsten Lebenswandel zu verschreiben.«

»Klingt das nicht nach einer *Herausforderung*?«, fragte Lady Charlotte und zwinkerte Eliza zu. »Nach einer köstlichen, verlockenden, herrlichen Herausforderung?«

»Nein, Charlotte, klingt es nicht. Wenigstens nicht für dich«, mahnte Sophie.

Eliza hatte bisher keinen Gedanken daran verschwendet, den wilden Duke zu bekehren. Nein, ihre Gedanken kreisten um sehr viel weniger noble, dafür aber wesentlich wildere Dinge.

Wycliff hatte gestern Nacht nicht an ihre Tür geklopft – trotz seiner Warnung. Elizas Herz schlug schneller. Hätte sie ihm geöffnet, wenn er geklopft hätte? Ihr ganzer Körper begann zu beben bei dieser Vorstellung, denn sie wusste: Sie hätte es getan – und das nicht wegen der Story.

»Der Duke erwähnte ein Zerwürfnis mit Lady Shackley«, begann Eliza, während die Gruppe durch die Galerien schlenderte und beiläufig weitere nackte Statuen und Töpferwaren betrachtete. Sie konnte Wycliff nicht einfach nach der Ohrfeige fragen, die im ganzen Ballsaal zu hören gewesen war. Aber sie hatte ja Julianna, die über alles Bescheid wusste.

»Oh, das war ja so aufregend!«, sprudelte Charlotte hervor.

»Hat er das dir gegenüber erwähnt?«, fragte Julianna. »Unterhältst du dich etwa mit dem Duke? Vertraut er sich dir an?«

Die Freundinnen sahen Eliza neugierig an. Und das zu Recht. Dukes, die Dienstmädchen besprangen, waren das Eine; sich einander anzuvertrauen etwas völlig anderes.

»Ja. Nein. Also ... da ist nichts«, sagte Eliza mit einem Schulterzucken, weil sie nicht wusste, ob es überhaupt etwas war oder nicht. Im Augenblick war sie viel mehr daran interessiert, was da zwischen Wycliff und Lady Shackley vorging. »Ich muss zugeben, ich bin neugierig«, gestand sie. »Was war da zwischen ihr und ihm? Die Information wäre jedenfalls für meine Kolumne sehr hilfreich. Und ich kann den Duke selbst wohl kaum danach fragen.«

»Also, ich vermute, diese Ohrfeige war schon lange überfällig, wenn man bedenkt, wie rüde Wycliff Lady Shackley vor vielen Jahren im Stich gelassen hat.«

»Sie waren damals ein Paar?«, fragte Eliza.

»Geliebte«, antwortete Julianna, und für Eliza war diese Eröffnung wie eine Faust in der Magengrube. »Wycliff wurde mit Lady Althea Shackley von deren Ehemann im Bett erwischt. Ich weiß aus zuverlässiger Quelle, dass Lord Shackley sie schon in der Eingangshalle seines Hauses gehört hat. Obwohl die Schlafzimmertüren geschlossen waren. Im dritten Stock.«

»Wie schamlos«, empörte sich Eliza. Aber sie spürte schon wieder dieses Beben ... War das die Bedrohung? Oder Erregung? Oder womöglich Sehnsucht?

»Lady Shackley wurde sofort auf die Äußeren Hebriden geschickt. Sie kehrte erst nach dem Tod ihres Ehemanns vor ein paar Jahren zurück«, informierte Julianna sie, während sie weiter durch das Museum liefen. »Seither hat sie zahllose Heiratsanträge abgelehnt. Jeder ist der Auffassung, sie habe sich für Wycliffs Rückkehr aufgespart.« Es war ungemein nützlich, eine Klatschkolumnistin als Freundin zu haben …

»Eine saftige Ohrfeige ist aber schon eine merkwürdige Art, um den lange vermissten Liebhaber zu begrüßen«, bemerkte Eliza skeptisch.

»Ich kann das absolut verstehen«, sagte Julianna. Andererseits hatte *sie* auch auf ihren Ehemann geschossen, ehe sie heirateten. »Denn hier ist der andere Teil der Geschichte: Der verstorbene Lord Shackley zahlte Wycliff tausend Pfund, damit er das Land verließ, nachdem er die beiden in flagranti erwischt hatte. Sein Freund Burke bot ihm eine Überfahrt auf seinem Schiff an. Und der Rest ist, wie man so schön sagt, Geschichte.«

»Ich bin nicht sicher, dass ich ihm an Lady Shackleys Stelle vergeben würde«, sagte Annabelle nachdenklich. »Aber wenn er durch Umstände gezwungen wurde, die sich seiner Kontrolle entzogen …«

»Wenn Roxbury Geld dafür genommen hätte, mich zu verlassen, hätte ich ihn bis ans Ende der Welt gejagt und dafür büßen lassen«, sagte Julianna leidenschaftlich.

»Ach, die junge Liebe«, sagte Lady Charlotte und seufzte dramatisch. Die Freundinnen lachten.

»Ich habe tatsächlich erst gestern die Bekanntschaft von Lady Shackley gemacht«, sagte Sophie. »Wir haben uns zufällig bei Lady Walmsly getroffen. Sie war mit deiner Kolumne sehr vertraut, Eliza.«

»Das wundert mich nicht«, sagte Annabelle. »Ihr lange vermisster Liebhaber kehrt endlich heim – und sie ist nicht länger gebunden. Das muss sie doch mächtig freuen.«

»Sie wurde von Elizas Kolumne wohl regelrecht angestachelt«, sagte Julianna. »Ein Wunder, dass es bei der Ohrfeige geblieben ist.«

»Oh, Eliza. Deine Kolumne war wirklich toll«, sagte Sophie und lächelte. »Ich kann nicht glauben, was für eine List du angewandt hast, um an diese Story zu kommen.«

»Ich genieße die Erfahrung. Jedenfalls mehr als die Hausarbeit«, sagte Eliza. »Ich habe das Gefühl, viel über fremde Kulturen zu lernen.«

»Ja, und genau darum haben wir deine Kolumne ja auch so sehr genossen. Weil sie uns so viel beibringt«, sagte Lady Charlotte brav. Ihre Augen funkelten jedoch schelmisch dazu.

»Auf keinen Fall wegen ihrer ausgiebigen Beschreibung seines langen …«

»Julianna, du bist eine Lady!«, zischte Annabelle.

»Ach, Annabelle. Du weißt doch, wie sie ist«, beschwichtigte Sophie und lachte.

»Eine Klatschbase«, sagte Eliza schmunzelnd.

»Ja, aber das bist du doch jetzt auch!«, fügte Julianna hinzu und hakte sich bei ihr unter. »Was wird das nächste Thema für deine nächste Kolumne sein?«

»Der Duke!«, flüsterte Eliza mit erstickter Stimme.

»*Natürlich* wird es um den Duke gehen«, sagte Sophie und blickte sie verwirrt an.

»Er ist *hier*!«, zischte Eliza, ehe sie sich rasch hinter der nächstgelegenen Statue duckte. Denn sie wusste: Dienstmädchen waren normalerweise nicht die typische Begleitung für eine Countess und eine Duchess, die ins Museum gingen.

»Was tust du da?«, fragte Sophie.

»Er darf mich unter keinen Umständen hier so sehen«, flüsterte Eliza. »Das würde alles ruinieren.«

Von ihrem Versteck aus beobachtete sie, wie Wycliff mit einem alten, grauhaarigen und bebrillten Mann redete. Er passte perfekt zu diesem Museum, und Eliza fragte sich, ob er wohl hier arbeitete. Jetzt schüttelten sich die beiden Männer die Hände, und der Duke verschwand genauso schnell wieder aus ihrem Gesichtsfeld, wie er erschienen war.

Nach einer Stunde strategischen Herumlungerns, Lauschens und Nachfragens hatte Eliza schließlich in Erfahrung bringen können, dass der Duke hergekommen war, weil er Professor James Warwick hatte sprechen wollen, der hier im British Museum arbeitete.

Aber wieso?

Das musste sie wohl noch irgendwie herausfinden.

Kapitel 12

In dem unsere Heldin Timbuktu entdeckt

Montag

Es war einfach lächerlich, aber sie hatte keine Ahnung, wo genau Timbuktu lag, und dabei interessierte es sie doch so sehr. Eliza verfluchte nicht zum ersten Mal die Ausbildung eines Mädchens. Trotzdem war sie ihrem Vater, einem Bühnenautor, dankbar. Er hatte ihr nämlich das Lesen und Schreiben beigebracht, während ihre Mutter sie in kreativer Haushaltsführung und Schauspielerei unterrichtet hatte. Ihre geographischen Unterrichtsstunden hatten sich allerdings mehr oder weniger auf die rechte Seite der Bühne, die linke Seite der Bühne und die Innenstadt von London beschränkt, die sie dafür aber erstaunlich gut kannte.

Im privaten Arbeitszimmer des Dukes lagen Dutzende Karten auf dem Tisch verstreut, und auf einem Ständer drehte sich ein blaugrüner Globus. Bewaffnet mit ihrem Staubwedel als Entschuldigung, schlüpfte Eliza in das Zimmer. Ihro Gnaden waren gerade draußen im Garten mit Harlan, wo sich die beiden Männer um eines der bizarren Tiere kümmerten, die sie mit nach England gebracht hatten.

Während Jenny sich der Tagträumerei hingab, leise vor

sich hin pfiff und aus dem Fenster starrte, das sie auf der anderen Seite des Zimmers putzen sollte, ließ Eliza den Globus rasend schnell kreisen. Und dann ganz langsam, Zentimeter für Zentimeter. Sie fand England, Frankreich, Australien, Afrika. Tahiti war schon schwerer zu finden und Timbuktu … Wo zum Teufel war Timbuktu?

Sie hatte gar nicht bemerkt, dass der Duke zurückgekommen war, bis er plötzlich direkt hinter ihr stand und ihr ins Ohr flüsterte: »Wonach genau suchst du denn?«

Eliza erbebte und schnappte nach Luft. »*Oh mein Gott.*«

»Nein. Nur dein Herr und Meister«, antwortete Wycliff trocken. Er trat einen Schritt zurück und grinste.

»Ach, um Himmels willen, ja«, antwortete sie und drehte sich zu ihm um. Sie musste sich ein Lächeln verkneifen. Jenny putzte immer noch die Fenster und summte vor sich hin. Sie war nur wenig an der Gegenwart des Dukes interessiert. »Ich habe Staub gewischt. Und da wurde ich neugierig. Wo würde ein Mädchen Timbuktu finden, wenn es danach suchte?«

»Wenn es so leicht wäre, dass sogar ein Mädchen Timbuktu fände, hätte ich es inzwischen schon längst entdeckt und kolonisiert«, bemerkte Wycliff.

»Und dann wären auch nicht zehntausend Pfund Belohnung für den Entdecker ausgesetzt«, fügte Eliza hinzu.

»Überlegst du etwa, dich auf eigene Faust in das Abenteuer zu wagen?«, erkundigte sich Wycliff. Er lehnte lässig an dem Bücherregal, das mit ledergebundenen Büchern und allerhand Kuriositäten vollgeräumt war, die er von seinen Reisen mitgebracht hatte. Die würde sie später auch abstauben müssen.

»Also, jetzt da Ihr es erwähnt, Euer Gnaden, würde ich

doch zu behaupten wagen, dass dies sehr viel aufregender klingt als Staubwischen.«

»Davon kannst du ausgehen. Und viel, viel gefährlicher ist es obendrein.« Ein teuflisches Blitzen lag in seinen Augen und erinnerte Eliza daran, dass hier bei der Arbeit auch ziemlich große Gefahren lauerten.

Ihro Gnaden trat ungewöhnlich dicht neben sie und zeigte auf eine Stelle auf dem Globus. Seine Hände waren mit Narben übersät, was sie allerdings nicht im Geringsten überraschte.

»Timbuktu ist hier, in Nordafrika. Oder zumindest sagt man, dass es dort liege.«

»Das sieht aber nicht gerade weit weg aus. Wo liegt die große Herausforderung?«

»Vor allem muss man Krankheiten, die brütende Hitze und die Durchquerung der Wüste überleben. Und die grausamen, mörderischen Stämme, die hier leben und die Europäer lieber fernhalten wollen.«

»Und warum wünscht Ihr, dorthin zu gehen und all das zu durchleiden? Ihr könntet hier doch so bequem leben, könnt Euer Personal herumkommandieren und jeden Morgen, Mittag und Abend heiße Bäder nehmen.«

»Verlockend«, bemerkte der Duke leise, und unwillkürlich wurde ihr ganz warm. »Aber Timbuktu ist eine Herausforderung. Es wird die Grenzen meines Verstands und meiner Fähigkeiten ausloten. Dann ist da noch der Ruhm, der mir zuteilwird, wenn ich Erfolg habe. Ich bin sicher, dass ich es schaffen könnte, Timbuktu zu entdecken. Und ich wäre verdammt stolz, wenn es mir gelänge.«

»Es ist also nicht herausfordernd und prächtig genug, ein Duke zu sein?«, fragte Eliza. Aus ihrem Blickwinkel war es das nämlich schon.

»Alles, was ich dazu getan habe, war, geboren zu werden. Ich habe nichts unternommen, um es mir zu verdienen«, sagte Wycliff ernst. »Die Herausforderung besteht allenfalls darin, die ermüdende Arbeit mit den Geschäftsbüchern zu überstehen.«

»Das alles ist natürlich nicht annähernd so aufregend wie eine Entdeckungsreise«, stimmte Eliza ihm zu. Und in den Tiefen ihres Herzens konnte sie ihn verstehen, wenngleich sie es ihm irgendwie nicht nachempfinden konnte.

»Das Leben hier reizt mich einfach überhaupt nicht. Im Parlament herumsitzen, im Club hocken, in der Bibliothek über den Kontobüchern versauern. Immer geht man zu denselben öden Partys mit denselben öden Leuten. Das ist nicht gerade meine Vorstellung von einem guten Leben«, sagte Wycliff.

»Dann solltet Ihr einmal versuchen, Staub zu wischen und die Böden zu schrubben. Nach einem derartigen Tagwerk wüsstet Ihr Euren Status und die Privilegien, die damit verbunden sind, viel mehr zu schätzen. Zumindest das Rumsitzen«, bemerkte Eliza.

»Da stimme ich zu«, murmelte Jenny auf der anderen Seite des Zimmers und erinnerte die beiden daran, dass sie nicht alleine waren, obwohl sie gerade das Gefühl haben mochten, die einzigen Menschen auf Erden zu sein.

Wycliff lächelte sie an. »Touché, Eliza.« Als er sich eine Strähne seiner Haare hinters Ohr schob, glänzte der goldene Ohrring im Licht der Nachmittagssonne.

»Aber was wird aus den Verpflichtungen, die Ihr hier habt, Euer Gnaden?«, erkundigte sich Eliza. »Die Pächter auf Euren Landgütern oder der Lohn für Euer Haushaltspersonal …« Unausgesprochen schwang eine Frage mit, die sie brennend interessierte. *Wie könnt Ihr einfach ver-*

schwinden und um die Welt reisen, wenn Ihr damit jene im Stich lasst, die sich auf Euch verlassen?

Sebastians zufriedenes Grinsen verschwand aus seinem Gesicht. Er biss die Zähne zusammen, und seine Augen umwölkten sich voller Wut. Sie hatte ihn verletzt, bemerkte Eliza erschrocken. Überraschenderweise ließ er sie dafür aber nicht büßen.

Vor ihren Augen beobachtete sie die verschiedenen Gefühlsstadien, die er binnen weniger Sekunden durchlebte – das Aufflackern der Gefühle einerseits und die überwältigende Selbstkontrolle, die es ihm erlaubte, das Gefühl zu übergehen und beiseitezuschieben andererseits. Im nächsten Moment lächelte er sie bereits wieder an.

»Du bist ein dreistes, unverschämtes Ding, nicht wahr?«, knurrte er und gab sich Mühe, finster zu klingen.

Sie entschied mitzuspielen. »Ich suche mir die Aufregung, wo ich nur kann, Euer Gnaden.«

»Bis ich mich wieder mit neuem Schwung ins nächste Abenteuer werfen kann, nehme ich an, dass du zu meinem Amüsement beitragen musst. Ich finde dich auf jeden Fall sehr viel unterhaltender als die Geschäftsbücher«, sagte der Duke und grinste sie an, dass ihre Knie ganz weich wurden.

»Das verstehe ich als Kompliment«, sagte Eliza trocken. Aber sie spürte genau, wie ihre Wangen sich vor Freude rosig verfärbten.

Das entging dem Duke nicht. »Ich habe mich allein auf meinen Charme verlassen, als ich mich durch die Weltgeschichte habe treiben lassen«, bemerkte er lächelnd.

»Wenn das wirklich der Fall ist, frage ich mich, was Euch dann noch hier hält.«

»Außer einem gewissen Pflichtgefühl meines Standes

wegen, selbst wenn ich dieses am liebsten übergehen würde, meinst du?«, fragte er ironisch. »Ich will meine eigene Expedition anführen, und dafür fehlt mir das Geld.« Jetzt sprach er sehr leise. So leise, dass Jenny beim Fensterputzen auf der anderen Seite des Raums vermutlich nichts verstand. So leise und rau war seine Stimme, dass Eliza vermutete, er spreche diesen Wunsch zum ersten Mal laut aus. Und das ihr gegenüber. Was für ein Gefühl!

Der Globus zwischen ihnen drehte sich träge. Sie waren beide verstummt. Eliza dachte an Lady Shackley und ihre Reichtümer. Und sie hätte wetten können, dass der Duke über dasselbe nachdachte.

Er hielt den Globus an und zeigte auf einen anderen Punkt in Europa. »Ich habe meine Erkundungen damals in Paris begonnen und trieb mich damals vornehmlich in den Boudoirs der besser gestellten Frauen herum. Nun, um es kurz zu machen: Die Umstände zwangen mich über kurz oder lange, nach Italien zu fliehen und von dort weiter nach Griechenland«, erklärte der Duke und zeigte ihr derweil die Länder. »Mein Leibdiener weigerte sich, weiter mit mir zu reisen, weshalb ich danach allein weiterzog. Durch Ägypten, die Türkei. Und weiter südlich bis Sansibar, wo ich Harlan kennenlernte. Tahiti befindet sich hier – dort hat Burke mich ausgesetzt und kam später zurück, um mich wieder einzusammeln und mir die betrübliche Nachricht vom Tod meines Vaters zu überbringen.«

Er zeigte ihr all die fremden Orte auf der Karte. Eliza seufzte innerlich. So viele Teile des Globus' hatte der Duke bereits erkundet, und sie hatte London bisher nur dieses eine Mal verlassen. Und zwar für jene katastrophale und unglückselige Reise nach Brighton, wo sie sich absolut dumm verhalten hatte und einen hohen Preis dafür hatte zahlen müssen.

Zweierlei hatte Eliza aber aus diesen Erlebnissen gelernt: Manche Dinge, genau wie manche Menschen, ruhten besser in der Vergangenheit. Und manche Abenteuer waren es nicht wert, dass man sich auf sie einließ. Beim Gedanken an das Desaster erschauderte sie.

Sebastian hatte das Zucken bemerkt und legte die Hand in Elizas Kreuz.

»Geht es dir gut?« Er neigte den Kopf zu ihr herunter, um ihr näher zu sein.

»Alles in Ordnung. Vielen Dank.«

Elizas Herz raste, und das hatte nichts mit Angst zu tun. Es fühlte sich eher nach Verlangen an …

»Welches ist der schönste Ort, an dem Ihr je gewesen seid?«, fragte sie und zwang sich, sachlich und professionell zu bleiben. Für ihre Story. Immerhin war dies die perfekte Gelegenheit für sie, weitere Geschichten über den Duke zu sammeln. Er war in Plauderlaune, und sie wurde von den angenehmen Empfindungen ihrer Nähe und Vertrautheit vollständig eingenommen. Das Beste war aber, dass Jenny auf der anderen Seite des Raums war, ihnen zuhörte und leise vor sich hin pfiff, während sie die Fenster putzte. Der Duke würde sie also nicht mit Sicherheit dafür verantwortlich machen können, wenn eine seiner Reisegeschichten auf den Seiten der *London Weekly* auftauchte.

Er erzählte ihr Geschichten von warmem Meerwasser und stürmischer See, von Kannibalen und fremdländischen Sitten, von bunten Paradiesvögeln, von Kämpfen und der ungestümen Flucht vor dem sicheren Tod. Und die ganze Zeit ließ er seine Hand in ihrem Rücken ruhen, wo sie heiß und besitzergreifend ihrem Zittern begegnete.

Kapitel 13

In dem es zu Rivalitäten kommt

Montagabend

Als mittelloser Peer und gesellschaftlicher Aussätziger hatte Wycliff keinen Club, in den er gehen konnte. Deshalb gab er sich den klassischen Lastern hin: Brandy, Zigarren und Kartenspiel mit Harlan und Burke in der Bibliothek. Es fühlte sich fast so an, als wären sie wieder an Bord des Schiffes.

»Ich habe gehört, du warst gestern im British Museum«, sagte Burke und sortierte die Karten auf seiner Hand.

»Woher hast du denn dieses Gerücht?«, fragte Wycliff scharf.

»Aus der Zeitung«, antwortete Burke.

Diese verdammten Zeitungen, fluchte Wycliff innerlich. Er konnte nicht einmal mehr niesen, ohne dass man gleich schrieb, er leide an einer fremdländischen Krankheit, die in Kürze die Bevölkerung Englands befallen und dezimieren würde.

»Warum sie über jeden meiner Atemzüge berichten müssen, weiß ich nicht«, sagte er missmutig und nahm einen großen Schluck Brandy.

»Du bist eben ein Fremder. Du kannst nichts tun, ohne dass es sofort registriert wird. Man hat dich im Museum gesehen, und es wurde geredet. Niemand weiß, welchen Grund es für deinen Besuch dort gab«, sagte Burke eindringlich. Über den Tisch hinweg musterte er Wycliff.

Ein langes Schweigen entstand. Ein bewusst langes Schweigen. Wycliff wusste nicht, woher die Zeitungen all diese Informationen bekamen, und solange er das nicht wusste, würde er kein Wort über irgendwas verlieren. Schon gar nicht über etwas so Wichtiges wie seinen Besuch bei dem alten Professor. Das war allein seine Angelegenheit und ging niemanden etwas an.

»Jetzt käme wohl der Teil, wo du dich erklären müsstest«, erklärte Harlan ihm.

»Ich glaube nicht, dass ich das tun werde«, sagte Wycliff. Er nahm einen Schluck von seinem Drink und forderte seine Freunde mit seinem Blick heraus: Wagt es bloß nicht, weiter in mich zu dringen.

»Dann könntest du uns wenigstens verraten, was sich hinter der versperrten Tür befindet«, meinte Harlan beiläufig und nickte zu den geschnitzten Doppeltüren, die in ein privates Gelass hinter der Bibliothek führten.

»Nein«, sagte Wycliff kurz angebunden. Er kämpfte gegen den Drang an zu überprüfen, ob der Schlüssel noch um seinen Hals hing.

»Geheimnisse machen einen Mann unwiderstehlich. Die Ladys müssen alle ganz gespannt auf dich sein«, meinte Burke ironisch.

»Haha. Du hast doch erlebt, dass sie das nicht sind. Dank dieser verfluchten Kolumne in der *Weekly*«, antwortete Wycliff. »Außer vielleicht Lady Althea – sie schien durchaus noch interessiert an mir.«

»Ach ja, Hades' persönliche Harpyie«, sagte Burke schmunzelnd.

»Dieses Hausmädchen allerdings ...« Harlan hob die Brauen und ließ eine beständige Rauchschwade aus seinem Mund entweichen.

Wycliff blickte ihn scharf an.

»Ist ja schon gut ... Nur weil ich bloß ein heiles Auge habe ...« Harlan zuckte mit den Schultern und konzentrierte sich auf seine Karten. Burke lachte.

»Da gibt es nichts zu diskutieren«, antwortete Wycliff, obwohl seine Gedanken sofort wieder zu Eliza entwischten. Er fragte sich, was sie zu dieser Stunde wohl gerade tat. Vermutlich schlug sie jetzt die Bettdecken zurück. Gott, die Vorstellung, wie seine herrliche Eliza sich über ein Bett beugte, ließ ihm die Hose eng werden.

»Ich habe außerdem gehört, du habest einen Termin bei der Royal Society gemacht. Warum das?«, wollte Burke wissen und blickte von seinen Karten auf.

»Hat das auch in der Zeitung gestanden?«, fragte Wycliff.

»Nein, aber im Club hat man es sich erzählt«, sagte Burke. Sebastian hielt die Luft an. Dieser letzte Satz Burkes schmerzte überraschend heftig. Das »White's« und die anderen Clubs für Gentlemen mochten öde sein und nur von alten, aufgeblasenen Windbeuteln und idiotischen zweiten Söhnen frequentiert werden. Aber es wurmte ihn trotzdem ganz gewaltig, dass es einen Ort gab, zu dem ihm der Zutritt verwehrt war.

»Was sagen sie noch so im Club?«, fragte Wycliff, angestrengt darum bemüht, nichts von seinen Gefühlen in seiner Stimme mitschwingen zu lassen.

»Dass du nie die finanzielle Unterstützung der Royal Society bekommen wirst«, antwortete Burke und paffte seine Zigarre.

»Warum das denn?«, fragte Wycliff scharf.

»Weil du zu skandalbehaftet bist. Zu wild. Zu unberechenbar«, sagte Burke unumwunden. Wycliff starrte ihn finster an. Weil er »ein wilder Wycliff« war also.

»Du meinst, weil es schwierig sein könnte, mich zu kontrollieren«, erwiderte er.

»So ist es!«, sagten Harlan und Burke wie aus einem Mund.

»Sie sind sich aber alle einig, dass jemand nach Timbuktu gehen soll. Wir dürfen nicht zulassen, dass die Franzosen es für sich beanspruchen.« Jedes seiner Worte landete wie ein Pistolenschuss im Ziel.

Im selben Moment verstand Wycliff.

»Wen haben sie für diese Expedition vorgeschlagen?«, fragte er mit brüchiger Stimme.

Burke wich seinem Blick aus und starrte weiter auf die Karten in seiner Hand. »Mich«, sagte er ruhig.

»Du bist ein Kapitän zur See. Timbuktu liegt mitten in Afrika«, spöttelte Wycliff, aber der verletzte Stolz ließ seine Stimme ein wenig zittern.

Burke konzentrierte sich weiter auf seine Karten. Harlan rauchte und beobachtete aufmerksam die sich entspinnende Unterhaltung.

»Im Gegensatz zu dir bin ich kein wandelnder Skandal«, antwortete Burke. »Ich habe einen makellosen Ruf und bin bekannt dafür, Befehle auszuführen. Erfolgreich.«

Wycliff hob die Brauen. Es war die einzige Regung, zu der er sich hinreißen ließ. Anderenfalls fürchtete er, gewalttätig zu werden. Burke war der Liebling der Navy, und er war das schwarze Schaf, der Hallodri. Aber er war auf seinem Gebiet erfahren.

»Zählen meine Leistungen denn gar nicht?«, wollte Sebastian wissen. »Die Sprachen, die ich gelernt habe, die Dokumentation, die ich erbracht habe, die Kulturen, die ich studiert habe, die Pflanzen und die anderen Muster, die ich gesammelt habe?«

»Du besitzt eine Sammlung mit *Kram*«, meinte Burke wegwerfend. »Die ich in dem wertvollen Frachtraum meines Schiffs zurückgekarrt habe. Gern geschehen.«

»Ich habe Wissen über die Welt gesammelt, das England immens von Nutzen sein kann«, erwiderte Wycliff scharf. »Muss ich mir erst die Haare schneiden, den Ohrring herausnehmen und mich wie ein Dandy kleiden, um ihre Aufmerksamkeit und ihr Wohlwollen zu gewinnen?«

»Dafür ist es längst zu spät«, sagte Burke. »Jeder weiß bereits von deinen Tätowierungen. Sie wissen, dass du wie ein Wilder unter Wilden gelebt hast. Aber wenn du wirklich wünschst, dass sich die öffentliche Meinung über dich ändert, gibt es nur einen Weg, und der führt über die *Weekly*.«

»Soll ich dort etwa eine Werbeanzeige schalten?«, blaffte Wycliff. »Oder einen Artikel schreiben, um mich selbst zu verteidigen?«

Burke nickte ernst. »Das könntest du zum Beispiel tun. Oder du könntest aufdecken, wer der Autor der Kolumne über den tätowierten Duke ist und ihm etwas zuspielen, worüber er stattdessen schreiben könnte. Vielleicht würde er dann aufhören, all die schockierenden, intimen Details aus deinem Leben öffentlich breitzutreten. Das würde ich jedenfalls machen.«

»Und dann noch Revanche fordern für das, was er bisher geschrieben hat«, fügte Harlan, der blutrünstige Schuft, hinzu.

Wycliff nippte nachdenklich an seinem Drink. Dieser

Gedanke hatte etwas für sich, durchaus. Burke hatte recht: Er sollte der Sache einen Riegel vorschieben, ehe sie noch schlimmere Ausmaße annahm.

»*Bevor* er dann etwas Schmeichelhaftes über dich veröffentlicht«, fügte Burke hinzu.

»Oder sie«, konnte Harlan sich nicht verkneifen hinzuzufügen.

Auf der anderen Seite der Bibliothekstür sog Eliza scharf die Luft an. Sie hatte schamlos gelauscht und war extrem dankbar gewesen, dass die Herren die Tür einen Spaltbreit offen gelassen hatten. *Rivalität. Eine mysteriöse, verschlossene Tür. Geheime Pläne …*

… und Betten, die schleunigst aufgeschlagen werden mussten, bevor Ihro Gnaden sich heute zur Nachtruhe begab.

Als der Duke sein Schlafgemach betrat, fand er sie über die Matratze gebeugt, wo sie die Kissen glattstrich.

Kapitel 14

In dem Kleidung abgelegt wird

Im Schlafgemach des Dukes

Später betrat Wycliff sein Schlafgemach und fand dort sein Mädchen über die Matratze gebeugt vor.

Hausmädchen, Hausmädchen, Hausmädchen.

Er tat gut daran, das nicht zu vergessen.

»Mein Glück hat sich gewendet«, knurrte er dort an der Tür, wo er stand. Sie schaute über die Schulter zu ihm auf, und er sah, wie ihre blauen Augen kühl alle Fakten notierten: Ein betrunkener Duke stand in der Tür. Sie selbst beugte sich gerade über sein Bett.

»Was meint Ihr damit?«, fragte sie und richtete sich zu seinem Bedauern auf. *Schade*, dachte der Duke.

Wycliff hob nur eine Augenbraue. Sie antwortete darauf mit derselben Geste.

Er grinste und stöhnte auf. Das Problem, wenn man dem eigenen Schicksal entgehen wollte, war, dass man es sich in letzter Sekunde manchmal anders überlegte und sich nichts mehr wünschte, als genau dieses Schicksal zumindest teilweise annehmen zu dürfen. Zum Beispiel mit den Dienstmädchen schäkern, wie es bei den wilden Wycliffs eine lange gepflegte Tradition war. Besonders mit diesem einen Dienstmädchen.

Aber was hatte dieses Heben ihrer Augenbraue zu bedeuten? Sebastian konnte nicht genau deuten, ob es *Ja, Euer Gnaden* hieß oder eher *Wage es nicht, Duke.*

Er hatte schon Männer gesehen – und aufgehalten –, die das Nein einer Frau nicht hatten akzeptieren wollen. Er für seinen Teil wollte keine widerstrebende Frau – er wollte eine leidenschaftliche und großzügige Geliebte. Doch genau das war das Problem bei einem Hausmädchen – wie sollte er wissen, ob sie sich ihm hingab, weil sie es wirklich wollte oder weil sie das Gefühl hatte, ihrem Herrn und Meister gefallen zu müssen?

Er hatte schon verfluchtes Glück, ausgerechnet der erste Wycliff zu sein, dem die Gefühle eines Mädels etwas bedeuteten. Außerdem gab es Mittel und Wege, um herauszufinden, wie willig und schamlos eine Frau sein konnte. Er lächelte vorsichtig. Erwartungsvoll.

Dann stieß er sich vom Türknauf ab und schlenderte in sein Schlafgemach.

»Gibt es noch etwas, wobei ich Euch behilflich sein kann, Euer Gnaden?«, fragte Eliza wohlerzogen. Lustig, dass sie so sein konnte, während er verdorbene Gedanken hegte …

»Seit meiner Rückkehr bin ich noch nicht dazu gekommen, einen Leibdiener einzustellen«, erklärte er. Tatsächlich hatte er keinen mehr, seit dieser Jammerlappen Alderson in Griechenland gekündigt hatte, aber das verschwieg Wycliff. Er hatte sich seither selbst um seine Sachen gekümmert und sich eigenhändig rasiert, weshalb er es nicht für nötig erachtet hatte, sich einen neuen Leibdiener zu suchen. Außerdem nahm man keinen Diener mit nach Timbuktu, und die Hoffnung auf dieses Abenteuer hatte er noch nicht gänzlich aufgegeben.

»Dessen bin ich mir bewusst, Euer Gnaden«, antwortete Eliza höflich.

Es fühlte sich so merkwürdig an, als *Euer Gnaden* angeredet zu werden. Oder *Wycliff*. Beides fühlte sich immer noch nicht nach seinem Namen an.

»Das Fehlen eines Leibdieners bedeutet, dass die beschwerliche Aufgabe, mich zu entkleiden, mir überlassen wird«, erklärte er weiter.

Sie warf ihm einen verächtlichen, ungläubigen Blick zu und verschränkte die Arme, was herrliche Sachen mit ihren Brüsten machte. Er grinste und fuhr fort.

»Da ich nun aber so vornehm bin, kann unmöglich von mir erwartet werden, dass ich eine so niedere Aufgabe selbst erledige. Um also deine Frage zu beantworten – ja, es gibt etwas, wo ich deine Hilfe benötige.«

»Ich stehe Euch stets zu Diensten, Euer Gnaden«, sagte Eliza sanft. *Dieses verflixte kleine Luder*!

»Ich benötige Hilfe beim Ablegen meiner Kleidung«, sagte er und fühlte sich wie ein richtiger Schurke. Doch dann verdunkelten sich ihre blauen Augen, und ein leises Seufzen entrang sich ihren Lippen.

»Selbstverständlich, Euer Gnaden«, flüsterte sie. Ein Lächeln umspielte ihre Lippen. Die Art Lächeln, mit dem eine Frau sagte: *Dafür wirst du bezahlen, Mister.* Dieses Lächeln kannte Wycliff nur allzu gut. Überall auf der Welt, von den Ballsälen von London über die Harems bis zu den Inseln von Tahiti lächelten Frauen auf diese Art, wenn eine Drohung in ihren Worten mitschwang.

Die süße, verführerische Folter begann gerade erst.

Wycliffs Herz klopfte vor Aufregung.

Zuerst strich sie mit beiden Händen über seine Schultern und seine Brust. Er trug keine Krawatte, weil er sich nicht damit aufhielt, sich einen Streifen Stoff mit einem komplizierten, nasenartigen Knoten um den Hals zu schlingen. Sein Jackett hatte er im Arbeitszimmer gelassen, weil es nach Zigarrenrauch stank.

Dann glitten ihre kleinen Frauenhände nach unten zu den Knöpfen seiner Weste.

Ihr Blick begegnete seinem. Elizas blaue Augen waren wie der Ozean. Im spärlichen Licht der wenigen Kerzen und des Mondes konnte er ihre Farbe zwar kaum erkennen, doch er kannte sie auswendig.

Ein Knopf sprang auf.

Eliza ließ ihn keine Sekunde aus den Augen, während sie die anderen beiden ebenfalls öffnete. Ihre Finger glitten behutsam über seinen Bauch, und der Blick in ihre Augen war wie ein wildes Versprechen. Sebastians Atem stockte, und unwillkürlich verzog er den Mund zu einem breiten Grinsen.

Er senkte den Mund auf ihren, aber nachdem sich ihre Lippen für den Bruchteil eines Augenblicks berührt hatten, keuchte Eliza und drehte den Kopf weg. Einen Moment lang hatte er sie schmecken dürfen. Sie eine flüchtige Sekunde lang kennen lernen. Dann schob Eliza den Stoff seiner Weste über seine Schultern und zog sie ihm aus. *Dreistes kleines Ding.*

Wie ein guter Leibdiener faltete sie das Kleidungsstück sorgfältig und legte es beiseite. Am liebsten hätte er ihr die Weste aus den Händen gerissen, sie auf den Boden geworfen und sich ganz ihrem Entzücken gewidmet. Doch Wycliff versagte es sich, diesem Impuls nachzugeben.

Als Nächstes griff sie sein Hemd, zog es aus der Hose und schob ihm das verdammte Ding über den Kopf. Um auch dieses Kleidungsstück mit verruchter Langsamkeit sorgfältig zusammenzufalten. Wycliff stöhnte frustriert auf. Eliza aber lächelte mit der Geduld einer Heiligen und dem verdorbenen, finsteren Plan einer rachsüchtigen, verführerischen Göttin.

Dieses Dienstmädchen war nicht bloß ein junges Mädchen. Sie war die personifizierte Versuchung. Aber wer war sie? Wycliff stand mit nacktem Oberkörper vor ihr – seine Tätowierungen hoben sich schwarz von der nackten Haut ab. Sie beäugte den Schlüssel, den er um den Hals an einer Lederschnur trug. Sebastian fluchte innerlich. *Verdammt*! Er hätte nicht zulassen dürfen, dass sie ihn sah. Aber er war inzwischen schon zu sehr von seiner Lust beseelt, um auch nur noch einen klaren Gedanken fassen zu können.

Seine Hose engte ihn zunehmend ein.

Sie war auch nicht völlig unbeeindruckt von der Situation. Das sah er daran, wie sich ihre Brüste hoben und senkten. Er hielt ihre Taille umfasst, allerdings nur locker, ohne richtig zuzupacken. Nun zog Wycliff sie an sich, um ihr einen Kuss zu stehlen. Er konnte nicht anders; er musste sie erkennen. Er wollte ihren Herzschlag spüren, wollte sie schmecken und einatmen.

»Euer Gnaden …« Ihr Atem war nur noch ein Flüstern.

»Wenn wir unter uns sind, nenn mich einfach Sebastian. Wycliff ist … etwas anderes. Ein Anderer.« Und das war ein Unterschied, oder?

Er, Sebastian, wollte mit ihr, Eliza, zusammen sein.

Aber für die Welt würde es so aussehen, als habe nur wieder ein weiterer Wüstling der Wycliff-Sippe sein Hausmädchen verführt.

»Sebastian«, sagte sie und fuhr mit der Fingerspitze

über den Bund seiner Hose, die noch enger wurde, obwohl Sebastian das eben noch für unmöglich gehalten hätte. Er war so verdammt hart, dass es ihm kaum möglich war zu atmen. Das Herz hämmerte ihm laut in der Brust.

Dieses quälend langsame Spiel ihrer Finger setzte sich fort, aber zu seinem Bedauern nach oben und nicht nach unten. Eliza war von seinen Tätowierungen fasziniert. Zum ersten Mal seit seiner Ankunft in London freute der Duke sich über die Zeichnungen – weil sie ihr Interesse weckten.

Als er es nicht länger aushielt, riss er sie siegesgewiss für einen Kuss in seine Arme. Er wusste, dass sie ihn küssen würde, weil sie es genauso wollte und brauchte wie er. Und nicht etwa, weil er ihr Herr und Meister war.

Als ihr Kuss im ersten Moment zögerlich anfing, hatte er Gewissheit. Beglückt drängte Sebastian sie, sich ihm zu öffnen; so süß schmeckte sie. Auf einmal küsste sie ihn heftiger, und das gefiel ihm. Er knabberte an ihrer Unterlippe. Als sie dasselbe mit ihm machte, war es fast um ihn geschehen.

Eliza küsste ihn mit echter Leidenschaft und nicht mit der unterkühlten Erfahrenheit einer Verführerin. Und mit diesem Augenblick gelang es ihr, ein Stückchen mehr von seinem Herz zu erobern.

Eliza war für ihn nicht nur irgendein Hausmädchen. Sie war die sinnlichste, aufregendste, berauschendste Frau, der er je begegnet war. Und wie sie so warm und willig in seinen Armen lag, drängte Wycliff sie in Richtung Bett.

Er fühlte sich im Recht dazu, schließlich hatte sie gerade seinen Namen geflüstert, und er hatte unmissverständlich ihre Sehnsucht herausgehört. Eliza schmolz bei seiner Berührung dahin, das spürte er genau. Jedes Seufzen und

Stöhnen, jeder Zentimeter ihrer hitzigen Haut unter seinen Händen verriet ihm nur eine Wahrheit: Sie wollte ihn.

Sebastian konnte sich nicht länger zurückhalten. Er musste mit ihr ins Bett … wo er sich dann im Ergebnis nicht im Geringsten anders verhalten würde als der typische wilde Wycliff, obwohl er sich so viel Mühe gab, genau das nicht zu tun.

Ein Wycliff würde sie jetzt nehmen.

Er weigerte sich, ein Wycliff zu sein.

Und deshalb ließ Sebastian sie los.

Erst später, als Eliza oben in ihrer eigenen engen Kammer die Tür hinter sich abgeschlossen hatte und wieder in Sicherheit war, hielt sie inne und atmete aus. Ihr Kleid fühlte sich irgendwie eng und warm an. Sie wollte es sich am liebsten vom Leib reißen. Nein – sie wollte, dass Wycliff es ihr vom Körper riss. Aber das war unmöglich.

Sebastian … Das Vergnügen, das es ihr bereitete, einfach seinen Vornamen auszusprechen, war wie ein Rausch. Sie sagte sich immer wieder, dass sie es ausschließlich ihrer professionellen Leistung verdanke, mit dem Subjekt ihrer Kolumne so vertraut zu sein.

Die Story, die Story, die Story …

Das hier würde allerdings nicht auf den Seiten der *London Weekly* zu finden sein.

Denn der Kuss war nicht für die Story bestimmt. Er war allein für ihr Privatvergnügen. Kein Mann hatte in ihr solch ein Gefühl geweckt seit … Nun, noch nie. Nicht einmal L… Nicht einmal in Brighton.

Kapitel 15

In dem der Duke etwas Detektivarbeit macht

Wycliff war nicht so vermessen zu glauben, dass er mit einem Besuch bei der *London Weekly* etwas anderes bewirken könnte, außer sich selbst zu frustrieren. Im besten Fall würde der Herausgeber, Besitzer und Verleger dieser aufrührerischen, beleidigenden und verleumderischen Publikation einen Fehler begehen und ihm einen Hinweis auf den Autor liefern. Er ließ sich vielleicht sogar so weit von Wycliff einschüchtern, bis er den Quatsch in den folgenden Kolumnen etwas abmilderte.

Doch Sebastian war kein Narr zu glauben, dass der Herausgeber damit aufhören würde, das zu drucken, was zu dem Beliebtesten gehörte, was die Stadt derzeit zu bieten hatte – wenn man den Gerüchten Glauben schenken durfte. Aber irgendetwas musste er unternehmen, um den Skandal unter Kontrolle zu bringen, besonders deshalb, weil zu erwarten stand, dass Burke hinter seiner Expedition herschnüffeln würde. Wycliff würde jetzt keinen Rückzieher machen und seinen Lebenstraum so leichtfertig aufgeben. Schließlich war er kein Franzose.

Die Büroräume der Zeitung waren erstaunlich leicht zu finden, weil über der Tür ein Schild hing, auf dem in Großbuchstaben und Goldlettern *LONDON WEEKLY* stand. Die Quelle all seines Leidens war also deutlich abgesteckt, direkt hier in der Fleet Street Nummer 57. Sebastian konnte das Haus schon einen Block entfernt ausmachen.

Der Eingang wurde von einem Mann mit ungeheuren Ausmaßen bewacht.

»Was haben Sie hier zu suchen?«, fragte er grimmig. Den schwachen Akzent vermochte Wycliff ungefähr einzuordnen; dieser Geselle schien aus dem fernen Osten Europas zu stammen. Seine Arme waren dick wie Baumstämme. Er hatte sie über der Brust verschränkt, die wie ein Whiskyfass geformt war. Die Haut des Mannes war dunkel, die Brauen buschig und seine Augen schwarz. Wycliff schätzte, dass er osmanischen Ursprungs war.

»Ich bin hier, um Mr. Knightly zu sprechen«, erklärte der Duke mit fester Stimme.

»Ach, sind Sie das?«, fragte der Mann. Wenn er genau hinhörte, war Wycliff sich nicht sicher, ob seine Vermutung bezüglich der osmanischen Wurzeln stimmte. Jetzt grinste der Riese, und es war nicht gerade ein freundliches Grinsen. »Haben Sie einen Termin?«

»Mr. Knightly wird wohl kaum überrascht sein von meinem Besuch.«

Dem Hünen fehlten ein paar Zähne, stellte Wycliff fest, als dieser zu grinsen begann. Seine Optionen waren klar: Entweder er ließ es auf einen Kampf ankommen und verlor diesen mit aller Wahrscheinlichkeit. Oder er verhandelte mit dem Türwächter, was vermutlich zum selben Ergebnis führen würde.

»Sind Sie der tätowierte Duke?«

»Eben der. Ich hoffe, Sie verlangen keinen Beweis von mir. Wenigstens nicht auf offener Straße«, fügte Wycliff hinzu. Und dann sagte er noch etwas auf Türkisch.

»Oh, Ihr sprecht meine Sprache«, sagte der Riese ehrfürchtig.

»Ich spreche viele Sprachen«, antwortete Wycliff.

»Wenn das eigene Leben daran hängt, ob man bei einem fremden Gastgeber gut angesehen ist oder nicht, kann jeder Mann zumindest ein paar Brocken in dessen Muttersprache lernen.«

»Ihr seid nicht wie die anderen Engländer«, bemerkte der Riese.

»Das hoffe ich jedenfalls. Und Sie auch nicht, denn Sie würden nicht annähernd so viele Zeitungen verkaufen, wenn ich nicht wäre.«

»Ich lasse Sie zu Knightly vor, aber ich werde nichts tun, um diese Kolumne zu stoppen«, sagte der Hüne ernst. »Wir alle haben eine Gehaltserhöhung bekommen, seit sie erscheint.«

»Eine Unterredung mit Mr. Knightly ist alles, worum ich bitte.«

»Die Treppe hoch, dann die zweite Tür zu Ihrer Rechten. Sagt ihnen, ich hab Euch durchgelassen.« Dann grinste der Riese, und das sah wahrlich beängstigend aus.

Es war recht leicht, Knightlys Büro zu finden. Dass es Wycliff gelungen war, an dem Ungeheuer vorbeizukommen, das die Tür bewachte, schien für alle Grund genug zu sein, ihn einfach weitergehen zu lassen.

»Sie müssen Knightly sein«, sagte Wycliff, als er in der offenen Tür stand. Der Mann hinter dem Schreibtisch legte seine Füllfeder hin. Er griff beiläufig nach der obersten Schreibtischschublade, wo die meisten Verleger stets eine ausgewählte kleine Waffensammlung deponierten – darunter auch immer eine geladene Pistole.

Soll er ruhig Angst haben, dachte Wycliff und starrte den Zeitungsmann bedrohlich an.

»Und Sie sind?«, fragte der Mann kühl.

»Wycliff. Vielleicht besser bekannt als ›der tätowierte Duke‹.«

»Ah ja, ich verstehe«, sagte Knightly und lehnte sich auf seinem Stuhl zurück.

»Ihr Tier von Türsteher hat mich reingelassen.«

»Wirklich? Ich hoffe, Ihr habt nicht zu viel Schaden angerichtet. Ich mag Mehitable eigentlich sehr gerne.« Knightly hatte stechend blaue Augen, schwarze Haare und ein Auftreten, das auf den ersten Blick lässig wirkte, obwohl Wycliff genau sah, wie angespannt der Mann war. Er verfolgte jede noch so kleine Bewegung seines Gegenübers mit Argusaugen.

»Mehitable und ich sind zu einer Übereinkunft gelangt«, erklärte Wycliff. »Ich bin hier, damit Sie und ich dasselbe tun können.«

In einem anderen Teil des Büros hörte er das leise Summen männlicher Stimmen, das von hellem Geplapper aus Frauenmündern durchsetzt war. Wycliff drehte den Kopf und blickte den Gang entlang. Leider blieb ihm ein Blick auf die berüchtigten Schreibenden Fräulein jedoch verwehrt.

Da er offensichtlich vom Herausgeber keine Einladung zu erwarten hatte und er durch seine höhere Stellung ohnehin nicht daran gehindert werden konnte, schlenderte Wycliff in den Raum und schaute sich um. Es handelte sich um ein teuer eingerichtetes Büro, das vor allem beeindrucken und einschüchtern sollte.

Knightly stand von seinem Stuhl auf und ging zum Buffet. »Ich fände die Situation sehr viel erträglicher, wenn ich etwas zu trinken hätte. Möchtet Ihr auch einen Drink?«

»Ja, bitte«, sagte Wycliff. »Sie sind es wahrscheinlich gewohnt, von wütenden Leuten aufgesucht zu werden. Da ist es in der Tat ratsam, immer einen Schluck auf Vorrat zu haben.«

»Die Bedrohung durch erzürnte Lords und Ladys sichert Mehitable seinen Job. Und auch uns anderen, wenn man es genau nimmt«, sagte Knightly und reichte Wycliff ein Glas Brandy. »Ich weiß, warum Ihr hier seid. Ihr seid verärgert wegen der Darstellung Eurer Person in meiner Zeitung. Allerdings ist die nächste Ausgabe bereits in der Druckerei, und ich könnte diesen Prozess für niemanden aufhalten. Nicht mal für einen verrückten, wütenden Duke. Wenn Ihr gerne wüten oder protestieren möchtet, dann macht einfach weiter, tut Euch keinen Zwang an. Wisst aber, dass ich nichts daran ändern kann. Ich danke Euch aber zumindest für die Großzügigkeit, mir zu gestatten, einen Schluck zu trinken, während ich Euren Klagen lausche.«

»Nun fühle ich mich wirklich wie etwas ganz Besonderes«, sagte Wycliff mit ausdruckslosem Gesicht. Knightly verschluckte sich an seinem Drink. »Ich habe noch nie ein Problem gehabt, das sich allein dadurch lösen ließ, dass ich mich darüber beschwerte. Deshalb nehme ich einmal stark an, dass weder ein Wutausbruch noch eine wüste Drohung oder ein gefühlvolles Flehen etwas an Euren Plänen ändern wird, mein Privatleben für euren Profit öffentlich auszuschlachten.«

»Und warum seid Ihr dann hier? Wenn Ihr Euch mit mir duellieren wollt, braucht Ihr nur ein Wort zu sagen. Das können wir gerne einrichten. Ich glaube, kommenden Dienstag bin ich noch frei. Wenn wir es gleich frühmorgens hinter uns brächten, könnte ich danach ungestört zur Arbeit gehen«, sagte Knightly und nippte an seinem Drink.

»Ich dachte, diese Ausgabe sei bereits beim Drucker«, sagte Wycliff in dem verzweifelten Versuch, sein Gegenüber bei einer Lüge zu ertappen.

»Meine Arbeit geht natürlich unablässig weiter«, antwortete Knightly. Winzige Fältchen tauchten rings um seine Augen auf. Offenbar log er nicht.

»Wie schaffen es Ihre Autoren, mit dem Tempo Schritt zu halten?«, erkundigte sich Wycliff.

»Wir haben eine Wochenzeitung, keine Tageszeitung«, erklärte der Verleger einfach. »Wenn sie das nicht schaffen, warten hundert neue Autoren, um sie zu ersetzen.«

»Sie scheinen nicht besonders viel Wert auf Ihre Autoren zu legen«, bemerkte Wycliff. Einer dieser Autoren fühlte sich vielleicht von diesem Knightly nicht ausreichend gewürdigt. Dieser könnte sich dann bemüßigt fühlen, ihn zu hintergehen.

»Ich beschäftige tatsächlich eine ganze Armee von Autoren mit einer ganz außergewöhnlichen Bandbreite. Aber ich bin nicht derjenige, der ihnen Händchen hält oder warme, zärtliche Gefühle verbreitet – das tue ich nicht einmal für die Frauen. Von meinen Autoren erwarte ich, dass sie schreiben, und das sollen sie bitteschön gut machen. Und ja, wenn ich ehrlich bin, sollen sie auch einen Skandal provozieren, sofern das möglich ist. Das wirkt sich nämlich ganz erstaunlich gut auf die Verkäufe aus. Jeder Skandal. Ausnahmslos.«

»Und was ist mit den Mädels, die für Sie schreiben? Über sie zerreißt man sich doch überall in der Stadt den Mund. Und nach dem, was ich so gehört habe, hat sich der Reiz von kritzelnden Weibern bisher nicht abgenutzt.«

»Kritzelnde Weiber«, sagte Knightly und lachte laut. »Lasst meine Schreibfräulein das besser nicht hören. Obwohl ich vermutlich sagen dürfte, dass sie derlei schon oft gehört haben.«

»Es ist wirklich bemerkenswert. Sie stellen zu dieser Zeit ernsthaft Frauen ein, die für Sie schreiben!«

»Ganz genau. Alles, was die besseren Kreise in Aufruhr versetzen kann, ist gut für die Verkäufe. Meine Schreibenden Fräuleins enttäuschen mich nicht. Genauso wenig wie Eure Tätowierungen.«

»Ist das alles, was Sie interessiert? Die Verkaufszahlen?«, fragte Wycliff.

»Ja«, sagte Knightly und nippte an seinem Drink. Wycliff machte dasselbe und stellte überrascht fest, um was für einen guten französischen Brandy es sich handelte.

»Ich verstehe. Solange also mein skandalöses Ich Ihre Zeitungen verkauft, kann ich weiterhin damit rechnen, dass Ihre Reporter irgendwelchen Unsinn über mich verzapfen. Derweil machen Sie ein Vermögen mit mir. Aber was genau haben Sie mit so viel Geld vor?«

»Ich habe es einfach«, sagte der Verleger und zuckte mit den Schultern. Wycliff verstand, wie viel Sicherheit es bot, Geld auf der Bank liegen zu haben.

»Sagen Sie mir noch eins, Mr. Knightly. Wie kam es dazu, dass Sie die Mädels eingestellt haben?« Das war eine offensichtliche Frage, und Wycliff wollte sie als Einstieg nutzen, um mehr über die Reporter zu erfahren.

»Wenn Ihr sie kennen würdet, wäre Eure Frage eher, wie ich sie nicht hätte einstellen können. Eine dreistere, frechere und aufdringlichere Sammlung von Frauen als die Schreibfräulein kenne ich nicht. Zumindest sind die meisten von ihnen so«, sagte Knightly, und sogleich war Wycliff brennend daran interessiert, was wohl mit den ruhigeren Frauen los war.

»Und Ihre anderen Schreiberlinge? Verzeihen Sie meine Frage, die Ihnen vielleicht dumm vorkommt, aber trotz meiner ausgedehnten Reisen bin ich mit der düsteren Schattenseite von Londons Verlagswelt noch nicht vertraut. Wie sollte ich auch? Dukes sind das für gewöhnlich nicht.«

Knightlys Kiefernpartie verkrampfte sich sichtbar, darum wusste Wycliff, dass er einen Nerv getroffen hatte. Der Emporkömmling von einem Schmierblättchenverleger war also empfindlich, wenn es um Standesunterschiede ging? Nun, er erholte sich jedoch schnell und holte zum Gegenschlag aus.

»Ihr tut auch vieles, was Dukes normalerweise nicht tun«, gab Knightly zurück. »Trotzdem habe ich es geschafft, aus Euren Heldentaten Kapital zu schlagen, was Euch ja offensichtlich nicht gelungen ist.«

Wycliff antwortete darauf nicht, sondern trank sein Glas aus. Diese Bemerkung saß, und Knightly wusste das auch.

»Geld oder einen Titel? Ist das eine denn nur gut und richtig mit dem anderen?«, dachte Wycliff laut und betrachtete sein Gegenüber. Der Mann ihm gegenüber am Schreibtisch schwamm vermutlich in Geld, doch glücklich oder auch nur zufrieden sah er nicht aus. Da waren sie schon wieder: dieser harte Zug um den Mund und das verärgerte Funkeln in seinen Augen.

»›Tiefe Gedanken vom Duke of Wycliff.‹ Wäre das nicht eine tolle neue Kolumne für die *Weekly*?«, antwortete Knightly scharf.

»Und welchen Autor würde ich dann ersetzen? Eins der Mädels oder einen von den Kerlen?«

»Netter Versuch, Euer Gnaden. Ich werde Euch die

Identität des Kolumnenschreibers jedenfalls nicht enthüllen, weil Ihr sonst vielleicht versucht, den Autor einzuschüchtern, damit er mehr zu Euren Gunsten schreibt«, antwortete der Verleger mit maliziösem Lächeln. Dann fügte er noch hinzu: »Obwohl ich bezweifle, dass Ihr das könntet. Schließlich würde ich keinen Feigling in die Höhle des Löwen schicken.«

Wycliff begriff diese Worte so, dass es sich bei dem Schreiberling, der ihn beschattete, um einen Mann handeln musste. Wenn man diese Formulierung wählte, wie Knightly es gerade getan hatte, würde kein anständiger Mann, der auch nur annähernd von sich behauptete, ein Gentleman zu sein, eine Frau in den obszönsten und gefährlichsten Haushalt Londons schicken.

»Nun, ich kann es mir leider nicht leisten, solche Kolumnen zu schreiben«, erklärte Wycliff und erlaubte sich, eine gewisse Herablassung in seiner Stimme mitschwingen zu lassen. Und dann lachte er und fügte hinzu: »Sie können mir aber gerne eines der Mädels schicken – dann diktiere ich ihr ein paar Geschichten in den Block.«

»Ja, das könnte ich verdammt gut machen«, murmelte Knightly und kippte den letzten Schluck seines Drinks.

Kapitel 16

In dem die Saat gesät wird

Im Gewächshaus von Wycliff House

Eliza hörte das Klingeln, während sie im Salon arbeitete. Weil es ihr bisher aber noch nicht gelungen war, die einzelnen Klingeltöne auseinanderzuhalten und den dazu passenden Raum zu kennen, musste sie wie eine Verrückte zum Gelass des Butlers rennen und nachschauen, wo gerade geklingelt wurde. Und dann musste sie wie eine Verrückte zum Wintergarten laufen, weil Ihro Gnaden dort auf ein Dienstmädchen wartete.

Sie kam atemlos dort an, was ihr in letzter Zeit recht häufig passierte. Sie rannte hierhin und dorthin, kam zu spät und machte sich andauernd Sorgen, erwischt zu werden. Nicht auszudenken, wenn jemand zufällig aufdeckte, wer sie war! Weil Eliza für einen Platz auf der zweiten Seite der *Weekly* aber bekanntlich alles tun würde, beklagte sie sich weder über die anstrengende Arbeit noch über das nervenzehrende Inkognito.

Menschenskinder, was war das für ein Gefühl – die Topstory auf Seite zwei zu haben. Es fühlte sich an, als würde ihr Herz fast platzen vor Stolz!

Sobald der Duke sie jedoch rief, bedeutete Eliza das alles absolut nichts mehr, auch nicht, dass sie atemlos dort eintraf. Denn es würde nur wenige Augenblicke dauern, ehe ein Blick oder eine Liebkosung ihres wunderbaren Arbeitgebers eine ziemlich verheerende und wunderbare Wirkung auf sie haben würde.

Dafür genügte es bereits, ihn anzusehen.

Durch das Gewirr des aufregenden Waldes aus fremdländischen Pflanzen erhaschte Eliza einen Blick auf den Duke. Im Wintergarten war es heiß, weil hier mit einem großen Ofen geheizt wurde. Üppige Pflanzen und riesige Bäume standen dicht an dicht und gestatteten keinen freien Blick zum anderen Ende des Gebäudes. Während sie durch den Raum eilte, sah Eliza durch Löcher im Blätterdickicht immer wieder Wycliff bei der Arbeit. Er schien sich absolut nicht darüber bewusst zu sein, dass er nicht mehr alleine war.

Seine Haare hatte er aus dem Gesicht gestrichen und nachlässig mit einer Schnur zusammengebunden. Sie bemerkte das Glitzern des kleinen Ohrrings, in dem sich das Sonnenlicht spiegelte. Und seine Lippen waren leicht geöffnet, während er konzentriert vor sich hin arbeitete.

Eliza umrundete einen Orangenbaum in einem Topf und ein paar andere große Pflanzen, deren Namen sie nicht kannte. Jetzt konnte sie den Duke ungehindert beobachten: Er stand vor einem hohen Tisch, auf dem eine Vielzahl kleiner Töpfe stand, und hatte die Hände in der Erde vergraben.

Die Hemdsärmel hatte er hochgerollt und entblößte so die schlängelnden Linien seiner Tätowierungen, die sich zu bewegen schienen, sobald er die Muskeln anspannte. Eliza war wie hypnotisiert. Tatsächlich stand sie einfach da und starrte wie eine Idiotin auf seine Unterarme, bis der Duke schließlich ihre Anwesenheit bemerkte.

Sie schreckte aus ihren Tagträumen auf. »Ihr habt geklingelt?«, fragte sie hastig und erinnerte beide daran, warum sie hier war.

»Ich brauche Hilfe«, sagte Wycliff und trat beiseite, um für sie Platz am Tisch zu machen. Eliza hatte das Gefühl, dies gehöre nicht zu den üblichen Aufgaben eines Hausmädchens in London. Aber sie war auch keine Frau, die besonderen Wert auf Konventionen legte, wenn sie so leicht an neues Material für ihre Kolumne kam.

Besorgen Sie die Story. Besorgen Sie die Story. Knightlys Stimme würde ihr immer im Kopf klingen und sie antreiben.

Eliza sah Dutzende Töpfe und kleine Papierpäckchen, die mit einer Handschrift beschrieben waren, die vermutlich dem Duke gehörte. Sie konnte lateinische Bezeichnungen und Beschreibungen ausmachen.

»Ich habe nicht viel Erfahrung mit dem Pflanzen. Schließlich bin ich in London geboren und aufgewachsen«, sagte sie entschuldigend und sah den Duke lächelnd an. »Alles, was ich über die Natur weiß, habe ich aus dem Hyde Park. Und diesem Wintergarten.«

»Das ist gar nicht so schwer. Ich zeige es dir.« Natürlich hatte Sebastian das wieder mit diesem ganz besonderen Lächeln gesagt, bei dem einem Mädchen überall ganz heiß wurde. Die Art Lächeln, mit dem er sie erst letzte Nacht bedacht hatte. Das durfte kein zweites Mal passieren, schwor sich Eliza, egal wie sehr sie auch danach hungern mochte.

Sie schob die Ärmel hoch wie er, und dabei entging ihr nicht, wie sein Blick nur einen Herzschlag länger auf der nackten Haut ihrer Hände und Unterarme ruhte als nötig oder schicklich wäre. Aber er wandte rasch den Blick ab.

Begehrte er sie etwa? Und wieso bereitete ihr der Gedanke so viel Vergnügen?

»Es ist ganz einfach. Du machst ein kleines Loch in der Erde und setzt nur ein paar wenige Samen ein, ehe du sie wieder mit Erde bedeckst.«

Die Erde war kühl und weich in ihren Händen. Eine willkommene Abwechslung nach dem heißen Seifenwasser. Eliza genoss die Arbeit.

»Wo habt Ihr das gelernt?«, fragte sie. Nicht, weil sie eine Reporterin in geheimer Mission war, sondern weil alles an ihm sie brennend interessierte. Wie viele Dukes standen schon im Treibhaus und beschäftigten sich mit Saatgut? Vermutlich nicht allzu viele, nahm sie an.

»Von den Gärtnern auf unserem Landsitz«, antwortete Sebastian. »Meine Gouvernanten haben mich und meine Unterrichtsstunden oft vernachlässigt, weil sie mit anderen Aufgaben beschäftigt waren.« Der hitzige, schelmische Blick, den er ihr dabei zuwarf, verriet Eliza, von welcher Art Aufgaben er sprach. »Wie jeder Junge lief ich draußen herum und gab mir Mühe, mich ordentlich schmutzig zu machen. Damit hatte ich oft erstaunlich viel Erfolg, darf ich sagen.«

Eliza lächelte. »Ich wage zu behaupten, dass die meisten Dukes nicht so verwildert aufwachsen durften.« Dabei dachte sie an Brandon, Sophies Ehemann. Er war ein doppelter Duke und der Inbegriff eines prüden, pflichtbewussten Adeligen, der niemals irgendwas vernachlässigen würde. Und der garantiert noch nie in seinem Leben im Dreck gespielt hatte.

»Wir wissen doch, dass ich nicht bin wie die meisten Dukes«, antwortete Wycliff. Was ihrer Meinung nach die Untertreibung des Jahrhunderts war. Nicht, dass sie besonders viele Dukes kannte. Eliza wusste lediglich, dass es keinen gab, der mit ihm verglichen werden konnte.

»Ihr habt mehr Freiheit genossen als die meisten«, sagte sie.

»Man könnte es auch anders ausdrücken: Es fehlte mir bedauerlicherweise an Disziplin, was auf die meisten Wycliff-Männer zutrifft. Aber es kommt immer drauf an, wen man fragt«, fügte Wycliff hinzu und fragte beiläufig: »Würdest du mir bitte die *Gardenia taitensis* reichen?«

Eliza zögerte. Um ihre Rolle als unschuldiges, albernes, nicht bedrohliches Hausmädchen weiter spielen zu können, durfte sie ihm nicht zeigen, dass sie lesen konnte – noch dazu auf Lateinisch.

Eliza schluckte. Nein, sie musste sich dumm verhalten. Nur dieses eine Mal. Es schmerzte sie, das zu tun, denn sie war eine stolze Frau. Besonders, wenn es um ihre Talente ging. Sie wollte ihn so gerne beeindrucken.

Aber warum? Eliza haderte im Stillen mit sich. Wenigstens zu sich selbst musste sie doch ehrlich sein! Und wenn sie in ihr Herz blickt, konnte es dafür tatsächlich nur einen Grund geben …

Sebastians Blick ruhte auf ihrem Gesicht. Er beobachtete sie aufmerksam.

Seine Aufmerksamkeit überzog Elizas Wangen augenblicklich mit einer rosigen Färbung, die der Wüstenblume glich, die direkt neben ihr blühte. Sie spürte etwas … Ja, es machte ihr etwas aus, was dieser Duke über sie dachte. Und das konnte nur bedeuten …

Während sie über diese Gefühle stolperte und dabei beinahe stürzte, griff er an ihr vorbei nach der *Gardenia taitensis*. Dabei streifte er sie, und sie spürte seine Berührung in jeder Faser ihres Körpers.

»Wofür sind eigentlich diese ganzen Pflanzen?«, erkundigte Eliza sich.

»Wenn ich schon nicht bei der Royal Society hereinspazieren und sie mit meinem hochmütigen, herzoglichen Verhalten dazu bewegen kann, mir Gelder zur Verfügung zu stellen, zeige ich ihnen lieber, was sie alles erreichen können, wenn sie meine nächste Expedition finanziell unterstützen. Ich habe unter anderem eine riesige Sammlung Samen angelegt, die für England unglaublich nützlich sein könnte«, erklärte Wycliff ihr ernst.

»Wenn Ihr nicht gerade alle Frauen im Harem des Sultans vernascht habt, meint Ihr wohl«, neckte sie ihn.

»Es ist wichtig, sich eingehend mit der örtlichen Flora, Fauna *und* den Frauen zu beschäftigen«, fügte der Duke hinzu. Und da war es wieder – ein schelmisches Blitzen in seinen Augen, ein leises Schmunzeln.

Ich könnte von Blicken wie diesem leben, dachte Eliza.

»Alles natürlich im edlen Namen der Wissenschaft«, bemerkte sie und widmete sich wieder dem Setzen der Samen, wie Sebastian es ihr gezeigt hatte. Er war nicht nur umhergestreift oder hatte in den Tag hinein gelebt. Er hatte etwas Wichtiges geleistet. Das sollte sie auch in ihrer Kolumne schreiben, überlegte sie.

»Ganz genau«, stimmte er zu. »Ich freue mich, dass du eine Frau mit gesundem Menschenverstand bist. Eine seltene Blume.«

»Ich bin nicht sicher, ob ich das als Kompliment oder als Beleidigung auffassen soll«, antwortete Eliza vorsichtig, aber ihr Herz hämmerte heftig vor Freude. Er hielt sie also nicht für ein dummes Weibsbild.

»Versteh es ruhig als Kompliment. Das Leben wird dir viel leichter fallen, wenn du es tust.«

»Fasst Ihr so auch die Zeitungskolumnen auf, die über Euch verfasst werden?« Die Worte waren ihrem Mund entfleucht, ehe Eliza auch nur darüber nachdenken konnte, ob sie sie laut aussprechen durfte. Das hier war gefährliches Territorium. Aber sie hatte angefangen, ein leises, stechendes *Etwas* zu spüren. War das Schuldbewusstsein? Oder schmerzte es sie, wie unanständig sie sich verhielt?

»Liest du etwa solche Zeitungen?« Der Duke warf ihr einen fragenden Seitenblick zu. Vermutlich war er ein hervorragender Fragesteller. Sie hätte gar nicht damit anfangen dürfen. *Ich muss unbedingt einen kühlen Kopf bewahren*, ermahnte Eliza sich im Stillen. *Ich muss besonnen bleiben.* Und das, obwohl der Anblick der Konturen seiner muskulösen Brust unter dem weißen Hemd und der V-förmige Ausschnitt seiner Tätowierung am Halsausschnitt sie zappelig machten. Selbst als sie sich einen erneuten Kuss vorstellte – einen herrlichen, schmelzenden, köstlichen Kuss –, war allein das eine zu große Verlockung. Sie musste sich zusammenreißen! Sofort! Verlegen räusperte sich Eliza.

»Euer Gnaden, die liest doch ganz London – oder bekommt sie vorgelesen. Natürlich auch Euer Personal. Man empfindet das Leben als so viel leichter, wenn man Klatsch als unausweichlichen Teil davon begreift.« Sie versuchte, das Thema mit einem Lachen abzuschütteln, aber der Duke fiel nicht in ihr Lachen ein.

»Ich bin unkonventionell, und das ist natürlich bemerkenswert. Darum wirke ich bedrohlich, dessen bin ich mir wohl bewusst. Ich störe mich nicht allzu sehr daran. Wenn so was allerdings beginnt, meine Arbeit zu beeinflussen oder meine Chancen verschlechtert, die Gelder für die Timbuktu-Expedition zu sammeln …«

War das etwa eine Warnung? Elizas Herz schlug hart. Er konnte sie aber doch unmöglich verdächtigen. Sie, sein ungebildetes Dienstmädchen, das sich auf Befehl die Hände schmutzig machte?

»Ich verstehe. Unnützes Geschwätz ist das Eine. Schlimm wird es erst, wenn es beim Leben eines Menschen verheerende Schäden anrichtet«, sagte sie. Schaffte sie diesen Balanceakt?

»Was hast du nur an dir, dass ich bei dir so ins Reden komme?«, überlegte Wycliff. Eliza wusste es nicht, aber sie war unheimlich dankbar dafür. Sein Vertrauen in sie machte sie selig – und dreist. Als wäre sie nicht nur ein Dienstmädchen oder das niedere, kaum bekannte Schreibende Fräulein, dessen Artikel hinten in der Zeitung neben den Allheilmitteln gegen abstoßende Leiden abgedruckt wurden.

Sie war jetzt eine Starautorin, die sich gerade in ihr Rechercheobjekt verliebte.

»Versucht Ihr etwa, mich zu beeindrucken, Euer Gnaden?« In dieser neuen Position traute sie sich sogar, mit ihm zu flirten. Aber wie konnte sie das auch nicht? Es war ein warmer, schöner Tag im Gewächshaus, und dieser furchtlose, weltgewandte Entdecker verbrachte seine Stunden mit ihr.

»Dich beeindrucken?«, wiederholte der Duke und lachte leise. Aber er legte die Hände an ihren Seiten auf den Tisch und blockierte so einen möglichen Fluchtweg. Eliza konnte sich nicht bewegen. Was sie im Übrigen auch gar nicht wollte.

»Oder vielleicht wollt Ihr mich auch für Euch gewinnen?«, fragte sie vorlaut. Sie reizte ihn, um ihn zu verführen, weiter zu gehen als bisher.

»Oder ich will nur einen Kuss?«, fragte Wycliff leise und ließ seine Lippen über ihre gleiten.

Eliza dachte kurz über die Gründe nach, warum es keine so gute Idee war, ihn zu küssen. Doch da presste sich sein verführerischer Mund auch schon hitzig auf den ihren und drängte sie, sich ihm zu öffnen.

Die Story. Das hier war nicht Teil der Story! Zur Hölle mit der Story.

Sie schlang die Arme um seinen Hals, fuhr mit den Fingern durch die weichen Locken seiner Haare und drückte sich schamlos mit dem ganzen Körper an ihn. Sie spürte seine massive Brust an ihren Brüsten. Der Duke stöhnte auf, und seine große Hand streichelte sie überall. Ihre Haut wurde von dieser Berührung entflammt.

Eliza legte den Kopf in den Nacken, und er drückte heiße Küsse auf die empfindliche Haut ihres Halses. Sie krallte sich mit beiden Händen in sein Hemd und spürte die Lederschnur um seinen Hals. Mit dem Schlüssel, der bestimmt diese höhnischen verschlossenen Türen für sie öffnete.

Besorgen Sie die Story. Besorgen Sie die Story.

Sie sollte ihm das Lederband einfach über den Kopf streifen, schoss es Eliza durch den Kopf. Aber mehr als sie das wollte, brauchte und sehnte sie sich nach der Berührung seiner heißen, nackten Haut auf ihrer.

Aber das durfte sie nicht tun. Sie hatte ihre Gründe für die Entscheidung, und diese hatten nichts mit der Story zu tun, aber alles mit dem Fehler, den sie vor Jahren in Brighton begangen hatte.

Kapitel 17

Der tätowierte Duke schlägt wieder zu

»Es will mir scheinen, als hätte ich mit dir gleichgezogen, wenn es um Verrufenheit geht«, sagte Harlan und warf eine Zeitung auf den großen Eichenschreibtisch, auf dem bereits eine Sammlung arabischer Texte, Journale von Wycliffs Reisen und Karten lag.

Es war eine neue Ausgabe von der *London Weekly*.

Wycliff starrte die Zeitung einen Moment an, als habe Harlan ihm einen toten Fisch hingeworfen. Er fragte: »Brauche ich etwas zu trinken, ehe ich das hier lese?«

»Wahrscheinlich. Andererseits: Braucht man das nicht immer?«, überlegte Harlan.

Manchmal fragte Wycliff sich, ob durch die Adern dieses Mannes purer Whisky floss. Er nahm die Zeitung auf, sah den vertrauten Titel der Kolumne – »Der tätowierte Duke« – und begann zu lesen, während Harlan zu den Fenstern schlenderte und in den Garten blickte, der einigen der Tiere, die er von den Reisen mitgebracht hatte, als provisorisches Zuhause diente.

Der Duke of Wycliff, wohnhaft am Berkeley Square 4, ist stolz, von sich behaupten zu dürfen, dass er nicht normal sei, danke der Nachfrage. Während die bessere Gesellschaft geradezu entsetzt über seine Merkwürdigkeiten ist und die Leser dieser Zeitung lebhaft die Details diskutieren (und selbstverständlich auch goutieren), macht der Duke weiterhin unbeirrt, was er will und nicht, was die Gesellschaft von ihm erwartet. Um das Geschwätz oder die Meinung der Leute schert er sich schon lange nicht mehr.

Und deshalb kocht sich der Duke auch mit Genuss sein ganz eigenes Süppchen, das er mit niemandem bereit ist zu teilen: So gibt es ein Zimmer in Wycliff House, das ständig verschlossen bleibt. Der Duke ist der Einzige, der über einen Schlüssel verfügt, und er trägt ihn an einer Lederschnur um den Hals. Was sich hinter der Tür Geheimes verbergen mag, dass er es so gut schützen zu müssen meint? Sein Schreibtisch ist übersät mit außergewöhnlichen Texten – das Heilige Buch der Muslime liegt neben Karten und handgeschriebenen Journalen in fremden Sprachen. Man darf mit Fug und Recht behaupten, dass es sich dabei wohl kaum um Dinge handelt, die ein typischer englischer Gentleman besitzt.

Außerdem befindet sich im Besitz des Dukes eine Sammlung seiner Journale, in denen er besonders leidenschaftlich die intimen Beziehungen mit eingeborenen Frauen beschreibt – so lebendig und detailliert, dass jede Jungfrau erschauderte, wenn sie diese Zeilen läse. Man möchte es sich kaum vorstellen – aber was würde wohl passieren, wenn ein junges, unschuldiges Mädchen die detaillierten Illustrationen der nackten Südsee-Schönheiten in die Finger bekäme? – Dann müsste man schleunigst das Riechsalz zur Hand haben, so viel ist sicher.

Wie es zu einem so ausgesprochen unkonventionellen Mann wie Ihro Gnaden passt, hält sich in seiner Gesellschaft ein Gefährte auf, bei dem jede Matrone erblassen würde. Der treueste Gefährte des Dukes ist ein Seemann unbekannter Herkunft, der nur noch ein heiles Auge und einen gesunden Arm hat. Die Geschichten über ihn widersprechen sich aufs Heftigste – sie sind allesamt jedoch verdammt spannend: Er habe mit einem Hai gerungen, erzählt der Kerl, ein Duell mit einem fremdländischen König ausgefochten oder an einem heidnischen Ritual teilgenommen, das vollkommen aus dem Ruder lief. Oder war doch der Piratenangriff Schuld an seinen Versehrungen?

Seien Sie ehrlich – warten wir nicht alle mit angehaltenem Atem darauf, was dieser tätowierte Duke wohl als Nächstes tun wird? Es gibt Gerüchte, dass er eine Expedition zu der sagenumwobenen Stadt Timbuktu plane – genau wie sein Rivale, der bürgerliche Monroe Burke, auch. Lassen Sie sich jedoch gesagt sein: Dieser Autor, der mit den Fakten wohl vertraut ist, würde sein Geld eher auf den wilden Wycliff setzen. Wenn man Monroe Burke unterstützt, hieße das, sich den Franzosen schon jetzt zu unterwerfen. Denken Sie mal darüber nach!

Wycliff ließ die Zeitung sinken. Der Kram über Burke war einfach nur ideal. Und damit war der Rest dieser Kolumne beinahe verzeihlich.

Er wurde jetzt als ein Heide dargestellt; als Freund des Teufels, als Verfasser schlüpfriger Tagebucheinträge und Besitzer eines verschlossenen Raums, der Gott weiß was enthalten mochte. Wycliff seufzte. Er war seltsamerweise neugierig, was wohl die Klatschbasen dieser Stadt in dem Raum verorten würden.

Harlan reichte ihm ein Glas Brandy und erkundigte sich: »Glaubst du, es ist jemand aus dem Haus?«

Dieselbe Frage hatte Sebastian sich auch schon gestellt.

War es Jenny? Nein. Sie schien nur wenig andere Interessen zu haben als den Diener Thomas. Mrs. Buxby wiederum war in der Regel zu betrunken, und Saddler war einfach nicht klug genug für solch eine Sache. Dann waren da noch die anderen Dienstmädchen und Diener, deren Namen er nicht kannte.

Und natürlich Eliza.

Doch das war Unsinn, sagte Sebastian sich; schließlich konnte sie weder lesen noch schreiben! Tatsächlich hatte er gesehen, wie heftig sich ihre Wangen gerötet hatten, als er Eliza gedankenverloren gebeten hatte, ihm die Blume zu reichen. Er hatte sich danach wie ein Schurke gefühlt.

Selbst wenn Eliza als Informantin diente, konnte er weder sie noch ein anderes Mitglied seines Haushalts eindeutig als Schuldigen identifizieren. Die schlüpfrigen Details, die es bis in die Zeitung geschafft hatten, waren insgesamt Dinge, die viele belauscht oder gehört haben konnten. Oder aber derjenige, der hinter den Artikeln steckte, hatte einfach herumgeschnüffelt und so schon eine Menge herausgefunden.

Sebastian hatte nicht übel Lust aufzustehen, den Raum zu durchqueren und zu überprüfen, ob das Schloss an der Tür zu dem Privatgelass noch unbeschädigt war.

»Ich weiß nicht, Harlan. Irgendwelche Vorschläge? Du verbrüderst dich schließlich mit dem Haushalt und bekommst daher mehr mit als ich.«

»Ich gehe nur dorthin, wo reichlich Whisky fließt und ich gute Gesellschaft finde«, verteidigte sich Harlan. »Und das trifft zumeist auf Mrs. Buxbys Arbeitszimmer zu. Aber um deine Frage zu beantworten: Nein, ich habe nichts verlauten lassen. Du bist mein Fahrschein, um hier rauszukommen.«

»Oder Burke? Kannst du dir vorstellen, dass er eine Verschwörung anzettelt, um seine Expedition nach Timbuktu mit Geldern der Royal Society finanzieren zu lassen? Wie viele Stunden haben wir beisammengesessen und über meine Absicht gesprochen, dieses Abenteuer zu wagen? Ich hätte ja auch nicht gedacht, dass er so dreist ist, meine Pläne einfach zu stehlen!«

»Nun, du bist jedenfalls nicht der Erste, der über diese Reise nachdenkt. Ich bin überzeugt, dass Burke seine Reisen nicht nur aus reiner Boshaftigkeit plant und weil er dich ärgern will. Nicht, wenn zehntausend Pfund auf dem Spiel stehen. Er hat schließlich keinen Titel, auf den er zurückgreifen kann«, bemerkte Harlan. Merkwürdig, wie er sich auf einmal auf die Seite ihres gemeinsamen Rivalen schlug. Wycliff entschied, nicht weiter in ihn zu dringen. Trotzdem behielt er diese Tatsache im Blick.

»So viel hat mein Titel bisher nicht für mich leisten können. Ich habe zweierlei Probleme. Erstens das Geld. Und zweitens einen Titel, der seit sieben Generationen skandalbehaftet ist. Aber verflixt, Harlan. Von allen Orten auf der Welt …«

Harlan zuckte mit den Schultern. »Du solltest also deinen Vortrag bei der Royal Society lieber früher als später halten. Die Geschäftsbücher können warten …«

Wycliff dachte an die simple Frage, die das Dienstmädchen ihm gestellt hatte. *Was wird aus Euren Pächtern und dem Hauspersonal?* Er spürte, wie das Pflichtbewusstsein an die Oberfläche drängte und sein Gewissen plagte. Er dachte auch an das Abenteuer, an Timbuktu und die weiten Ebenen von Afrika und den Stolz, mit dem ihn die Entdeckung erfüllen würde. Hatten Elizas Wangen vorhin nicht so wunderschön geglänzt wie ein Sonnenaufgang über der afrikanischen Steppe? Sollte er sich nicht doch lieber für die ererbte Vergangenheit entscheiden? Oder für eine Zukunft, die er eigenhändig formen konnte?

»Dann lass uns gehen«, sagte er. »Wir haben noch viel zu tun.«

Jetzt galt es, Artikel zu verfassen, in denen er eingehend die Sitten anderer Kulturen beschreiben wollte. Noch mehr Samen wollten gepflanzt werden, Proben mussten katalogisiert werden, wilde Tiere verlangten nach Nahrung. All das diente der Vorbereitung für Wycliffs Antrag bei der Royal Society. Die Gelder mussten einfach an *ihn* gehen. Burke hingegen, der als Schiffskapitän ohne wissenschaftlichen Hintergrund oder Erfahrung als Forscher dieser Aufgabe kaum gewachsen wäre, musste hintanstehen.

Außer dass ich der Bessere von uns beiden bin, habe ich es auch verdient, das Expeditionsgeld, dachte Wycliff selbstbewusst. *Nicht weil ich ein Duke bin, sondern weil ich die letzten zehn Jahre Erfahrungen im Reisen, Sammeln und Aufzeichnen gesammelt habe. Timbuktu wird mein*!

Kapitel 18

In dem Ihro Gnaden Zurückweisung erfährt

Es musste etwas Schlimmes passiert sein – das war dem ganzen Haushalt klar. Saddler verschanzte sich in seinem Gelass, Mrs. Buxby nippte nervös an ihrem Whiskytee, und die anderen machten sich rar. Der Duke brüllte und wütete; er stampfte und stürmte in seiner Erregung durch das ganze Haus. Als etwas klirrend zerbrach, war Eliza die Einzige, die genug Mut aufbrachte, um mit einem Feger und einer Kehrschaufel zum Ort des Unglücks zu eilen.

Sie hatte allerdings ein niederes Motiv: Sie hoffte auf neue Details für ihre Kolumne. Natürlich war die Kolumne der einzige Grund, redete sie sich ein. Es hatte absolut nichts mit der Sorge oder dem einfachen Wunsch zu tun, in seiner Nähe zu sein, nachdem sie so hitzige Augenblicke und brennend heiße Küsse geteilt hatten.

Es hatte auf jeden Fall nichts damit zu tun, dass Eliza das auffegen *wollte*, was Ihro Gnaden in seiner Wut zerschmettert hatte. Schon vor ihrer Anstellung in Wycliff House hatte sie sich nichts aus Hausarbeit gemacht, und inzwischen verabscheute sie sie regelrecht.

In der Galerie im zweiten Stockwerk fand sie ihn. Er tigerte mit langen Schritten über die einst gebohnerten Parkettdielen. Die Möbel waren unter weißen Tüchern verborgen und wirkten wie merkwürdige, missgestaltete Geister.

Entlang der östlich gelegenen Wand konnte man aus

den Fenstern auf den Berkeley Square blicken. An der gegenüberliegenden Wand hingen Dutzende Porträts von früheren Dukes, ihren Häusern, Hunden, Frauen und Mätressen. Eliza hatte bisher immer geglaubt, Porträtierte sollten besonders mürrisch schauen, aber diese ölfarbenen Dukes wirkten allesamt sehr fröhlich. Und frech. Nur ihre Frauen sahen sehr nüchtern drein.

Der lebende Duke stand jedoch inmitten seiner Vorfahren und wütete und tigerte umher wie ein eingesperrtes, jähzorniges Tier. Als er den Blick auf sie richtete, fühlte Eliza sich ganz klein und wich hinter ein Möbelstück zurück, das unter dem Laken wie ein Sessel aussah.

Der Duke stampfte auf sie zu, hob den Sessel hoch und warf ihn quer durch den Raum, wo er an der Wand zerschellte, zerbrach und in Einzelteilen zu Boden fiel.

Seine dunklen Haare hatten sich aus dem Zopf gelöst und hingen wild um seine Schultern. Wie ein riesiger, erzürnter Krieger sah er aus, ihr Duke – wie in Krieger, der in der Lage war, alles zu tun, wonach ihm der Sinn stand, sei es aus Wut oder aus Leidenschaft.

Elizas Herz begann zu hämmern, und sie überlegte, ob sie das zerbrochene Glas nicht doch lieber erst später beseitigen sollte.

Doch zu spät. Er knurrte sie an, was ihr den geordneten Rückzug unmöglich machte. »Was hast du hier oben zu suchen?«

Sie atmete tief durch. Ein wütender Duke war kein Grund zur Besorgnis – er war ein Klacks. Sie hatte wegen einer Story zwei Tage in Newgate überlebt; sie hatte in einem Bordell recherchiert – als Beobachterin –, und sie hatte sich in Fabriken eingeschlichen. Eliza straffte den Rücken.

»Ich habe gehört, wie etwas zerbrach. Und bin hergekommen, um mich darum zu kümmern«, erklärte sie.

Der Duke verschränkte die Arme vor der Brust und blickte sie finster an. Die Tätowierungen lugten aus dem v-förmigen Ausschnitt seines Hemds, den jeder anständige Gentleman mit einer elegant gebundenen Krawatte kaschiert hätte.

»Die Whiskyflasche konnte nicht widerstehen, als sie so plötzlich und mit großer Kraft gegen die Wand prallte«, erklärte er.

»Ich verstehe«, murmelte Eliza. War es der Flasche also wie dem Stuhl ergangen.

»Ich habe schrecklich miese Laune«, bemerkte Wycliff, und sie biss sich auf die Unterlippe. Er fuhr fort: »Und ich kann ganz genau sehen, dass du irgendeine freche Bemerkung zurückhältst. Aber weißt du was? Lass es einfach sein, mich provozieren zu wollen. Es ist mir wirklich so was von egal, was du mir an den Kopf werfen möchtest …«

»Ich werde nur rasch die Scherben auffegen, ehe Ihr Euch noch daran verletzt, Euer Gnaden.« Eliza ging weiter und machte die zerbrochene Flasche am anderen Ende des Raums aus, während Wycliff ihr folgte. Er spuckte Gift und Galle vor Wut. Man konnte sich schon fürchten vor ihm, gestand Eliza sich ein. Und nur weil sie ihm den Rücken zuwandte, traute sie sich zu lächeln.

»Mich verletzen … Ha, dass ich nicht lache – gerade ich … Sei doch nicht albern. Du wolltest nur sehen, warum ich hier herumtobe, na los, gib's zu!«

»Ich werde Euch etwas Merkwürdiges gestehen.« Eliza schaute über die Schulter, um die Wirkung ihrer Worte zu überprüfen. Noch immer funkelte Wycliff sie wütend an.

»Nein, ich werde *dir* etwas Merkwürdiges erzählen, Eliza.«

»Wie Ihr wünscht«, sagte sie und begann, die Glasscherben zu einem Haufen zusammenzufegen. Die Alkoholdämpfe, die vom Boden aufstiegen, waren ziemlich berauschend. Mrs. Buxby würde sich über so eine Verschwendung schön ärgern.

»Offensichtlich bin ich absolut verrufen«, bemerkte der Duke trocken. Sie murmelte nur »Mhhh«, während er bereits fortfuhr: »Ich genieße einen so schlechten Ruf und bin so skandalumwittert, dass man mir nicht mal eine Expedition anvertrauen kann. Oder auch nur die Gelder dafür.«

»Wer sagt das denn?«, erkundigte sie sich. Abgesehen natürlich von so ziemlich jedem.

»Die Royal Geographical Society zu London.«

Eliza hielt den Kopf weiterhin gesenkt.

»Sie – diese alten, grauen, übergewichtigen und überheblichen alten Einfaltspinsel ...«, murmelte der Duke.

Gestandene Männer der Wissenschaft, fügte Eliza in Gedanken hinzu.

»Sie behaupten, ich hätte mit meinem Verhalten einen Mangel an Disziplin gezeigt. Sie könnten doch nicht guten Gewissens das Geld des Königs dafür verpulvern, um einen ruchlosen und skandalösen Peer auf die Expedition zu schicken, der sich so schamlos durch die Weltgeschichte vögelt.«

»*Schamlos durch die Weltgeschichte vögelt*?« Eliza sah den Duke mit großen Augen an.

Wycliff nickte anklagend. »Ganz genau. Einer von ihnen hat mich sogar beschuldigt, dass ich mir den Weg über die Kontinente ergaunert und erhurt hätte. Das ist offensichtlich eine unpassende Methode, Geld zu beschaffen.«

»Was ist mit Eurer Suche nach Timbuktu? Was mit Eurer Sammlung und den Artikeln? Habt Ihr denen das nicht alles erklärt?«, fragte sie.

Hier wurde das Lächeln des Dukes bitter, und seine Augen verdunkelten sich. Ihr Herz schmerzte um seinetwillen, denn ihm wurde immer wieder das verwehrt, was er sich so sehr wünschte. Dennoch suchte Wycliff trotzig weiter nach einem Weg. Er weigerte sich aufzugeben.

»Sie waren nicht daran interessiert, mehr zu hören. Weil sie nämlich bereits den richtigen Mann gefunden haben, der Timbuktu für sie beanspruchen soll. Er wird mit einem Schiff, einer Mannschaft, einer großen Armee, einer fürstlichen Summe und den guten Wünschen des Königs ausgestattet. Verflucht soll er sein!«

»Wer ist dieser Mann?«

»Mein lieber Freund Monroe Burke. Und er bekommt den Auftrag nicht, weil er besser dafür qualifiziert ist – obwohl wir alle wissen, dass das Gegenteil der Fall ist. Er mag Kapitän bei der Navy sein, aber ich bin derjenige mit der wissenschaftlichen Ausbildung und der Erfahrung, die bei einer Expedition dieses Ausmaßes wichtig sind. Es geht verdammt noch mal nicht darum, sich den Weg nach Timbuktu freizukämpfen, denn damit ist keinem gedient. Weißt du, Eliza, was ihn zu einem besseren Kandidaten macht als mich?«

»Das könnte ich nicht einmal *erraten.*«

Wycliff schnaubte. »Sein Ruf. Oder besser gesagt: mein Ruf; der ist nämlich ein Problem. Der Bodensatz, der von meinem Ruf noch übrig ist, dank dieser verfluchten, verdammten Revolverblätter. Sie sind ein verfluchter Dorn in meinem Fleisch«, murmelte der Duke. Eliza glaubte kurz, ihn sogar leise knurren gehört zu haben.

»Ihr meint die Zeitungen?«, wiederholte sie möglichst fröhlich. Inzwischen hatte sie alle Glasscherben sorgfältig zu einem Haufen mit durchsichtigen, scharfen Dolchen zusammengefegt. Dennoch fegte sie weiter und richtete den Blick dabei fest auf den Boden.

»Obwohl sie immer behaupten, Männer der Wissenschaft und der Bildung zu sein, verlässt sich die Royal Society bei ihrer Entscheidung auf extrem fragwürdige Quellen. Meine Arbeit und ein Jahrzehnt Erfahrung zählen für die nicht. Weil nämlich die *Weekly* die verdorbeneren Details meiner Reisen enthüllt hat. Und jetzt glauben sie offensichtlich, dass ich das Geld des Königs an mich nehmen und es für Flittchen verschwenden und sorglos den Globus umsegeln würde. Es war diese verdammte Kolumne in der *London Weekly*, die mich reingeritten hat.«

»Welche meint Ihr genau?«, fragte Eliza scheinheilig. Es erschreckte sie, wie hohl ihre Stimme klang. Sie war von einer Schauspielerin großgezogen worden. Da sollte es ihr eigentlich leichtfallen, in Situationen wie dieser zu schauspielern – sollte man wenigstens meinen.

»›Der tätowierte Duke‹. Ich bin sicher, dass jeder in England sie liest. Vom König bis zur niederen Spülmagd.«

»Ach ja, die«, sagte Eliza und schaffte es, sich zu retten. »Die, in der das Harem erwähnt wird.«

»Dieser Idiot Basil verbreitet die Geschichte überall in der Stadt«, knurrte Wycliff. »Das ganze Zeug.«

»Hat es denn nicht gestimmt?«, fragte sie.

»Es waren nicht *Hunderte Frauen* in einer Nacht. Lieber Himmel, man kann eine Frau nicht in ein paar Minuten anständig lieben – das wird man aber wohl oder übel tun müssen, wenn man vor Sonnenaufgang mit Hunderten von ihnen fertig sein will.«

»Wie lange braucht man denn, um eine Frau anständig zu lieben?«, fragte Eliza atemlos und fügte schnell hinzu: »Ich frage natürlich nur aus Neugier. Wissenschaftlich gesprochen sozusagen.«

Das ließ ihn leise grummeln und lachen zugleich.

»Wenigstens eine ganze Nacht von Sonnenuntergang bis Sonnenaufgang«, antwortete Wycliff im selben Atemzug.

Er fing ihren Blick auf und erwiderte ihn standhaft. Seine Augen wiederum brannten so intensiv, dass sie nicht wegschauen konnte. In diesem Augenblick vermochte Eliza nicht zu atmen. Etwas so Wildes und Verwegenes strahlte er aus, dass sie versucht war, alle Vorsicht in den Wind zu schlagen und sich ihm bei seinen verrückten, leidenschaftlichen Unternehmungen anzuschließen. Aber ihre Stellung – in seinem Haus und bei der *Weekly* – blieben Eliza nur, wenn sie sich hier und jetzt in Zurückhaltung übte.

»Ihr könntet Eure Korrekturen an den Herausgeber der Zeitung schicken«, schlug sie vor, sobald sie sich von dem Augenblick der Schwäche erholt hatte. »Ich habe gehört, dass so was manchmal gemacht wird.«

Wycliff starrte sie ungläubig an, ehe er bitter auflachte.

»Glaubst du allen Ernstes, ich bräuchte nur ein paar ungeheuerliche Lügen richtigzustellen, indem ich einen *Brief an den Herausgeber schreibe*?«

»Es würde höchstwahrscheinlich nicht alle Probleme lösen. Aber immerhin würde es Eure Stimmung bessern«, sagte Eliza und nahm das Fegen wieder auf. Erstaunliche Dinge ergaben sich, wenn man dem Herausgeber schrieb; so war sie an ihren Job gekommen und hatte angefangen, für die *Weekly* zu arbeiten. Aber das konnte sie dem Duke wohl kaum auf die Nase binden.

»Liebes«, schnurrte Wycliff wie ein erfahrener Charmeur. »Meine liebe Eliza. Auf irgendwas zu schießen bessert meine Stimmung. Auf lebende Tiere zu schießen ist noch besser. Das Werfen von Möbeln und Whiskyflaschen gegen Wände hat auch eine durchaus besänftigende Wirkung. Einen Brief an einen niederen Lohnschreiber von einem Revolverblattherausgeber zu schicken ist … nun, sagen wir einfach, das würde meine Stimmung nur dann bessern, wenn ich ihn auch mit der Feder erstechen und ihm dann mit dem Brief das Maul stopfen könnte.«

Eliza starrte Wycliff entsetzt an. Er zuckte jedoch nur mit den Schultern.

»Ich bin nur ein Hausmädchen, Euer Gnaden«, erwiderte sie leise, sobald sie sich wieder erholt hatte.

»Ein verlockendes, faszinierendes und freches Hausmädchen«, korrigierte er sie.

Eliza machte mit brennenden Wangen und rasendem Herzen einen Knicks. »Stets zu Diensten.«

»Ich muss wirklich etwas gegen diese Zeitung unternehmen, da hast du recht«, überlegte der Duke und begann, um sie herumzutigern. »Besonders wegen dieser verflixten Kolumne über den tätowierten Duke. Diese sinnlose Verbreitung von Gerüchten treibt mich in den Ruin. Die Royal Society hat sich davon abschrecken lassen, und die bessere Gesellschaft goutiert diesen Rotz scheinbar auch. Wenn ich nichts dagegen unternehme, fürchte ich, kann es nur noch schlimmer werden.«

Noch nie war ein Stück Fußboden so sorgfältig gefegt worden wie jetzt. Eliza konnte ihn unmöglich ansehen. Aber sie sah immerhin vor ihrem inneren Auge all die Dinge, die sie bisher über ihn geschrieben hatte. Jedes abscheuliche, zerstörerische Wort.

»Wenn sie schon nicht aufhören, über mich zu schreiben, könnte dieser niederträchtige und gemeine Autor wenigstens auch einmal etwas Anständiges über mich schreiben ... vielleicht auch etwas Schmeichelhaftes. Ich habe immerhin Großartiges vollbracht und mich nicht nur quer über alle Kontinente gehurt.«

»Ich würde gerne mehr über Eure Abenteuer erfahren, Euer Gnaden«, sagte Eliza und unterbrach das Fegen, um ihn mit ehrlichem Interesse anzusehen.

»Ich habe im Indischen Ozean Sklavenschiffe befreit«, begann er. Eliza schaute sich in der vergeblichen Hoffnung um, jemand anderes könnte in der Nähe sein und ihnen zuhören. Denn wenn sie die Einzige war, die diese Geschichte hörte, durfte sie nicht darüber schreiben, weil er dann die Quelle leicht zurückverfolgen könnte und sie aufflöge.

Da war jedoch niemand: Eliza war vollkommen allein mit dem Duke und lauschte Wycliffs *edlen* Abenteuern. Die Tatsache, dass sie nicht ein einziges wunderbares Wort darüber verlauten lassen durfte, ohne ihre Tarnung auffliegen zu lassen, schmerzte sie tief.

»Ich habe Schiffsbrüche überlebt und ein aufgebrachtes Piratenschiff befehligt, das um Kap Hoorn segelte. Ich sammelte fremdartige Pflanzen, die erst kürzlich vom König in Kew Gardens hoch gelobt wurden und zukünftig in ganz England angepflanzt werden sollen. Ich rettete die eine oder andere Frau aus einer unglücklichen Ehe, versenkte das eine oder andere französische Kriegsschiff, verhandelte mit einem Kannibalenstamm über die Freilassung von Burkes Mannschaft und rettete Harlan bei einem Haiangriff – na ja, zumindest einen Großteil von ihm. Ich verbrachte eine Nacht in einem Harem und genoss das sehr, ja, ehe ich eine junge Engländerin befreite, die entführt worden war – und das, ehe sie ihre Unschuld verlor. Vor allem aber habe ich mein Land mit Anstand, Diplomatie und Würde vertreten, und das ist mehr, als ein Großteil der Royal Navy von sich behaupten kann.«

Ehrfurcht beschrieb nicht annähernd, was Eliza für ihn empfand … Genauso wenig der Ärger, den sie bei seiner Erzählung empfand. Trotzdem schlug ihr Herz heftig, und sämtliche Alarmglocken schrillten.

Der Duke war ein erstaunlicher Abenteurer. Er war nur widerstrebend der Duke, und außerdem war er unglaublich skandalös. Aber dieser Mann hatte wahrhaftig gelebt. Sie war sich durchaus ihrer eigenen kleinen und missglückten Erlebnisse in dieser kleinen, wenngleich geschäftigen Ecke der Welt bewusst. Sie hatte mehr Aufregung erlebt als die meisten Frauen. Aber das war nichts verglichen mit den Reisen des Dukes. Was für ein wunderbarer Spaß es wäre, ihn zu begleiten …

»Da draußen, jenseits der Grenzen von London, existiert eine ganze Welt. Ich habe diese Welt gesehen und bereist und sie kennengelernt. Ich kann mir nicht vorstellen, wie jemand wie Basil existieren kann, wenn sein Leben nur darin besteht, von seinem Haus zu seinem Club und weiter zu einer Party zu gehen. Dass er nicht das Gefühl hat, wertvolle Zeit zu verschwenden! So wirft er doch ganze Jahre seines Lebens einfach weg.«

»Zuerst habe ich nicht so recht verstanden, warum Ihr nur so ungern wieder zu Hause seid«, sagte sie. »Dass Ihr kein Duke sein wolltet. Aber jetzt glaube ich, beginne ich zu verstehen.«

»Bist du schon mal gereist?«

»Einmal, nach Brighton.« *Diese verfluchte, verdamm-*

te Reise nach Brighton. Wenn es etwas gab, das sie bereute … Andere Abenteuer nahmen wohl ein glücklicheres Ende, dachte sie.

»Ach ja«, sagte Wycliff und erinnerte sich, dass sie davon gesprochen hatte. »Und das hat in dir nicht den Wunsch nach Reisen und Abenteuer geweckt?«

»Die Reise hat mich sogar fast ruiniert«, erklärte Eliza, aber dem Duke schien zu entgehen, wie tonlos ihre Stimme klang. Gott sei Dank. Sie wollte sich nur ungern erklären. Oder auch nur länger darüber nachdenken.

»Ja, das ist die Schönheit des Reisens. Sobald man weiß, wie weit und blau und wunderschön der Rest der Welt ist, kommt einem London im Vergleich wie ein feuchter Kerker vor. Hierzubleiben ist schier unmöglich. Ruiniert … Als könnte ich allen Ernstes damit zufrieden sein, mich von einer Party zur nächsten treiben zu lassen …«

Sie konnte durchaus verstehen, wie man irgendwann davon gelangweilt sein konnte. Aber während der Duke weiter darüber plapperte, wie schrecklich sein privilegiertes Leben in Ketten war, fühlte sie sich nicht mehr so schuldig wegen der Dinge, die sie geschrieben hatte. Sie besaß sogar die Frechheit, ihn zu unterbrechen.

»Einige von uns, Euer Gnaden, würden liebend gerne die Chance bekommen, sich von modischen Kleidern und herrlichen Gesellschaften, Champagner und Walzern langweilen zu lassen.«

»Ich bin so ein Arsch«, sagte er tonlos, weil ihm jetzt erst bewusst wurde, dass er sich einem Hausmädchen gegenüber über Reichtum und Privilegien beklagte. »Ich bitte vielmals um Entschuldigung.«

»Also gut«, sagte Eliza versöhnlich, weil sie ihren Standpunkt hatte klarmachen können.

»Ich würde dich zu einem Ball mitnehmen, aber du würdest dich unter meinesgleichen nicht wohlfühlen«, erklärte Wycliff ihr. Er nahm ihr den Besen aus der Hand und lehnte ihn an die Wand.

»Stattdessen … Eliza, würdest du mir die Gunst eines Walzers gewähren?«, fragte er und verneigte sich tief vor ihr. Sie musste lachen. Man stelle sich das vor, ein Duke, der sie, ein einfaches Dienstmädchen, zum Tanz aufforderte!

»Jetzt?« Wieder lachte sie nervös.

»Müsstest du denn gerade woanders sein?«, fragte Wycliff und erwartete offensichtlich ein Nein als Antwort. Sie war seine Dienerin, und es wurde von ihr erwartet, ihm jederzeit zur Verfügung zu stehen. Welche anderen Aufgaben konnte sie schon haben?

Im Moment war sie jedenfalls mächtig froh über die Unterrichtsstunden von Sophie und Julianna. Dieses Angebot abzulehnen, wäre der pure Wahnsinn.

Wycliff zog sie an sich und drückte seine große, warme Handfläche gegen ihr Kreuz. Mit der anderen Hand umfasste er die ihre. Er neigte den Kopf nach unten, so dass sie sich in die Augen sehen konnten. Seine Augen waren braun; dunkel mit einem geheimnisvollen, Unheil verkündenden Funkeln.

»Bist du bereit?«, fragte er mit der samtig weichen Stimme eines erfahrenen Lebemanns.

Ehe sie Ja oder Nein sagen konnte, begann er auch schon, sie über den Galerieboden zu wirbeln. Es gab keine Musik, aber die brauchten sie auch gar nicht. *Eins, zwei, drei …*

Der Duke tanzte mit ihr im Walzertakt um ein Sofa herum, das unter weißen Laken verborgen war, und dann um einen Tisch und mehrere Stühle, die ebenfalls eingehüllt waren. Danach konnte Eliza nichts mehr um sich herum wahrnehmen. *Eins, zwei, drei ...*

Sein Hemd stand am Hals offen. Sie schaute direkt auf die nackte, sonnengebräunte Haut und war wie gelähmt von dem Wunsch, ihre Lippen darauf zu pressen, um ihn zu schmecken. Sie biss sich stattdessen auf die Unterlippe.

Und dann machte sie den Fehler, die Augen zu schließen. Denn nun spürte sie seine Berührungen noch intensiver. Hitze stieg von seiner Haut auf, und seine Hände packten besitzergreifend zu. Sie atmete seinen Duft tief ein – Seife und Whisky und etwas Unbeschreibliches, das ihr auf angenehme Weise zu Kopf stieg. Sie wagte, sich vorzustellen, dass sie nicht das einfache Hausmädchen war oder die Autorin, die ihn verriet, sondern eine Frau, die er leidenschaftlich liebte.

Als sie die Augen wieder öffnete, sah Eliza die Gier in den dunklen Augen des Dukes. Sie spürte dasselbe; wie das Flattern von Schmetterlingen breitete es sich in ihrem Bauch aus und ließ ihren Puls noch schneller gehen.

Sie musste ihre Meinung korrigieren. Es war Wahnsinn, eine Tanzeinladung von Wycliff anzunehmen, weil ... Nun, weil sie sich vielleicht zu Dummheiten hinreißen ließ. Fast glaubte sie, er wolle sie. Oder dass sie ihn haben könnte.

Sie tanzten weiter, und nur ihre Schritte und das Klopfen ihres Herzens waren zu hören. Dann hörte Eliza, wie dem Duke der Atem stockte. Er blieb so unvermittelt stehen, dass sie gegen seine harte, tätowierte Brust stolperte. Sein starker Arm hielt sie jedoch geistesgegenwärtig und schützend fest.

»Euer Gnaden«, psalmodierte Saddler. Eliza riskierte einen Blick in seine Richtung und stellte fest, wie er sie voller Missbilligung musterte. Sollten Butler nicht immer eine versteinerte, undurchdringliche Miene bewahren?

»Eine wichtige Botschaft ist soeben für Euch eingetroffen, Euer Gnaden. Von Lady Shackley.«

Kapitel 19

Ein Besuch von Mr. Monroe Burke

In der Bibliothek,
zu später Stunde

Wycliff stand, die Hände hinter dem Rücken verschränkt, am Fenster und starrte hinaus. Harlan hatte es sich in einem Sessel gemütlich gemacht und schmauchte einen Stumpen. Ein Kartenspiel lag verlassen auf dem Tisch, weil sie einen Besucher bekommen hatten. Wycliff hätte fast gewonnen.

»Mr. Burke«, psalmodierte Saddler, ehe er genauso still wieder verschwand, wie er gekommen war. Wycliff überlegte kurz, ob er sich weigern sollte, ihn zu empfangen. Aber er war zu neugierig.

»Willst du mir denn gar nicht gratulieren?«, fragte Burke, als er in die Bibliothek geschlendert kam. Er hatte vorgesprochen. Uneingeladen. Vermutlich wollte er sich mit seinem Erfolg vor ihm brüsten.

»Mir ging schon der Gedanke durch den Kopf, dass ein Gentleman das tun würde«, sagte Wycliff und wandte sich vom Fenster ab, um sich seinem verräterischen Freund zu stellen. »Dann haben mich die Zeitungen wieder daran erinnert, dass ich kein Gentleman bin. Also nein, ich glaube, ich werde dir nicht gratulieren.«

»Ach, komm schon Wycliff. Sei nicht so ein schlechter Verlierer.« Burke versuchte zu lachen, doch es misslang. Harlan atmete eine graue Rauchwolke aus.

Wycliff machte einen Schritt nach vorne und sagte verbittert: »Und ich dachte, du wärst ein Freund.«

»Du wiederum dachtest wohl, du wärst der einzige Abenteurer, der Timbuktu ins Auge gefasst hat?«, fragte Burke spöttisch. »Nachdem sie zehntausend Pfund für die Entdeckung ausgelobt haben, will doch jeder den Versuch wagen, und die Mütter dieser Männer gleich mit.«

»Ich habe nur nicht gewusst, dass *du* es ins Auge gefasst hast«, gab Wycliff zurück. »Andererseits ist es ja nicht so, dass wir nicht lang und breit über *meine* Pläne für die Expedition diskutiert hätten. Intensiv und detailliert. Monatelang.«

Genau das hatten sie getan. Von seinem Platz aus nickte Harlan zustimmend.

Die Reise von Tahiti nach London hatte sich hingezogen, und um sich die Zeit zu vertreiben, hatten sie zu dritt Mahlzeiten, Alkohol und Kartenspiele genossen. Sie hatten gemeinsam unter dem hellen Sternenhimmel, der sich über dem Ozean spannte, geraucht und getrunken. Und sie hatten geredet. Dass Wycliff vorhatte, der erste Europäer zu sein, der es nach Timbuktu schaffte und wieder zurückkehrte, war in vielen dieser Gespräche ein Thema gewesen. Genau wie die Details – die Route, die er nehmen wollte, die erforderliche Ausrüstung, die Sprachen, die man sprechen müsste, Strategien, Stämme und deren Sitten, denen er unterwegs begegnen würde. Burke hatte ihm dieses Wissen und den Traum gestohlen.

Dieser Dieb!

»Ja, wir haben über Timbuktu geredet. Auf *meinem*

Schiff«, fügte Burke hinzu und lehnte sich gegen das Kaminsims. Er starrte auf die Karaffe mit Brandy, den Wycliff ihm absichtlich nicht angeboten hatte.

»Was willst du damit sagen?«, forderte Wycliff ihn heraus.

»Ich bin derjenige mit einem Schiff. Mit einer Mannschaft. Mit Erfahrung«, zählte Burke auf. Als Wycliff den Mund aufmachte, um zu protestieren, schnitt Burke ihm das Wort ab. »Ich habe Erfahrung als *Befehlshaber*. Du hast dich von hier nach dort treiben lassen, hast herumgetollt und dich vergnügt. Eins führte zum anderen, aber es zeichnete sich kein Vorgehen ab, und du fühltest dich für niemanden verantwortlich außer für dich selbst.«

»Du hast doch auch die Zeitungen gelesen«, sagte Wycliff und trat an das Buffet, um sich noch einen Brandy zu genehmigen. Burke bot er wiederum keinen an.

»Ich war dort, Wycliff. Ich habe mehr gesehen und gehört, als mir lieb war.«

»Ist schon lustig, wie dieses kleine Detail – wie *du* dich ebenfalls den Ausschweifungen hingegeben hast – es nie in die Zeitungen geschafft hat.« Vielleicht schaffte er es ja irgendwie, Knightly darüber in Kenntnis zu setzen. Das wäre ein Brief an den Herausgeber, der ganz nach seinem Geschmack wäre. Bei dem Gedanken lächelte er verbittert.

»Ja, aber wer würde das glauben, wenn er mich so sieht?«, fragte Burke. Er war nun mal der perfekte, höfliche Gentleman, der immer pünktlich in die Kirche ging, Frauen gegenüber anständig war und sich nie irgendwelchen Lastern hingab.

»Du siehst wie ein eingebildeter Schnösel aus«, warf Harlan ein.

»Ganz genau«, strahlte Burke.

»Du bist ein Heuchler. In so vielen Belangen«, bemerkte Wycliff. Er nippte an seinem Brandy und genoss ihn sichtlich.

Finster blickte Burke ihn an. »Du hättest ohnehin keine Gelder bekommen, und die Gründe dafür haben absolut nichts mit mir zu tun«, erklärte Burke. Warum er das sagte, außer um Wycliff zu ärgern, wusste er auch nicht so genau.

»Ich finde das nicht besonders tröstlich. Jedenfalls hoffe ich, es mildert deine Schuldgefühle ab. Von denen ich allerdings hoffe, dass sie dich bei lebendigem Leib auffressen.«

»Dieses Gespräch entwickelt sich so, wie ich es erwartet habe«, antwortete Burke ruhig. Aber seine Wangen bekamen allmählich eine ungesunde Farbe.

»Das Geld ist der Grund, nicht wahr? Die Verlockung von zehntausend Pfund hat dich dazu bewogen, deinen alten Freund unter die Räder kommen zu lassen. Wofür brauchst du das Geld überhaupt, sag? Zahlt dein Vater etwa deine Rechnungen nicht mehr? Hast du geheime Spielschulden, die dein Gehalt als Captain nicht mehr abdeckt?«

»Ich möchte gern heiraten.« Burke sagte es ganz ruhig und auf so schmerzhaft ehrenvolle Weise, dass diese Antwort Wycliff noch mehr ärgerte als alles andere.

»Aha, eine noble Unternehmung, um das Herz einer Lady zu gewinnen«, bemerkte er trocken. Es gab wohl nichts Schlimmeres als einen hinterlistigen Freund mit Ausnahme eines hinterlistigen Freunds, der dafür einen noblen Grund wie die Liebe vorzuweisen hatte.

Burke zuckte mit den Schultern. »Das auch. Und weil ich in der Lage sein will, sie mir leisten zu können.«

»Wer ist sie?« Wycliff musste einfach fragen. Es gab keine Möglichkeit, nicht zu fragen.

»Sie ist der Grund für all mein Tun. Mein Nordstern. Mein Geheimnis«, antwortete Burke.

Wycliff verdrehte die Augen. Aus irgendeinem Grund musste er an Eliza denken und kippte den Rest seines Drinks in einem Schluck hinunter.

»Ich sehe aber, dass du nicht in der passenden Stimmung bist, um darüber zu reden …«, bemerkte Burke knapp.

»Ich bin entsetzt, dass du allen Ernstes geglaubt hast, ich könnte das je sein«, bemerkte Wycliff trocken.

»Meine Expedition wird in zwei Wochen aufbrechen. Ich brauche eine Mannschaft«, sagte Burke und schaute ganz bewusst in Harlans Richtung, ehe er seine Aufmerksamkeit wieder auf Wycliff richtete.

»Da bist du ins falsche Haus gekommen, wenn du nach Unterstützung suchst«, bemerkte Wycliff trocken.

»Dann mache ich mich wohl lieber gleich wieder auf den Weg«, antwortete Burke gleichmütig. Er verschwand, und Wycliff wünschte ihm *wirklich alles Gute!*, als er die Bibliothek verließ.

»Die Reise ist also abgesagt?«, fragte Harlan und paffte weiter an seinem Stumpen.

»Nein. Ich werde eine andere Möglichkeit finden«, sagte Wycliff schroff und runzelte die Stirn. »Es gibt immer einen anderen Weg.«

Sein Blick fiel auf den Schreibtisch. Besonders auf einen Brief, der mitten unter all den Karten, Reisebeschreibungen, Zeichnungen und Geschäftsbüchern lag. Er stammte von Lady Shackley. Die hübsche, lebhafte und böse Lady Althea Shackley. Die Versuchung war wie Sirenengesang.

»Ich hoffe, du denkst dir etwas aus, denn sonst bliebe mir nur die Zuflucht in die Straßenräuberei«, sagte Harlan. Das war eigentlich nicht die schlechteste Idee, dachte Wycliff spontan – doch er hatte eine bessere. Der Gesang der Sirene zerrte an seinem Herz und seinem Verstand.

»Oder man heiratet Geld«, sagte der Duke geheimnisvoll.

»Ich bin ja nicht so der Typ fürs Heiraten«, bemerkte Harlan tonlos.

»Aber ich könnte es tun. Besonders mit der Aussicht, dass ich die Flitterwochen schon auf dem Weg nach Timbuktu verbringe. Ohne die Braut.«

»Wie hast du dir das denn gedacht?«, fragte Harlan und grinste breit. »Du müsstest nicht nur eine reiche Braut finden, was bei deinem Ruf schon schwer genug wird. Wenn die alten Windbeutel in der Royal Society über dich klatschen, was glaubst du dann, wie sehr sich die jungen Mädels dieser Stadt das Maul zerreißen. Denen müssen ja die Kiefermuskeln schon wehtun. Von ihrem ganzen Gerede, meine ich.«

Wycliff schmunzelte. Der Brief von Althea lag noch immer auf seinem Schreibtisch. Sie bat ihn darin, sie zu besuchen.

»Deine Sorge um meinen Ruf und meine Heiratsfähigkeit lässt dich ja schon fast wie Basil klingen. Aber dieser verdammte Titel muss doch auch sein Gutes haben. Bestimmt könnte eine Dame über meine unappetitlichen, skandalösen Seiten hinwegsehen, wenn sich ihr damit die Aussicht eröffnete, Duchess zu werden.«

»Ich glaube, da werden wir Basils Hilfe benötigen. Wo ist er eigentlich, wenn man ihn mal brauchen kann?«

»Wahrscheinlich ist er in seinem Club und verjubelt

große Summen beim Kartenspiel. Aber wir müssen ihn auch gar nicht hinzuziehen«, sagte Wycliff. Es gab eine andere Möglichkeit. Eine, die riskant und gefährlich war. Und die schon einmal funktioniert hatte. Er hielt den Brief in die Luft. »Wie wär's mit Shackley-Geld?«

Nie in der ganzen Weltgeschichte war ein Türknauf so sorgfältig poliert worden. Niemals seit der Sintflut hatte jemand ein Stück Boden so sorgfältig abgestaubt, gesäubert, poliert und auf jede erdenkliche Weise gewienert. Eliza stand vor der Tür der Bibliothek, die angenehmerweise einen Spaltbreit offen stand und lauschte. Schamlos.

Es war fast zu einfach.

Dies war die einzigartige Möglichkeit, weiteres Material für ihre Kolumne zu sammeln, und diese nutzte sie selbstverständlich. Jeder an ihrer Stelle würde genauso handeln.

Was Eliza da hörte, brachte sie völlig aus der Fassung. Warum machte es ihr so viel aus, dass der Duke sich mit Heiratsplänen trug? Ihr Magen krampfte sich bei der Vorstellung förmlich zusammen.

Ihr Herz schmerzte seinetwegen, weil er so viele Rückschläge hatte hinnehmen müssen: erst die Ablehnung der Royal Society, und jetzt kam auch noch Burkes widerrechtliche Aneignung hinzu. Unter den Bediensteten erzählte man sich, er schreibe bis spätnachts an den Berichten, in denen er unter anderem detailliert die Sitten und Bräuche jener Kulturen aufzeichnete, denen er auf seiner Reise begegnet war. Weil er aber so spät noch in der Bibliothek war, konnte sie nicht einfach dorthin schleichen und verbotenerweise seine Journale lesen. All die Stunden verbrachte er damit, jene merkwürdigen Dinge zu katalogisieren, die er mitgebracht hatte. Die sonnigen Nachmittage, wenn er im Haus über seinen Geschäftsbüchern hockte, dienten vor allem der Entscheidungsfindung, was verkauft werden konnte, um die Schulden seines Besitzes zu begleichen. Schulden, die er nie selbst gemacht hatte, denen er sich aber dennoch irgendwie stellen musste. Und dann waren da noch die verdammten Stunden in diesem verschlossenen Raum, in denen er was auch immer trieb.

Ihre Bemühungen, das Schloss zu knacken, waren nicht von Erfolg gekrönt gewesen. Und so sehr der Duke ihr inzwischen vertraute, hatte er sie bisher doch nicht mit über diese Schwelle genommen.

Dies war einer der Gedanken, die Eliza nachts wachhielten. Sie traute sich nicht, weiter herumzuschnüffeln. Nicht nach diesem Kuss, der alle möglichen Begehrlichkeiten und Gefühle in ihr geweckt hatte und alles nur noch komplizierter machte.

Eliza wusste auch, dass Wycliff nach stundenlanger Arbeit oft aufs Hausdach floh, um in die Sterne zu schauen und die kühle Nachtluft zu atmen. Sollte sie sich zu ihm gesellen, wie sie das manchmal machte? Oder sollte sie sich besser von ihm fernhalten? Welche Folgen könnte welche Entscheidung haben?

Fragen über Fragen … Würde er irgendwann an ihre Tür klopfen? Sie hoffte inständig, dass er es nicht tat, zumal sie oft auch bis weit nach Mitternacht wach blieb. Schließlich schrieb sich ihre Kolumne nicht von allein, und tagsüber hatte sie andere Pflichten, als »skandalumwitterte Zeitungskolumnen zu schreiben«.

Aber die Wahrheit war: Sie *wollte*, dass er an die Tür ihrer Kammer klopfte. Sie wollte es so sehr, dass es für eine

Lady schon beinahe unpassend war. Sie fürchtete sich davor, und gleichzeitig sehnte sie sich danach. Wenigstens wusste sie, warum: Sie wollte ihm nahe sein. Bei ihm sein. Nicht mehr und nicht weniger. Solange sie ihre Kolumne schreiben durfte, konnte sie bleiben. In dem Augenblick, in dem ihre Verkleidung aufflöge, stünde sie jedoch wieder auf der Straße. Was bedeutete, dass sie damit auch die Story verlöre, die ihre Karriere als Autorin erst angeschoben hatte.

Auf eine merkwürdig quälende Art ergab jedoch alles irgendwie Sinn für sie. Weil sie sich nach ihm sehnte, musste sie ihn verraten. Eliza wurde heiß und kalt vor Verzweiflung. Gab es wirklich keine andere Lösung? Könnte sie ihre Kolumne nicht irgendwie zu seinem Nutzen einsetzen? *Burke und die Royal Society sollten sich lieber wappnen*, dachte sie. *Besonders, wenn der Duke so ausgiebig über das Geld der Shackleys nachdenkt. Oder es sogar heiratet.*

Diese Vorstellung hatte eine besonders merkwürdige Wirkung auf Eliza. Ihr Magen schmerzte bei diesem Gedanken, und sie wollte lieber nicht darüber nachdenken, warum das so war.

Später am Abend verfasste sie fieberhaft eine neue Ausgabe von ›Der tätowierte Duke‹. Doch sie schrieb nicht nur für sich, sondern nun auch für ihn. Sie schrieb, weil sie hoffte, seinen Ruf retten zu können. Sie schrieb mit Eifersucht im Herzen, die sich gegen Lady Althea richtete. Sie schrieb, weil sie verzweifelt darum bemüht war, ihre Stellung bei der *Weekly* nicht in Gefahr zu bringen und weil sie unbedingt beim Duke in Lohn und Brot bleiben wollte. Sie schrieb, als könne sie ihn damit irgendwie dazu bringen, ihren Verrat zu vergeben und sie vielleicht sogar zu lieben. Sie schrieb, weil sie erneut dieses triumphale Gefühl empfinden wollte, das der Erfolg mit sich brachte. Sie wollte mehr davon. Sie schrieb, als hätte ihr jemand die Worte *Skandale bringen Verkäufe* quer über ihr Herz tätowiert.

Kapitel 20

Bittersüßer Erfolg

In den Redaktionsräumen
der London Weekly

»Zuerst die Damen«, sagte Knightly, als Eliza auf den letzten leeren Stuhl glitt. Ihr Herz hämmerte nicht nur, weil sie sich so sehr hatte beeilen müssen, um rechtzeitig einzutreffen. Es klopfte vor allem, weil sie einen Geist gesehen hatte, draußen vor dem Pub auf der gegenüberliegenden Straßenseite: Dort hatte der lange verschollene Liam gestanden, den sie seit Brighton vor so vielen Jahren nicht wiedergesehen hatte. Was hatte er hier zu suchen, nach all der Zeit?

»Die Damen kommen zu spät«, murmelte Grenville. *Was für ein alter Miesepeter*! Wäre sie nicht so kurzatmig, hätte sie ihm eine gepfefferte Antwort gegeben. Stattdessen warf Eliza ihm denselben missbilligenden Blick zu, mit dem sie auch Saddler und die anderen Bediensteten zu bedenken pflegte.

»Eliza, ganz London sitzt auf glühenden Kohlen und fragt sich, was wohl in der nächsten Kolumne über den tätowierten Duke stehen wird«, begann Knightly. »Mich eingeschlossen.«

»Das stimmt«, warf Julianna ein. »Bei all den Partys

gibt es nur ein Thema, worüber die Leute liebend gern reden. Mir tut es in der Seele weh, dass ich nicht mit meiner Verbindung zu dir und der *Weekly* angeben kann.«

»Aber es gibt doch Gott weiß wichtigere Themen, denen sich unsere Nation stellen muss«, rief Grenville. »Wäre es nicht besser, wenn die Aristokratie sich mit angemessenen Themen beschäftigt?«

»Aber doch nicht auf Gesellschaften, lieber alter Grenville«, flötete Julianna liebenswürdig. »Dort klatschen die Lords und Ladys nach Herzenslust oder halten nach Ehemännern, Ehefrauen und Liebhabern Ausschau. Dort wird über nichts von Belang geredet. Dafür gibt es schließlich das Parlament.«

»Offensichtlich bevorzugen es die Mitglieder unseres Parlaments, sich in der Welt herumzutreiben, zu huren und sich wie Heiden und Wilde tätowieren zu lassen«, grummelte Grenville. »Mein Gott, das ist so unwürdig!«

»Es verkauft sich aber«, bemerkte Knightly scharf.

»Skandale bringen Verkäufe«, wiederholte das Redaktionsteam gehorsam. Es war das alles überragende Prinzip dieser Zeitung, und nur so hatte Knightly ein Vermögen machen können, das ihnen allen ein Auskommen bescherte.

»Wie euch allen bewusst ist, übertrifft die Auflage der *Weekly* im Moment alle anderen Zeitungen Londons. Aber die Ausgabe der letzten Woche ...« Knightly machte eine Pause, weil er so stolz war, dass ihm offenbar die Worte fehlten. »Wir mussten bis Montag eine zweite Auflage drucken. Bis Dienstagnachmittag war kein Exemplar mehr zu bekommen. Und heute spucken die Druckerpressen schon wieder die nächste Auflage aus.«

Alle Augen richteten sich auf Eliza. In ihren Händen lag

die einzige Kopie der dritten und nächsten Kolumne über den tätowierten Duke.

Eliza übergab ihre Kolumne an Knightly. Im Raum wurde es ganz still. Und dann begann er, laut vorzulesen.

Es scheint nicht nur eine Grundwahrheit, sondern in jüngerer Zeit allgemeine Praxis geworden zu sein, dass ein Mann, der ein Vermögen braucht, sich auf die Suche nach einer Frau begeben muss. Der neue Duke of Wycliff hat seinen Blick nun auf den Heiratsmarkt gerichtet, um eine reiche Gattin zu finden. Eine bestimmte, wie man sagt. Seine Gläubiger und Schuldner werden ihm eine solche Heirat sicherlich wärmstens empfehlen.

»Oh, *Eliza*«, murmelte Julianna.

»Was soll ›oh Eliza‹ denn heißen?«, fragte Annabelle. »Sie hat bisher nur geschrieben, dass er eine Ehefrau sucht. Das ist wohl kaum besonders bemerkenswert. Oder?«

»Auch wenn es stimmt, dass viele Peers bettelarm sind und selbst wenn alle wissen, dass die meisten Ehen nur ein arrangierter Handel zwischen zwei Parteien sind«, begann Julianna, und die Männer im Raum nutzten diese Gelegenheit, um ihre Gedanken zu anderen Themen abschweifen zu lassen. Knightly jedoch lauschte ihr aufmerksam. »… könnte man allenfalls durchblicken lassen, dass eine große Mitgift ein wichtiger Faktor bei einer arrangierten Ehe ist. Aber das spricht man doch niemals laut aus!«

»Genauso wenig, wie man es abdrucken würde, damit ganz London es lesen kann«, fügte Sophie hinzu.

»Wir machen es trotzdem. Die *Weekly* druckt das ab«, beschied Knightly, wild entschlossen.

»Dann wird er niemals eine Braut finden«, antwortete Julianna ebenso fest. »Der Duke hat fast nichts, das für ihn spricht. Und wenn nun auch noch laut wird, dass er sich nicht aus Liebe, sondern nur um des Geldes willen binden möchte …«

»Der Titel genügt nicht?«, fragte Eliza hoffnungsvoll. Sie hatte einfach angenommen, es gebe irgendwo ein Mädchen, das bereit wäre, über alles hinwegzusehen, wenn es nur Duchess würde. Und auch wenn sie nicht vorhatte, Wycliffs Chancen auf dem Heiratsmarkt vollends zu zerschlagen, wusste sie zugleich, dass ihre Kolumne unter der kleinlichen Eifersucht litt, die sie plagte. Und unter der Sehnsucht.

»Es ist seine rettende Gnade. Kein Wortspiel, übrigens«, sagte Julianna. »Das und die Tatsache, dass er nicht hässlich ist. Aber er sieht fremdartig aus, und er hat merkwürdige Gefährten. Wir alle haben das so verstanden, dass er inzwischen doch eher wie ein Eingeborener lebt.« Die Expertin für High Society der *Weekly* fuhr damit fort, Wycliffs schreckliche gesellschaftliche Situation zu beschreiben, während die Schreibenden Fräulein atemlos lauschten. Der Rest vom Team hörte nur mit einem Ohr zu. »Seine Kleidung ist alles andere als modisch, und sein Appetit, nun, sagen wir einfach, er ist unersättlich und sehr ungewöhnlich. Wie soll das irgendeine Londoner Schönheit ertragen? Wer würde eine seiner Töchter – und damit die Mitgift – in die Hände eines skandalumwitterten, möglicherweise wilden Einsiedlers geben?«

»Seine größte Hoffnung wäre demnach eine Liebesheirat, bei der ihm alles vergeben wird«, folgerte Sophie.

»Aber wer kann sich schon in einen allgemein bekannten Mitgiftjäger verlieben?«, gab Annabelle zu bedenken.

»Das soll schon reichen, um ihn zu ruinieren?«, fragte Eliza und hoffte vergebens, die Antwort möge *Nein* lauten. Sie wollte doch nur nicht, dass Wycliff Lady Shackley heiratete – das war alles. Sie wollte doch nicht alles zusätzlich verkomplizieren! Diese Kolumne sollte ihm doch helfen, statt ihn endgültig ins Unglück stürzen!

»Nun, was schreibst du denn sonst noch?«, fragte Julianna.

»Das, was ich über Lady Shackley weiß«, sagte Eliza und zog die Schultern hoch. »Und über Monroe Burkes Expedition im Auftrag der Royal Society. Wie sehr der Duke sich wünscht, das Geld zu bekommen, um selbst eine Expedition nach Timbuktu auszustatten.«

»Wollen wir ihn nicht einfach rehabilitieren, Julianna?«, fragte Sophie. »Wir laden ihn zu Bällen ein und tanzen mit dem tätowierten Duke. Unsere Ehemänner können ihn ins White's mitnehmen, wo sie anständig trinken, sich über das Parlament und ihre Frauen beklagen und überhaupt nichts wirklich Anstößiges treiben können.«

»Dein Ehemann könnte das jedenfalls«, antwortete Julianna und fügte deutlich leiser hinzu: »Meiner ist jedenfalls mit Vergnügen dabei, wenn man sich unanständig benehmen soll.«

»Verkauft ein respektabler Duke meine Zeitung?«, fragte Knightly stirnrunzelnd und sah ungeduldig in die Runde. Damit war alles gesagt.

Neben ihren Freundinnen übte Eliza sich in ihrer undurchdringlichen Miene, während sie innerlich kochte … Ihre Freundinnen hatten wunderbare, liebevolle Ehemänner und ihre eigenen Zeitungskolumnen, viele schöne Kleider und verfügten außerdem über die Möglichkeiten, jemanden zu rehabilitieren. Sie hatte dasselbe mit ihrer Kolumne versucht, aber offensichtlich würde der Schuss nach hinten losgehen. *Sie war so eine verfluchte Närrin*!

Die Sitzung ging weiter. Grenville hielt eine leidenschaftliche Rede über Parlamentsentscheidungen, vermutlich vor allem deshalb, weil er sie alle auch einmal mit einem intelligenten Thema behelligen wollte, nachdem sie so eine leidenschaftliche, frivole Diskussion über die Ehechancen des Duke of Wycliff geführt hatten. Die anderen Reporter berichteten über die neuesten Unfälle und Delikte: einen Wahnsinnigen, der aus Bedlam entkommen war und seitdem junge Londoner Damen terrorisierte; den Diebstahl eines Diamantenhalsbands aus Lady Mowbrys Haus am Berkeley Square und ein Feuer in einer Bäckerei in High Holborn.

Die ganze Zeit dachte Eliza darüber nach, einfach aufzustehen und zu gehen. Sie war ziemlich überzeugt davon, den Teufel aus ihrer Vergangenheit, Liam, gesehen zu haben, wie er draußen vor der Redaktion herumlungerte. Waren das nur ihre lebhafte Vorstellungskraft und ihr Hang zur Theatralik? Oder durfte sie ihren Sinnen in diesem Fall vertrauen? Nach so langer Zeit hatte sie eigentlich angenommen, er wäre längst tot. Oder hatte es zumindest gehofft. Diesem skrupellosen, diebischen Schurken wünschte sie nur das Schlechteste, und zwar aus tiefstem Herzen.

Aber da stand er. Lungerte vor dem Pub herum. *Das muss ein Zufall sein. Eine Verwechslung*, redete Eliza sich ein.

Doch als sein Blick dem ihren begegnet war, hatte sie ihn erkannt.

Warum?

Sie wusste, dass sie die Antwort darauf später finden musste, denn fürs Erste rief Knightly sie zu sich in sein Büro, um nach dem Redaktionstreffen unter vier Augen mit ihr zu sprechen. Als sie das letzte Mal hier war ... Eliza erschauderte. Knightly hatte ihr an jenem Tag echte Gottesfurcht eingepflanzt – oder, um genauer zu sein, die Angst vor einem Leben, in dem sie nicht länger ein Schreibendes Fräulein war. Ein Leben ohne die Arbeit, die sie so liebte.

»Eliza«, sagte Knightly jetzt knapp. »Setzen Sie sich.«

Sie nahm auf einem der großen gepolsterten Stühle vor seinem Schreibtisch Platz. Die Proportionen der Lehnstühle waren eher auf Männer ausgerichtet, weshalb sie sich unglaublich klein und unbedeutend fühlte. Knightly konnte sie deshalb aber keine Vorwürfe machen, fand Eliza; vermutlich hatte er sein Büro damals nicht mit der Absicht eingerichtet, mit Frauen Geschäfte zu machen.

Andererseits war er ein Mann, der jeden Vorteil für sich zu nutzen wusste.

»Ich will mit Ihnen über Ihre Kolumne reden«, sagte er zur Begrüßung und ließ Eliza dann einen Herzschlag lang warten, ehe er weitersprach.

»Ich sollte Ihnen wohl mitteilen, dass ich beschlossen habe, den ›Tätowierten Duke‹ zu einer regulären Kolumne zu erheben. Zusammen mit ›Miss Harlows Hochzeiten in besseren Kreisen‹, den ›Geheimnissen der Gesellschaft‹ und ›Liebe Annabelle‹. Alle aus den Federn der Schreibenden Fräulein.«

Die Neuigkeit machte Eliza sprachlos. Eine Welle der Erleichterung überschwemmte sie. Er würde sie nicht feuern! Sie würde ihre Lebensgrundlage nicht verlieren! Und dann setzte ihr Herzschlag für einen Moment aus. Es fühlte sich fast so an, als wolle es vor Stolz platzen.

»Sie sollen außerdem auch eine Lohnerhöhung bekommen«, fuhr Knightly fort. Eliza strahlte bei seinen Worten. Sie lächelte so breit, so wahrhaftig und ehrlich, dass ihre Wangen schmerzten. Sie stand nicht länger am Abgrund. Sie hatte sich aus der drohenden Katastrophe herausgeschrieben und war wieder auf der Erfolgsspur. Alles, was sie dafür brauchte, war eine gute Story – *besorgen Sie mir die Story, besorgen Sie mir die Story* – und eine gute Verkleidung. Und das richtige Objekt.

Bei dem Gedanken an Wycliff schwand ihr Lächeln allerdings. Ihr Erfolg bedeutete seinen Misserfolg.

Dennoch war sie stolz auf sich. Und ehrlich gesagt auch erleichtert. Und sprachlos.

Absolut. Vollkommen. Sprachlos.

Knightly sprach weiter, als handle es sich nur um eine weitere Geschäftsvereinbarung und nicht um die Hoffnungen und Wünsche einer jungen Autorin, die entgegen aller Wahrscheinlichkeit wahr geworden waren. »Ich bin mir allerdings noch nicht ganz sicher, wie ich das mit dem Verfasser handhaben soll in Ihrer Situation. Haben Sie dem Duke gegenüber Ihren richtigen Namen angegeben?«

»Ja.« Es war die einzige Wahrheit, die Wycliff über sie kannte … Bis auf ihr Verlangen.

»Dann werden wir uns etwas ausdenken müssen. Aber das regelt sich schon alles. Fassen wir also zusammen: Sie bekommen eine regelmäßige Kolumne, einen Autorennamen und obendrauf noch mehr Geld. Ich bin heute ungewöhnlich spendabel, aber Sie haben es sich wirklich verdient, Eliza. Diese Story hat die Stadt im Sturm erobert.«

»Vielen Dank, Mr. Knightly.«

Eliza stand auf, um zu gehen; stattdessen trat sie jedoch an die große Fensterfront, von der aus man auf die Fleet Street blickte. Er war immer noch da. Liam, der Geist ... Das roch nach Schwierigkeiten, und Eliza kroch eine Gänsehaut über den Rücken. Was hatte er hier zu suchen? War es nur ein kurioser Zufall, oder war er hier, weil er nach ihr suchte?

Eines wusste Eliza in dem Chaos ihrer Gedanken: Sie wollte es eigentlich gar nicht wissen.

»Ist noch irgendwas?«, fragte Knightly.

»Würden Sie mich bitte zurück zum Haus des Dukes begleiten?« Die Worte purzelten einfach so aus ihrem Mund, und Eliza fühlte sich albern, weil sie ihren Ängsten so viel Platz einräumte.

»Schadet der Duke Ihnen etwa?« Knightlys Stimme klang leise und hart, und in Gedanken machte sie sich eine Notiz, dass sie ihm lieber nie ins Gehege käme.

»Nein. Das tut er nicht. Ich kann Ihnen aber trotzdem nicht sagen, warum ich das möchte.« Eine Antwort würde zu viele Fragen aufwerfen, die zu beantworten sie sich nicht bereit fühlte, spürte Eliza.

Knightly stand auf und nahm Hut und Mantel von einem Haken an der Wand.

»Wollen wir dann gehen?«

Sie nickte und beobachtete verblüfft, wie Knightly eine geladene Pistole aus seiner Schreibtischschublade holte. So viel zum Thema *Stift und Papier*. Andererseits mussten sich Herausgeber von Zeitungen oft gegen wütende Leser wehren, die nicht damit einverstanden waren, wie die Zeitung sie darstellte. Sogar Wycliff war hergekommen, um ihn zu sehen, wie sie erfahren hatte.

Auf Knightlys Bitte hin gesellte sich auch Mehitable Loud zu ihnen. Die knapp zwei Meter breite Muskelmasse und Kraft, die Mehitable in die Waagschale warf, konnten bereits ein Gefühl der Sicherheit erzeugen, wenn er nur neben einem ging.

Das ungewöhnliche Trio trat aus den Redaktionsräumen der *London Weekly*, als die Abenddämmerung hereinbrach. Und siehe da, dort stand er: rauchend vor dem Garroway's. Sie fühlte fast so etwas wie Erleichterung, weil sie sich Liam nicht eingebildet hatte. Aber es war ungemein beunruhigend, ihn hier zu sehen. Klarer Menschenverstand hin oder her.

Als er einen raschen Blick auf ihre Begleiter geworfen hatte, trollte Liam sich und verschwand schnell in der Menge.

Eliza war froh, dass er sie mit Knightly und insbesondere mit Mehitable gesehen hatte. Vielleicht verscheuchte ihn dessen Anblick ja dauerhaft. *Das wäre die eleganteste Lösung*, dachte sie sehnsüchtig.

Knightly winkte eine Mietdroschke heran, und sie kletterten zu dritt hinein, um nach Wycliff House zu fahren. Einen Block von ihrem Ziel entfernt, setzten die beiden Männer Eliza ab, damit sie auch ganz sicher nicht in fragwürdiger – oder identifizierbarer – Gesellschaft gesichtet wurde.

Sie brauchte nur heimlich ins Haus zu schlüpfen und zu hoffen, dass ihre Abwesenheit unbemerkt geblieben war.

Kapitel 21

In dem ihre Abwesenheit bemerkt wurde

Donnerstagabend

Eliza war an diesem Nachmittag für ein paar Stunden verschwunden. Wycliff ärgerte sich über sich selbst, dass ihm ihre Abwesenheit so überdeutlich auffiel. Und dass es ihm unangenehm war, ohne sie zu sein. Dass Eliza den Dachboden fegte oder mit der Wäsche beschäftigt war, glaubte er nicht, denn merkwürdigerweise fühlte das Haus sich irgendwie anders an – als habe die Atmosphäre sich geändert oder der Druck nachgelassen. Ohne sie war die ganze Stimmung gedämpft.

Wycliff liebte dieses Haus nicht besonders, aber er mochte es noch viel weniger, wenn Eliza nicht da war.

Am schlimmsten war für ihn aber das Gewäsch, das ihn aus dem unteren Stockwerk erreichte: Sie sei nicht in Begleitung eines, sondern gleich zweier Männer zurückgekehrt, tratschten die Domestiken. Und entfachten damit seine Neugierde. Welcher Angelegenheit außerhalb des Hauses konnte sie wohl nachgegangen sein? Und wie konnten gleich zwei Männer darin verwoben sein? Etwas Unangenehmes nagte an Sebastians Magen. Etwas, das sich überraschenderweise wie Eifersucht anfühlte. Ihm gefiel das nicht – weder das Gefühl noch Elizas Verhalten.

Mrs. Buxby, die liebenswerte alte Schnapsdrossel, hatte – entgegen seiner Anordnung – überhaupt nicht auf Eliza oder das andere Dienstmädchen aufgepasst, das inzwischen mit einem Diener anbandelte. Aber warum sollte sie auch, nachdem sie die Arbeit seit über dreißig Jahren hier im Hause ausübte und so manches frivole Treiben beobachtet hatte? Nach alldem, was er mitbekam, war mit Ausnahme von Saddler sein ganzes Haus ein einziger Sündenpfuhl.

Ein typischer Wycliff-Haushalt eben.

Doch das alles erklärte noch nicht, wohin sein Dienstmädchen Eliza verschwunden war und mit wem und warum. Und, was Sebastian an der Angelegenheit am meisten irritierte: warum ihn das überhaupt interessierte.

Beim Abendessen stichelte und neckte Harlan ihn, wie es seine Gewohnheit war. Wycliff hätte das Nachtmahl allein in seinen Gemächern eingenommen, doch das hätte so ausgesehen, als würde er irgendwas aus dem Weg gehen. Und das würde die Sache nur noch schlimmer machen.

»Ich habe gehört, eines der Hausmädchen ist heute Nachmittag für ein paar Stunden verschwunden«, begann Harlan und ließ sich Fleisch und Kartoffeln schmecken.

»Was denn, lästerst du schon wieder mit den Bediensteten?«, fragte Wycliff und versuchte, wie ein gelangweilter Aristokrat zu klingen. Sein *Etwas* – was auch immer es sein mochte –, das ihn mit Eliza verband, konnte unmöglich von Harlan entdeckt worden sein. Aber er wollte trotzdem alle Klatschgeschichten erfahren. Insbesondere dann, wenn sie sich um diese schlanke, kleine Dienerin mit den pechschwarzen Haaren und den meerblauen Augen drehten, die seine Gedanken beherrschte wie niemand sonst und sein Verlangen immer neu entfachte.

»Das mach ich doch immer«, sagte Harlan und grinste. »Ich glaube, sie wäre auch nicht erwischt worden, wenn nicht das andere Mädchen Mrs. Buxby nach ihr gefragt hätte. So ist ihr Verschwinden überhaupt aufgefallen. Es war ein aufregender Nachmittag im unteren Stockwerk.«

»Ihr zwei trinkt uns noch um Haus und Hof«, grummelte Wycliff.

Harlan zuckte nur gleichgültig mit den Schultern. »Ich kann eben nicht anders. Nicht bei diesem Wetter. Nicht, solange Timbuktu nichts weiter ist als ein ferner Traum«, sagte er wehmütig. Wycliff verdrehte die Augen.

»Hat sie gesagt, wo sie gesteckt hat?«, fragte er.

»Wer?«

»Eliza.«

»Das vermisste Mädchen? Du kennst also ihren Namen. Soso …« Harlans Augenbrauen schossen nach oben. Er nippte am Wein und starrte Wycliff mit dem gesunden Auge neugierig an. Das war verdammt nervig.

»Es ist schon verflucht praktisch, einer Person einen Namen zu geben, um sie von einer anderen zu unterscheiden. Das macht das Leben unglaublich einfach«, meinte Wycliff leichthin.

»Ich bin ja noch nicht allzu lange in England, aber eines weiß ich sicher: dass so herzogliche Leute nicht grade Wert drauf legen, die Namen von irgendwem zu lernen. Schon gar nicht von ihren Hausmädchen«, konterte Harlan.

»Ich bin aber ja nicht ›alle‹. Bekanntlich bin ich unkonventionell. Das steht in allen Zeitungen.«

»Die alle zu lesen, damit kann ich mich nicht aufhalten. Aber das Personal redet ja eh haarklein darüber.«

»Tut es das?«, fragte Wycliff und hoffte, Harlan würde mehr darüber erzählen. Dass das Hauspersonal über die

Berichte aus der Klatschpresse diskutierte – darüber war er sich klar. Denn was gab es Schöneres, als sich über den Herrn des Hauses das Maul zu zerreißen?

»Aye, sie tratschen den lieben langen Tag – wenn sie sich nicht gerade ›Pamela‹ oder irgendeinen anderen romantischen Schrott über Lordschaften vorlesen, die ihr weibliches Personal vergewaltigen. Das machen sie jeden Nachmittag beim Nähen und Flicken. Ich nehme an, so unkonventionell bist du gar nicht«, meinte Harlan und nippte an seinem Getränk.

Wycliff trank einen Schluck Wein. Plötzlich störte ihn dieses Gespräch. Und die Tatsache, dass vielleicht jemand bemerken könnte, wie gut ihm Eliza gefiel. Alle würden nur ein Klischee darin sehen – ein Duke of Wycliff mit seinem Dienstmädchen. Das war genau die Art von Gerücht, das er zu vermeiden versuchte, die Art von Gefühlen, wie sie seine männlichen Vorfahren ins Lächerliche gezogen hatten. Sebastian wollte nicht typisch sein. Er wollte die kühle Selbstbeherrschung und Kontrolle ausstrahlen, die seine Mutter ihm vererbt hatte. Diese beiden Eigenschaften sollten gefälligst über den Hang zur Hurerei seines Vaters siegen.

Und doch gingen seine Gedanken beständig zurück zu Eliza. Alle seine Sinne schienen ganz und gar auf sie ausgerichtet zu sein. Er lauschte immer, ob er vielleicht ihre Stimme oder ihr Lachen irgendwo hören konnte, und suchte irgendwelche Beweise, dass *sie* in einem Zimmer Staub gewischt hatte. Mehr als einmal hatte er sich irgendwelche Gefallen ausgedacht, um die er sie bitten wollte; er schickte sie nach irgendwelchen Sachen, nur damit er sie sehen konnte.

Wycliff nippte am Wein und dachte all diese beunruhigenden Gedanken. Dann bemerkte er Harlan, der für seinen Geschmack ein viel zu guter Beobachter war. Sein Freund sah aus, als könne er seine Gedanken lesen.

»Harlan, erinnerst du dich noch an die Zeit, als du von Kannibalen gefesselt und geknebelt worden warst?«, erkundigte sich Wycliff.

»Oh ja, in der Tat. Und ja, bevor du jetzt fragst: Ich erinnere mich auch daran, wie du mir im Alleingang das Leben mit kaum mehr als einem Taschenmesser und einem Palmwedel gerettet hast.«

»Dann behalte diese Tatsache doch freundlicherweise auch weiterhin im Gedächtnis. Und Thomas«, sagte Wycliff und drehte sich zu dem Diener um, der ihnen das Nachtmahl servierte, »ich weiß über dich und Jenny Bescheid, weshalb ich erwarte, dass diese abendliche Unterhaltung unter uns Männern bleibt.«

Kapitel 22

In dem ein Hausmädchen
in Schwierigkeiten geraten ist

Im Arbeitszimmer
von Wycliff House

»Ihr habt nach mir rufen lassen, Euer Gnaden?«, fragte Eliza kleinlaut. Sie stand nervös vor seinem Schreibtisch und strich über die Schürze über ihrem Kleid.

Alles, woran er denken konnte, war, wie er dieses Kleid anhob, sie erkundete und ihr unvorstellbare Lust bereitete …

Konzentriere dich, ermahnte Sebastian sich und spürte eine neue Welle des Unmuts anrollen. Mrs. Buxby hätte dieses umherstreifende Hausmädchen für sein Verschwinden rügen müssen und nicht er. Aber die Haushälterin hatte schon wieder einen im Tee und würde angesichts dieser ernsten Lage wohl kaum angemessen ernst bleiben können. Außerdem würde sie auch nicht nach mehr Informationen und Erklärungen verlangen und ihn anschließend über das in Kenntnis setzen, was sie erfahren hatte.

Dass er nun die Rolle des Richters spielen musste, widerstrebte Wycliff einerseits – andererseits verschaffte er sich so eine neue Gelegenheit, um in Elizas Gesellschaft sein zu können.

Wie erwartungsvoll Eliza vor ihm stand! Sebastian fuhr sich mit den Fingern durch die Haare und versuchte, sich an seinen Vater zu erinnern. Wie verhielt man sich in so einer Situation herzoglich? Er konnte sich nur an eine einzige ähnliche, jedoch reichlich misslungene Gelegenheit erinnern. Er musste etwa zehn Jahre alt gewesen sein – als er in das Arbeitszimmer gestürmt kam und eines der Hausmädchen kichernd auf den Knien seines Vaters vorfand. Recht bald nach dieser unangenehmen Situation verlor das junge Ding erst seine Taille und schließlich seine Stellung. Das letzte, was der junge Sebastian von ihr gehört hatte, war, dass sie den Haushalt verlassen habe, um ihre Familie in Shropshire zu besuchen. Viele Dienstmädchen hatten unter denselben gesundheitlichen Problemen gelitten, erinnerte er sich jetzt.

Wycliff räusperte sich. Er war dazu bestimmt, sich wie ein verfluchter Herr und Meister zu verhalten, und manch ein Mann hatte ihm gesagt, er wisse ganz genau, wie man das mache. Darauf musste er nun vertrauen. Außerdem war diese Auseinandersetzung eine gute Übung: Wenn er eine Expedition leiten wollte, musste er mit dieser Art von Ungehorsam umgehen können.

Also begann er mit Eliza.

An der er sich am liebsten vergehen wollte.

Auf seinem Schreibtisch. Jetzt und hier.

»Es ist mir zu Ohren gekommen, dass du gestern Nachmittag deine Pflichten vernachlässigt hast. Ohne Erlaubnis.« Er setzte die Stimme ein, mit der er widerspenstige Tiere und potentiell feindselige Volksstämme ansprach. Dieser Tonfall hatte sich als recht effektiv erwiesen, um Sprachbarrieren zu überwinden.

Eliza sagte nichts, denn sie schien zutiefst interessiert

auf einen unsichtbaren Fleck auf dem Teppich zu starren. Ihr Schweigen brachte Sebastian leider ziemlich aus dem Konzept. In welcher Rolle redete er nun eigentlich mit ihr? Als ihr Herr und Meister, der von ihr erwartete, ihm zu jeder Tages- und Nachtzeit zur Verfügung zu stehen? Oder als ihr Möchtegernliebhaber? Oder gar als eifersüchtiger Rivale, der um ihre alleinige Gunst buhlte?

»Du leugnest ja gar nichts«, bemerkte er.

Nichts.

Diese Frau machte ihn wahnsinnig! Wo zum Teufel hatte sie sich herumgetrieben? Und mit wem? Warum schmerzten ihn Unwissenheit und Neugier wie ein Schlag in die Magengrube? Stünde jetzt Jenny an ihrer Stelle – es könnte ihn nichts weniger kümmern, als wo sie sich gestern herumgetrieben hatte. Aber bei Eliza …

»Es tut mir aufrichtig leid, Euer Gnaden«, brach es nun endlich aus Eliza heraus. »Meine Mutter ist krank geworden, und ich musste sie einfach besuchen.«

Schwachsinn, dachte Wycliff spontan und wurde wütend. Sie wrang verzweifelt die Hände. Einen ganzen Elefanten würde er darauf verwetten, dass ihre Mutter kerngesund und putzmunter war.

»Es tut mir aufrichtig leid, das zu hören«, sagte er tröstend. Noch wollte er sich nicht anmerken lassen, dass er Elizas Lüge durchschaut hatte. Und zugleich wuchs seine Faszination. Hatte sie sich mit einem Liebhaber getroffen? Steckte sie in Schwierigkeiten? Er musste einfach nachhaken. »An welcher Krankheit leidet deine Mutter denn?«

»Schwindsucht. Es ist sehr tragisch.« Eliza ließ ihre langen Wimpern flattern. Er stöhnte beinahe auf vor Lust. Sie spann ihre Lügengeschichten wie eine ausgebildete Bühnenschauspielerin – schön. Aber musste sie dabei auch noch so verdammt begehrenswert aussehen?

»Möchtest du gerne mehr Zeit bei ihr verbringen?«, fragte er nun. Als sie ihn ob dieses Angebots überrascht anblickte, fuhr er fort: »Ich bin kein Unmensch, Eliza. Ich mag vielleicht unkonventionell sein, aber ich bin ein Mensch, und ich sorge mich um meine Mitmenschen. Und Menschinnen.« Dann lächelte er und versetzte ihr den Todesstoß. »Darum war ich auch so froh zu hören, dass du zwei männliche Begleiter hattest, die dich zurückbrachten.«

Dieser letzte Satz verfehlte seine Wirkung nicht: Elizas Kopf ruckte hoch, und ihre Augen funkelten wild und alarmiert.

Er lächelte wie eine Katze mit einer Maus.

Und sie? Sie erwiderte das Lächeln schamlos.

»Brüder?«, erkundigte er sich höflich.

»Cousins«, korrigierte sie.

Diese Dreistigkeit! Es verschlug Sebastian fast den Atem. Eliza log ihn also wirklich schamlos an. Und dann besaß sie auch noch die Frechheit, ihn dabei anzulächeln.

Das war schon lustig. Denn man erzählte sich unten in der Küche, einer der Männer, die sie begleitet hatten, sei ungewöhnlich groß gewesen. Wycliffs Gedanken wanderten unwillkürlich zu dem riesigen Wachmann, der die Tür bei der *London Weekly* bewachte. Ein Zufall? Nein, er glaubte nicht an Zufälle. Andererseits glaubte Wycliff aber auch ausschließlich an Beweise und nicht an Gerede.

Sein Herz begann zu hämmern, und das ärgerte ihn maßlos.

Wycliff trommelte mit den Fingern auf seinen Schreibtisch und musterte Eliza von Kopf bis Fuß. Pechschwarze, seidige Haare, die sie zu einem festen, fast schon altjüngferlichen Knoten im Nacken aufgesteckt hatte. Er wünschte, er könnte so lange an dem Gebilde zupfen, bis die Haare sich wie ein Wasserfall aus dem Knoten lösten.

Sie trug ein schlichtes graues Kleid mit einer weißen Schürze, die vorne festgesteckt war. Das sollte doch genügen, um ihn daran zu gemahnen, welchen Platz sie in seiner Welt einnahm. Eliza war ein Dienstmädchen. Bloß ein Dienstmädchen. *Oder etwa nicht …?*

Ihre Hände, die sie brav vor dem Körper gefaltet hielt, verrieten Wycliff viel über sie – und rehabilitierten Eliza von dem Verdacht, den er absurderweise gerade gehegt hatte. Diese Hände waren gerötet und aufgeraut; das waren die Hände einer Frau, die körperlich arbeitete. Viel mehr verriet ihm jedoch die Tatsache, dass diese Hände nicht mit Tinte befleckt waren. Und dass Eliza weder lesen noch schreiben konnte. Er hatte selbst gesehen, wie peinlich berührt sie war, als er sie im Gewächshaus um einen beschrifteten Blumentopf gebeten hatte. Ganz rot war sie geworden … Deshalb fühlte er sich auch immer noch wie ein Schurke.

Sie lächelte ihn arglos an.

Wycliff sah sie ernst an. Und wenn sie eine Informantin für einen Autor bei der *Weekly* war? Ein paar zusätzliche Münzen pro Woche, mit denen sie ihren mageren Lohn aufbessern konnte, den er ihr zahlte, waren für ein armes Ding wie Eliza sicher eine große Versuchung … Ja, schloss Sebastian nach gewissenhaftem Abwägen der Argumente, das war durchaus möglich.

Es würde sich geziemen, in Zukunft vorsichtiger vorzugehen. Sie zu beobachten und auf die Probe zu stellen.

»Wenngleich ich großes Mitgefühl mit deiner schwindsüchtigen Mutter habe, muss ich doch ein Exempel an dir statuieren, damit die anderen Bediensteten sich dein Verhalten eine Lehre sein lassen«, erklärte er Eliza ernst.

»Wollt Ihr mich etwa entlassen?«, fragte sie atemlos. Waren das Tränen, die ihr da in den vor Angst geweiteten Augen standen? Ihre Haut erblasste, und sie wrang noch heftiger die Hände als zuvor. Ihre Qual kam Sebastian aufrichtig vor. Und sie so zu sehen, bereitete ihm beinahe körperliche Schmerzen.

Der Drang, sie trösten zu wollen oder sie in die Arme zu nehmen war groß ... Gott sei Dank verbarg der Schreibtisch seinen Schoß vor ihren Blicken. *Könnte sie jetzt sehen, wie viel Macht sie über mich hat, weil ich mich ständig auf geradezu verdorbene Weise zu ihr hingezogen fühle, dann hätte ich mir das alles sparen können*, dachte der Duke resigniert.

Sein Wycliff-Blut ließ sich einfach nicht verleugnen.

»Nein. Trotzdem wird es eine Form von Bestrafung geben«, sagte er leise und ließ seine Stimme um eine Spur tiefer klingen, und sei es nur, weil er sehen wollte, wie sich Elizas Augen weiteten und sie unwillkürlich die Lippen öffnete. Glaubte sie wirklich, er würde sie schlagen? Oder irgendeine abartige sexuelle Praktik von ihr verlangen, obwohl sie das nicht wollte? *Du lieber Himmel*! Nein, er hatte etwas viel Ungefährlicheres und Bizarreres im Sinne.

»Ich benötige Hilfe bei der Katalogisierung einiger Insektenarten, die ich von meinen Reisen mitgebracht habe. Das ist eine unglaublich ermüdende Arbeit. Und du wirst mir dabei zur Hand gehen.«

Sein Herz raste, als Wycliff diese Worte aussprach. Er würde dabei die ganze Zeit in ihrer Nähe sein. Und sich selbst quälen mit dieser süßen Lust. Dabei würde er sie aber vor allem mit Details aus seiner Biographie füttern, von denen er wünschte, dass sie in ganz London bekannt würden. Nur für den Fall, dass Eliza tatsächlich die Informantin eines der berüchtigten Journaillen-Schmierfinken war.

Vielleicht wäre er nach diesem Arrest sogar klüger. Stärker versucht und mehr gequält, aber klüger. Und der Insektenkatalog wurde so auch schneller fertig. Eine definitiv brillante Idee!

»Ja, Euer Gnaden«, konnte Eliza nur flüstern.

»Wir beginnen gleich heute Nachmittag mit der Arbeit«, kündigte Sebastian ihr an und wandte sich dann demonstrativ ab, um ihr zu zeigen, dass diese quälende Unterredung vorbei sei. Wie ein Wilder kramte er auf dem Schreibtisch und in den Papieren herum. Als Nächstes machte sie einen kleinen Knicks und stürmte aus dem Zimmer. Wycliff beobachtete, wie sich ihre Hüften wiegten, und als Antwort auf diesen Anblick wurde ihm wieder die Hose eng.

Als sie verschwunden war, richtete er seine Aufmerksamkeit wieder auf die Papiere, die vor ihm ausgebreitet lagen. Bei seinem Kramen hatte er einen Brief von Lady Althea zutage gefördert, der vor Tagen eingetroffen war und auf den er bisher nicht geantwortet hatte.

Die Verlockung des Shackley-Geldes war wie der Gesang der Sirenen: Sie hatte ihn darum gebeten, bei ihr vorzusprechen, weil es eine persönliche Angelegenheit gebe, die sie mit ihm besprechen müsse und die dem Papier nicht anvertraut werden dürfe.

Kapitel 23

In dem das Katalogisieren von Insekten
eine romantische Aufgabe ist. Ja, wirklich.

Später an diesem Tag

In Wahrheit konnte Wycliff es kaum erwarten, wieder in Elizas Nähe zu sein. In letzter Zeit schien es so, als lebe er nur für die Momente, in denen sie in seiner Nähe war. Er riss heftig an der Klingelschnur.

Während er wartete, wanderten seine Gedanken zu einer anderen beunruhigenden Frau ... Lady Althea. Und zu ihrem Brief. Er konnte sich einfach nicht entscheiden, ob er sie ignorieren oder besuchen sollte.

Endlich traf Eliza ein.

»Insekten«, sagte Wycliff grimmig, weil er sich so sehr freute, sie zu sehen. Weil er sich mehr freute als es schicklich war. Und Lady Althea ... *Ach, verrückte Weiber*. Er brauchte nur einen Blick auf Elizas meerblaue Augen und ihren rosigen Mund zu werfen, um sich schon wieder in ihnen zu verlieren. Wenngleich auf eine andere Art, als ihm das bislang passiert war.

»Ja, Euer Gnaden.« Sie war demütig, weil er sie bestrafen musste. Oder zumindest so tun musste. Wycliff hoffte jedoch inständig, dass sie schon bald über ihre Dienstbeflissenheit hinwegkommen würde.

»Worauf wartest du noch?«, fragte er und klang dabei rüder, als es eigentlich seine Absicht gewesen war. Sie stand einfach schüchtern da, als wartete sie darauf, dass er sich an ihr verginge. Oder litt er jetzt unter ernsthaftem Wunschdenken?

»Ich warte auf Eure Anweisung, Euer Gnaden. Ich habe noch nie Insekten katalogisiert. Gewöhnlich bringe ich sie nur um.«

So kann nur ein Stadtmädchen reden, dachte Wycliff und musste unwillkürlich schmunzeln.

»Nun, diese Insekten sind bereits tot. Bitte zerquetsche sie nicht. Das wäre ein entsetzlicher Verlust für die Wissenschaft«, mahnte er Eliza.

»Ja, Euer Gnaden.« Er runzelte die Stirn. Es gab wohl kaum etwas so Irritierendes wie eine übertrieben umgängliche Frau. Besonders dann nicht, wenn ihm der Sinn nach Streit stand.

»Wir brauchen Papier. Und Stifte. Und dann sind da die Schachteln, auf denen ›Insekten‹ steht. Bring sie bitte zum Tisch. Und lass bloß keine fallen, sonst wirst du gefeuert.«

»Ihr habt wirklich große Fortschritte gemacht, Euer herzogliches Verhalten zu entwickeln«, sagte sie und zeigte damit endlich Rückgrat.

»Willst du damit sagen, ich sei anmaßend, tyrannisch und ganz allgemein widerwärtig?«

»Ja, Euer Gnaden«, sagte sie und grinste. Da war sie wieder, die alte Eliza. Vorlaut, keck und witzig.

»Das habe ich mir auch gedacht«, antwortete Wycliff, und auch seinen Mund umspielte ein Grinsen.

Er beobachtete gespannt, wie sie den Raum zielstrebig durchquerte. Und dann blieb sie stehen. Es gab so viele

Schachteln. Auf manchen stand *Insekten*, auf anderen allerdings nichts.

Sie zögerte.

Der Duke wartete.

Es gab zwei Herzen, die in seiner Brust schlugen: Sollte er diesen peinlichen Moment beenden und ihr sagen, was in welchen Schachteln war? Oder sollte er warten und so vielleicht den Beweis erbringen, dass sie eine Spionin für die *Weekly* war? Und was, wenn sie durch Zufall richtig erriet, auf welcher Schachtel *Insekten* stand? Er verhielt sich lächerlich. Sie war ein hübsches Ding, ein verführerisches Luder. Welchen Grund hatte er, diese ungebildete und wunderschöne Frau eines so großen Verrats zu bezichtigen?

Mit einem Seufzen erklärte er: »Die Schachteln ganz oben. Links.«

Eliza nickte erleichtert. Und machte sich sofort daran, den Stapel zu ihm zu bringen. Wycliff holte indes Papier und Federn. Der Moment war vorbei. Aber er fühlte sich schlecht, weil er an ihr zweifelte. Es war falsch, Eliza so auf die Probe zu stellen. Sie war bisher eine verdammt loyale Vertraute gewesen, und er verzehrte sich schrecklich nach ihr. Dennoch verdächtigte ein Teil von ihm sie eines massiven Verrats. Und solange er nicht das Gegenteil beweisen konnte, schwang immer ein Hauch Misstrauen in allem mit, was er zu Eliza sagte, was er über sie dachte, ja, selbst wie er sie wahrnahm.

Und wieder floh er sich in tyrannisches, herzogliches Verhalten, um diesen peinlichen Moment zu überspielen.

»Jetzt musst du die Schachteln auspacken. Darin sind viele Schraubgläser. Pass bitte auf, dass du keines zerbrichst.«

»Ich habe große Erfahrung darin, Scherben aufzufegen, Euer Gnaden.« Sebastian erstarrte und blickte seine Dienerin entsetzt an. Es war wirklich erstaunlich, wie ruhig Eliza derlei Dinge sagen konnte. Ja, es *entsetzte* ihn, wie sie die Dreistigkeit besitzen konnte, auf seinen wütenden Flaschenwurf im zweiten Stock anzuspielen.

Wäre sie tatsächlich eine Informantin ... dann würde sie sich doch an ihre Stellung klammern und auf keinen Fall riskieren, von ihm gefeuert zu werden, indem sie stundenlang ohne Entschuldigung verschwand oder so offen mit ihm sprach – oder? Dieser logische Gedanke stellte ihn zufrieden.

»Und ich kann dir gerne noch mehr Erfahrungen auf dem Gebiet verschaffen, aber bitte nicht mit diesen Gläsern, die ich um die halbe Welt geschleppt habe«, stellte er klar und überwachte während der nächsten Minuten streng, wie Eliza die Schraubgläser aus der Schachtel auf den Tisch stellte. Gerade so, als könnten seine Nähe und sein anmaßendes, herzogliches Verhalten seine Schätze beschützen. Dabei wusste er ganz genau, dass er sich nur deshalb so verhielt, weil er sie durcheinanderbringen wollte.

Doch Eliza blieb standhaft. Ganz ruhig. Bewundernswert.

»Warum habt Ihr diese Sachen um die halbe Welt geschleppt?«, fragte sie.

»Anders als die öffentliche Meinung kolportiert, habe ich mich nicht quer durch all die Länder gehurt und gekämpft«, setzte Wycliff an und ärgerte sich im selben Moment, dass er begonnen hatte, sich vor seinem Dienstmädchen zu rechtfertigen. »Ich beobachte gerne die natürliche Ordnung und lasse mich auf fremde Kulturen ein«, fügte er – wesentlich souveräner – hinzu.

»Indem Ihr Euch tätowieren lasst.«

»Das ist ein gut sichtbares, schmerzhaftes Beispiel, genau. Für die meisten hier ist das Skandalöse daran aber nicht mein Aussehen, sondern dass ich nicht glaube, die Engländer seien die überlegensten Wesen, die es je gegeben hat. Wage es bloß nicht, das vor irgendjemandem zu wiederholen. Sonst entziehen sie mir den Titel und klagen mich wegen Landesverrats an.«

»Sehr wohl, Euer Gnaden.«

Er wollte sein Haus darauf verwetten, dass er diese Worte in der nächsten Samstagsausgabe der *London Weekly* wiedersehen würde.

»Und hör endlich auf, mich ›Euer Gnaden‹ zu nennen. Ich habe dir doch schon gesagt, dass du mich Sebastian nennen sollst, wenn wir unter uns sind.«

»Ist das ein Familienname?«, fragte sie.

»Natürlich. Ich wurde nach dem vorherigen Duke benannt, der nach dem Duke davor benannt wurde, und so weiter. Und dein Name?«, fragte Wycliff gespannt. Auf seinen Reisen hatte er erfahren, welche Bedeutung einem Namen zugeschrieben werden konnte.

»Mein Vater hat mich nach Eliza Hayward benannt. Sie schrieb Romane und war Herausgeberin einer Zeitung. Er ist ein Stückeschreiber.«

»Gehst du denn oft ins Theater?« Es war angenehm, Seite an Seite zu stehen und miteinander zu plaudern. Aber es war für ihn zugleich gefährlich, mehr über sie zu erfahren. Bei Gott, bald würde er in ihr eine Frau mit Hoffnungen und Träumen sehen, eine Frau mit *Gefühlen*, und wenn er nicht aufpasste, verliebte er sich Hals über Kopf in sie.

Hausmädchen, sagte er sich. *Hausmädchen, Hausmädchen, Hausmädchen. Sie ist ein HAUSMÄDCHEN!*

Wycliff konzentrierte sich wieder ganz auf seine Aufgabe, um sich so im Zaum zu halten. Er würde sich nicht hier und jetzt an ihr vergehen. Nein, er würde nicht einmal Anstalten machen, sie zu küssen. Die Gefahr, dass sie dabei die Insekten beschädigten, die er durch die halbe Weltgeschichte geschleppt hatte, war ihm einfach zu groß.

»Wenn ich es schaffe. Das passiert aber nicht allzu oft«, antwortete sie. Ihr Dasein als Dienstmädchen hing unangenehm zwischen ihnen. Das war der Grund, warum man sich eben nicht mit den Bediensteten herumtrieb und schon gar nicht versuchte, sie in ein Gespräch zu verwickeln. Aber er *mochte* es nun einmal, mit Eliza zu reden. Es war anders als mit anderen Frauen, die schon damit zufrieden waren, sinnloses Zeug zu plappern. Und es war anders als mit Althea, bei der er immer das Gefühl hatte, über ein Bett aus glühenden Kohlen zu wandeln (was übrigens ein vortrefflicher Grund für ihn war, die Aufforderung zu ignorieren, die sie ihm geschickt hatte).

»Das Theater gehört zu den wenigen Dingen, die ich während meiner Reisen vermisst habe«, sagte er. »Obwohl es genauso fesselnd sein kann, sich um ein Lagerfeuer zu versammeln und Geschichten zu erzählen.«

Er vermisste die Geschichten über die Götter und Göttinnen fremder Kulturen, spürte Wycliff in dem Moment, in dem er sie erwähnte. Es gab mythologische Erklärungen für viele natürliche Phänomene oder historische Schlachten.

Eliza blickte zu ihm auf und lächelte schüchtern. Irgendwas machte diese Frau mit seinem Herz …

»Ich habe alle Gläser ausgepackt«, verkündete sie.

Eine Sammlung aus Insekten und Schmetterlingen stand vor ihnen ausgebreitet, zusammen mit Papier und Tinte.

»Kannst du schreiben?«, fragte er, weil er sie irgendwie immer noch testen musste. Er konnte nicht anders, denn die körperliche und emotionale Anziehungskraft, die von ihr ausging, übermannte ihn beinahe. Manche würden von Liebe reden. Aber nicht er. Nicht, solange er nicht sicher sein konnte, dass sie kein falsches Spiel mit ihm trieb.

Als Eliza erneut zögerte, wollte er sich am liebsten in den Hintern treten. *Sie war ein Hausmädchen, Himmel Herrgott nochmal!* Natürlich konnte sie weder lesen noch schreiben. Das letzte Mal, als er daran einen Gedanken verschwendet hatte, konnten die meisten Töchter seines Standes kaum mehr als ihre Namen auf den Visitenkarten schreiben. Und er glaubte allen Ernstes, ein Mädchen aus der Arbeiterklasse könne im Jahre 1825 für eine Zeitung schreiben? Das war doch lächerlich!

»Entschuldige bitte. Das war unsensibel und idiotisch von mir. Gib sie mir einfach und beschreib sie mir. Dann schreibe ich die Namen und ein paar Bemerkungen dazu auf. Den Zettel packst du dann zu dem entsprechenden Glas und räumst beides zurück in die Schachtel. Dort verwahre ich sie dann, bis ich sie bei einer Ausstellung vielleicht der Welt präsentiere. Falls mein Ruf nicht alle Besucher verschreckt.«

Sie arbeiteten in einem angenehmen, gemütlichen Rhythmus. Eliza wählte ein Glas aus und beschrieb das Tier darin – blaue Flügel, die schimmern, glänzend braun mit Hunderten von Beinen – und für ihn ergab es schon bald Sinn, dass sie in einem Theater aufgewachsen war. Sie konnte gut mit Worten umgehen. Er schrieb alles auf, was sie sagte.

Ihre Hände berührten sich immer wieder zufällig, wenn sie ihm die Gläser gab. Elizas Hände waren nicht die perfekten, butterweichen Hände einer Lady. Aber verdammt, auch seine Hände waren rau. Sie arbeiteten beide körperlich – sowohl Eliza als auch er.

Ihn plagte immer wieder dieses Gefühl, dass er ihr am liebsten anderweitig das Auskommen verschaffen wollte, das sie zum Überleben brauchte, damit sie nichts anderes mehr tun müsste als mit ihm Insekten zu katalogisieren. Das aber – da gab sich Wycliff keinen Illusionen hin – würde sie zu seiner Mätresse machen …

Und das Problem damit war … ja, was? Er hatte nicht das Geld, um sie auszuhalten, das war das Erste. Und das erinnerte ihn einmal mehr an Lady Altheas Brief. Diese verdammte Sache schlich sich immer wieder in seine Gedanken. *Ich sollte sie endlich besuchen, damit dieses Thema endlich erledigt ist*, dachte Sebastian.

»Hier, das ist der Letzte«, sagte Wycliff und stellte bedauernd fest, dass sie mit diesem Schwung Insekten fertig waren. Die Arbeit war ihm in Elizas Gesellschaft leicht und schnell von der Hand gegangen. »Du warst eine gute Assistentin«, lobte er sie.

»Vielen Dank, Euer Gnaden«, antwortete Eliza frech. Als sie zu ihm aufblickte, funkelten ihre Augen wie Sonnenlicht auf ruhiger See. Wycliffs Herz zog sich schmerzhaft zusammen. Und einen Moment lang bekam er kaum Luft.

»Was habe ich dir gesagt …«, setzte er an und wollte sich aufspielen, doch dann musste er schmunzeln, und im nächsten Moment küsste er sie.

Der Kuss überraschte Eliza. Sie lächelte noch, als seine

Lippen bereits die ihren berührten. Für einen Augenblick erwiderte sie seine Leidenschaft gleichermaßen. Für einen herrlichen Augenblick schien alles absolut und unerschütterlich richtig zu sein, was sie taten.

Und dann, gelobt sei der Herr, wurde aus einer Sekunde mehr. Der Kuss wurde intensiver. Ihre Zunge umspielte seine, und sie strahlte eine geradezu verheerende Mischung aus Unschuld und purer Leidenschaft aus. Wycliff umfasste Elizas Wangen mit beiden Händen. Sie fühlten sich angenehm heiß an.

Als sie mit den Fingern durch sein Haar fuhr, begann Sebastians Herz zu hämmern, hart und laut wie die Trommel eines Eingeborenenstamms. Selbst wenn sein Leben davon abhängig gewesen wäre, hätte er nicht aufhören können.

Er wollte sie erkunden, wollte mehr über sie erfahren. Langsam schob er die Hand weiter nach unten zu ihren Brüsten. Eliza keuchte und drückte das Kreuz durch. *Dieses Luder!* Wycliffs Lenden zogen sich schmerzhaft zusammen, und er überwand das letzte bisschen Distanz zwischen ihnen.

»Sebastian«, flüsterte sie.

»Mhhh ...« Er konnte nicht anders – er musste die warme, nackte Haut ihrer Brüste zu spüren. Er wollte sie in den Mund nehmen und ihren Brüsten so viel Aufmerksamkeit schenken, bis Eliza vor Lust aufstöhnte. Der Duke hätte genau das jetzt getan.

»Sebastian.« Ihre Stimme war ein atemloser Hauch und verlor sich, als sein Mund sich über ihren schloss. Ganz am Rande nahm er wahr, dass Eliza gerade versuchte, ihm etwas zu sagen. Aber reden bedeutete nicht küssen zu können, und genau das war das Einzige, was Wycliff wollte.

Und dann schob sie die Arme unter sein Hemd und legte ihre kleinen Hände auf seine nackte Brust.

Wenn diese kleine Berührung ihm schon so viel Lust schenkte, würde er wahrscheinlich sofort explodieren, wenn sie beide vollständig nackt wären. In diesem Augenblick wünschte der Duke sich diese Nähe zu ihr mehr als alles andere. Mehr als Timbuktu.

Mehr als Timbuktu. Mehr als Timbuktu. Mehr als Timbuktu!

Erschrocken unterbrach Wycliff den Kuss, weil ihn dieser ungebetene Gedanke über alle Maßen entsetzte.

Ihr Mund war so herrlich geschwollen von seinen Küssen, und auf verführerische Art hatten sich ihre Augen verdunkelt. Ein bisschen war ihre Kleidung in Unordnung geraten.

Mehr als Timbuktu …

Kapitel 24

In der Höhle der Löwin

Der Salon in Lady Shackleys Residenz

»Ich war nicht sicher, ob du wirklich kommen würdest, Wycliff«, schnurrte Althea, als sie in den Salon schwebte, wo er auf sie wartete. Er war selbst bis zum letzten Moment nicht sicher gewesen, ob er tatsächlich herkommen sollte. Und trotzdem hatten ein vernichtender Kuss und ein entsetzlicher, verbotener Gedanke Sebastian hergetrieben. Er wollte etwas – jemanden – mehr als Timbuktu, seinen lebenslang gehegten Traum. *Das war Wahnsinn*! Je länger er darüber nachdachte, desto deutlicher spürte Wycliff, dass sein Herz tatsächlich für das Abenteuer und die große weite Welt schlug.

Er stellte sich vor, wie Burke eine ganze Armee über die weiten, offenen Steppen Afrikas führte. Das tat weh. Gleich im Anschluss stellte er sich dann vor, wie *er* die Stadt bei einem heißen und raschen afrikanischen Sonnenuntergang fand. Das durfte er nicht wegen einer Frau aufgeben. Noch dazu wegen einem ordinären Hausmädchen.

Darum hatte er sich aufgemacht, um Lady Althea einen Besuch abzustatten. Sie hatte ihm geschrieben und um sein Kommen gebeten, weil es eine Angelegenheit zu besprechen gebe, die sie nicht dem Papier anvertrauen dürfe. Er war natürlich neugierig. Und dann war da immer noch der Sirenengesang des Shackley-Gelds.

Wycliff wurde nach seiner Ankunft direkt in den Salon geführt. Er setzte sich nicht auf das Sofa, weil er fürchtete, sie könnte sich zu ihm gesellen und ihn mit List und Tücke einlullen. Er war nicht in der Stimmung, ihre Avancen zurückzuweisen oder zu entdecken, dass er sie zurückwies, weil er eine fehlgeleitete Loyalität seinem Dienstmädchen gegenüber empfand. Stattdessen saß er auf einem kleinen, klapprigen Stuhl mit dünnen Stuhlbeinen und betete, er möge nicht unter ihm zusammenbrechen.

Während er wartete und vor sich hinstarrte, bemerkte Wycliff, wie überrascht er von sich war, sich hier wiederzufinden – immerhin hatte er bis zum Vortag noch geglaubt, es auf der Ohrfeige beruhen zu lassen. Aber Burke und die Royal Society hatten Sebastians Meinung geändert. Er hatte sich dabei ertappt, wie er sich vorstellte, er könne es aus eigener Kraft schaffen, eine Expedition zu finanzieren.

Lady Althea konnte Burke und der Royal Society wirklich dankbar sein.

»Da bist du ja. Wir beide sind wieder hier. Hmmm.« Althea tippte mit einem schlanken Finger auf ihre roten Lippen. Es gab für ihn nichts Schlimmeres, als eine Frau mit angemalten Lippen zu küssen. Wycliff weigerte sich, das ihr gegenüber zu erwähnen. Er würde sie einfach nicht küssen. Ohne Erklärung. Ohne es weiter zu erwähnen. Aber bei Gelegenheit …

Wycliff lächelte Lady Althea höflich an. So viel hatte sich geändert, seit sie einst Liebende gewesen waren. Er hatte sich verändert – er war nicht länger der wilde und ruchlose Schuft. Er war ein wilder, ruchloser, aber inzwischen klügerer abenteuerlustiger Duke. Die Selbstbeherrschung und der Verstand, die er beide von seiner Mutter geerbt hatte, leisteten dem wilden Wycliff, der er war, gute Dienste.

»Wie lange ist das her?«, schnurrte Althea und beäugte ihn lasziv von ihrem Platz auf dem Sofa aus. Sebastian war froh, sich auf den wackeligen Stuhl eingelassen zu haben.

»Nur eine Woche oder so«, sagte er und verhielt sich absichtlich so begriffsstutzig. Immerhin stimmte es ja, was er sagte. Nur, dass sie das nicht hören wollte. Das letzte Mal hatten sie sich bei dem Ball getroffen, als sie ihn so heftig geohrfeigt hatte. Davor hatten sie sich zehn Jahre zuvor im Streit getrennt. Er fügte hinzu: »Genügend Zeit jedenfalls, damit deine Wut verrauchen konnte und du dich bei mir entschuldigst.«

Lady Althea ging förmlich in die Luft. Das war das Problem mit ihnen: Er konnte nicht widerstehen, sie zu provozieren, und sie hatte so viel Temperament wie ein Fässchen mit Schießpulver.

Vielleicht hatte sich trotz all der Jahre, die ins Land gegangen waren, ja nichts zwischen ihnen geändert.

»Das hast du verdient, und das weißt du auch«, gab sie zurück.

»Aye, du hast natürlich recht«, gab Wycliff zu, denn es stimmte. Wenn er nach ihrem Kleid, den Juwelen und ihrem Heim urteilen sollte, schien sie extrem wohlhabend zu sein. Und er suchte eine reiche Frau. Er hätte sich vielleicht doch lieber neben sie auf das Sofa setzen sollen. Es gab schlimmere Methoden, sich eine Expedition zu verdienen.

»Ja, hast du. Aber meine Manieren waren erbärmlich«, sagte sie. Das kam einer Entschuldigung wohl näher als alles andere. Mit leiser, vernünftiger Stimme fuhr sie fort: »Aber dich nach all den Jahren wiederzusehen, weckte so viele intensive Erinnerungen. Vor allem daran, *wie* du mich verlassen hast ... ich war so wütend, Sebastian.«

Er hatte von ihrem Ehemann tausend Pfund angenommen, damit er das Land verließe.

Darum verdiente er die Ohrfeige. Vor allem aber, weil er sein Vorgehen nicht bereute.

»Es tut mir leid, von Lord Shackley zu hören«, sagte Wycliff tröstend. Der alte Knacker hatte ihm einen Gefallen getan, den er ihm nie würde vergelten können. Die tausend Pfund hatten ihm eine Reise ermöglicht, die sein Leben von Grund auf veränderte und ihm eine neue Sichtweise auf die Welt ermöglichte. Das war nötig gewesen, und sein eigener Vater hätte das nicht für ihn leisten können. Dafür hatte er weder die Weisheit noch das Geld besessen.

»Das tut es nicht, und mir ebenso wenig. Und das ist uns beiden bewusst«, erwiderte Althea scharf und offenbarte damit, dass ihr Verständnis vom Leben und allem anderen immer noch so leer und bedeutungslos waren wie früher.

»Erzähl mir bitte, wie es dir geht, Althea. Was du wirklich empfindest. Darum bin ich hier.« Sebastian riskierte es, sich auf dem wackligen Stuhl zurückzulehnen.

»Ich selbst bin auch erst nach einem langen Aufenthalt nach London zurückgekehrt ... ich war im Nirgendwo. Auf den Äußeren Hebriden, um genau zu sein.« Sie hatte sich inzwischen förmlich über das Sofa ausgebreitet. Die langen, vogelgleichen Arme hatte sie links und rechts ausgestreckt, das Kreuz leicht durchgedrückt und ihre Brüste nach vorne geschoben. Es sah verflucht unbequem aus – aber zugleich unheimlich schmeichelhaft, wie er zugeben musste.

Sie trug eine Kette mit einem kleinen, goldenen, herzförmigen Medaillon, das sich perfekt zwischen ihre Brüste schmiegte. Natürlich schaute Wycliff hin – nur um dann gewaltsam den Blick abzuwenden.

»Das muss ein sehr friedlicher Aufenthalt für dich gewesen sein«, sagte er freundlich. Die Äußeren Hebriden gehörten wohl zu den langweiligeren Flecken auf Erden.

»Oh, aber das war kein richtiger Urlaub, Wycliff«, sagte sie und lachte bitter auf. »Shackley hat mich fortgeschickt, direkt nachdem er uns beide erwischt hatte. Während du dich bei einer Expedition, die mein Mann mit seinem Geld finanziert hat, in der Welt herumgetrieben hast, habe ich für unser Fehlverhalten gebüßt.«

Sebastians Mund stand offen, und er klappte ihn schnell zu. Eine schlimmere Strafe konnte es für einen Gesellschaftsschmetterling wie Lady Althea kaum geben. Sie ernährte sich quasi von der Energie, die Soireen, gesellschaftliche Intrigen und die Lust der Männer ihr schenkten.

In Südamerika musste man vor blutsaugenden Fledermäusen auf der Hut sein. In England gab es dafür Althea.

»Auf den *Äußeren Hebriden*«, betonte sie noch einmal. Oder war sie vielleicht ein bisschen verrückt geworden? Einsamkeit konnte so etwas anrichten, wusste Wycliff.

»Dann muss es dich ja sehr gefreut haben, als du in den Strudel der Gesellschaft zurückkehren durftest.«

»Es gab nur einmal jährlich Besuch von Shackley«, sagte Lady Althea und unterstrich das Ausmaß ihrer Bestrafung mit einem anschaulichen Schaudern. Dabei wusste sie es so einzurichten, dass ihr der Ärmel ihres Kleids von der Schulter rutschte.

»Was möchtest du gerne hören, Althea? Eine Entschuldigung?« Plötzlich war er gereizt. Er wollte wieder zurück nach Wycliff House, ausgerechnet. Er wollte mit seinem Dienstmädchen Insekten katalogisieren. Die Konsequenzen dieses merkwürdigen Wunsches wollte er im Augenblick lieber nicht durchspielen.

»Für den Anfang würde ich gerne eine Entschuldigung bekommen«, verlangte seine Gastgeberin bestimmt.

»Es tut mir leid, wenn die Dinge sich nicht so entwickelt haben, wie du es dir gewünscht hast, Althea. Aber das ganze verfluchte Durcheinander zwischen dir, mir und Shackley war so ziemlich das Beste, was mir jemals passiert ist.«

»Aber ich musste die ganze Zeit auf dich warten, Sebastian. Bedeutet dir das gar nichts?« Sie zog einen Schmollmund. Ihre Augen funkelten, und sie fingerte an dem Medaillon herum, das sie um den Hals trug. Ein billiger Anhänger, der einfach nicht zum Rest von ihr passte. Er kam ihm bekannt vor …

»Was wolltest du mir unbedingt mitteilen, Althea? Was ist diese wichtige Angelegenheit, die du nicht dem Papier anvertrauen wolltest?«

»Die Äußeren Hebriden, Sebastian«, wiederholte sie, und Wycliff seufzte ungeduldig. Aber sein Herz begann zu hämmern. Die Luft zwischen ihnen knisterte gefährlich. Seine Haut prickelte erst heiß, dann kalt.

»Das haben wir doch bereits geklärt, Althea. Und ich habe dir versichert, dass deine Verbannung mir nicht unbekannt war.«

Sie warf ihm einen finsteren Blick zu. *Depp*, schien dieser Blick zu sagen.

Schlange. Wycliffs Blick verriet ebenfalls, was er über sie dachte.

»Was glaubst du wohl, warum Shackley mich dorthin geschickt hat?«, fragte sie scharf.

»Um dich für den lauten, dreisten Ehebruch im ehelichen Bett zu bestrafen«, sagte er tonlos. Es war ein herrlicher Nachmittag gewesen. Ihre wilde, geradezu bösartige Leidenschaft war außerhalb der Intimität eines Betts unerträglich, aber dort … Er konnte sich noch lebhaft daran erinnern. Und auch wenn Sebastian nicht den Wunsch verspürte, es noch einmal zu erleben, war es herrlich gewesen.

»Ja, Wycliff. Aber da war *noch etwas.*« Lady Altheas Lippen verzogen sich zu einem Lächeln, das von seinem drohenden Untergang kündete.

Dann erzählte sie ihm, was dieses *noch etwas* war. Sein Herz setzte einen Schlag aus. Er hatte sie aufgesucht, weil er auf ihre Unterstützung für die Expedition hoffte. Doch ihre Nachricht machte es undenkbar für ihn, dass er England für längere Zeit verlassen konnte.

Er dachte auch an Eliza und wie das alles ein einziger dicker Knoten war, den er nicht ohne Weiteres lösen konnte. Sein Wycliff-Blut verriet ihn nicht zum ersten Mal, und mit dieser Neuigkeit hatte das Schicksal ihn eingeholt, obwohl er sich stets bemüht hatte, es nicht so weit kommen zu lassen.

Kapitel 25

Fantastische Romane

Im privaten Gelass der Haushälterin

»Bitte lies weiter, Eliza. Dann ist das Nähen nicht so öde«, sagte Jenny und seufzte schwer. Ihr Blick fiel auf die endlosen Meter weißen Stoffs, den sie auf ihrem Schoß zusammenhielt und der bis zum Boden reichte. Alles, was sie tun musste, war einen ordentlichen Saum zu nähen, damit daraus später Bettlaken für den Haushalt des Dukes wurden.

Eliza war überglücklich, weil sie vorlesen durfte statt zu nähen. Sie hasste Nähen.

»Das Lesen und der Tee machen die Sache wirklich erträglich«, bemerkte Mrs. Buxby und legte Stoff und Nadel zufrieden in ihrem Schoß ab, um an ihrer speziellen Nachmittagsmischung zu nippen. Jenny und Eliza tauschten ein Lächeln. Sie ließen sich ebenfalls gehen, wenngleich nicht in demselben Maße wie die erfahrene Haushälterin. Wer konnte es ihr nach Jahrzehnten in diesem Haus schon verdenken?

»Der Tee macht die Sache auf jeden Fall …« Jenny hielt ein Laken hoch, das von einer Reihe schiefer Nähte gesäumt war. »Nun, ich bin nicht ganz sicher, was das richtige Wort ist.«

»Das ist richtig schön gerade, meine Lieben«, meinte Mrs. Buxby und blinzelte. Eliza und Jenny wechselten entsetzte Blicke. »Aber jetzt lies doch bitte weiter«, sagte sie und bedeutete Eliza mit einer Handbewegung, dass ihre Dienste als Vorleserin ausdrücklich erwünscht waren.

Sie las aus einer alten, zerfledderten Ausgabe von »Pamela oder: Tugend wird belohnt« vor. Der Roman erzählte die Geschichte eines Dienstmädchens, das unablässig vom Herrn des Hauses verfolgt wurde. Am Ende, wussten alle, würde natürlich die Tugend siegen, und er würde sie heiraten. »Pamela« war einer der Romane, wie sie seit Jahrzehnten von den Ladys verschlungen wurden – teils wegen der Liebesgeschichte, vor allem aber wegen der erregenden Passagen.

Die Parallelen zu ihrer aktuellen Situation entgingen Eliza übrigens nicht.

Sie fand die Seite wieder, wo sie die Geschichte unterbrochen hatte, und begann, mit ruhiger Stimme zu lesen. Dabei hoffte sie, dass sich kein Zittern in ihre Stimme schlich und sie dadurch versehentlich nicht ihre eigenen gequälten Gefühle verriet.

Er besitzt ein edles Anwesen; und trotzdem glaube ich, er liebt mein gutes Mädchen, obwohl sie seine Dienerin ist, mehr als alle Damen im ganzen Land, und er hat versucht, diese Gefühle zu überwinden, weil er weiß, wie weit unter ihm du stehst; und meiner Meinung nach glaubt er …

Jenny seufzte. Und Eliza mit ihr.

»Überspring die Stelle und mach da weiter, wo er sich

an ihr vergeht«, drängte Mrs. Buxby. »Das ist viel aufregender als dieser romantische Unsinn.«

»Also gut«, sagte Eliza und blätterte eine Seite weiter. Als sie die Zeilen überflog, stieg ihr Wärme in die Wangen. Ein stärkender Schluck Whiskytee wäre jetzt wohl angebracht. Doch Eliza las tapfer weiter, ohne an ihrer Tasse zu nippen.

Ich schrie und rannte zum Bett; Mrs. Jervis schrie ebenfalls, und er sagte: »Ich werde dir nichts Böses tun, wenn du nur dieses Geräusch unterlassen könntest. Anderenfalls wirst du nehmen müssen, was kommt.«
Er näherte sich sogleich dem Bett; ich war nämlich schon hineingeschlüpft …

Jenny hielt beim Nähen inne und blickte mit gerunzelter Stirn auf. »Wenn Seine Lordschaft gerade droht, sich gegen ihren Willen an ihr zu vergehen, wieso rennt sie dann zu seinem Bett?«, fragte verständnislos. »Das scheint mir doch der falscheste Platz zu sein, wenn jemand so sehr um seine Tugend besorgt ist.«

»Es ist in der Tat bemerkenswert dumm. Aber die Haushälterin ist ja da, um sie zu beschützen«, merkte Eliza an.

»Aye, aber später im Buch stellt sich raus, dass die Haushälterin eine hinterhältige Bordellchefin ist«, sagte Mrs. Buxby zufrieden und nippte in aller Gemütsruhe an ihrem Tee.

Jenny und Eliza wurden blass.

»Ach, Herr im Himmel, Mädels!«, rief Mrs. Buxby verzweifelt. »Ich bin nicht wie die böse Mrs. Jewkes. Ich lebe schon lange genug in dieser Familie – und wenn es eines gibt, womit ich endlos lange Stunden verbracht habe, dann waren es meine Versuche, die Mädels vor diesen Wycliff-Hunden zu *beschützen.*« Sie wandte sich wieder an Eliza. »Und was passiert, nachdem sie im Bett waren? Ich hab das Buch zwar schon mal vorgelesen bekommen, aber ich kann mich nicht mehr daran erinnern. Obwohl ich mal annehme, dass die Tugendhaftigkeit am Ende belohnt wurde und sonst nicht viel passiert ist.« Die Enttäuschung der Haushälterin war spürbar.

Eliza atmete tief durch und ließ die Atemluft entweichen, ehe sie weiter über die spätabendliche Vergewaltigung Pamelas durch den boshaften Lord B. vorlas.

Ich fand seine Hand auf meinem Busen, und als meine Angst mich diesen Gedanken fassen ließ, war ich so beschämt, dass ich sterben wollte; ich seufzte und schrie und fiel geradewegs in Ohnmacht. Und immer noch lagen seine Arme um meinen Hals. Ich wusste nicht, wie mir geschah, eine Ohnmacht reihte sich an die nächste, bis ungefähr drei Stunden später es sich erwies …

Lieber Gott, dachte Eliza erschrocken und genehmigte sich eine Pause, um an ihrem Tee zu nippen. *Drei Stunden?* Sie schaute von den Seiten auf und entdeckte Harlan, der im Türrahmen lehnte. Über seinem rechten Auge die obligatorische Augenklappe, den einen Arm in der Schlinge. In der anderen gesunden Hand hielt er ein Buch.

»Was für ein schockierendes Betragen, werte Damen«, sagte er mit einem sardonischen Lächeln. »Whisky und Geschichten voller Ausschweifungen. Das hier ist genau der richtige Ort für mich.«

»Seid Ihr etwa mit ehrenwerter und moralisch erbaulicher Literatur gekommen?«, fragte Eliza.

»Wenn das so ist, können Sie uns alle einen Gefallen tun und uns damit verschonen«, befahl Mrs. Buxby.

»Ich fürchte nicht. Ich habe gehört, dass du ›Pamela‹ vorliest, und das inspirierte mich, euch stattdessen ›Shamela‹ ans Herz zu legen.«

»Was ist das?«, wollte Jenny wissen.

»Es ist eine Parodie von ›Pamela‹, geschrieben von einem gewissen Henry Fielding. Irgendwie verwandt oder verschwägert mit ihm?«

»Nicht, dass ich wüsste«, sagte Eliza.

»Ich dachte, das Schreiben könnte vielleicht in der Familie liegen«, sagte Harlan betont langsam. Gott sei Dank war sie Tochter einer Schauspielerin und im Theater aufgewachsen. Daher nippte Eliza nur an ihrem Tee und fragte kühl: »Was genau bringt Sie zu diesem Schluss?«

Aber ihr Herz hämmerte wild. Wie gut, dass sie keine Angst vor dem Wüstling verspürte.

»Wycliff hat mich über deine Familie aufgeklärt. Dein Vater, glaube ich, ist Bühnenschreiber.« Harlans eines Auge ruhte mit bohrendem Blick auf ihr.

Inzwischen trommelte Elizas Herz wie eine von den Trommeln, die Wycliff ihr gezeigt hatte.

Sie zwang sich zu einem Lächeln und antwortete: »Das ist er, in der Tat. Und übrigens ein sehr ordentlicher.«

Harlan verlagerte sein Gewicht und betrat den Raum. Die Befragung setzte sich fort. Oder war es nur seine Vorstellung von einem höflichen Gespräch? Für sie fühlte es sich allerdings wie ein Verhör an.

»Und deine Mutter ist Schauspielerin. Mir will scheinen, das Talent für Theater liegt bei euch in der Familie.«

Diese Beleidigung war auf so vielen Ebenen dreist und wenig schmeichelhaft.

»Das stimmt«, sagte Eliza und fügte scharf hinzu: »Und ich habe ein Talent zum Staubwischen.«

»Also, das klingt ja alles wirklich faszinierend«, mischte sich Mrs. Buxby ein. »Aber ich würde lieber mehr über dieses ›Shamela‹-Buch hören.«

»Ich werde gehorchen, und zwar frohen Herzens. Betrachten Sie es als Dank für den außergewöhnlich guten Tee, den Sie jeden Nachmittag servieren«, sagte Harlan und zwinkerte der Haushälterin zu. Diese schnaufte nur.

Dann begann er zu lesen: »›Der junge Herr ist hier gewesen, und so sicher wie das Amen in der Kirche hat er sich in mich verguckt …‹«

Alle Blicke richteten sich auf Eliza. Sie zuckte nur mit den Schultern und konzentrierte sich auf ihre Näharbeit. Aber in ihrem Innern herrschte ein wilder Aufruhr. *Sie hatten es bemerkt*! Das machte ihre Gefühle für den Duke irgendwie noch realer. Sie war nicht anfällig für irgendwelche Schwärmereien, aber bei Herzensangelegenheiten konnte man ja nie so sicher sein.

Er nahm mich bei der Hand, und ich gab vor, schüchtern zu sein.

»Aber Sir«, sagte ich, »ich hoffe, Ihr habt nicht vor, grob zu werden.«

»Nein«, sagt er, »meine Liebe …« Und dann küsste er mich, bis er mir den Atem raubte – ich gab vor, wütend zu sein und wollte mich ihm schon entziehen, da küsste er mich erneut. Sein Atem ging in abgehackten Stößen, und er sah sehr albern aus. Ausgerechnet jetzt kam Mrs. Jervis herein und hätte uns wohl gern den

Spaß verdorben. Wie problematisch so eine Unterbrechung doch sein kann …

»Wie schlau«, bemerkte Eliza. »Shamelas Tugend ist nur vorgetäuscht.«

»Ach, das ist ein alter Trick«, sagte Mrs. Buxby. »Ich mag diese Version der Geschichte viel lieber.«

»Ich auch«, fügte Jenny hinzu. »Bitte lesen Sie weiter.«

Eliza nähte derweil weiter, doch innerlich brodelte sie vor Wut, während sie Harlan lauschte, der von Shamelas Affäre mit dem Pfarrer vorlas, während sie sich tugendhaft und brav gab, nur um später den idiotischen Lord Booby, wie er in diesem Buch hieß, abzukriegen.

Selbst während sie sich auf den Stoff in ihren Händen konzentrierte und enge, winzige Stiche nähte, warf sie immer wieder verstohlene Blicke zu Harlan herüber, der mit dem gesunden Auge las und den Text mit verräterisch ruhiger Stimme vortrug.

Jungen Gentlemen wird beigebracht, dass es ein Akt der Nächstenliebe, der Tugendhaftigkeit und Ehre ist, wenn sie ihre Kammermädchen heiraten und sich der Leidenschaft hingeben, was jedoch auf Kosten der Vernunft und des gesunden Menschenverstands geht. Auf jeden Fall ist es der sicherste Weg zum Glück

las Harlan mit Grabesstimme vor. An dieser Stelle machte er eine Pause und starrte Eliza an, bevor er fortfuhr:

Alle Kammermädchen sollen jedenfalls ihren Herren nachstellen, und man bringt ihnen bei, kleine Kunstgriffe einzusetzen, um ihr Ziel zu erreichen. Und schließlich wird es gutgeheißen, wenn sie sich ihren Vorgesetzten gegenüber unverschämt verhalten und die Geheimnisse der Familien verraten.

Die Erkenntnis traf Eliza völlig unvorbereitet. Aber es war ganz eindeutig: Harlan wusste Bescheid.

Kapitel 26

Der tätowierte Duke kehrt zurück

Es war noch nicht mal zehn Uhr – der Duke hatte sich eben erst zum Frühstück hingesetzt –, und Eliza hatte es bereits geschafft, ein Glas und eine Kaffeetasse zu zerbrechen sowie einen Teller mit Speck fallen zu lassen. Zu behaupten, dass sie nervös war, wäre die Untertreibung des Jahrhunderts.

Die *London Weekly* lag direkt neben Wycliffs Teller. Sie war von Saddler persönlich gebügelt worden, wie Eliza beobachtet hatte. Dabei hatte er ununterbrochen Bibelverse gemurmelt und sich über »des Teufels persönliches Revolverblatt« mokiert.

Es konnte sich nur noch um Sekunden handeln, dann würde der Duke seinem Diener zustimmen.

Sie stellte einen Teller vor ihn auf den Tisch, und Sebastian begegnete ihrem Blick, ehe sie beiseiteschauen konnte. Harlan kam hereingeschlendert, und auch Basil kam hinzu; er war wahrscheinlich nicht eingeladen, wurde aber schweigend toleriert.

Eliza beschäftigte sich nun mit dem Einschenken von Tee und Kaffee und wappnete sich, gleich nach dem Brandy zu laufen.

»Nun, wollen wir mal sehen, was heute drinsteht, was?«, sagte der Duke großspurig und schlug die knisternden Seiten der Zeitung auf. »Das ist doch das Schauspiel, auf das ihr wartet, oder?«

»Wie schlimm kann es wohl werden?«, überlegte Harlan und nippte an seinem Tee. Der Duke starrte ihn finster an und begann zu lesen.

»›Der Tätowierte Duke‹ von S. F. Meadows.«

»Oh, wir haben einen Hinweis!«, rief Basil aufgeregt. »Einen Namen!«

Eliza verschüttete den Tee über den Rand der Teetasse. Aber wer schenkte ihr schon Beachtung? Sie hatte einen Autorennamen! Eine eigene Kolumne! Sie hatte davon vorher gewusst – denn Knightly hielt immer Wort – aber es gab *nichts* Schöneres, als es wirklich aus dem Munde anderer zu hören. Noch dazu aus dem Mund des Dukes. Dies war ein so lange ersehnter, hart erarbeiteter Moment, und ausgerechnet jetzt war sie von Menschen umgeben, die ihre Freude darüber am allerwenigsten teilten.

Zählte der Triumph dann überhaupt, wenn keiner da war, um ihn mit ihr zu teilen?

Plötzlich fühlte Eliza sich ernüchtert.

»Der Autor hat gerade einen weiteren gravierenden Fehler gemacht«, murmelte Wycliff und fuhr mit dem Vorlesen fort:

Es scheint nicht nur eine Grundwahrheit, sondern in jüngerer Zeit allgemeine Praxis geworden zu sein, dass ein Mann, der ein Vermögen braucht, sich auf die Suche nach einer Frau begeben muss. Der neue Duke of Wycliff hat seinen Blick nun auf den Heiratsmarkt gerichtet, um eine reiche Gattin zu finden. Eine bestimmte, wie man sagt. Seine Gläubiger und Schuldner werden ihm eine solche Heirat sicherlich wärmstens empfehlen.

»Schlecht«, sagte Harlan. An Eliza gewandt fügte er hinzu: »Heute früh brauchen wir definitiv Mrs. Buxbys Spezialmischung.«

»Ich dachte, du wärst nicht auf der Suche nach einer Frau?«, fragte Basil und blinzelte verwirrt.

»Das war, ehe mein ›Freund‹ mir die Gelder von der Royal Society gestohlen hat«, bemerkte Wycliff ironisch.

»Nun, ich vermute, ich könnte dich einigen Ladys vorstellen …«, meinte Basil, doch sein Angebot war nicht annähernd so enthusiastisch wie es noch vor ein paar Wochen gewesen war, ehe die Klatschblätter wahre Tintenmeere über die Stadt zu ergießen begannen, um jedes delikate Geheimnis des Dukes zu enthüllen.

»Lies weiter«, bat Harlan. »Ich will wissen, ob es noch schlimmer wird.«

Das wird es, wollte Eliza ihm am liebsten sagen. Aber sie biss sich auf die Zunge und hoffte einfach, niemand werde bemerken, dass sie nicht verschwunden war, um Mrs. Buxbys Tee zu holen.

Sollte ein reiches Mädchen den hohen Anforderungen des Dukes entsprechen und noch dazu willig sein, Ihro Gnaden zu retten, können sich die Gläubiger der Wycliff-Sippe glücklich schätzen – denn ohne die rettende Geldheirat steht nicht zu erwarten, dass sie auch nur einen Farthing zu Gesicht zu bekommen.

Doch diejenigen jungen Damen, die nun von einem erbaulichen Eheleben als Duchess träumen, seien gewarnt: Der abenteuerlustige Duke hat seinen Blick nicht auf die englische Häuslichkeit und intime Zweisamkeit mit seiner Braut gerichtet, sondern auf die gefährliche heidnische Wildnis Afrikas. Dort will er die mythische Stadt Tim-

buktu entdecken und erforschen – mit dem Geld seiner Braut, da die Royal Society sich weigerte, ihn finanziell zu unterstützen.

»Warum willst du überhaupt nach Afrika, wenn du ein reiches Mädchen heiratest? Du könntest einen neuen Zweispänner bekommen und Mitglied bei White's werden; ja, dir stünde sogar eine Loge in Covent Garden zu«, sagte Basil. Was einmal mehr bewies, wie wenig Ahnung er von seinem Cousin hatte.

»Das ist eine mögliche Option«, sagte der Duke diplomatisch. Aber Eliza wusste, dass das für ihn eben keine Option war.

Dann las er weiter vor.

Die Royal Society hat nämlich bereits einen geeigneten Kandidaten für diese Expedition gefunden: Monroe Burke wird schon in wenigen Wochen nach Afrika aufbrechen. Aber ist er wirklich der richtige Mann für diese Aufgabe?

Der Duke lachte, doch Eliza konnte dieses Lachen nicht genießen, weil sie wusste, was als Nächstes kam.

»Kaffee?«, fragte sie mit dumpfer Stimme, die kaum mehr als ein Flüstern war.

»Brandy«, sagte Wycliff und hielt ihren Blick für eine hitzige Sekunde fest, ehe Eliza sich abwenden musste. Sie verdiente es nicht, ihn ansehen zu dürfen. Nicht, solange das Schlimmste noch kam.

Vor zehn Jahren setzte der Duke mit dem Geld des verstorbenen Lord Shackley die Segel. Könnte Shackley-Geld auch diesmal seine Rettung sein? Nach der berühmt gewordenen Ohrfeige, mit der besagte Lady Ihro Gnaden in den heimischen Gefilden begrüßt hat, könnte man meinen, das sei ganz und gar abwegig. Und doch hat sie anschließend eine Privatkorrespondenz mit dem lange vermissten, tätowierten Duke aufgenommen – so dass man sich unwillkürlich fragt: Geht es hier ums Geld oder um die Liebe? Ist sich die temperamentvolle Briefeschreiberin bewusst, was aus ihrem Geld und ihrem Ehemann werden würde?

Elizas Magen war ein einziger schmerzhafter Knoten. Seit sie diesen Abschnitt geschrieben hatte, ging es ihr gar nicht gut. Diese Zeilen waren das Werk einer eifersüchtigen Möchtegern-Geliebten; eine hinterhältige List, die sich gegen einen unwissenden Rivalen richtete. Sie wollte den Duke ganz für sich allein, aber sie konnte ihm nichts von dem bieten, das Lady Althea ihm bot. Es sei denn …

Der Gedanke war selbstsüchtig. Und beschämend. Aber nun war es zu spät, um ihn zurückzunehmen: Er war in der Welt.

»Wie kann jemand eine Verrückte wie Lady Althea lieben?«, wollte Harlan wissen.

»Sie hat zahlreiche Anträge abgelehnt, seit ihr Mann gestorben ist«, berichtete Basil. »Manche Leute halten es also durchaus für möglich.«

»Sprecht nicht so über sie«, knurrte Wycliff. Alle Anwesenden hoben erstaunt die Augenbrauen. Eliza spürte, wie ihr Atem hörbar stockte. Schlimmer noch, Harlan schien es zu bemerken. Mit seinem einen Auge.

»Du selbst hast über sie gesprochen als ›Hades' eigene Harpyie‹«, sagte Harlan vorsichtig. Und dann beobachteten alle, wie der Duke die Zeitung langsam und methodisch zusammenknüllte, bis nur noch ein kleiner harter Ball aus Papier, Tinte und Wut übrig war.

Seine Miene blieb angespannt. Erst gestern hatte er noch mit ihr gelacht und sie für einen Kuss in seine Arme gezogen, erinnerte Eliza sich. Und jetzt verteidigte er ausgerechnet Lady Shackley! Hades' eigene Harpyie!

»Und du hast außerdem so von ihr gesprochen, als wärst du damals nur knapp Satans blutsaugenden Klauen entkommen«, fügte Harlan hinzu.

Der Duke stand auf und umrundete den Tisch. Seine Bewegungen waren kontrolliert und angespannt, als würde er im nächsten Augenblick explodieren.

»Was ist passiert?«, fragte Basil. Wycliff schnaubte nur. Harlan fügte ein ernstes »Jawohl, Kamerad« hinzu, das jedoch geflissentlich ignoriert wurde.

Der Duke blickte Eliza direkt in die Augen. Mit einem solch unverschämten, hitzigen Blick! Ihr Herzschlag verlangsamte sich, und der Raum verschwamm um sie. In Elizas Wahrnehmung gab es nur noch Sebastian, den Duke und seine Sorgen. Und wie er sie mit einer Intensität anblickte, die sie nicht verstand. *Wusste er Bescheid?*

Eliza konnte kaum atmen.

Was ist gestern bei Lady Althea passiert?, hätte sie ihn am liebsten gefragt. Aber es waren die Worte *Es tut mir leid*, die wie Feuer auf ihren Lippen brannten.

Sie traute sich nicht, auch nur ein Wort zu sagen.

»Redet einfach überhaupt nicht über sie«, sagte der Duke tonlos. Dann warf er die Zeitung ins Feuer.

Wycliff bemerkte nicht, wie Eliza das Gesicht verzog. Aber Harlan entging es nicht.

Kapitel 27

Sonnenuntergang über London

Später an diesem Abend

Der Duke war gleich nach dem Frühstück aufs Dach gegangen. Als er bei Sonnenuntergang noch immer nicht zurück war, bereitete Eliza ein Tablett mit Speisen für ihn zu und brachte es mit einer Flasche Wein nach oben. Einen Moment zögerte sie, ob sie zwei Gläser auf das Tablett stellen sollte. Aber sie konnte sich nicht vorstellen, dass sie willkommen war. Also stand nur ein Glas neben seiner Mahlzeit. Und Brandy. Und eine Zigarre hatte Eliza auch noch dazugelegt.

Es tat ihr sehr leid, was sie geschrieben hatte. So sehr, dass sie sogar darüber nachdachte, dem Duke alles zu beichten und Abbitte zu leisten. Aber allein bei dem verrückten Gedanken musste sie verbittert auflachen.

Wollte sie allen Ernstes ihren frischen, rauschenden Erfolg aufgeben?

Die Zeitungen waren erst heute in aller Frühe bei den Zeitungsverkäufern angeliefert worden und lagen später auf allen Frühstückstischen der Stadt. Zu Mittag schickte Knightly ihr einen Brief, der aus nur zwei Worten bestand: »*Exzellent, Eliza!*« Annabelle hätte dafür vermutlich ihre rechte Hand, die *Schreibhand* hergegeben, um so viel Aufmerksamkeit und diese Gunst von ihm zu erlangen. Soweit Eliza wusste, hatte noch nie ein Schreibendes Fräulein so viel Lob von ihrem unbeirrbaren Herausgeber bekommen.

Als die Zeit für den Nachmittagstee gekommen war, hatte auch Julianna gewagt, ihr eine Botschaft zu schicken. *Du bist Stadtgespräch, Liebes*, schrieb sie.

Und genau darauf hatte Eliza immer gehofft; genau davon hatte sie geträumt: von ihrer eigenen Kolumne. Und von einem gewissen Maß an Sicherheit, soweit ihre Stellung das zuließ.

Eliza zögerte. Jetzt hatte sie erreicht, wonach sie sich immer gesehnt hatte. Und doch war da dieses schreckliche Gefühl der Leere in ihr, das sie am Glücklichsein hinderte. Genügten ihr der Autorenname und die höheren Zahlungen wirklich, um den wachsenden Schmerz in ihrem Herzen zu kompensieren? Sie seufzte. Jede neue Kolumne war ihr schwerer gefallen als die vorhergehende, weil sie beim Schreiben immer versuchte, beiden zu gefallen – dem Duke und Knightly.

Eliza fluchte innerlich. Da war sie, ihre eigene Kolumne – noch dazu eine aufsehenerregende. Und da war er: der Erfolg. Sie war nicht mehr länger das Schreibende Fräulein im Schatten der anderen Schreibfräulein und ihrer männlichen Kollegen. Heute war sie wahrscheinlich die meistgelesene und -diskutierte Autorin in London.

Doch diesen Triumph konnte Eliza nur alleine genießen. Was bedeutete, dass sie ihn *überhaupt nicht* genießen würde.

Außerdem hatte es keinen Zweck, wenn sie dem Duke aufdeckte, welche Rolle sie in diesem Spiel spielte. Eliza lächelte verbittert. Und was hätte sie zu gewinnen, wenn sie ihm davon erzählte? Er würde sie auf jeden Fall vor die Tür setzen – was bedeutete, dass sie ihren Lebensunterhalt *und* ihr Herz verlieren würde.

Bei dem Gedanken blieb Eliza auf der Dienstbotentreppe stehen und balancierte das Tablett in beiden Händen.

Ihr Herz. Es schmerzte und turnte in ihrem Brustkorb und machte, was es wollte, sobald sie an den Duke dachte. Sie verliebte sich gerade mit Haut und Haaren in ihn.

Und das nicht, weil der Duke für Eliza die Erfüllung all ihrer Wünsche und Träume war.

Das war lächerlich. Vielleicht konnte sie aber wenigstens so weit gehen, sich einzugestehen, dass sie fasziniert war von ihm. Dass sie sich von ihm angezogen fühlte … Eliza nickte gedankenverloren. Das war beides gut möglich, ja. Aber sie hatte sich nicht in ihn verliebt. Liebe brachte einen nämlich dazu, vollkommen verrückte, wagemutige und idiotische Dinge zu tun. Das hier … Eliza schüttelte den Kopf, und alles auf dem Tablett klapperte. Was auch immer das hier war, was sie quälte – es war keine Liebe. Das *konnte* keine Liebe sein. Weil es nicht sein *durfte*!

Es nutzte nichts, dass sie sich gut zuredete. Es war wirklich ärgerlich, musste Eliza sich vor sich selbst eingestehen: Es blieb dabei; sie verliebte sich gerade Hals über Kopf in ihn!

»Euer Gnaden«, rief sie nach Wycliff. Wie sollte sie sonst die Tür öffnen, wenn sie mit beiden Händen das Tablett hielt? *Ach, verdammt!*

Er antwortete nicht.

Eliza fluchte noch einmal; diesmal herzhafter.

In den nächsten Minuten verlegte sie sich erst aufs Warten; unbeholfen auf dem Treppenabsatz stehend – dann versuchte sie sich selbst zu helfen. Schließlich gelang es Eliza tatsächlich, die Tür irgendwie aufzustoßen, auf der letzten Stufe zu stolpern und auf den Knien auf dem Hausdach zu landen. Mit einiger Befriedigung bemerkte Eliza jedoch, dass sie das Tablett immer noch in die Höhe reckte und nichts zu Bruch gegangen war. Sie machte bei dieser Hausmädchensache wirklich Fortschritte …

Der Duke nahm Haltung ein, als er so plötzlich gestört wurde; als er aber erkannte, wer ihn da besuchen kam, umspielte augenblicklich ein Lächeln seine Lippen.

Wycliff saß auf der anderen Seite des Dachs und hatte die nackten Unterarme auf seine angewinkelten Knie gestützt. Die dunklen Haare hatte er sich aus dem Gesicht gestrichen, und im Licht der untergehenden Sonne wirkte Sebastians sonnengebräunte Haut warm und schien förmlich zu glühen. Die Sonne war eine feurige orange Scheibe, die an diesem Abend schnell sank und London in ein merkwürdig farbiges Licht tauchte.

Das Hemd des Dukes stand offen, und seine nackte tätowierte Brust schien die letzten Sonnenstrahlen förmlich aufzusaugen. Neben ihm stand eine *volle* Brandyflasche. *Also wirklich, dieser Mann war ein Wunder!*

»Ich dachte, Ihr möchtet vielleicht etwas essen«, sagte Eliza schlicht und stellte das Tablett neben ihm ab.

Die Worte *Es tut mir leid, dass ich alles ruiniert habe* brannten auf ihren Lippen. Es tat ihr wirklich leid, aber zugleich erfüllte sie auch ein unbändiger Stolz. Außerdem war der Duke kein Mann, der ihr Mitleid wollte.

Eliza seufzte und schob dieses Thema weit von sich.

»Du bist ein Schatz, Eliza.«

Sie biss sich auf die Zunge und wandte sich langsam zum Gehen.

Etwas ziemlich Beunruhigendes schien den Duke umzutreiben, doch Eliza wollte lieber nichts Genaueres wissen, weil sie dann entscheiden müsste, ob sie darüber in ihrer Kolumne berichten wollte oder nicht. Sie wäre gezwungen, zwischen ihrem eigenen Erfolg und seinem zu entscheiden. *Verflixt*!

»Bleib«, befahl er. Und dann: »Setz dich.«

Eliza lächelte ironisch, weil es genau das war, was sie von ihm hören wollte. In ihrer Vorstellung klang seine Stimme allerdings sanfter und nicht wie ein Hundeerzieher, der einen ungezogenen Welpen in die Schranken weist. Sie erkannte jedoch, dass Sebastian zu angespannt und aufgewühlt war, um sich allzu sehr um die Wirkung seiner Worte zu scheren. Darum erklärte sie ihm: »Also, bei dieser Sache mit dem herzoglichen Auftreten macht Ihr Fortschritte.«

»Ein Mann tut, was ein Mann eben tun muss.«

»Ihr klingt sehr müde.« Weil sie es wollte und weil er es ihr befohlen hatte, setzte Eliza sich neben Wycliff und arrangierte ihre Röcke und die Schürze ordentlich über ihren Beinen.

Der Duke fuhr sich mit der Hand durchs Haar. Dabei fielen ihm ein paar Strähnen ins Gesicht, die er sorgfältig zurück hinter sein Ohr schob. Die Sonne glitzerte auf dem goldenen Ohrring. Er war gar nicht so groß und eigentlich sogar ziemlich diskret. Vor allem war er aber die ganze Aufregung nicht wert, wenn man sie fragte.

Andererseits wusste Eliza, dass es den öffentlichen Scheltern gar nicht wirklich um den Ohrring ging, sondern um den Stolz, den der Duke damit demonstrierte. Sein Stolz auf eine Vergangenheit als einfacher Seemann. *Das* brachte die Leute so gegen Wycliff auf: Weil für die meisten nur ein Titel und die gesellschaftliche Stellung zählten, worum ausgerechnet er – ein Duke! – sich so gar nicht scherte. Den meisten Zeitgenossen war es unmöglich, diesen Gegensatz in Einklang zu bringen, weshalb sie versuchten, ihn einfach zu ignorieren.

Und mit ihrer Kolumne erwies Eliza dem Duke einen Bärendienst: Je mehr sie über ihn schrieb, desto stärker entfachte sie das Feuer.

Unvermittelt sagte der Duke: »Ich habe das Gefühl, dass ich mich dir anvertrauen kann, Eliza.«

Sie stellte sich vor, wie es sich wohl anfühlte, wenn man ihr das schlagende Herz bei vollem Bewusstsein aus der Brust herausriss. Es musste dem Gefühl ähneln, das sie gerade durchlebte.

»Liegt es an der Zeitungskolumne von heute Morgen?«, erkundigte Eliza sich vorsichtig.

»Auch wenn diese Kolumne so vernichtend war, ist das im Moment noch mein geringstes Problem«, erwiderte Wycliff kryptisch.

Ihr eigenes »Oh« klang in Elizas Ohren zu sehr nach einem erleichterten Seufzen, weshalb sie nicht wagte, ihn anzusehen. Stattdessen fiel ihr Blick auf Wycliffs Unterarme. Er trug die Hemdsärmel immer bis zu den Ellenbogen hochgekrempelt, und der heutige Abend bildete keine Ausnahme. Er hatte wirklich beeindruckende Arme – muskulös und stark und von der Sonne geküsst, geziert von den wilden Tätowierungen … sie sehnte sich so sehr danach, von diesen Armen gehalten zu werden …

Aber das war ihr nicht vergönnt.

»Ich würde immer noch gerne den Autor finden, diesen S. F. Meddling«, sagte Wycliff düster.

»S. F. Meadows«, korrigierte sie leise.

»Egal wie: Ich würde immer noch gerne diesen bösartigen Schmierfinken finden und ihn an seinem … seinem …«

Eliza hob kühl eine Braue und erinnerte ihn so daran, dass sie zwar nicht unbedingt eine Lady war, es aber doch begrüßte, wenn er in ihrer Gegenwart dieselbe Höflichkeit walten ließe.

»Nun, jedenfalls würde ich ihn aufhängen und in Stücke hacken«, sagte Wycliff. »Ich glaube, ich würde zu meiner Machete greifen, die ich bei einem Ringkampf auf Sansibar von einem Zwerg gewonnen habe.«

Eliza lächelte bleich.

»Aber wie ich schon sagte, ist das mein geringstes Problem. Es macht auf jeden Fall alles komplizierter«, fügte Wycliff hinzu und entkorkte mühelos die Weinflasche, die sie hochgetragen hatte. »Warum hast du nicht zwei Gläser mitgebracht?«, fragte er, schenkte das eine Glas voll und gab es ihr.

»Ich bin ein Dienstmädchen, Euer Gnaden. Darum darf ich nie davon ausgehen, dass Ihr Euren Wein mit mir teilt«, sagte sie und nahm das dargebotene Glas entgegen. Es geschah nicht jeden Tag, dass Dukes mit ihren Dienstmädchen tranken und plauderten, während sie oben auf dem Dach saßen und die Sonne unterging und der Mond am Nachthimmel aufstieg. Wie konnte sie da ablehnen?

»Ich würde gerne noch etwas anderes mit dir teilen. Dein Bett«, sagte er leise, und sofort überzogen sich ihre Wangen mit glutroter Hitze. Eliza konnte sein Verlangen spüren, davon aber aus seinem Mund zu hören, war noch einmal etwas ganz anderes. Das Problem war: Sie empfand genauso. Unbändig und schamlos, während durchwachter Nächte und den ganzen Tag lang. Sie wollte ihn so sehr in ihrem Bett haben wie sie sich eine eigene Kolumne bei der *London Weekly* gewünscht hatte.

Aber das würde nie geschehen. Niemals.

»Mein Bett ist eine kleine schmale Liege unter dem Dach«, antwortete Eliza und gab sich absichtlich begriffsstutzig. »Das zu teilen, wäre verflucht unbequem.«

»Also gut, dann teilen wir eben meins«, sagte Wycliff schnell und lächelte. »*Das* habe ich unterwegs übrigens sehr vermisst. Ab einem gewissen Alter verliert das Schlafen auf der nackten Erde nämlich seinen Reiz, und man sehnt sich nach einer großen Federmatratze.«

Der Duke trank direkt aus der Flasche und verschränkte seine Hand mit ihrer. Eliza träumte voller Sehnsucht von seinem sehnigen, muskulösen und tätowierten Körper, der sich in seinem riesigen Federbett heiß und hart gegen ihren drückte. Sie empfand Dinge an Stellen ihres Körpers, die sie so noch nie empfunden hatte.

»Lady Shackley ...«, setzte Wycliff nun an, verstummte jedoch unvermittelt. »Nein. Ich will darüber nicht länger nachdenken.«

Eliza wandte sich ihm zu. Nun waren sie sich so nahe, dass ihre Gesichter sich beinahe berühren konnten. »Dann denkt auch nicht darüber nach, Wycliff«, hauchte sie.

Und im nächsten Moment lag sein Mund auf ihrem.

Wir dürfen das nicht tun, dachte sie – doch ihre quälenden Gedanken vermochten sich nicht gegen dieses berauschende Gefühl durchzusetzen, von Wycliff so erobert zu werden, wie er das gerade tat: Er streichelte ihren Nacken mit der Hand, ließ seine Finger durch ihr Haar gleiten. Dass ihre Haare sich plötzlich aus dem Knoten lösten und wie ein Wasserfall über ihre Schultern fielen, bekam Eliza nur am Rande mit.

Ich will es. Das sagte ihr Herz. Jede Nervenfaser war zum Zerreißen gespannt. Jeder Zentimeter ihrer Haut erwartete seine Berührung. Eliza gab sich diesem Kuss ohne Widerstand hin. Ihr Mund liebte seinen ebenso wie er den ihren. Sie küsste ihn, weil sie es wollte. Weil sie nicht widerstehen konnte. Weil sie sich in ihn verliebt hatte und …

Obwohl Eliza gleichzeitig darauf brannte zu erfahren, womit Lady Shackley den Duke so quälte, wollte sie es zugleich gar nicht wissen. Denn Wissen war in diesem speziellen Fall gefährlich, und er hatte schon viel zu oft den Fehler begangen, sich ihr anzuvertrauen.

Wenn sein Mund anderweitig beschäftigt war, konnte Wycliff es ihr nicht sagen, und sie konnte ihn im Gegenzug dann auch nicht verraten.

Nicht zu wissen war im Grunde das kleinere von zwei Übeln.

Und Eliza wollte den Duke küssen. Wycliff. Sebastian. Sie *musste* es tun, so wie sie auch atmen musste. Auf der Stelle. Hier. Ohne weiter darüber nachzudenken …

Also küsste sie ihn aus all diesen Gründen, obwohl Eliza wusste, dass sie das besser nicht tun sollte. All die wirklich guten Gründe, warum sie sich zurückhalten sollte, gingen ihr ziemlich laut im Kopf herum und versuchten, den Moment zu zerstören. Inzwischen war Eliza jedoch erstaunlich gut darin, diese Stimme der Vernunft zu ignorieren.

Also ignorierte sie sie.

Ihr Herz hämmerte laut in ihrer Brust – wie eine trommelnde Warnung. Eliza ahnte: Dieser Weg führte sie in neue Schwierigkeiten. Und doch fühlte es sich so unbeschreiblich gut und richtig an, den Duke zu küssen, und ihr fielen eine Million schöne Umschreibungen für dieses Gefühl ein; fünf Millionen Umschreibungen, die sich insgesamt zu einem Wort verdichten ließen: *Leidenschaft*.

Er schmeckte nach Wein. Nach Verlangen. Es zerriss ihr das Herz, dass es ihn so nach ihr verzehrte, denn sie glaubte nicht, dass eine Menschenseele sie schon einmal so sehr begehrt hatte, dass sie es schmecken konnte.

Tränen brannten in ihren Augen, die sie fest zusammenkniff, damit er sie nicht bemerkte. Eliza ließ die Finger durch sein lockiges Haar gleiten und zog Wycliff leidenschaftlich näher an sich, damit ihm nicht auffiel, wie sehr dieser Kuss sie bewegte.

Sebastian umfasste mit seinen starken Händen ihr Gesicht und zwang sie, sich ihm zu öffnen. Seine Zunge umspielte die Ihre, und dieser Kuss war so unglaublich schamlos … Sein Verlangen, das sie schmeckte? Ja, das empfand sie jetzt auch.

Lügnerin, flüsterte ihr die Stimme der Vernunft zu. *Du betrügst ihn mit jedem Atemzug*. Was sollte sie dieser Stimme aber antworten? Dass ihre Leidenschaft echt war und ihr Verlangen wahrhaftig. In einer anderen Welt würden keine Täuschungen zwischen ihnen stehen.

Und dann war da noch die Sache mit ihrem Herzen, das heftig trommelte und Wellen der Wärme durch ihren Körper sandte. Sie verliebte sich in den Duke. Vielleicht.

Nein! Sie verliebte sich *definitiv* in ihn.

Wycliff zog sie auf seinen Schoß, sodass sie rittlings auf ihm saß. Der Rock war ihr bis zur Taille hochgerutscht – und der Duke nutzte diese Blöße.

Wirklich, diese wilden Wycliffs … Sie lachte leise in seinen Mund und spürte, wie er grinste, während er an ihren Lippen nagte.

Das war echte Intimität. Eine wundervolle Sache. Das war ein Moment, der ihnen für alle Zeiten gehören würde.

Die untergehende Sonne war inzwischen kaum mehr als ein warmes Glühen, das rasch der einsetzenden Dunkelheit wich. Die Nachtluft strich kühl über ihre erhitzte nackte Haut. Sein Hemd, das bereits offenstand, zog Eliza ihm deshalb kurzerhand aus. Erneut konnte sie sich ganz in seine exotischen Tätowierungen vertiefen.

Sie lächelte verzaubert. Ganz London wusste über seine Tätowierungen Bescheid, aber sie war die Einzige, die sie berühren durfte. Sie aus der Nähe betrachten durfte. Dieses Geschenk würde sie für immer in ihrem Herzen bewahren, das schwor Eliza sich.

Mit den Fingerspitzen fuhr sie über die tintigen Linien und die Grate seiner Brust. Seine Haut fühlte sich weich und hitzig an.

Ein schamloses Lächeln umspielte ihre Lippen.

Aufgestautes Verlangen war eine gefährliche Sache, überlegte Wycliff. Elizas Berührung vermochte in ihm die Schleusen zu öffnen. Er konnte nicht genug davon bekommen, und weil er so gierig war, packte er ihre Haare und zog sanft daran. Sie stöhnte leise.

Er wollte ihr nahe sein. Noch näher. Er wollte sich ganz in ihr vergraben. Für den Augenblick zwang er sich, damit zufrieden zu sein, die Konturen ihres Körpers zu erkunden: die kleine Kuhle an ihrem Rücken, die Rundung ihres Pos, die er jetzt schon seit Wochen betrachtete. Ihre vollen Brüste, die so perfekt in seine Hände passten, dass es an eine Straftat grenzte, sie loszulassen.

Wegen der langen Seereise war er seit Ewigkeiten nicht mehr mit einer Frau zusammen gewesen, und erst jetzt fiel Wycliff auf, wie wenig Zeit er seit seiner Rückkehr in den Bordellen Londons verbracht hatte. Er hatte überhaupt nur wenige Gedanken an andere Frauen als Eliza verschwendet. Das erstaunte ihn und ließ ihm förmlich den Atem stocken.

Es schien ein halbes Menschenleben vergangen, seitdem er zuletzt mit einer Frau zusammen gewesen war, die er mit ihr vergleichen konnte. Eliza war seine geheimnisvolle Vertraute, die ihn innig und schamlos zugleich küsste. Sebastian hatte das Gefühl, er könne nie genug von ihr bekommen. Jetzt, wo er ihr endlich nahe war, fühlte es sich an, als sei er zu lange unter Wasser gewesen und müsse zurück an die Luft, weil er sonst unweigerlich sterben müsse. Mit derselben Intensität verzehrte er sich nach Eliza: auf jede nur denkbare, sinnliche Art und Weise.

Die Zeit zerrann ihnen unter den heißen Küssen. Die Nacht war hereingebrochen. Und Wycliff wusste nicht, wie es geschah, aber genauso kam es: Er lag auf dem Rücken auf dem Hausdach und blickte zu Eliza auf, die rittlings auf ihm hockte. Der Mond und ein paar verirrte Sterne schienen hinter ihr.

Sein Schwanz war hart und pochte vor Verlangen, und Eliza, dieses verlockende Weib, rieb sich langsam an ihm. Er stöhnte.

»Ich glaube, ich habe vorhin etwas über ein Federbett gesagt …«, flüsterte er heiser.

Jetzt konnte er es sich gut vorstellen. Ja, er sah es überdeutlich vor sich: Eliza, sich selbst und eine Federmatratze.

»Mein Bett ist näher«, murmelte sie schamlos. Und

dann wich sie zurück und schlug sich die Hand vor den Mund. »Mein Gott, das war unglaublich direkt von mir«, sagte sie entsetzt.

Die dunklen Haare fielen offen um ihre Schultern. Ihre Lippen waren von seinem Kuss gerötet und noch leicht geöffnet. *So sollte der Mund einer Frau aussehen*, dachte er. Genau so und nicht wie Altheas angemalte Lippen.

Der Gedanke an Althea beförderte den Duke jäh auf den Boden der Tatsachen zurück ...

»Eliza, dir wird schon aufgefallen sein, dass ich nicht unbedingt ein Prinzipienreiter bin«, sagte er und grinste leicht.

»Es könnte jedoch sein, dass mir so ein Gerücht zu Ohren gekommen ist ...«, antwortete sie frech.

»Aber ich muss Lady Shackley heiraten«, antwortete Wycliff unvermittelt.

Kapitel 28

Warum der Duke Hades' eigene Harpyie heiraten muss

Immer noch auf dem Dach

Da, er hatte es ausgesprochen. Im schlimmstmöglichen Moment auch noch. Tatsächlich war es der letzte Moment gewesen, bevor er sich seinem Erbe als Wilder Wycliff würdig erwies und das Dienstmädchen direkt auf dem Hausdach vernaschte.

Um Gottes willen!

Jetzt hatte er dem Schrecken einen Namen gegeben, der Tag und Nacht an ihm nagte. Alles, was Sebastian sich nach Antritt seines Erbes theoretisch und voller Zuversicht vorgenommen hatte – sich der Verantwortung zu stellen, die sein Titel mit sich brachte –, wurde nun mit einem Schlag von ihm eingefordert. Und plötzlich war das Spiel bitterer Ernst, mussten aus dem Geplänkel Taten folgen.

Von einer Sekunde auf die nächste musste Sebastian alleinverantwortlich zu seinem Wort stehen und notfalls Widerstand leisten … Vor allem aber musste Wycliff am eigenen Leib erfahren, wie es war, wenn man die Füße in den Boden stemmte und sich mit jedem Funken Kraft gegen das Geschirr wehrte, das einem angelegt werden sollte.

Denn die Pflicht, die ihn jetzt rief, war die eines Dukes. Er sollte tun, was ein Mann eben tun sollte.

Er war zwar tätowiert und auf jede nur denkbare Weise skandalös, aber im Herzen war Sebastian ein guter Mann. Er wusste, was zählte. Was richtig war.

Seeleute erzählten sich gerne Geschichten von monströsen Wellen, die über dreißig Meter hoch waren und ganze Schiffe in die Tiefe rissen. Wie überhaupt jemand so eine Katastrophe überleben konnte, um später davon zu berichten, war ihm ein Rätsel. Aber Wycliff hatte auch von Schiffen gehört, die einfach verschwanden. So hatte er sich gefühlt, als Althea ihm jene verhängnisvolle Neuigkeit verkündete, die sie keinem Brief hatte anvertrauen wollen.

»Geht es um das Geld?«, fragte Eliza vorsichtig.

Wycliff schüttelte heftig den Kopf. »Nein, es geht mir wirklich nicht ums Geld – obwohl das ein großer Trost sein wird«, sagte er. Und dachte: *Mein einziger Trost.*

»Oh«, sagte Eliza leise.

»Ich habe Althea als ›Hades' eigene Harpyie‹ bezeichnet und wohl noch Hunderte andere wenig schmeichelhafte Begriffe für sie gefunden, die allesamt stimmen«, bekannte Sebastian und spielte damit auf das Gespräch beim Frühstück an, von dem Eliza wusste, dass sie es eifrig belauscht hatte. »Aber man darf sowas nicht über die Mutter des eigenen Kinds sagen.«

Wenn Eliza bei dieser Enthüllung irgendwas empfand, zeigte sie es nicht. Nur ihre Hand zitterte, als sie nach dem Weinglas griff, um einen Schluck zu nehmen. Das erfüllte Wycliff mit einer gewissen Befriedigung. Er wollte nämlich nicht der Einzige sein, für den diese Nachricht ein schwerer Schlag war. Und er wollte irgendeinen Beweis dafür, dass er ihr etwas bedeutete. Was allerdings er mit Elizas Zuneigung anfangen sollte, wusste nur der Teufel.

Kühl und ruhig nahm sie die Nachricht auf und trank ihren Wein. Er jedoch durchlebte erneut den Moment in Lady Altheas Salon, als die Erde aus dem Gleichgewicht geriet, der Himmel sich öffnete und Flüche auf ihn niederregneten. Das Leben, wie Sebastian es kannte, war in jenem Augenblick knirschend und kreischend zum Stehen gekommen.

Lady Althea hatte ihn mit ihrem feuerroten Mund so warm angelächelt.

»Ein Baby, Wycliff. *Dein* Baby.« Er konnte kaum atmen.

»Wo ist es?«, fragte er und schaute sich dümmlich um, als könnte es in irgendeiner Ecke liegen. Aber inzwischen wäre es ja auch längst kein Baby mehr, rechnete er blitzschnell nach, sondern ein kleiner Satansbraten von zehn Jahren.

»*Er*. Er ist im Moment im Internat«, sagte sie und strich über unsichtbare Falten in ihrem Seidenkleid.

»Lass sofort nach ihm schicken«, sagte Wycliff mit der abgehackten Stimme eines wütenden Dukes. Er wollte dieses Kind sehen, das vermutlich seines war. Nicht, dass er irgendwas für den Jungen tun könnte – schließlich trug es den Namen Shackley.

Sein Kind. Der Name eines anderen Mannes. Wie viele Wycliff-Abkömmlinge gab es wohl noch in England, die gesund und munter umherliefen? Sehr viel mehr als die Familienbibel verzeichnete, das stand fest.

Es gab also ein Kind, das seines war und doch wieder nicht. Das war wieder so eine typische Wycliff-Sache. Aber hatten die anderen Dukes sich daran gestört? Sebastian hatte so heftig die Stirn gerunzelt, dass selbst Althea vor ihm zurückschreckte.

»Ich kann nicht jetzt nach ihm schicken«, sagte sie und gewann ihre Fassung wieder. »Im Moment läuft das Trimester, und der Schulleiter ist sehr streng.«

»Dann reise ich zu ihm«, antwortete Wycliff unwirsch. Er hatte sich noch nie um die Regeln irgendwelcher Schulleiter geschert – weshalb sollte er es dann jetzt tun?

»Offenbar habe ich einen Sohn, Althea. Das bedeutet mir etwas.«

Ein Sohn. Das Herzogtum war etwas Lebloses, Abstraktes. Ein Sohn – das war sein eigen Fleisch und Blut.

»Du kannst nicht zu ihm reisen, weil du ihn vor seinen Freunden in Verlegenheit stürzen würdest«, sagte Lady Althea flehend und legte eine Hand auf seinen Arm. Himmel, wenn diese Nachricht nicht wie ein Schlag in die Magengrube war, wusste er auch nicht weiter. Es interessierte Sebastian überhaupt nicht, was diese engstirnigen Peers über seine Exzentrik dachten, aber er hatte sich immer geschworen, seine Kinder nie so zu beschämen, wie sein Vater es bei ihm getan hatte.

In diesem Moment wusste Sebastian, dass er sich nicht davor fürchtete, der Duke of Wycliff zu sein. Vor allem aber wusste er, dass er nicht wie all die anderen Dukes sein wollte, die ihm vorangegangen waren. All die Prasser, die ihre Kinder demütigten und ihre Leben und Vermögen verschwendet hatten. Anders als sie hatte er so ein, zwei Dinge über die Welt gelernt. Und vielleicht auch das eine oder andere über Pflichtbewusstsein und über sich selbst.

»Ich werde sofort an den Schulleiter schreiben und lasse ihn nach London schicken«, bot Althea an und streichelte das goldene, herzförmige Medaillon. Öffnete es. Klappte es wieder zu. Jetzt erinnerte Wycliff sich wieder, warum es ihm vertraut vorkam. Einst hatte er es ihr geschenkt, zusammen mit einer Locke seines Haars. *Was für eine dumme Geste*, dachte er, aber sie hatte ihn darum gebeten, und es schien ihm damals eine Bitte, der er problemlos nachkommen konnte ...

Althea hielt das Medaillon immer noch in Ehren. Althea bedeutete es etwas. Sie hatte gewartet. Auf ihn.

Und er? Er hatte das Geld von ihrem Ehemann genommen, ein Schiff bestiegen und hatte nie zurückgeschaut. Er glaubte, ihr entkommen zu sein. Offensichtlich war das aber nicht der Fall, wie er sich gerade eingestehen musste.

»Schick mir eine Nachricht, wenn das Kind eintrifft«, sagte Wycliff scharf.

»Na schön«, fügte Althea sich schmollend.

Er fand den Weg hinaus allein.

Was zum Teufel war da nur passiert? *Ein Kind?* Jetzt musste er sie wohl heiraten! Andererseits fühlte Wycliff sich auch dazu verpflichtet. Verantwortlich. Vor allem jedoch empfand er Mitleid für das Kind. Wie hatte er nur ein Kind im Stich lassen können, das jetzt von solch einer Frau aufgezogen wurde? Ein Wolfsrudel wäre wohl mütterlicher und liebevoller mit dem Kind umgegangen.

Warum aber zog sich bei dem Gedanken an eine Heirat in seinem Inneren alles zusammen? Sie hatte das Geld, das er brauchte. Er könnte sie heiraten und direkt im Anschluss zur Expedition aufbrechen. Und danach zur nächsten und der übernächsten ...

Er sollte eigentlich erleichtert sein. Furchtbar erleichtert sogar. Aber warum fühlte seine Brust sich so eng und wund an, dass Sebastian glaubte, kaum Luft zu bekommen?.

Die ganze Situation war verzwickt, und er wusste einfach nicht, wie er damit umgehen sollte. Düster brütete er vor sich hin.

»Ein Kind?«, echote Eliza, und er wurde aus der Erinnerung an diese verfluchte Szene jäh in die Gegenwart zurückgeholt, wo er mit einem sehr zerzausten Dienstmädchen auf dem Schoß auf seinem Hausdach saß. Mit einem Mädchen, das er beinahe vernascht hätte. Eliza löste sich langsam von ihm und schob ihre Röcke nach unten.

»Geh nicht«, sagte er. Befahl er.

»Ich löse mich nur von Eurer Person«, antwortete sie neutral.

»Geh nicht.« Er wiederholte diese Worte, übte sich wieder in der herzoglichen Stimme, damit sie nicht merkte, wie verzweifelt er ihre Gesellschaft wollte. Gerade an diesem Abend.

»Ihr hättet mir das nicht erzählen müssen«, sagte Eliza und wirkte verärgert. Weshalb wollte sie nicht seine Mitwisserin sein? Lag ihr nicht daran, seine Sorgen zu teilen? Wollte sie nur Spaß ohne Verpflichtung? Nichts Ernstes also?

»Ich weiß. Trotzdem hatte ich das Gefühl, es dir schuldig zu sein«, sagte der Duke leise.

Eliza wandte den Blick ab.

»Euer Gnaden, ich bin nur ein Dienstmädchen. Ich bin weder die Erste noch die Letzte, die mit ihrem Dienstherrn schäkert. Ich bin jedenfalls nicht so dumm zu glauben, dass das zwischen uns etwas Ernstes sein könnte.«

»Du brauchst nicht so grausam zu sein«, sagte Wycliff bitter. Er wusste doch selbst nicht, was sich da gerade zwischen ihnen entwickelte oder was es genau bedeuten könnte. Aber er wusste mit absoluter Sicherheit, dass es für ihn nicht nur darum ging, ein wenig Spaß zu haben.

»Ich denke nur praktisch«, erklärte Eliza nun und schob sich eine Locke aus dem Gesicht.

»So bin ich aber nicht.« Wycliff packte ihr Handgelenk. »Ich könnte dich nicht lieben, ohne es dir zu sagen. Sei es also drum: Ich empfinde etwas für dich, Eliza.«

»Das solltet Ihr wirklich nicht«, flüsterte sie vernichtend.

»Dafür ist es, verdammt noch mal, zu spät«, murmelte der Duke und senkte seinen Mund auf ihren. Doch Eliza wandte sich brüsk ab, so, als hätte es die letzte Stunde nie gegeben.

Kapitel 29

Unangenehme Wahrheiten

Donnerstag

Die Tage vergingen, und Wycliff befand sich in einem Zustand andauernder Anspannung. Althea. Eliza. Pflicht. Verlangen. England. Die Welt. Die wilde, ungestüme Schamlosigkeit seines Wycliff-Bluts oder die kühle, kontrollierte Seite der Familie mütterlicherseits.

Er verbrachte ganze Tage damit, über Karten von Timbuktu zu brüten, gerade so, als wolle er sich selbst daran erinnern, warum er sich nicht auf eine Affäre mit seinem Dienstmädchen einlassen durfte, weshalb er aber andererseits Lady Althea heiraten musste. Zunächst brächte ihm dieser Schritt das Geld für seine Expedition ein. Außerdem fühlte er sich seinem Kind verpflichtet.

Ein Kind! Wycliff konnte es immer noch nicht fassen.

Nur ein einziger Gedanke überstrahlte das Thema Kind und Heirat: der Gedanke an Eliza; an ihre Augen, ihre Brüste, ihren Mund, die Vorstellung, wie sie wohl nackt aussah und wie sie sich anfühlen würde. Wie weich ihre Haare waren! Wie elektrisiert er war von einem ihrer kleinen, unverschämten Blick. Und ach, wie die Lust förmlich explodierte, sobald ihre Lippen sich berührten.

Verdammt. Seine Hose war schon wieder eng geworden.

Keine Frau hatte es bisher geschafft, ihn so unaufhörlich und unnachgiebig zu fesseln wie das kleine Dienstmädchen.

Das einzig Gute an Wycliffs Obsession war, dass er sich mittlerweile darangemacht hatte, die Kontobücher zu lesen, weil er hoffte, bei der Lektüre sein erhitztes Blut zu kühlen und wieder zur Vernunft zu kommen. Und zu seiner eigenen, größten Überraschung fand Sebastian die Lektüre durchaus fesselnd. Das Kontobuch las sich wie ein Märchen über liebeskranke Idiotien. Was es da nicht alles für Posten gab: Ausgaben für Juwelen und Schmuck, für Mieten in beliebten (sprich: verdammt teuren) Vierteln, und kurz darauf eine riesige Menge Wein, Brandy und Schnupftabak.

Dahin floss also das Vermögen der Wycliffs ... Beschämt schloss Wycliff die Augen. Das, was seine Vorfahren mühevoll erwirtschaftet hatten, gab er mit vollen Händen aus. Für schrillbunte Edelsteine um den Hals einer Hure. Oder für Drogen jedweder Art.

Beim Anblick seiner Bücher löste sich jegliche Scham des Dukes, weil er das Vermögen für eine Expedition nach Timbuktu hatte nutzen wollen, in Luft auf. Es gab dämlichere, unnötigere Sachen, mit denen man sein Geld verschwenden konnte, stellte Sebastian fest. Und war Geld nicht gut angelegt, wenn man sich damit Erfahrungsgewinn kaufte, indem man eine wissenschaftliche Expedition finanzierte oder die Grundlage für kühne Eroberungen schaffte, die er im Namen seines Vaterlands machen wollte?

»Klopf, klopf, Eure Gnadenschaft«, unterbrach Harlan

Wycliffs Gedanken und kam unaufgefordert ins Arbeitszimmer geschlendert.

»Ich sitze gerade über den Büchern«, erklärte der Duke abweisend.

Harlan schnaubte und warf eine Zeitung auf den Schreibtisch, ehe er ans Buffet trat und sich einen Brandy einschenkte.

Wycliff zuckte unmerklich zusammen. »Was denn, Harlan? Noch mehr verfluchte Zeitungen?«

»Diese Stadt schwimmt in solchen Zeitungen. Und alle scheinen sie sich auf Eure Gnadenschaft eingeschossen zu haben. Komisch. Ich finde dich ja nicht annähernd so spannend wie die.«

»Ich finde mich auch nicht so spannend«, murmelte Wycliff.

Wenn wenigstens Eliza …

Schon wieder Eliza. Lieber Gott, er war regelrecht vernarrt in sie! Sie brachte ihn durcheinander wie nichts und niemand zuvor. Ihn, der es sogar geschafft hatte, Ruhe zu bewahren, als er in einem leckgeschlagenen Ruderboot durch von Krokodilen verseuchtes Wasser in einem afrikanischen Fluss trieb! Und jetzt schaffte er es nicht einmal mehr, über ein x-beliebiges Thema zu reden, ohne dabei gleich an sein Hausmädchen zu denken.

Hausmädchen, Hausmädchen, Hausmädchen … das er am liebsten vernaschen würde. *Verflixt*!

»Was willst du damit sagen, Harlan?«

»Dass du diese scheiß Klatschkolumne lesen und mir dann sagen sollst, was hier eigentlich los ist.«

Mit einem verärgerten Stirnrunzeln las Wycliff die »scheiß Klatschkolumne«, die überschrieben war mit: »Ein Mann, der Bescheid weiß«.

Ganz London ist aus dem Häuschen, seit bekannt wurde, dass der tätowierte Duke unlängst bei Lady Shackley zu einem ausgedehnten privaten Besuch vorsprach. Worum ging es bei diesem Treffen? Haben die beiden womöglich über ein neues Projekt geredet? Wird wieder einmal Shackley-Geld die wilden Wanderungen eines Wycliff finanzieren, wie der geheimnisvolle S. F. Meadows es in seiner letzten Kolumne andeutete? Oder haben die beiden ein gemeinsames Projekt ganz anderer Couleur im Sinn, auch bekannt unter dem Wörtchen »Eheschließung«?

Unsere größte Hoffnung ruht nunmehr auf S. F. Meadows, jenem unbekannten Autor der Kolumne »Der tätowierte Duke« im Konkurrenzblatt der Times. *Möge er die Wahrheit ans Licht bringen!*

A propos S. F. Meadows: Ein weiteres Mysterium rund um den geheimnisvollen Duke, dessen Namen wir hier aus Diskretion nicht nennen wollen, ist die Identität des Autors der einschlägigen Kolumne. Wer weiß schon, wer S. F. Meadows ist? Ein Vertrauter des Dukes? Oder gar eine *Vertraute? Ein Spitzel? Oder eine Spionin?*

Die Londoner – Lords und Ladys gleichermaßen – haben vor Neugier schon Schaum vor dem Mund, weil sie seine oder ihre wahre Identität enthüllt wissen wollen. Der außerordentlich wohlhabende Earl of Alvanley hat die enorme Summe von zehntausend Pfund für denjenigen ausgelobt, der uns Londonern den Menschen hinter dem Pseudonym S. F. Meadows vorzustellen vermag. Ich wiederhole: zehntausend Pfund! Liebe Lebemänner, Arme, Gierige und nicht zuletzt: lieber tätowierter Duke, Ihr solltet diese Gelegenheit unbedingt am Schopfe packen und auf Autorenjagd gehen!

Mein Mitgefühl gilt nun vor allem S. F. Meadows, dem meistgesuchten Phantom der Stadt. Doch nun muss ich schließen, denn der Mann, der Bescheid weiß, begibt sich nun ebenfalls auf die Jagd.

»Ach du großer Gott …«, murmelte Wycliff. Mit jedem Tag wurde der Sturm durch die öffentliche Berichterstattung und das Drama, das die Journaillen aus seinem Leben machten, lächerlicher.

»Bei allem, was dir heilig ist, und so weiter und so fort. Du hast wirklich epische Ausmaße angenommen«, bemerkte Harlan trocken. Dann wurde er jedoch sofort wieder ernst. »Aber was genau ist denn nun die Wahrheit? Und was gedenkst du zu unternehmen?«

»Ich werde wohl Lady Shackley heiraten«, sagte Wycliff und unterdrückte den Drang, angewidert auszuspucken, nachdem er einen so abscheulichen Satz ausgesprochen hatte. »Vermutlich?«

»Wenn du Hades' eigene Harpyie heiratest, musst du wenigstens nicht S. F. Meadows aufspüren. Dann hast du deine Schäflein im Trockenen.«

»Wenn das Kind nicht wäre, könnte ich S. F. Meadows aufspüren und müsste nicht Lady Shackley ewige Treue schwören. Diese Alternative wäre, ehrlich gesagt, die einfachere.«

»Was wirst du also tun, Wycliff? Was wird aus Timbuktu?«, fragte Harlan schlicht. Er begann, unruhig auf und ab zu tigern. Das war immer ein untrügliches Zeichen dafür, dass er aufgewühlt war. Wycliff setzte sich wieder hin und sehnte sich nach einem Brandy. Sein einarmiger Freund hatte nur einen eingeschenkt – für sich selbst. »Du hast hier Verpflichtungen, Wycliff. Ich nicht.

Weißt du, was das bedeutet? Mir steht es frei, jederzeit zu gehen.«

Die Wahrheit dieser Worte traf Wycliff wie ein harter Stoß in den Magen. Harlan hatte allen Grund, ihn zu verlassen. Nichts hielt ihn hier. Und im Gegensatz zu ihm, konnte er jederzeit seine Zelte in England abbrechen.

Eifersucht flammte in Wycliff auf, und sogleich stellte sich ihm die naheliegende Frage: Warum blieb sein Freund bei ihm? Oder hatte Harlan das gar nicht vor, sondern dies war nun der Teil der Geschichte, wo sich die Wege der alten Freunde und Kampfgefährten für immer trennten?

Wycliff ertappte sich dabei, wie seine Kiefer mahlten, und er zwang sich, damit aufzuhören.

Harlan sprach weiter: »Du willst eine Expedition *anführen.* Dafür musst du aber zuerst Geld auftreiben und deine Probleme lösen. Ich will weder die Leitung von irgendwas noch will ich dir dabei zuschauen, wie du auf der Stelle trittst. Ich will einfach nur unterwegs sein, Wycliff. Und um das zu können, bin ich, ehrlich gesagt, nicht auf dich angewiesen. Ich brauche mich nur bei einer anderen Mannschaft einzuschreiben – dann bin ich weg. Zum Beispiel bei Burke.«

Diese Wahrheit empfand Wycliff wie einen weiteren Schlag. Hätte er sich nicht das noble und selbstsüchtige Ziel gesetzt, die Expedition anzuführen, könnte er einfach irgendwo mitkommen. Anheuern und los ging's. Vielleicht war er ja doch sehr viel mehr Duke, als er bisher gedacht hatte.

Aber was hatte das mit diesem Verrat zu tun, den Harlan da gerade an ihm beging? Denn so fühlte es sich an – wie Verrat.

Mit letzter Willenskraft ließ Wycliff zu, dass die Stimme der Vernunft sich einschaltete und ihm zuflüsterte, dass Harlan mindestens genauso guten Grund habe, sich verraten zu fühlen. Denn war es nicht so, dass sie beide sich in den letzten Jahren hatten treiben lassen? Dass sie zufrieden damit gewesen waren, dem Schicksal, dem Glück oder der Fügung die Führung zu überlassen? Sie hatten keine Pläne gehabt und kein konkretes Ziel. Und es war gut so gewesen, wie es war.

Doch plötzlich genügte das Wycliff alles nicht mehr.

Harlan aber schon.

Wann hatte sich diese Kluft zwischen ihnen aufgetan? War es schon auf offener See passiert, oder hatte dieses Gefühl erst schleichend eingestellt, seitdem er von dem Hausmädchen besessen war und sein unglückliches Los beklagte?

Und um Gottes willen, wo war der Brandy? Wycliff stand auf, durchquerte den Raum und schenkte sich einen ordentlichen Schluck ein. Harlan tigerte derweil weiter auf und ab und verbreitete seine herzzerreißenden Wahrheiten.

»Ja, ja. Ich weiß schon, du hast mir das Leben gerettet. Aber ebenso habe ich dir dein Leben gerettet, Wycliff. Da sind wir wohl quitt. Verstehst du, was ich sage?«

»Du gehst«, fasste Wycliff kühl zusammen. Doch seine Haut war heiß. Das hier war ein Wendepunkt. Ein Umbruch, auf den er nicht vorbereitet gewesen war. Er hatte es nicht mal kommen sehen. Was für ein blinder Idiot er gewesen war!

»Du hast hier Verpflichtungen«, wiederholte Harlan. Er stand jetzt vor dem offenen Kamin. Sein Auge war dunkelbraun und wirkte jetzt fast schwarz. »Ich nicht.«

»Dieses verdammte Herzogtum, ich weiß …«

»Du hast es schon einmal hinter dir gelassen und bist auch jetzt noch nicht besonders erpicht darauf, die Verantwortung zu übernehmen, scheint mir. Obwohl ich sehe, dass du dir immerhin schon mal einen Überblick über die finanzielle Lage machst«, sagte Harlan und deutete mit dem Kinn auf das offene Kontobuch auf dem Schreibtisch. »Oder was auch immer du stundenlang hinter der verschlossenen Tür so treibst.«

Dann senkte Harlan die Stimme. Sein Blick wurde intensiver – so intensiv, dass Wycliff ihm kaum standhalten konnte. »Du richtest dich hier ein, Wycliff«, raunte er düster. »Deine Verbindungen können nicht einfach wieder gelöst werden. Du wirst an Land bleiben und deine wagemutigen Abenteuer hinter dir lassen. Das weiß ich jetzt schon.«

»Ehrlich gesagt, könnte ich eine Ehe und die Verbindung zu Althea nur ertragen, wenn ich mich in einem wagemutigen Abenteuer weit weit weg von England herumtriebe.«

»Ich rede nicht von Althea, du gemeiner Korkschädel. Sondern von *Eliza*.«

Kapitel 30

In dem unsere Heldin eine absolut niederschmetternde öffentliche Demütigung erleidet

Im Büro der London Weekly

Das Redaktionstreffen begann wie immer. Eliza kam in letzter Minute hereingehuscht. Nachdem man sie letzte Woche ertappt hatte, war es heute ganz besonders schwierig gewesen, sich den Aufgaben zu entziehen und dem Haushalt zu entwischen. Zu guter Letzt war sie aus dem Fenster im Musikzimmer entfleucht, wo sie eigentlich Staub wischen und kehren sollte. Das geschah, nachdem sie eine Stunde lang vergeblich versucht hatte, in die verschlossene Kammer einzubrechen.

Nach Eliza schlenderte Knightly herein: dunkelhaarig und mit blauen Augen – ganz der unnahbare Chef. Eliza ließ sich auf den Stuhl sinken, den ihre Freundinnen ihr frei gehalten hatten. Zu ihrer Linken seufzte Annabelle, und zu ihrer Rechten soufflierte Julianna die Worte, mit denen Knightly immer begann: »Zuerst die Damen.«

Kurz: Es war wie jede andere Redaktionssitzung.

Bis sich alles änderte.

»Es wurde ein Kopfgeld auf Sie ausgesetzt, Eliza«, sagte Knightly sichtlich amüsiert, als sei er selber nicht ganz sicher, ob er die Drohung ernst nehmen sollte oder sie lieber als Indikator für Elizas rauschenden Erfolg werten sollte.

»Zehntausend Pfund«, flüsterte Julianna. »Von Lord Alvanley.«

»Kann er sich das überhaupt leisten?«, erkundigte Eliza sich. Für sie waren zehntausend Pfund eine unvorstellbare Summe.

»Er hat schon einmal dreitausend Pfund verwettet, als es um die Frage ging, welcher Regentropfen zuerst bis zum unteren Ende des Erkerfensters bei White's rinnt«, erklärte Julianna den entsetzten Anwesenden.

»Eliza, du könntest dir zehntausend Pfund verdienen!«, rief Annabelle aufgeregt.

»Wenn sie sich ausliefert«, sagte Knightly tonlos. »Was sie aber nicht tun wird, wenn sie weiterhin für diese Zeitung schreiben will.«

Eliza verstand: Auf einmal war sie zehntausend Pfund wert. Ein aufgeregtes Beben rann über ihren Rücken.

Falls die Finanzen des Earls es erlaubten und er Wort hielt und falls sie nie mehr durch die Tür der *London Weekly* treten wollte, könnte sie sich einfach so ein kleines Vermögen sichern …

Zehntausend Pfund würden sie zu einer reichen Erbin machen. Elizas Gedanken fuhren Karussell. Der Duke suchte nach einer wohlhabenden Frau. War zehntausend Pfund zu haben wohlhabend?

Zehntausend Pfund!

Wenn sie das Geld hätte, müsste Wycliff nicht Lady Shackley heiraten und direkt im Anschluss nach Timbuktu fliehen. Andererseits stünde die Sache mit dem Kind immer noch im Raum – dieses Problem ließ sich nicht so leicht und vor allem nicht mit Geld lösen.

Und was sie selbst betraf … Er würde sie ganz sicher nicht mitnehmen. Man schleppte keine Frau nach Timbuktu mit, und Dukes heirateten erst recht nicht ihre Hausmädchen.

Eliza seufzte. Und dieser Duke würde das erst recht nicht tun, wenn die fragliche Dame seines Herzens sich als skandalöse, verräterische Zeitungskolumnistin entpuppte. Nicht einmal, wenn sie ihm versicherte, dass ihre Absichten immer rein gewesen waren und ihr Herz wahrhaftig.

Zehntausend Pfund konnten *alles* ändern. Alles und nichts.

Und ohne die zehntausend Pfund fände sie sich über kurz oder lang mittellos, arbeitslos und ungeliebt auf der Straße wieder. Denn dass die Londoner sie finden und enttarnen würden, daran bestand für Eliza kein Zweifel – immerhin ging es um eine große Summe Geld.

»Wie viele Ausgaben wurden letzte Woche verkauft?«, fragte sie. Die Gentlemen drehten die Köpfe in ihre Richtung und hörten sofort auf, irgendwelche Papierfetzen zu bekritzeln, was sie sonst immer zu tun pflegten, wenn die Schreibenden Fräulein in der Sitzung ihre Artikel vorstellten.

»Vier Auflagen, insgesamt zwanzigtausend Exemplare«, antwortete Knightly. Er kniff die Augen zusammen, und Eliza wusste: Er hatte ihre Anspielung verstanden. In einer guten Woche verkaufte sich ihre Zeitung normalerweise zehn bis zwölftausend Mal.

Die Frage war also nicht: *Was war sie Lord Alvanley wert?* Sondern eher: *Was war sie Derek Knightly wert?*

»Schauen wir doch mal, was Sie diese Woche für uns haben«, sagte Knightly und räusperte sich.

Eliza übergab ihm die neueste Kolumne, in der sie versucht hatte, den Ruf des Dukes wiederherzustellen.

Zwei Häuser, die gleichermaßen in Ungnade gefallen sind. Die ausschweifende Vergangenheit der wilden Wycliffs ist wohl allen Lesern bekannt. Auch die skandalöse Vergangenheit der Lady Shackley wurde ausgiebig in den Gesellschaftsspalten erörtert. Was läge also näher, als dass sich die beiden zusammentun – der tätowierte Duke und die Skandalwitwe? Und tatsächlich scheint sich da etwas zwischen den beiden zu entwickeln, munkelt man …

Was Lady Shackley bei ihren Plänen jedoch nicht zu bedenken scheint, ist die Tatsache, dass der Duke kein Mann ist, der sich einschränken lässt. Nicht, wenn die große weite Welt mit all ihren Abenteuern ihn erwartet. Er hat französische Schiffe versenkt, gegen Kannibalen gekämpft und Schiffbrüche überlebt. Und er brennt für das Reisen und Entdecken fremder Kulturen – weitaus mehr als er für die Ehe zu brennen scheint.

Entgegen gängiger Annahmen hat der Duke während seiner Reisen nämlich weit mehr getan, als sich seinen Weg quer über die Kontinente freizumetzeln und herumzuhuren – vielmehr hat er Wissen um fremde Kulturen und Bräuche, um Flora und Fauna in anderen Teilen der Welt zusammengetragen und nach seiner Rückkehr in die alte Heimat detaillierte Reiseberichte verfasst. All dies tat er im Dienste der Wissenschaft und nicht, um die Londoner Gesellschaft zu brüskieren. Der Duke würde, sofern er sich auf eine Expedition begäbe, ein Territorium wie Timbuktu nicht nur für die englische Krone beanspruchen – nein, er würde viel mehr tun: sich nämlich mit den

Sitten und Gebräuchen dort vertraut machen und all seine Geheimnisse mit nach England zurückbringen.

Sollte Lady Shackley also allzu fest auf traute Zweisamkeit mit dem tätowierten Duke in britischen Gefilden bauen, so könnte sie in diesem Punkt einem folgenschweren Irrtum aufsitzen …

»Interessant …«, sagte Knightly, als er geendet hatte. Was bedeutete, dass es überhaupt nicht interessant war.

Grenville war da schon direkter. »Und wo sind die kleinen Pikanterien über waffentragende Frauen, die unsere Leser erwarten?«

»Du hast ihn als einen Helden gezeichnet«, bemerkte Julianna, und Eliza sah, wie die grünen, katzengleichen Augen ihrer Freundin funkelten. Sie verstand Eliza. Wenn der Duke beschloss, seinen Verstand einzusetzen und er nicht zu begriffsstutzig war, würde er sofort erkennen, dass Eliza die Verräterin war, denn sie benutzte seine eigenen Worte und erzählte seine Geschichten.

Warum tat sie das?

Damit er nicht Lady Althea heiraten musste. Damit er Timbuktu erobern konnte. Eliza fand, seinen Ruf wiederherzustellen – oder es zumindest zu versuchen – war das Mindeste, was sie für ihn tun konnte.

Knightly sagte tonlos: »Da fehlt es an … schlüpfrigen und skandalösen Details, die Ladys erröten lassen und bei den Gentlemen die Eifersucht wecken. Ich will weniger nobler Held und mehr Gauner in deiner Geschichte. Was Sie da abgeliefert haben, entspricht nicht dem Standard der *London Weekly.* Sie werden den Artikel noch einmal neu schreiben müssen.«

Mit diesen Worten hielt er ihr die Seite abschätzig hin.

Dabei schaute er Eliza nicht einmal an. Bis Eliza es schaffte, die Hand nach dem Stück Papier auszustrecken, lastete eine quälende, bleierne Stille über allen Anwesenden im Raum.

Eliza war nicht entgangen, dass Grenville diesen Wortwechsel mit einem selbstzufriedenen Grinsen verfolgte; er arbeitete nun einmal nicht gerne mit Frauen zusammen. Knightlys Abfuhr bewies für ihn nur einmal mehr, dass Frauen einfach nicht schreiben sollten. Alistair starrte betreten auf den Saum seines Ärmels. Und selbst ihre Freundinnen waren verstummt, obwohl Annabelle zumindest den Versuch machte, nach Elizas Hand zu greifen. Schnell zog diese ihre Hand zurück – diese Art von Bemitleidung konnte sie nicht hinnehmen. Nicht jetzt, da die Augen der anderen Autoren mitleidig auf sie gerichtet waren.

Es war erbärmlich genug, dass sie Zeugen dieser öffentlichen Bloßstellung wurden. Wie grausam von Knightly, sie in diese Lage zu bringen! Eliza spürte, wie ihre Wangen brannten. Ihr Herz dröhnte in ihren Ohren. In diesem Moment wünschte sie sich nichts mehr, als dass es aufhören würde zu schlagen. Für immer.

Alle anderen Autoren von der *London Weekly* beobachteten diesen bisher beispiellosen Fall eines Starautors, der in diesem Fall eine Autorin war. Knightlys ausgestreckte Hand, das jämmerliche Stück Papier, Eliza vor Entsetzen erstarrt.

Er hatte ihre Arbeiten zwar nicht alle veröffentlicht, aber er hatte Eliza noch nie zuvor in aller Öffentlichkeit zurückgewiesen. Ohne dass er es direkt aussprechen musste, sagte der Verleger ihr damit: *Wärst du wirklich zehntausend Pfund wert, würdest du Geschichten aus purem*

Gold spinnen. Was du mir hier aber abgeliefert hast, ist einfach nur Müll. So viel zum Thema …

»Ja, Mr. Knightly«, sagte Eliza. Ihre Stimme brach. Sie nahm das Blatt Papier entgegen und hatte das Gefühl, auf ihrem Platz festgewachsen zu sein.

»Ach ja, und noch eins, Eliza«, sagte Knightly: »Die Druckerpressen warten nicht. Ich schlage vor, du gehst jetzt und machst dich gleich an die Arbeit.«

Kapitel 31

In dem etwas Schlimmes geschieht

Sie hätte im Redaktionsraum bleiben sollen! Eliza seufzte. Aber rückblickend war immer alles einfacher und klarer. Nur: Wie hätte sie unter den eisigen Blicken Knightlys die Kolumne schreiben sollen, noch dazu unter den argusäugigen Blicken ihrer Kollegen, die ganz genau wussten, dass ihr erster Versuch in der Konferenz durchgefallen war? Wie sollte sie den Duke verraten, während die anderen Autoren ihr über die Schulter schauten?

Niemand war bisher auf so grobe Art und Weise zurückgewiesen und aus einer Sitzung verjagt worden wie Eliza. Wie beschämend und beängstigend, dass ausgerechnet ihr das passiert war!

Und so fühlte sie sich auf einmal nicht mehr nur als Verräterin, sondern zugleich auch als Verratene. Wann war ihr Herz Teil der Story geworden?

Besorgen Sie mir die Story. Besorgen Sie mir die Story.

So etwas wie Mitgefühl für die Menschen, über die sie schrieb, hatte Eliza bislang nicht wirklich gekannt. Erst seitdem sie sich in den Duke verliebt hatte, verschwendete sie einen Gedanken an die Folgen für die Opfer ihrer Artikel. Und zum ersten Mal, seitdem sie ihre Karriere als Schreibfräulein begonnen hatte, stand Eliza vor der Frage: Wollte sie die Story wirklich? Oder wollte sie den Duke?

Was zum Teufel sollte sie bloß schreiben?

Sie war ganz in Gedanken versunken und versuchte, ihre Herzensdinge rational zu bewerten, was ihr natürlich nicht gelingen wollte. Deshalb stopfte sie sich die Seite schließlich ins Mieder und lief nach draußen. Nickte zum Abschied Mehitable zu und trat unbekümmert auf die Straße. Der lange Spaziergang zurück zum Berkeley Square bot ihr hoffentlich Gelegenheit, ihre Gedanken zu ordnen und sich zu überlegen, wie sie die neue Ausgabe der Kolumne entwerfen musste, damit sie Knightly gefiel, den Duke beeindruckte und ihr Gewissen beruhigte.

Es war ein wunderschöner Tag. Eliza verschwendete keinen Gedanken daran, wer ihr möglicherweise folgen könnte. Sie hatte keine Ahnung, dass jemand sie nicht aus den Augen ließ, seitdem sie die Redaktion verlassen hatte. Sie ahnte nicht, wer da gerade jeden ihrer Schritte verfolgte. Nachdenklich ging Eliza die Fleet Street entlang und passierte Banken, Druckereien und Gasthäuser.

Da war immer noch die Sache mit Wycliffs Sohn, den er von Althea hatte. Sie könnte darüber schreiben; das wäre nämlich genau die Art Story, die wie ein Feuerwerk explodierte. Wenn sie dieses Geheimnis jedoch enthüllte, wüsste der Duke mit absoluter Sicherheit, dass sie hinter der Kolumne und allem verbreiteten Klatsch und Tratsch steckte. Oder nicht? Sie stockte. Hätte Lady Althea nicht auch jedem davon erzählen können?

Eliza knabberte an ihrer Unterlippe. Knightly oder der Duke? Welchem Mann wollte sie mehr gefallen?

An einer Straßenecke blieb sie stehen, damit ein Passgespann vor einer glänzend schwarzen Kutsche an ihr vorbeidonnern konnte. Fußgänger drängten sich um sie,

Straßenhändler riefen laut. Als Nächstes überquerte sie die Straße, ging an Pferden, Kutschen, Kindern, Karren und anderen Hindernissen vorbei.

Ja, entschied sie dann, sie sollte wirklich die Existenz des Kinds enthüllen. Aber dann dachte Eliza an das arme kleine Ding, das nach einem solchen öffentlichen Skandal und dem Bekanntwerden, aus welch frevelhafter Verbindung es hervorgegangen war, kein normales Leben mehr würde führen können. In die Schule gehen zu müssen, wäre fürderhin schrecklich für den Jungen; und die erste Zeit in den Ballsälen später würde sogar noch schlimmer. Und dann war da noch …

Eine Menschenmenge umringte Eliza – die übliche, laute, heiße Menge aus Leuten, die sich auf ihrem Weg von hier nach da rücksichtslos vorwärtskämpften. In der Mitte des Gedränges packte plötzlich eine Hand nach ihrem Handgelenk. Eliza erschrak fast zu Tode, riss sich mit einer heftigen Bewegung los und ging rasch weiter. Ihr Herz klopfte wie wild. Sie traute sich nicht, langsamer zu gehen oder sich auch nur umzusehen.

Erneut spürte sie, wie jemand nach ihr griff; nach dem Rock, ihrer Hand, den Bändern ihrer Haube. Jetzt bekam Eliza es endgültig mit der Angst zu tun, und unwillkürlich beschleunigte sie ihre Schritte. Das verdammte Messer, das sie für Augenblicke wie diesen eingesteckt hatte, befand sich sicher verstaut in ihrem Stiefel. Da würde sie es nie rechtzeitig greifen können, wenn sie sich verteidigen müsste!

Panisch blickte Eliza über die Schulter. Wer verfolgte sie da? Das musste Liam sein … Ihr Herz rate. Nach so langer Zeit … Weshalb sollte er sonst nach London gekommen sein, wenn es nicht um sie ging?

Eliza stockte der Atem. Da gab es noch etwas, das sie erledigen musste.

Stattdessen zog sie es jedoch vor wegzulaufen.

In der herzoglichen Residenz

Wycliffs Gedanken kreisten um die verfluchte Ausgabe der *London Weekly* (oder der *Times* oder des *Chronicle* oder wie auch immer zur Hölle die Schmierenblätter alle hießen), die mitten auf dem herzoglichen Schreibtisch lag. Mittlerweile seit einer quälend langen Stunde, während der er versuchte, sich weiter der Buchhaltung zu widmen. Ständig wurde er von dem Anblick der Zeitung abgelenkt. Kaum war der Inhalt der einen verdaut, kam gleich die nächste. *Blöde Journaillen! Verfluchtes Gerede*! Das Schlimmste daran war, dass die Kolumnisten nicht einmal Unrecht hatten. Was für Wycliff die Frage aufwarf, wie sie – wer auch immer »sie« waren – an all die Informationen gelangten. Die privaten und persönlichen Details seines Lebens.

Wycliff schloss das Kontobuch und legte es beiseite. Woher, zum Teufel, wussten sie davon?

Im Ergebnis bedeutete das für Sebastian, dass er niemandem mehr trauen konnte. Weil prinzipiell jeder in seiner Umgebung – in seinem Haus oder jene, die mit ihm auf dem Schiff gewesen waren – geredet haben konnte. Nur: Wer? Und mit wem?

Wycliff lehnte sich in seinem Stuhl zurück, legte die Füße auf die Tischplatte und rieb sich nachdenklich das Kinn. Draußen schien die Sonne, die Vögel sangen, und die Temperatur war sogar in einem Bereich, den er als angenehm empfand. Er sollte vor die Tür gehen und irgendwas unternehmen.

Stattdessen zog Sebastian die Klingelschnur. Als Saddler einen Augenblick danach auftauchte, verkniff Wycliff sich jedoch die Frage, die ihn am brennendsten interessierte. Wo steckte Eliza?

Du lieber Himmel, er war wirklich in sie verschossen.

Oder, wie Harlan es ausdrücken würde: Er hatte sich heftig verstrickt und würde deshalb wohl auf ewig eine Landratte bleiben. Der Gedanke ließ den Duke kurz innehalten, doch dann schob er ihn beiseite und bat Saddler, die Pferde satteln zu lassen. Dann rief er nach Harlan.

»Wir gehen jetzt in die Redaktion der *London Weekly*«, erklärte Wycliff. »Ich möchte gern mehr erfahren über diese Informanten, die mein Privatleben verkaufen.«

»Das klingt jedenfalls spannender, als hier im Haus herumzusitzen und den Hausmädchen zu lauschen, wie sie sich gegenseitig ›*Pamela*‹ vorlesen«, stimmte Harlan zu.

Wycliff grübelte während des gesamten Weges in die Fleet Street über den oder die Verräter nach. Wenn die Klatschbasen so viel über ihn herausfinden konnten, war es ihm dann nicht möglich, ihre Identität zu enthüllen? Er hatte Vulkane bestiegen und erforscht; er sprach die Eingeborenensprachen fließend, hatte mit einem wilden Eber gerungen. Da musste es doch eigentlich ein Leichtes sein herauszubekommen, wer zum Teufel dieser verfluchte Mann, der Bescheid weiß, war oder – noch besser – die wahre Identität von S. F. Meadows zu enthüllen!

Und dann, dachte Wycliff mit einem stolzen, eifrigen Grinsen, *dann wird er – oder sie? – dafür büßen!*

Auf der Fleet Street

Eliza rannte durch die Menge, soweit es ihr möglich war. Schreie und Rufe folgten ihr. Sie hielt ihre Röcken in einer Hand, drückte die andere auf ihre Haube und schaute über die Schulter.

»Verflucht!«

Wie hatte Liam es geschafft, sie gleich zweimal bei der *Weekly* aufzustöbern?

Sie stieß so heftig mit einer Orangenhändlerin zusammen, dass die Früchte nur so durch die Luft flogen und auf der Straße landeten. *Verflixt.*

Liam hielt inne, um eine Orange aufzuheben. *Dieser Dieb*! Eliza nutzte diesen Moment, um in eine schmale Gasse nahe der St. Bride's Church zu treten und das Messer aus dem Stiefel zu ziehen.

Es war helllichter Tag, aber in dieser engen Gasse war es dank der dicht an dicht stehenden Gebäude, die über ihr aufragten, ziemlich finster, und das Sonnenlicht drang nicht durch. Eliza hoffte, dass die Dunkelheit zu ihren Gunsten arbeiten und nicht etwa von Nachteil für sie sein würde.

Auf ihrer Brust und ihrem Nacken spürte sie kalten Schweiß. In ihr Mieder hatte sie die abgelehnte Version vom »tätowierten Duke« von S. F. Meadows gestopft. Allein dieses Blatt Papier, das sie bei sich trug, war Beweis genug – und für den Finder zehntausend Pfund wert.

Eliza hielt den Atem an und hoffte, Liam würde an der Gasse vorbeigehen, ohne sie zu bemerken. Das Messer hielt sie in den Falten ihres Rocks verborgen. Nur für den Fall, dass er sie entdeckte …

Das würde auch gleich passieren, denn er reckte den Hals und schaute in die Schatten und in jede Ecke.

Was wollte er nach all den Jahren noch von ihr?

Eliza hielt den Atem an.

Als er sie schließlich entdeckte, versuchte sie auszuatmen, um wieder handlungsfähig zu sein – doch vergeblich.

Liam kam auf sie zugeschlendert, und Eliza gab den Gedanken an eine schnelle Flucht auf. Sie würde diese Begegnung mit frischem Mut hinter sich bringen müssen …

Eliza überlegte fieberhaft. Wie lange war es her, seit sie einander zuletzt gesehen hatten? Wie lange war es her, seitdem er behauptet hatte, er wolle nur um die Ecke ins Gasthaus – und ihr ganzes Geld, jeden Penny, eingesteckt hatte.

Nachdem er nicht mehr wiederkam, dachte sie, er sei tot oder er habe nichts Gutes im Schilde geführt. In jedem Fall hatte sie irgendwann beschlossen, ihn zu vergessen.

All die Jahre war es gut gegangen. Bis jetzt …

Liam trug die derbere Version eines Anzugs, wie Gentlemen ihn trugen. Die Stiefel waren mit Dreck und Gott weiß was verkrustet. Und die Hose war nicht neu, um es höflich auszudrücken. Sein Hemd war zerknittert, das Jackett abgetragen. Die sandigen Haare waren eine Spur zu lang; außerdem war er nicht ordentlich rasiert. Trotz alledem gelang es ihm jedoch, einen gewissen Charme auszustrahlen, eine Art Großtuerei. Eliza wusste es inzwischen besser. Dieser Mann war gefährlich, und sie tat besser daran, sein flottes Grinsen und das Funkeln seiner blauen Augen zu übersehen.

Stattdessen packte sie das Messer noch fester, obwohl ihre Handflächen ziemlich verschwitzt waren.

»Eliza«, murmelte Liam. »Freut mich, dich hier zu treffen. Ist ja ein Weilchen her …«

»Was willst du von mir, Liam?«, unterbrach Eliza ihn rüde.

»Vielleicht habe ich nach unserer zufälligen Begegnung letzte Woche ja gedacht, wir könnten unsere Bekanntschaft wieder aufleben lassen.« Liam legte die Hand hinter ihr auf die Wand und drängte sie damit in die Ecke.

»Dann warst du das also wirklich draußen vor dem Pub«, murmelte Eliza.

»Nach einem überaus lukrativen Besuch bei Sutton's und Robertson's habe ich mir eine Pause und ein Pint gegönnt«, sagte Liam und spielte damit auf das Pfandleihhaus an, das ein paar Häuser weiter in der Nähe der *London Weekly* lag. »Na ja, und da habe ich zufällig beobachtet, wie du in die Redaktion gestürmt bist. Aber ich habe gewartet, weil ich sichergehen wollte. Man sieht ja nicht alle Tage ein Mädel an so einem Ort. Dann bin ich dir zum Haus des Dukes gefolgt«, fügte Liam hinzu.

Mit jedem Wort sank Elizas Herz. Das war nicht gut.

»Was für ein Zufall«, sagte sie tonlos. Und meinte: *Was für ein verdammtes Pech*.

»Erst hab ich mir ja nix dabei gedacht«, fuhr Liam fort. »Bis ich da was gehört hab. Über dich. Und zehntausend Pfund.«

Elizas Augen weiteten sich vor Entsetzen. Das konnte auch nur ihr passieren, dass sie von dem einzigen Verrückten verfolgt wurde, der lesen konnte und die Zeitungen studierte.

Verzweifelt umklammerte sie das Messer. Oder nein: Sie versuchte es. Ihre Handflächen waren zu verschwitzt, als dass Eliza das Messer noch fest halten konnte.

»Du hast bereits eine ordentliche Menge Geld von mir gekriegt. Was willst du noch von?«, fragte sie hilflos.

Statt einer Antwort griff Liam nach etwas in seiner Jackentasche.

»Eliza«, knurrte er und lächelte sie so bösartig an, dass sich ihr Magen schmerzhaft zusammenzog. »Würdest du mir freundlicherweise sagen, ob dieser Lappen hier nach Chloroform stinkt?«

Auf dem massiven Holzschild stand in goldüberzogenen Großbuchstaben *LONDON WEEKLY*. Ein Schild, das schon beim flüchtigen Anblicken Aufmerksamkeit verlangte. Wycliff konnte es bereits aus einem Block Entfernung sehen.

Aber es war ein Gerangel mit einer Orangenhändlerin zu seiner Rechten, das seine Aufmerksamkeit auf sich zog. Der Karren war umgekippt, und Orangen rollten über die Straße. Die Verkäuferin rief und gestikulierte wild. Ein paar freundliche Passanten halfen ihr, obwohl die meisten einfach weiterliefen.

Besonders eine.

Die junge Frau schoss ziemlich entschlossen davon. Sie hielt die Röcke mit einer Hand gerafft und drückte die andere auf ihre Haube.

Wycliff schaute Harlan an, der sofort nickte. Ohne ein Wort lenkten sie die Pferde im zügigen Trab durch die Menge und machten sich an die Verfolgung.

Ein nervöseres Pferd scheute vor den Orangen, die auf der Straße lagen, und sorgte für einen plötzlichen Stillstand, für komisches Hin und Her und noch mehr Herumgeschreie – was die Verfolgung des Mädchens nicht gerade einfacher machte.

Wycliff sah jedoch, wie das Mädchen in eine kleine Gasse nahe der Kirche St. Bride's schlüpfte.

»Dummes Ding«, murmelte er. Und sein Gefühl trog ihn nicht: Denn jetzt drängte sich ein Mann durch die Menge, schaute sich kurz nach allen Seiten um und machte ganz den Eindruck, als sei er hinter dem Mädchen her. Er war groß, grobschlächtig, und alles an ihm strahlte Ruchlosigkeit aus. Es war Wycliff auf dem Rücken seines Hengstes nur allzu klar, dass dieser Kerl hinter dem Mädchen her war.

Er lenkte sein Pferd näher und überließ die Zügel einem jungen Zeitungsverkäufer. Harlan tat es ihm nach, wenngleich mit etwas weniger Würde, da sein Arm in der Schlinge steckte, die er angelegt hatte, als sie das Haus verließen. Wycliff warf dem Zeitungsjungen eine Münze zu und lief los. Höchste Zeit, eine Heldentat zu begehen!

Eliza zögerte nicht. Sie riss ihr Knie hoch und landete einen ordentlichen Treffer in Liams Unterleib. Ihr Triumph war allerdings nur von kurzer Dauer, denn er brach zusammen und fiel direkt auf sie. Kurz überlegte sie, einfach auf ihn einzustechen, doch dann fiel ihr ein, dass sie das Blut auf ihrem Kleid Mrs. Buxby, Jenny und vor allem Wycliff erklären müsste.

Stattdessen trat Eliza in ihrer Verzweiflung erneut nach ihm und versuchte, auch mit ihren Ellenbogen Treffer zu landen. Schließlich gelang es ihr, den Schrei aus der Kehle zu entlassen, der dort festgesteckt hatte.

Sie hatte ihn kaum ausgestoßen, als Liam es irgendwie schaffte, ihr den Lappen mit Chloroform auf den Mund zu drücken und zu sich nach unten zu ziehen. Als sie stürzte, knallte Elizas Kopf gegen die Ziegelmauer hinter ihr. Sie wusste, dass der Schlag ziemlich heftig war, denn sofort fing sie an zu halluzinieren. Ehe es nämlich vollends schwarz um sie wurde, flammte das Bild von Wycliff vor ihren Augen auf.

Eliza!

Sein Herz setzte aus.

Eliza. Hier. Verletzt.

Wycliff brüllte. Und dann griff er an. Er packte diesen abscheulichen, diebischen und verdorbenen Kretin und warf ihn mit der Kraft eines wütenden und betrogenen Liebhabers und eines Mannes, der sich im Recht wähnte, auf die andere Seite der Gasse, also fast drei Meter weit. Der Mann knallte mit einem lauten Krachen gegen die Ziegelmauer und sank in einem wilden Durcheinander aus schlaffen Gliedmaßen zu Boden.

Dabei fiel ein dreckiger roter Lumpen aus seinen geöffneten Fingern. Wycliff nahm den süßlichen, Ekel erregenden Gestank von Chloroform wahr.

»Ich kümmere mich um ihn. Geh du zu ihr!«, sagte Harlan, der jetzt an seiner Seite auftauchte. Das ließ sich Wycliff kein zweites Mal sagen. So hatten Harlan und er schon in der Vergangenheit zusammengearbeitet: Es bedurfte nicht vieler Worte, um zu kommunizieren. Auf diese Weise hatten sie es geschafft, relativ unbeschadet die halbe Welt zu bereisen. Der eine passte auf den anderen auf, und sie kümmerten sich stets umeinander.

Und nun wollte Harlan ihn verlassen!

Noch vor einer Stunde war diese Vorstellung für Wycliff so ziemlich das Schlimmste gewesen, was er sich vorstellen konnte. Das war jedoch, bevor Eliza bewusstlos vor ihm lag.

Bei ihrem Anblick zog sich sein Herz so heftig zusammen, dass der Duke kaum atmen konnte.

Als sein Herzschlag wieder einsetzte – härter und entschlossener als zuvor –, peitschte es ihm eine Wahrheit ein, die er sich in diesem Moment nicht eingestehen konnte. Dafür gab es keine Worte, auf keinen Fall. Aber er wusste ... Oh, er wusste es. Sie war nicht bloß ein Hausmädchen. Nicht für ihn ...

Langsam beugte Wycliff sich herunter und tastete behutsam nach einem Puls an ihrem schlaffen Handgelenk. Er war spürbar, allerdings nur schwach. Ihr Atem ging flach. Sie hatte gekämpft, aber trotzdem hatte sie eine ordentliche Dosis von dem Chloroform abbekommen. Er konnte nicht mehr für sie tun, als sie zurück nach Wycliff House zu bringen und sie ausschlafen zu lassen.

Und zu beten.

Chloroform konnte tödlich sein. Seine innige Hoffnung war, dass es diesmal nicht so war.

»Was willst du mit dem hier machen?«, fragte Harlan vom anderen Ende der Gasse.

»Töte ihn.«

»Echt? Ich hätte da nämlich ein paar Fragen, die ich ihm gern stellen würde«, sagte Harlan kühl. »Zum Beispiel, was er mit unserem kleinen Hausmädchen hier zu schaffen hat.«

»Also gut, dann nimm ihn mit. Es wird ohnehin Zeit, dass du deine Schlinge endlich loswirst – für so ein Ungeheuer wirst du beide Arme brauchen. Und ich werde mich um Eliza kümmern müssen, fürchte ich.«

»Schade«, sagte Harlan mit echtem Bedauern. »Ich fing gerade an, diese List mit der Armschlinge zu mögen. Die Mädels waren deshalb viel entgegenkommender!« Dann zog er sich die Schlinge mit Schwung über den Kopf und benutzte sie, um die Handgelenke des Gefangenen damit zusammenzubinden. Anschließend zerrte er ihn auf die Straße und blieb stehen.

»Euer Gnadenschaft, wenn wir die beiden auf unseren Pferden zurückbringen wollen, wird das ziemlich vertrackt. Ich glaub nämlich nicht, dass das diskret über die Bühne geht.«

Wycliff fluchte. Das Letzte, was er jetzt brauchte, war Aufmerksamkeit, wenn er eine bewusstlose Frau aus einer dunklen Gasse trug. Sein einäugiger Freund Harlan, der den blutig zerschundenen und leblosen Körper eines Straßenräubers mit sich zerrte, würde kaum besser aussehen. Das wäre gefundenes Fressen für die Journalisten – so viel war klar.

»Wir könnten bis zum Abend warten«, schlug Harlan vor. »Und dann den Schutz der Dunkelheit nutzen ...«

»Harlan, bis es dunkel wird, vergehen noch über fünf Stunden. Ich für meinen Teil werde nicht so lange mit diesem stinkenden Ungeheuer in dieser dreckigen Gasse hocken. Und Eliza muss sofort nach Hause gebracht werden!«, antwortete der Duke besorgt.

»Eliza. Soso ...« Harlan hob neugierig die Brauen.

»Was willst du damit sagen?«

»Bindungen.« Und das war alles, was er sagen musste, denn es erklärte alles.

»Da wir schon von Fesselungen oder Bindungen sprechen: Dein Gefangener wacht auf und löst gerade seine Fessel.«

»Verdammt noch eins!«, fluchte Harlan. Er drehte sich um und fesselte den Mann erneut.

Resolut strebte Wycliff zum Ausgang der Gasse, ließ eine Münze aufblitzen und besorgte ihnen so schnelle, unbürokratische Hilfe, bei der keine Fragen gestellt wurden:

Eine Mietdroschke hielt kurz darauf vor der Gasse, mit der er seine Beute ungesehen zurück nach Wycliff House bringen konnte.

Als der Duke Eliza in seine Arme hob, fiel ihr ein Messer aus der Hand. Er erkannte es wieder, weil es ihm gehörte. Für einen Moment hielt die Zeit an, als Wycliff zwei und zwei zusammenzählte. Hausmädchen trugen nicht ohne Grund ein Messer mit sich herum. Eliza musste also gute Gründe dafür haben. Und er wusste nicht, welche Gründe das waren.

Warum nur tat ihm das so weh?

Jetzt gab es kein Zurück mehr für ihn. Leute blieben stehen und sahen zu, wie der tätowierte Duke höchstpersönlich eine leblose Frau aus einer dunklen Gasse trug. In der Menge entstand aufgeregtes Wispern, obwohl niemand einschritt und ihn aufhielt. Als Harlan ihm folgte und einen Mann hinter sich herzerrte, der inzwischen wieder bei Bewusstsein, aber ziemlich widerwillig war, wurde das Gemurmel der Menge noch lauter.

Es klang, als fürchteten sie alle das Schlimmste.

Er konnte davon ausgehen, dass diese Sache in der Presse ziemlich aufgeblasen würde.

Und tatsächlich: Sofort gingen die Gerüchte los und wurden mit unmöglichen Details aufgefüllt. Das alles geschah in einer so atemberaubenden Geschwindigkeit, dass bereits eine Stunde später Fremde behaupten würden, der tätowierte Duke habe einen Mann kaltblütig und mit bloßen Händen am helllichten Tag ermordet, obwohl der Mann um sein Leben gebettelt habe. Der Duke aber, so hieß es, habe nur dreckig gelacht, bevor er ihm den Garaus machte.

Wycliff ging hocherhobenen Hauptes durch die Menge und forderte die Gaffer mit seinem furchteinflößenden Blick. Sie konnten über ihn reden – seinetwegen. Aber sie durften sich nicht seiner Bemühung in den Weg stellen, Eliza in Sicherheit zu bringen, damit er sich um sie kümmern konnte.

Wycliff hielt sie fest und sicher in den Armen und kletterte in die Kutsche. Sein Herz trommelte laut und verriet ihm nicht eine, sondern gleich zwei Wahrheiten.

Sie hatte Geheimnisse vor ihm.

Und er war über beide Ohren verliebt in sie.

Kapitel 32

Enthüllungen

Nach ihrer Rückkehr bellte Wycliff Befehle: Das Personal sollte diesen Kretin von Gauner im Keller fesseln und wegsperren, ein Bad einlassen, Tee kochen und sein Schlafgemach für Eliza herrichten. Und vor allem, verdammt noch mal, rief er aufgebracht, sollten sie sich schneller bewegen. In seinem Hinterkopf hörte der Duke beinahe Elizas Stimme, die ihn einmal mehr keck darauf hinwies, dass er gerade perfekt demonstrierte, wie ein mächtiger, befehlsgewohnter Aristokrat sich zu verhalten habe.

Aber an seinem Umgang mit den Bediensteten war nichts gespielt: Er war der Herr über dieses Anwesen, und seine Herrin war verletzt. Nur das zählte – ob er nun freundlich mit dem Personal sprach oder nicht, scherte Wycliff in diesem Moment nicht.

Er trug Eliza die Treppe nach oben und in sein Schlafzimmer. Dort steuerte er direkt sein Bett an.

Eliza. In seinem Bett. So hatte er es sich nicht vorgestellt.

Behutsam legte Sebastian sie auf die Bettdecken und sah Eliza bang ins Gesicht. *Atmete sie noch? Hatte sie Schmerzen? Und warum hatte sie eines seiner Messer geklaut?*

Sie hatte den Angriff des Kerls im Keller offensichtlich vorhergesehen. Was Sebastian sofort und entschieden ausschloss, war die Vermutung, Eliza könne eine dreiste Diebin sein, die es erregte, jemand anderem etwas zu nehmen.

Wenn dem so wäre, hätte sie nämlich eines der hübscheren Messer aus seinen Beständen genommen. Nein, Eliza hatte in Schwierigkeiten gesteckt und nicht gewagt, sich ihm anzuvertrauen. Wycliff runzelte die Stirn, denn das störte ihn ganz gewaltig.

Er hatte sich ihr nämlich anvertraut und war ganz selbstverständlich davon ausgegangen, dass sie sich auch an ihn wenden würde, sollte sie in Schwierigkeiten geraten.

Und Eliza? Hatte nicht mal Andeutungen gemacht, dass es bei ihr irgendwelche Probleme gebe.

Anderseits: Hatte er sie überhaupt danach gefragt? Nein. Und weshalb nicht? Wycliff kannte die Antwort, wand sich jedoch, sie zu denken. *Weil er versucht hatte, in Eliza nur die Dienerin zu sehen, die Domestikin – und nicht die attraktive Frau mit einer Vergangenheit und Zukunftsplänen; eine Frau mit Gefühlen und Gedanken.* Und jetzt war er wohl gescheitert in seinem Bemühen um sie und hatte sich zu allem Unglück auch noch in sie verliebt. Dabei wusste er gar nichts über Eliza.

Als Nächstes wurde ihr das schlichte graue Kleid ausgezogen. Jenny half dabei, während die Diener das heiße Wasser für die Badewanne hochschleppten.

»Was soll ich hiermit machen, Euer Gnaden?«, fragte Jenny und hielt das Kleid hoch. Es war schmutzig und hatte einiges mitgemacht in den letzten Stunden. Er wies Jenny an, es am besten zu verbrennen. Er würde Eliza neue Kleider kaufen. Schöne Kleider. Das Geld würde er schon irgendwie auftreiben.

Ihre Baumwollunterwäsche war schlicht – weiß und makellos.

Seit Tagen und Wochen hatte Wycliff darüber fantasiert,

wie sie ausgezogen wohl aussah. Trotz all der Küsse hatte er nur hier und da einen flüchtigen Blick auf ein Stück bloßer Haut erhaschen können. Er hatte Eliza bisher weder nackt noch halb bekleidet gesehen. Gut, er hatte es sich in allen Details ausgemalt. Aber nicht so.

Ehrlich gesagt, wollte er eigentlich gar nicht weiter gehen. Wenn er sie zum ersten Mal nackt und rein sah, wollte er, dass es während der Qualen der Leidenschaft passierte. Es sollte Teil der großen Verführung sein. Nicht ein Akt der Rettung wie das hier.

Wycliff fuhr mit dem Finger über den Ausschnitt ihres Mieders und wünschte, es sei alles anders. Eliza sollte wach sein; ihre Augen sollten glänzen vor Verlangen, und ihr Mund sollte leicht offen stehen, während sie seinen Kuss erwartete.

Gerade, als er den Arm wegziehen wollte, blieb sein Finger an etwas hängen, das sie sich in den Ausschnitt gestopft hatte.

Eliza bewegte sich leicht, und ihre Lippen bewegten sich auch, obwohl sie immer noch fest schlief.

Bei dieser kleinen Bewegung hörte Wycliff das unverwechselbare Rascheln von einem Stück Papier, das in ihrem Mieder steckte. Dass es sich bei diesem Geräusch nur um Papier handeln konnte, wusste er aus Erfahrung – schließlich hatte er genug Betten und Boudoirs zwischen London und Sansibar besucht.

»Ich habe nie behauptet, ein Gentleman zu sein«, sagte er zu ihr.

Eliza antwortete darauf nicht, weil sie bewusstlos war.

Die Dame protestierte also nicht, als er ein gefaltetes Stück Papier aus ihrem Korsett zog. Dann faltete er es auseinander und begann zu lesen.

Der tätowierte Duke

In den wilden Tagen seiner Jugend war Wycliff einmal auf eine knorrige, alte Eiche geklettert, weil die Äste sehr bequem bis zu dem Schlafzimmerfenster einer ganz bestimmten Dame im Obergeschoss reichten. Dass er dabei ausrutschte, hatte er dem Wein zu verdanken, der ihm eingeflüstert hatte, es sei eine gute Idee, der nämlichen Dame einen Besuch abzustatten.

Als sein Körper auf den Boden aufschlug, hatte der Aufprall ihm die Luft aus den Lungen getrieben, und die Welt vor seinen Augen wurde schwarz.

Genauso fühlte er sich jetzt.

Der Duke konnte eine Minute lang nicht atmen, weil das volle Ausmaß dieser verfluchten Worte ihn wie ein Schlag traf.

Eliza lag vor ihm; die blauen Augen geschlossen, die Haut so blass, die Lippen leicht geöffnet.

Sie sagte nichts.

Aber das brauchte sie auch nicht.

Er wusste nämlich Bescheid.

Der tätowierte Duke

von S. F. Meadows

Eliza Fielding *war* das Schreibende Fräulein Meadows!

Jetzt, wo er ihr Geheimnis gelüftet hatte, war alles so offensichtlich!

Sebastian fasste sich an den Kopf. Mit einem Mal ergab einfach alles einen Sinn. *Was für ein dummer Idiot er gewesen war, keinen Verdacht zu schöpfen,* schalt er sich.

Natürlich hatte er sie das eine oder andere Mal halbherzig verdächtigt. Der Gedanke hatte ihn spontan angesprungen, doch Sebastian hatte ihn einfach ignoriert, weil er sich so sehr wünschte, es könne nicht wahr sein. Die Dinge, die er ihr erzählt hatte …

Alles.

Absolut alles hatte sie verraten.

Eine Minute lang konzentrierte er sich nur aufs Atmen. Es kam ihm vor, als habe sein Herz aufgehört zu schlagen und als habe die Erde aufgehört sich zu drehen und die Sonne zu scheinen.

Das hier war Hochverrat. Unverzeihlich.

Sebastian keuchte vor Entsetzen und Enttäuschung. All die Stunden auf dem Dach, in denen er sich Eliza anvertraut hatte … Als er ihr Dinge erzählte, die er zuvor nie laut ausgesprochen hatte. Dinge, die er niemals einem anderen Menschen als ihr hätte anvertrauen können. Er hatte Eliza von seinen Hoffnungen und Plänen erzählt, hatte sie eingeweiht in seine intimsten Gedanken und ihr sein Herz geöffnet.

Und womit hatte Eliza es ihm gedankt? Mit einer skandalösen Kolumne, an der sich die Londoner ergötzten!

Er hatte geglaubt, sie sei mehr für ihn als ein schlichtes Hausmädchen, und dabei war sie in Wahrheit eines der verfluchten Schreibfräulein.

Wycliff spürte die Scham wie eine heiße Welle über sich zusammenschlagen.

Was war er für ein Narr! Sebastian brannte vor Wut.

Sie hatte ihm einfach ins Gesicht gelogen. Sie hatte dreist gelogen und ihn danach geküsst.

Er erinnerte sich, wie sie gemeinsam Insekten katalogisiert hatten und er glaubte, sie könne nicht schreiben. Oder als sie zusammen auf dem Dach standen und er sie für ihren sicheren Umgang mit Worten gelobt hatte. Eliza hatte bloß gelächelt.

Sie musste ihn für einen vollständigen Idioten gehalten haben. Wenn er sich dann noch vorstellte, dass er kurz davor gestanden hatte, sich in sie zu verlieben …

Wycliff lachte verbittert auf.

Er saß bei ihr auf der Bettkante und begann zu lesen.

Zwei Häuser,
die gleichermaßen in Ungnade gefallen sind.

Wycliff runzelte die Stirn.

Die ausschweifende Vergangenheit der wilden Wycliffs ist wohl allen Lesern bekannt. Auch die skandalöse Vergangenheit der Lady Shackley wurde ausgiebig in den Gesellschaftsspalten erörtert. Was läge also näher, als dass sich die beiden zusammentun – der tätowierte Duke und die Skandalwitwe? Und tatsächlich scheint sich da etwas zwischen den beiden zu entwickeln, munkelt man …

Wycliff fluchte. Jetzt schaute er die bewusstlose Eliza mit den zusammengekniffenen Augen eines wütenden, misstrauischen Mannes an. Sie lag in seinem Bett, fast leblos. Er hatte diesen blassrosa Schmollmund geküsst, der ihn so schamlos belog. Derselbe rosige Mund, der sich zuletzt von ihm abgewandt hatte. Jetzt ergab Elizas unerwartete Ablehnung, ihre Leidenschaft mit ihm zu teilen, auch Sinn.

Wie konnte sie den Mann küssen, den sie ausspionierte?

Und warum hatte sie ausgerechnet dort eine Grenze gezogen?

Oder war dieses kostbare *Etwas*, das sie verband, nur einseitig?

Ging Elizas Interesse möglicherweise sogar nur so weit, dass sie jedes seiner Worte ausschließlich auf ihre Druckbarkeit hin bewertete?

Musste er davon ausgehen, dass er nicht ihr Herz berührte, wenn er sie küsste?

Wycliff begann innerlich zu brennen. Er glühte förmlich. Es war eine explosive Mischung aus Kränkung und Zorn, und ja, auch Herzschmerz spielte mit hinein. Er hatte sich in Eliza verliebt. Sie jedoch hatte ihn die ganze Zeit betrogen. Trotzdem las er weiter. Wie sollte er nicht?

Was Lady Shackley bei ihren Plänen jedoch nicht zu bedenken scheint, ist die Tatsache, dass der Duke kein Mann ist, der sich einschränken lässt. Nicht, wenn die große weite Welt mit all ihren Abenteuern ihn erwartet.

Sie hört mir also doch zu, dachte Wycliff spöttelnd. Das war immerhin ein kleiner Trost.

Er hat französische Schiffe versenkt, gegen Kannibalen gekämpft und Schiffsbrüche überlebt. Und er brennt für das Reisen und Entdecken fremder Kulturen – weitaus mehr als er für die Ehe zu brennen scheint.

Entgegen gängiger Annahmen hat der Duke während seiner Reisen nämlich weit mehr getan, als sich seinen Weg quer über die Kontinente freizumetzeln und herumzuhuren – vielmehr hat er Wissen um fremde Kulturen und Bräuche, um Flora und Fauna in anderen Teilen der Welt zusammengetragen und nach seiner Rückkehr in die alte Heimat detaillierte Reiseberichte verfasst. All dies tat er im Dienste der Wissenschaft und nicht, um die Londoner Gesellschaft zu brüskieren. Der Duke würde, sofern er sich auf eine Expedition begäbe, ein Territorium wie Timbuktu nicht nur für die englische Krone beanspruchen – nein, er würde viel mehr tun: sich nämlich mit den Sitten und Gebräuchen dort vertraut machen und all seine Geheimnisse mit nach England zurückbringen.

Während Wycliff diese Worte las, spürte er ein merkwürdiges Ziehen in seiner Brust. Wenn er es nicht besser wüsste, würde er denken, dass es sich so anfühlte, wenn ein Herz brach.

Das war nicht der übliche Quatsch, den S. F. Meadows – seine Eliza – Woche für Woche zu Papier brachte. Mit dieser Kolumne versuchte sie, ihn nach Wochen, in denen sie ihn mit spitzer Feder gnadenlos niedergemacht hatte, wieder aufzurichten. Es war eine langweilige Kolumne. Aber sie steckte voller Lob.

Wycliff betrachtete Elizas bleiches Antlitz auf seinem Kissen. Sie zeigte keine Veränderung, kein Anzeichen von Leben. Ihre Haut war bleich, und ihr Atem ging schwach. Sie sah nicht aus wie eine Betrügerin oder eine Spionin oder das personifizierte Böse. Tatsächlich sah sie einfach nur wie ein ganz normales, hübsches Mädchen aus.

Die Diener brauchten ewig, bis die Wanne endlich mit Wasser gefüllt war. Jenny knutschte wahrscheinlich derweil mit dem Diener Thomas auf dem Flur.

Die Zeit vergeht nur langsam, wenn die eigene Welt in Stücke bricht und aus den Angeln gehoben wird.

Dieses Blatt Papier in seinen Händen war nicht, was der Duke erwartet hatte. Plötzlich konnte er die Wahrheit nicht mehr von den Lügengeschichten unterscheiden.

Wycliff las weiter: Unsinn über ihn und Lady Shackley und dann noch irgendwelches haarsträubende Seemannsgarn, für das eigentlich Harlan bekannt war, um die Frauen zu beeindrucken.

Der Duke las bis zum Ende, und dann fing er wieder und wieder von vorne an. Doch nicht ein einziges Mal fand er in dem Artikel einen Hinweis auf das, was die Gesellschaft sofort in Entsetzen und Hysterie gestürzt hätte: das Kind. Wenigstens das hatte sie ihm erspart …

Wycliff schnaubte wütend. Musste er ihr dafür womöglich noch dankbar sein? Eliza hatte sein Geld genommen, den Wein mit ihm geteilt, hatte unter seinem Dach gewohnt und beinahe sein Bett geteilt. Aber zugleich hatte sie ihn belogen und betrogen. Sie musste ihn dabei permanent für einen Idioten gehalten haben. Während er, der Duke und Hausherr, hinter seinem Hausmädchen herhechelte und ihr Beachtung schenkte, hatte sie ihn mit ihren weiblichen Reizen von vorne bis hinten zum Narren gehalten. Weil sie an seine Geheimnisse kommen wollte.

Lieber Gott, er hätte sie am liebsten erwürgt!

Aber dann erinnerte Wycliff sich ganz unvermittelt wieder an den Earl of Alvanley – mit einem Anflug von Erleichterung, Hoffnung und Aufregung. Diesem war Eliza zehntausend Pfund wert. Er brauchte Geld … Wycliff stockte der Atem. Zehntausend Pfund für den Beweis der Identität von S. F. Meadows. Und er hielt den Beweis in seinen Händen.

Ein sardonisches Grinsen überzog Wycliffs Gesicht. Eliza war nicht die Einzige, die Verführungskünste einsetzen konnte, um an Geheimnisse zu gelangen!

Mit großer Sorgfalt faltete der Duke die Seite wieder an dem Falz zusammen.

Jenny kam zurück. Sie könne Eliza jetzt baden, teilte er ihr mit und ging.

Sein Entschluss war gefasst. Er würde so tun, als wüsste er nichts über Elizas Geheimnis, bis er alles über sie erfahren hatte: Warum hatte sie das Messer genommen? Kannte sie ihren Angreifer? Was war in Brighton passiert?

Diese Dinge wollte er zuallererst wissen.

Und dann würde er sie an Lord Alvanley verraten, das Geld nehmen und Segel in Richtung Timbuktu setzen. Er würde diese meeräugige, schlangenfalsche Schönheit hinter sich lassen, in die er sich fast – aber nur fast – verliebt hatte.

Kapitel 33

Das Erwachen

Als sie ein paar Stunden später aufwachte, wünschte Eliza innig, sie schliefe noch. Ihr Mund fühlte sich trocken an, als habe sie mit Baumwollstreifen in den Wangentaschen geschlafen. Und ihr Kopf schmerzte schrecklich. Als sie versuchte, die Arme zu heben, um ihre Schläfen zu massieren, verlangte ihr das einen Kraftakt ab, zu dem Eliza sich einfach nicht in der Lage sah.

Sie dämmerte wieder weg und erwachte erst im sanften, gedämpften Licht des nächsten Morgens. Der Duke saß auf einem Stuhl neben ihrem Bett. Oder war das hier *sein* Bett? Eliza hatte Probleme, sich zu orientieren. Ihre Kammer war doch nur eine enge Mansarde unterm Dach mit einem kleinen Fenster und einer schmalen Liege. Dort war garantiert kein Platz für einen Mann. Also handelte es sich bei diesem Raum, in dem sie gerade erwacht war, höchstwahrscheinlich nicht um ihre Mansarde oder ihr Bett, schloss Eliza. Und dann erkannte sie: Beides gehörte dem Duke.

Sie riss entsetzt die Augen auf und öffnete den Mund, doch kein Laut drang über ihre Lippen. Was hatte sie hier zu suchen? Was war mit ihr geschehen?

Wycliff half ihr, sich aufzusetzen. Jede Bewegung war eine Qual, und allein schaffte sie es kaum. Er schüttelte sogar die Kissen für sie auf, damit sie ihren Rücken stützten. Seine große offene Linke stützte ihren Kopf, als er ihr ein

Glas mit kühlem Wasser an die Lippen hielt. Durstig trank Eliza. Und mit der Erfrischung kehrten auch ihr Verstand und ihre Erinnerung zurück. Eine Erkenntnis dämmerte ihr, wie die Sonne, die am Morgen aufgeht und schreckliche Wahrheiten beleuchtet, die bisher gnädig von der Nacht verhüllt worden waren. Während sich ihre Wahrnehmung schärfte, gefror zugleich das Blut in Elizas Adern.

Das Letzte, woran sie sich erinnerte, war der Teufel Liam. Sie befanden sich beide in der dunklen Gasse …

Was hatte sie dort überhaupt zu suchen gehabt?

Eliza konzentrierte sich. Ja, genau, sie war weggelaufen. Aber wieso war sie überhaupt unterwegs gewesen?

Und dann fiel es ihr wieder ein. Die Wahrheit prasselte ohne Vorwarnung und wie ein Schießkommando auf sie ein: die wöchentliche Redaktionssitzung der *London Weekly*. Ja, die Sitzung, bei der Knightly grausam ihren Artikel zurückgewiesen und ihn ihr herzlos *vor den Augen der anderen* zurückgegeben hatte. Die mitleidigen Blicke von Grenville, den Schreibenden Fräulein und den anderen Autoren. Und dann war sie fortgeschickt worden.

Vor Aufregung verschluckte Eliza sich am Wasser. Die Seite mit ihrer Kolumne hatte sie zusammengefaltet und in ihr Mieder gesteckt. Wo war das Blatt jetzt? Sie hätte am liebsten danach getastet, aber dafür fehlte Eliza die Kraft, und sie durfte Wycliff unter keinen Umständen auf irgendwelche dummen Ideen bringen. Er beobachtete sie nämlich.

Eliza fixierte ihn mit ernster Konzentration. *Er konnte unmöglich wissen …*

Sie sank zurück in die Kissen und zwang sich zum ersten Mal in ihrem Leben, in Ohnmacht zu fallen. Sie zwang die Erde, sich zu öffnen und sie zu verschlingen. Zwang sich einzuschlafen und in einer anderen Zeit, an einem anderen Ort aufzuwachen.

Aber dieser Moment hier gab sie nicht frei. Er war real, und sie musste mit diesem Moment ebenso leben wie mit allen folgenden.

Was wusste Wycliff? Elizas Gedanken rasten.

Wenn sie zuletzt draußen in der Gasse gewesen war und jetzt hier lag, musste in der Zwischenzeit etwas passiert sein. Nur was? Wie war sie nach Hause gekommen? Bei diesem Gedanken stockte Eliza. Und seit wann begriff sie Wycliff House als ihr Zuhause?

All diese Fragen brannten ihr auf der Zunge. Es war egal, dass sie keine der Fragen formulieren konnte. Die Antworten würden ihr nämlich aller Wahrscheinlichkeit nach nicht gefallen.

Deshalb stellte sie sich die naheliegendste Frage: *Was jetzt?*

Die Frage lastete quälend auf der anhaltenden Stille.

»Wie fühlst du dich?«, fragte Wycliff endlich.

Wie eine Lügnerin. Eine Diebin. Eine Kriminelle. Eine Sünderin. Eine elende Teufelin.

Eliza war froh, nicht sprechen zu können.

Statt einer Antwort blickte sie ihn aufmerksam an. Die dunklen Schatten unter seinen Augen fielen ihr auf, die von Schlafmangel erzählten. Hatte er sich um sie gesorgt? Die Nacht an ihrem Bett gewacht? Oder war er wütend?

Verstohlen blickte Eliza sich nach Anzeichen seiner Wut um – zerbrochenes Glas, leere Brandygläser, zerbrochene Möbel –, doch es fand sich keinerlei Hinweis. Außer vielleicht eine gewisse Anspannung seines unrasierten Kinns und den harten Blick, den Wycliff sich für Momente tiefster Unzufriedenheit aufsparte.

Erst gestern hatte sie die hitzige Leidenschaft in seinen dunkelbraunen Augen gesehen, als er sie ansah.

Irgendwie schaffte sie es, die Worte »Was ist passiert?« zu krächzen. Sie hätte ihn auch fragen können, was genau ihr gestern passiert war, aber eigentlich wollte sie wissen, warum diese Wärme aus seinem Blick verschwunden war. Ohne das Feuer in seinen Augen war ihr kalt.

»Es scheint, du bist angegriffen worden, Eliza«, antwortete er. Daran, wie er die einzelnen Silben ihres Namens aussprach, war etwas Merkwürdiges, fast so, als zweifele er sogar an ihrem Namen. Oder als müsse er jeden Buchstaben auf seine Wahrhaftigkeit prüfen.

Wie sehr seine Zweifel sie schmerzten! Eliza erschauderte. *Das war die gerechte Strafe für ihren Betrug. Sie verdiente auch nichts anderes.*

»Oh«, hauchte sie. Daran konnte sie sich noch erinnern. Aber das erklärte nicht alles.

In diesem Augenblick hätte sie alles gegeben, um zu wissen, was der Duke über sie wusste. Wenn sie ihn ganz unverblümt danach fragte, ließe das aber doch nur einen Schluss zu: dass es da tatsächlich etwas gab, das zu erfahren es wert war. Dieses Risiko wagte sie nicht einzugehen.

»Ich werde dich jetzt ruhen lassen«, sagte der Duke. »Und später habe ich dann noch ein paar Fragen an dich.«

Später

Es stellte sich heraus, dass der Duke mit *später* nicht den nächsten Tag oder den Abend meinte, sondern noch später. *Später* bedeutete in diesem Fall, dass Eliza zwei lange Tage voller Anspannung darauf wartete und verzweifelt versuchte, ihm irgendwelche Informationen zu entlocken.

In dieser Zeit, während die Minuten zerronnen wie kleine Ewigkeiten, hatte sie Staub gewischt, Bäder eingelassen, Schlafgemächer geputzt und die anderen anfallenden Aufgaben erledigt. Und die ganze Zeit grübelte sie, was wohl hinter der verschlossenen Tür lag. Und jetzt, als sie gerade in der großen Eingangshalle fegte, fragte sie sich …

Was wusste er?

Die Frage brannte wie Feuer in Elizas Bauch. Wie Mücken schwirrten ihr unzählige Fragen im Kopf herum – sie summten und nagten an ihr und ließen sie nie zur Ruhe kommen. Von Mrs. Buxby hatte Eliza erfahren, dass der Duke sie bewusstlos zurück nach Wycliff House gebracht habe. »Hat dich wie ne Prinzessin aufm Arm getragen, jawohl. Hat geschrien und aufgestampft und uns rumkommandiert und so.«

Eliza vermutete daher, dass Liam sie erwischt hatte. Dieser böse, hasserfüllte Mann! Aber warum war der Duke zur Stelle gewesen, um sie zu retten? Über diese Frage zerbrach Eliza sich die allerlängste Zeit den Kopf.

Sie machte mit dem Besen kleine, schnelle Bewegungen und fegte den Schmutz auf den Marmorfliesen zusammen.

Er wusste also Bescheid.

Machte er sich etwas aus ihr?

Eliza runzelte die Stirn beim Nachdenken. Vielleicht, ja. Aber ob er sich genug aus ihr machte, um über ihren Verrat hinwegzusehen?

Die Antwort lautete ganz klar: Nein, denn sie hatten kaum mehr als einen oder zwei Küsse geteilt. Aber waren es nicht ganz besondere Küsse gewesen? Küsse, die ihre Seelen entflammt hatten. Sie hatten viel miteinander geredet, und immer kam es dabei zu kleinen, intimen Berührungen und heißblütigen Blicken. Da war etwas zwischen ihnen. Etwas, das mehr war als das Verhältnis zwischen Dienstherr und Dienerin.

Jetzt allerdings schien es so, als sei dieses *Etwas* verschwunden. Wycliff schloss sich in seinem geheimnisvollen Zimmer ein und ging ihr vollständig aus dem Weg.

Das war ja auch verständlich, versuchte Eliza sich zu beruhigen; immerhin hatte sie mit ihrer Schreibe sein Leben ruiniert. Wenn es eine Liebe auf Gottes Erdboden gab, die stark genug war, um das zu überstehen, dann war sie dieser Liebe bisher leider noch nicht begegnet, dachte Eliza trübsinnig. Der einzige Trost, der ihr gleichzeitig Beruhigung verschaffte, war ihr, sich in die Verstrickungen und Dramen anderer zu werfen. Das und das Fegen. Außerdem musste sie eine Kolumne neu schreiben.

Mrs. Buxby, Harlan und eine ordentliche Menge Whiskytee förderten schlussendlich ein paar Geheimnisse des Dukes zutage, die anrüchig und skandalös genug für die anspruchsvollen Leser der *Weekly* waren und fraglos besser taugten als ihr Versuch, den Duke als Edelmann mit noblen Absichten hinzustellen. Unglücklicherweise fehlte Eliza aber einfach die Zeit, um den Stift aufs Papier zu drücken. Jemand fragte hiernach und klingelte nach jenem, und dann musste eine Erledigung nach der anderen gemacht werden. Da sie sich immer noch nicht vollständig von dem Angriff erholt hatte, brach sie abends einfach zusammen und fiel in einen traumlosen, schweren Schlaf.

Mit Entsetzen stellte Eliza fest, wie die Zeit verflog. Bis sie wusste, dass es zu spät war. Die Zeitung war jetzt in der Druckerei, und dies bedeutete das Ende ihrer Karriere als Schreibendes Fräulein. Zuerst wurde etwas zurückgewiesen, weil es schlecht geschrieben war, und jetzt scheiterte sie an der Aufgabe, *irgendwas* zu schreiben.

Sie fuhrwerkte wild mit dem Besen herum, und die kleinen, sauberen Staubhäufchen wirbelten wieder auf, bildeten kleine Wölkchen und sanken erneut zu Boden.

Selbst jetzt, zwei Tage später, entflammten Elizas Wangen, wenn sie sich daran erinnerte, wie Knightly ihr vor allen Kollegen die Kolumne ausgehändigt hatte. So etwas war in den Räumen der *Weekly* noch nie passiert! Demütigend war das, und es beschrieb nicht annähernd, wie sie sich fühlte. Vielleicht wäre sie gar nicht erst angegriffen worden – vielleicht wäre sie einfach nur vor Peinlichkeit in Ohnmacht gefallen.

Aber nein, die Erinnerung an diesen Streit war fest in ihre Erinnerung eingebrannt. Wie versaute Sprüche, die betrunkene Kerle mit dem Messer in einen Wirtshaustisch gravierten. Liams eisige blaue Augen und das Poch-poch-pochen ihres Herzens und dann der eklig süße Geruch des Chloroforms … an diese Details erinnerte Eliza sich inzwischen deutlich.

Das leise Wischen des Besens auf dem Marmorboden war rhythmisch und hastig. Vielleicht musste die Frage ja ganz anders lauten. Nicht: Was wusste der Duke, sondern: Was würde sie ihm gegenüber zugeben?

Langsam musste sie sich aber auch mit dem Gedanken arrangieren, dass sie den Duke niemals für sich alleine haben oder mit ihm zusammen sein würde. Manche Dinge sollten eben nicht sein. Sollte aber – wie auch immer – doch eine geringe Chance bestehen, dass sie ihrem Herzen folgen konnte … wenn es auch nur den Hauch einer Möglichkeit gab, dass sie zusammen sein könnten ... Dann würde sie Wycliff unter Umständen sogar die ganze Wahrheit erzählen und auf seine Liebe und Vergebung hoffen.

Eliza fegte energischer.

Sie könnte vielleicht sogar gestehen ...

Aber nein ... Was waren das nur für eitle Träume! Er konnte sie nicht haben, *durfte* sie nicht ... Daher musste sie sich wie immer ihren eigenen Weg in dieser Welt suchen.

Und so zwang sich Eliza eben zur Vernunft. Sie brauchte ein Dach über dem Kopf, Essen im Bauch und Kleider am Leib.

Das erinnerte sie wieder an die zehntausend Pfund, die auf ihren Kopf ausgesetzt waren. Mit zehntausend Pfund hätte sie ausgesorgt. Mit zehntausend Pfund könnte sie den Duke nach Timbuktu schicken und zurück. In mit Gold beschlagenen Schiffen. Zehntausend Pfund könnten Wycliffs Schatzkammer wieder auffüllen – und das alles, ohne dass Ihro Gnaden sich an Hades' persönliche Harpyie Lady Althea binden müsste.

Die Borsten des Besens kratzten munter über den Marmor, als das leise Klingeln der Dienstbotenglocke ertönte. Schritte näherten sich.

Der Duke wünschte Eliza zu sprechen.

Kapitel 34

In dem es Fragen gibt

Eliza fand den Duke in seinem privaten Arbeitszimmer im Obergeschoss. Ein Feuer flackerte im offenen Kamin und spendete gerade genug Licht, um einen polierten Schimmer auf Wycliffs unglaublich hohe Wangenknochen zu werfen. Er saß bequem hinter dem riesigen Eichenschreibtisch. Die Oberfläche war mit den Karten der großen, weiten Welt, mit dicken Geschäftsbüchern, dem Schädel einer Kreatur, die Eliza nicht erkannte, und einer wunderschönen Muschel mit einem rosig schimmernden Innern und weißen Stacheln an der Außenseite übersät.

Das Licht der Abenddämmerung, das durch die Fenster drang, tönte den Raum violett.

Wycliff hatte die Haare fest nach hinten zu einem Zopf gebunden. Das Gold seines Ohrrings funkelte im Feuerschein. Das weiße Hemd trug er am Hals offen und zeigte damit ein V aus gebräunter und tätowierter Haut.

Eliza schluckte hart. Jede Nervenfaser in ihrem Körper war zum Zerreißen gespannt. Sie wollte ihn so sehr! Und dabei hatte sie sich ihm noch nie so fern gefühlt.

Wycliff bot ihr keinen Platz an, weshalb Eliza brav einen Knicks machte. Sie faltete die Hände hinter ihrem Rücken, damit er nicht merkte, wie sie die Finger knetete, sobald sie dem Drang nicht länger widerstehen konnte.

Du schaffst das, redete sie sich gut zu. Nicht umsonst war sie auf der Bühne aufgewachsen. Sie hatte ihre Entscheidungen getroffen, und nun blieb ihr nichts anderes übrig, als sich unverschämt durchzusetzen.

»Eliza«, knurrte der Duke.

Sie liebte es, wenn er ihren Namen sagte.

»Euer Gnaden«, murmelte sie.

Nachdem er sie auch jetzt nicht einlud, war die alte Vertrautheit unwiderruflich verschwunden.

Er muss die Wahrheit kennen, schoss es Eliza durch den Kopf und machte sie ganz schwindelig. Aber selbst wenn er nur die Hälfte wusste, steckte sie in gewaltigen Schwierigkeiten.

»Es wird Zeit, dass wir beide einmal ein Wörtchen miteinander reden.« Wycliff lächelte sie an. Quälend freundlich und wissend.

Eliza reckte das Kinn. Draußen rüttelte der Wind an den Fensterscheiben.

Der Duke stand auf und kam auf sie zu.

Ihr Herz klopfte heftig.

Wortlos schob Wycliff sich an ihr vorbei; Eliza drehte sich langsam um und sah, wie er vor dem Buffet stehenblieb und mit der Brandyflasche aus Kristallglas gegen zwei Gläser stieß beim Einschenken. Also wollte er sie betrunken machen, ja? Nun, sie hatte ihre Geheimnisse schon so lange für sich behalten, da würde es mehr als ein bisschen Alkohol brauchen, um sie ihr jetzt zu entlocken.

Aber herrje, schlug ihr das Herz heftig in der Brust! Besonders, als er sich ihr nun zuwandte. War da ein bösartiges Funkeln in seinen Augen? Oder war sie gerade Opfer einer Sinnestäuschung geworden?

Der Duke reichte ihr das Glas und streifte dabei Elizas Finger. Es fühlte sich an, als würden sie Funken schlagen.

Sein Kopf senkte sich zu ihrem hinab, und Eliza hielt die Luft an vor Aufregung … Wollte Wycliff sie küssen?

Nein, nur dazu verleiten.

Seine Augen waren dunkel, die Miene undurchdringlich. Heute fiel ihr Blick sofort auf das nackte Stück Haut im Halsausschnitt. Die tintenschwarzen Tätowierungen zogen sich in wirbelnden Linien weiter hinab, lugten hervor und schienen sie zu locken.

Wenn das hier nicht der Anfang vom Ende war, war sie kein Schreibendes Fräulein.

Der Duke grinste und hob sein Glas. »Auf die Wahrheit.«

»Auf die Wahrheit«, wiederholte Eliza. Ihre Stimme zitterte nicht und klang auch nicht hohl. *Ihre Mama wäre so stolz auf sie!*

»Nun, wo soll ich anfangen?«, fragte Wycliff und nippte nachdenklich an seinem Brandy. Er stand so dicht vor ihr, dass Eliza beinahe schwindelig wurde. Und er kam ihr gefährlich nahe, als wollte er sie mit seiner Größe und der Nähe einschüchtern. (Was im Übrigen auch hervorragend funktionierte.)

»Weißt du, ich mache mir Sorgen«, sagte er, und sofort spürte Eliza, wie ihr Widerstand schmolz. »Es stört mich nicht einmal, dass du mein Messer geklaut hast.«

Und plötzlich lag besagtes Messer in seiner Hand. Die silberne Schneide blitzte auf, der Holzgriff glänzte warm. Als Eliza es aus seiner Sammlung entwendet hatte, war es abgenutzt, dreckig und staubig gewesen. Aber jetzt sah es sauber und neu aus. Was wohl nur bedeuten konnte, dass der Duke das Messer stundenlang in den Händen gehalten hatte. Dieser Gedanke war beunruhigend.

Wycliff umkreiste sie, das Messer in der einen, das Brandyglas in der anderen Hand. Seine Stimme war leise, beinahe samten. Das alles war für Eliza berauschend.

»Wäre ich nicht rechtzeitig zur Stelle gewesen, um dich zu retten, dann hätte ich vielleicht gedacht, es handle sich um einen unbedeutenden Diebstahl. Aber du hast mein Messer eindeutig gebraucht, um dich zu beschützen.«

»Hmm«, grummelte Eliza verhalten. Sie würde nichts sagen, solange es nicht unbedingt nötig war.

»Du wusstest also, dass jemand hinter dir her war, Eliza, oder?«, fragte Wycliff.

Er war klug!

Verlegen biss Eliza sich auf die Lippe. Das war nicht die Art Befragung, mit der sie gerechnet hatte. Eigentlich sollte er toben, weil sie die Autorin seines Untergangs war. Und eigentlich müsste er sie auf der Stelle entlassen.

Machte er aber nicht.

Eliza atmete schneller. Verdammt, er hätte niemals erfahren dürfen, in welcher Gefahr sie geschwebt hatte. Und schon gar nicht erwartete sie von ihm, dass er sich wie auch immer geartete Sorgen machte.

Immer wieder umrundete er sie, während Eliza sich einfach nur darauf konzentrierte, still dazustehen.

»Wer ist er?«

Eliza zögerte und wog ihre verschiedenen Optionen ab. Es war verdammt schwierig, einen klaren Gedanken zu fassen, solange Wycliff ihr so nahe war und sie mit seinen samtbraunen Augen beobachtete. Seine Tätowierungen reizten Eliza und erinnerten Eliza gleichzeitig an die muskulösen Konturen seines Oberkörpers. Der Duke trank in aller Ruhe seinen Brandy. Und Eliza sehnte sich indes schmerzlich danach, ihn auf ihren Lippen zu schmecken.

Denk nach, Eliza, denk nach, befahl sie sich.

Aber was sollte sie ihm erzählen? Dass sie ein Schreibendes Fräulein war? Oder sollte sie ihm die volle, ganze Wahrheit über Liam sagen? Beide Geheimnisse würden Eliza in den Augen des Dukes ruinieren. Wenn sie ihn nicht schon längst verloren hatte, würde es sie vielleicht weiterbringen, wenn sie zumindest ein Geheimnis eingestand. Aber wenn sie die zehntausend Pfund von Lord Alvanley für sich haben wollte – und bei Gott, die wollte sie! –, würde sie dem Duke von Liam erzählen müssen.

»Sein Name lautet Liam«, sagte Eliza mit fester Stimme.

»Er ist ein gemeiner Kerl«, widersprach Wycliff und nippte an seinem Brandy, als wolle er die Erinnerung an ihn herunterspülen.

»Oh, ich weiß«, stimmte sie ihm eifrig zu.

»Was mich daran interessiert, ist vielmehr die Frage, was Abschaum wie er von dir wollen könnte?«

»Ich weiß es nicht …«, antwortete Eliza ehrlich. Sie wollte nicht länger lügen. Wie bei einem Strickschal, wo der Faden sich löste, könnte der Duke mit einem harten Ruck alles aufribbeln. Wenn sie eine Frage beantwortete, würde es nicht lange dauern, bis sie ihm Dinge erzählte, die sie noch nie zuvor jemandem erzählt hatte.

Der Duke leerte seinen Brandy und stellte ihn auf den Schreibtisch. Das Messer legte er daneben.

»Es war kein zufälliger Angriff«, bemerkte er tonlos. »Niemand trägt einen mit Chloroform getränkten Lumpen mit sich herum, nur für den Fall, dass er auf der Straße von einer jungen Frau bedrängt wird.«

Unter anderen Umständen hätte sie jetzt ein Lächeln zustande gebracht. Aber nicht jetzt, während Wycliff so eifrig zum Kern der Wahrheit vordringen wollte. Sie kannte ihn – vermutlich wusste er längst Bescheid und genoss dieses absurde Katz-und-Maus-Spiel, ehe er sie endgültig vor die Tür setzen würde. Vermutlich packte oben bereits jemand ihre Sachen.

»Ich frage mich, wieso du mit seinem Angriff gerechnet hast«, sagte der Duke und lehnte sich gegen den Schreibtisch.

Wie höflich er seine Angriffe formuliert! Dennoch entsprach es eher seiner Art, Befehle zu erteilen.

Antworte!, sagte sein Blick.

Wycliff wartete.

Eliza blickte ihn an. Auch sie suchte nach Antworten oder zumindest nach einem Hinweis, wie viel der Duke wusste. Sein Mund war fest zusammengekniffen, das Kinn wirkte hart. Aber seine Augen … Vielleicht war es Wunschdenken, aber Eliza glaubte, darin Besorgnis erkennen zu können. Zumindest hatte sie das vorher sehen können, und sie wünschte sich einfach, es jetzt wieder zu sehen.

Vielleicht war es das schwere Aroma des Brandys oder das wunderbare Gefühl, ihm nahe zu sein, während er seine Aufmerksamkeit ganz auf sie richtete. Vielleicht war es auch die Angst, erneut gejagt zu werden oder eine letzte Schwäche nach dem Chloroformnebel. Vielleicht sorgte der Duke sich ja wirklich um sie; vielleicht würde er ihr sogar zur Seite stehen. Ein Mädchen würde ja wohl noch träumen dürfen.

»Es geschah nicht zum ersten Mal«, sagte Eliza einfach. Sie war fest entschlossen: Über Liam würde sie ihm alles erzählen.

Aber sonst nichts.

Wycliffs Hand schloss sich fester um das Brandyglas. Er packte so fest zu, dass er glaubte, es würde ihm gleich zwischen den Fingern zerspringen.

Sie war ein hinterhältiges, verlogenes Luder.

Er wollte sich deshalb nicht um sie sorgen. Aber bei Gott, genau das tat er. Eliza war so schlank und zart, er wollte sie am liebsten in seine Arme schließen und nie mehr loslassen. Außer vielleicht, um gegen ihre Feinde zu kämpfen.

Wie sie so trotzig das Kinn reckte! Und wenn sie sich gleichzeitig nervös auf die Lippe biss ... Diese kleine Marotte ließ Wycliff fast weich werden. Doch er hatte sich fest vorgenommen, ihr alle Geheimnisse zu entlocken. Er musste einfach die Wahrheit wissen. Also hob er das Glas mit Brandy an die Lippen, um den Kopf freizubekommen und sich zu wappnen. Doch er runzelte überrascht die Stirn. Das Glas war leer.

Also nahm Sebastian einfach ihr Glas, und dabei berührten sich ihre Fingerspitzen erneut. Er stellte sich vor, wie ihre Finger die Linien seiner Tätowierung erkundeten, doch dann musste er wieder an ihren Verrat denken. Schnell fand er zum wahren Grund für diese Unterredung zurück.

»Erzähle es mir, Eliza. Ich will dir nur helfen«, sagte er und bemühte sich, seine Stimme zärtlich klingen zu lassen. Sie sollte sich ihm anvertrauen.

»Es begann ...« Eliza zögerte. »Ich glaube, ich habe ihn in der Woche vor dem Angriff gesehen.«

»Was wollte er von dir?«, fragte Wycliff. Wenn er sich nur auf ein ganz bestimmtes Problem konzentrierte, dachte er, müsste er nicht länger an sie denken. Lieber Gott, und nicht an seine Gefühle!

»Ich glaube, er will Geld«, sagte sie nachdenklich. »Keine Ahnung. Aber ich habe nichts, was ich ihm geben könnte …« Eliza verstummte, und er wollte den Satz für sie beenden. … *weil ich ein Dienstmädchen bin.* Oder: *Weil Journalisten mies bezahlt werden.* Oder beides?

Soweit Wycliff wusste, stimmte das. Allerdings war sie jetzt zehntausend Pfund wert. Sie müsste ihm nur alles gestehen oder ein zartes Lügengespinst weben, in dem sie sich letztlich selbst verfangen würde. Dann wäre sie überführt und das Geld sein.

Der Duke gab ihr den Brandy zurück. Und fühlte sich alles andere als wohl in seiner Haut. War das, was er gerade tat, nicht genauso verachtenswert wie Elizas Verhalten? Die Antwort lautete definitiv: Ja. War das die richtige Methode, um ihr Informationen zu entlocken? Auf jeden Fall. Sie nahm einen Schluck.

Wycliff schluckte. Dann streckte er die Hand nach ihr aus, legte sie auf ihre Hüfte. Ein ganz leichter Druck auf ihr Kreuz genügte, damit sie sich an ihn drängte. Ein, zwei zögerliche Schritte über den Teppich, und sie läge in seinen Armen.

Sie erwiderte sein Lächeln. Sie waren einer Meinung, das stand für ihn fest. Ein inniger, leidenschaftlicher Kuss würde genügen, um dieses quälende Gespräch zu beenden. Es ging um einen Schurken, der sie angegriffen hatte. Aber in Wahrheit ging es um eine große Lüge, die sie vor ihm geheim hielt. Dass sie nämlich seinen Ruf und seine Zukunftsaussichten mit ihrem Schreiben ruinierte. Eine gemeinsame Zukunft war für ihn nicht länger vorstellbar.

Alles, was ihnen blieb, war dieser eine Moment. Und ein unnachgiebiges, alles verschlingendes Verlangen, das sich nicht von Vernunft bezähmen ließ.

Sie nahm ihn aus.

Und er wollte sie.

Unter seinen Händen fühlte sie sich warm und nachgiebig an.

Wycliff legte seinen Mund auf ihren.

Sie erwiderte seinen Kuss zunächst nur zögernd. Dann drängte er sie, sich ihm zu öffnen und reizte sie, schamloser zu sein. Als er seine Lust nicht mehr länger bezähmen konnte, zog der Duke Eliza an sich und fuhr mit den Fingern durch ihr Haar, umfasste ihren Kopf, um sie gründlich und gierig zu küssen. Eliza schmeckte nach Brandy, nach Geheimnissen und Leidenschaft. Er küsste sie heftiger, und sie erwiderte den Kuss mit derselben Intensität.

So machten sie einen Augenblick oder eine Stunde oder wie lange auch immer weiter – die Zeit verschwamm in ihrer Leidenschaft. Doch je länger sie sich küssten, spürte er, desto schneller schmolz ihr Widerstand. Unglücklicherweise spürte Wycliff aber auch, wie seine Entschlossenheit, ihr gegenüber hart zu bleiben, schwand. Stattdessen wurde sein Schwanz hart, und er wollte sich am liebsten sofort, hier auf diesem Teppich, an ihr vergehen.

Darum löste er den Mund von ihrem und flüsterte ihr ins Ohr: »Wer ist er, Eliza?«

»Mhh«, murmelte sie nur in seinen Mund. Seine Zunge umspielte ihre. *Ja, tatsächlich. Sehr mhh.*

Wycliff schob seine Hände von Elizas Hüften bis zu ihrem Hintern nach unten. Er schmiegte sich perfekt in seine Handflächen. Schade, dass sie eine Verräterin war, schoss es dem Duke durch den Kopf. Sonst würde er sich ernsthaft in sie verlieben.

Eliza schnappte nach Luft, als er sie an sich presste. Aber sie sollte ruhig spüren, wie sehr sie ihn erregte.

Sebastian stöhnte fast auf. Wenn sein Plan vorsah, sie zu verführen, damit sie ihre Geheimnisse offenbarte, dann musste er weitermachen. Es gab vermutlich Schlimmeres, als einer Frau das zu geben, wonach sie sich in dem Moment genauso sehnte. Sie würde auf herrlich verruchte Art die Bekanntschaft zu ihm vertiefen.

Mit einer geradezu quälenden Langsamkeit erkundeten seine Hände ihren Körper. Er spürte an seiner Brust das Heben und Senken ihrer Brüste. Ihre Atmung beschleunigte sich, als seine Hände langsam nach oben wanderten. Erregt beugte Wycliff sich zu ihr herunter und flüsterte: »Wer ist er?«

Eine einfache Frage. Ihre Antwort konnte die ganze Welt umfassen. Während Wycliff wartete, küsste er sie und genoss diese letzten, wertvollen Momente, ehe sie ihm alles gestand und sich alles unwiderruflich ändern würde zwischen ihnen. Er wollte so viel von ihr, wie sie zu geben bereit war. Darum schloss Sebastian die Hand um ihre Brust und fuhr mit dem Daumen sanft über die Spitze. Er spürte, wie sie unter dem Stoff hart wurde.

»Oh, Wycliff«, seufzte Eliza.

Warum belog sie ihn? Warum hatte sie Geheimnisse vor ihm? Wenn sie das nicht tun würde, könnten sie das hier täglich haben. Für immer.

»Sag's schon«, drängte der Duke und spielte weiter mit Elizas Nippeln – sehr zu ihrem Vergnügen. Stöhnend packte sie den Stoff seines Hemds mit beiden Händen. Dieses kleine Luder! Und sie tat gut daran, sich an ihm festzuhalten, denn er hatte gerade erst angefangen. Gott stehe ihm bei, aber er liebte, wie es sich anfühlte, wenn sie sich an ihn klammerte, als könne sie im nächsten Augenblick fortgerissen werden.

»Er ist ein Fehler. Eine Jugendsünde«, beichtete sie ihm. Murmelte die Worte in seinen Mund, weil sie sich weiter küssten. Wycliff zog an ihren Röcken, schob den Stoff zentimeterweise nach oben. Mit den Fingerspitzen erkundete er die weiche Haut an ihren Schenkelinnenseiten. Langsam und verführerisch ließ er die Hand nach oben wandern.

Eliza legte den Kopf in den Nacken. Sie hielt die Augen geschlossen, ihr Mund stand offen. Wunderschön. Er drückte die Lippen auf die Kuhle ihrer Kehle, während er mit den Fingerspitzen behutsam die Knospe ihres Geschlechts liebkoste. Sie stöhnte lauter.

»Wer ist er?«, knurrte Wycliff. Seine Frustration wuchs. Es war ihm noch vor einer Stunde wie eine teuflisch gute Idee vorgekommen, ihr die Antworten durch Verführung abzutrotzen, aber jetzt wurde er mit der schlimmsten Qual seines Lebens konfrontiert. Einerseits wurde seine Neugier nicht befriedigt, und genauso wenig sein Verlangen. Diese doppelte Frustration fiel jetzt auf ihn zurück, und dabei war er auch noch selber schuld.

Eliza klammerte sich an sein Hemd, verdrehte den Stoff mit den Fingern, während er an der hübschen Stelle knabberte und saugte, wo der Hals in die Schulter überging. Obwohl beide hörbar atmeten, hörte er, wie Stoff zerriss. Sie zerfetzte sein Hemd.

»Wycliff, ich will dich«, flüsterte Eliza atemlos.

Die Worte stachen wie Dolche in sein Herz. Er wollte so sehr, dass sie wahr wären. Vielleicht waren sie das ja auch, doch zugleich wusste er, dass sie Geheimnisse vor ihm hatte. Wie sollte er ihr da vertrauen, dass sie im Moment höchster Erregung ehrlich zu ihm war?

»Ich will dir alles erzählen«, fuhr sie fort. Ihre Hände

packten sein Hemd und schoben es hinauf. Jetzt hatte sich das Blatt gewendet.

Unwillkürlich musste Wycliff grinsen. Aber dann schwand das Lächeln, und sein Atem stockte, weil sie ihre kleinen, heißen Hände auf seine nackte Brust legte. Ganz langsam liebkoste Eliza die nackte Haut, ließ die Handflächen auf den Tätowierungen ruhen und spielte mit den Fingerspitzen an seinen Nippeln herum. Er sog scharf die Luft ein, weil ihre Berührungen ihm Lust bereiteten. Mit beiden Händen musste er sich an den Schreibtisch hinter sich klammern. Entweder das, oder er würde ihr das Kleid vom Leib reißen.

Sie drückte ihren süßen, rosigen Mund auf seine nackte Brust.

Nein, das war wirklich keine schlechte Idee.

Englische Frauen machten es einem Liebhaber schwerer, sie nackt auszuziehen als die Frauen von Tahiti, doch er war ein erfahrener Mann, der über so wichtige Überlebensstrategien verfügte. Sie machte es ihm allerdings nicht leicht. Oh nein, sie entwand sich seinen Versuchen, sie von ihrem Kleid zu trennen, obwohl er die Röcke immer höher schob. Er liebkoste sie weiter an der geheimen Stelle, und sie rieb sich an seiner Hand dazu.

Verschwendete sie auch nur einen Gedanken an den Anstand? Oh nein. Er spürte genau, wie sehr sie ihn wollte.

Machte sie sich Sorgen, dass sie ihre Stellung verlieren könnte? Lächerlich.

Erneut legte der Duke seinen Mund auf ihren. Sie seufzte und stöhnte unter Qualen der Leidenschaft.

»Oh Wycliff, ich …«, setzte Eliza an. Doch mit keinem Wort wollte sie ihn dazu bringen aufzuhören. Er verwöhnte sie wortlos weiter. Ihr Atem ging inzwischen schwer, und als er den Mund auf ihre Kehle drückte, spürte er, wie ihr Puls raste unter der Haut.

»Sag es mir, Eliza«, murmelte Wycliff leise. Es sollte ein Befehl sein, doch zugleich tastete er wieder nach jener geheimen Stelle zwischen ihren Schenkeln. Sie stöhnte und hielt sich verzweifelt an seinen Armen fest.

Er war überzeugt, dass sie seine Erregung spürte. Doch Eliza würde ihn nicht an sich heranlassen, dessen war er sich fast sicher. Er spielte ein gefährliches Spiel mit ihr.

»Ich ... ich ...«

»Sag es mir«, drängte er. Seine Fingerspitzen fuhren schneller über die Innenseite ihrer Schenkel, und Eliza erschauderte. Wycliff verwehrte sich, mehr zu tun, obwohl sein Schwanz inzwischen schmerzhaft pochte und er nichts mehr wollte, als sie über den Schreibtisch zu legen und sich tief in ihr zu vergraben. Zugleich wollte er aber ihre Geheimnisse ergründen. Warum hatte sie ihn verraten? Wer war sie? Und was zum Teufel ging hier vor? Nur darum ignorierte der Duke sein Verlangen und konzentrierte sich ganz auf ihres.

Elizas Kuss wurde hitziger und wilder, und das gefiel ihm. Er wusste, dass sie ihn wollte. Noch einmal rieb sie sich an seiner Hand, und er wusste: Gleich war es so weit. Sie war nass und voller Lust. Er massierte sie härter und ließ einen Finger in sie gleiten. Und als er die Hitze in ihr spürte, verlor Sebastian jede Kontrolle über seinen Willen. Er konnte jetzt unmöglich aufhören. Zum Teufel mit den Geheimnissen.

Er spürte, wie Elizas Körper weicher wurde, langsam nachgab und sich an ihn lehnte. Gleich war er am Ziel ... Wycliff ließ nicht nach, und aus ihrem leisem Seufzen wurde ein lauter Schrei der Lust. Fasziniert spürte er, wie sie sich um ihn zusammenzog. Er hatte sie zur Schwelle gebracht und dann über die Klippe stürzen lassen.

Wycliff zog sich zurück und schaute diese sinnliche Frau in seinen Armen an. Ein rosiger Hauch überzog ihre Wangen, und sie hatte die Lippen leicht geöffnet. Sie war so wunderschön, wenn sie sich der Leidenschaft hingab.

»Sag es mir, Eliza«, drängte er.

»Oh …«, keuchte sie. Dann fuhr sie mit der Hand durch seine Haare und zog ihn erneut an sich.

»Eliza …« Er murmelte ihren Namen, küsste sie auf den Mund; heftig und mit atemberaubender Leidenschaft. Wycliff suchte nach Antworten, doch zugleich genoss er seine ungewöhnliche Methode, ihr die Antworten abzuringen. Er schmeckte ihre Geheimnisse, spürte die Zurückhaltung und wusste, dass sie nach mehr hungerte und nicht weit davon entfernt war, sich ihm mit Haut und Haaren zu ergeben. Das alles sagte ihm dieser Kuss.

Und dann riss sie sich los und sagte das, was der Duke am wenigsten erwartet hätte.

»Ich bin verheiratet.«

Kapitel 35

In dem es Antworten gibt

»Verheiratet?«, echote Wycliff. Eliza sah, wie alle Farbe aus seinem Gesicht wich. Das war in Ordnung, denn ihr Gesicht war doppelt rot und erhitzt. Diese Lust …

… hatte sie so noch nie erfahren dürfen. Nicht einmal mit ihrem – Ehemann. Sie erschauderte bei dem Wort. Ja, sie hatte geheiratet, doch das war sehr, sehr lange her und lag weit hinter ihr.

Aber sie hatte es laut ausgesprochen. Jene Worte, die sie all die Jahre für sich behalten hatte, waren endlich über ihre Lippen gekommen. Ihr Geheimnis, das nicht einmal ihre Freundinnen, die anderen Schreibenden Fräulein kannten. Und jetzt hatte sie sich ausgerechnet dem Duke of Wycliff offenbart.

Verheiratet.

Die Worte waren ihr jedoch nicht einfach so und unbeabsichtigt entschlüpft. Sie hatte sie bewusst ausgesprochen, damit Wycliff wusste, warum ihre Leidenschaft nicht weitergehen durfte. Herr im Himmel, hätte sie sich ihm nicht erklärt, läge sie jetzt auf dem Rücken in seinem Bett und wäre eine zutiefst befriedigte Frau. Oder sie stünde über seinen Schreibtisch gebeugt und ließe sich … Wie auch immer, sie hätte sich lange und laut stöhnend mit dem Duke geliebt, und es hätte beiden gefallen. Denn so, wie die Dinge standen, hatten ja allein seine Berührungen sie hinweggefegt. Herrje, ihr Herz hämmerte jetzt noch, und ihre Beine fühlten sich angenehm weich an. Jetzt wollte sie sich einfach nur an ihn kuscheln und wegdämmern, umschlossen von seinen starken, tätowierten Armen.

Da das aber nicht möglich war – und hier seufzte Eliza sehr elend – gestand sie ihm ihre Ehe. Nun war es geschehen. Und es fühlte sich lange nicht so schlimm an wie das Geständnis, das noch vor ihr lag. Eliza hätte ihm lieber alles von ihrer Ehe erzählt als einzugestehen, dass sie die Verfasserin seines ganzen Elends war.

Was er vermutlich längst wusste.

»Verheiratet«, wiederholte der Duke ungläubig.

»In gewisser Weise. Es ist kompliziert. Vielleicht auch nicht, allerdings …«

»Du bist verheiratet«, sagte er tonlos. Offensichtlich brauchte er sofort einen Drink. Steifen Schritts marschierte Wycliff zum anderen Ende des Raums, schenkte sich einen doppelten Brandy ein und nahm einen tiefen Schluck. Dann stand er einen Augenblick lang nachdenklich da. Bewegungslos, den Blick ganz weit weg.

»Ja«, sagte sie. Vor Gott hatte sie ein Gelöbnis abgelegt, zu lieben, zu ehren und zu gehorchen. Und nichts davon hatte sie eingelöst – aber das hatte ihr Ehemann genauso wenig. Diese Ehe war eine Jugendsünde, und sie hatte seither eigentlich ganz gut damit gelebt, weil sie einfach so tat, als sei es gar nicht passiert.

Es war so lange gut gegangen, bis Wycliff kam. Bis sie einem Mann begegnet war, von dem sie wusste, dass sie ihn lieben könnte. So lange, bis sie sich in diesen Mann verliebte.

Auch wenn sie das Ehegelöbnis im Laufe der Jahre geleugnet hatte – wie auch Liam es getan hatte, wie sie vielleicht hinzufügen sollte –, konnte sie dieses Versprechen nicht einfach beiseiteschieben. Dass sie sich nun, nachdem sie Wycliff alles gebeichtet hatte, mehr um die Gefühle des Dukes sorgte als um die von Liam, sprach für sich.

»Verheiratet. Mit wem?«, fragte Wycliff nun und drehte sich zu ihr um.

»Mit Mr. Liam Fielding. Ein gemeiner Kerl, wie's keinen zweiten gibt«, sagte Eliza verachtungsvoll.

Wycliff schenkte einen zweiten Drink ein, der für sie bestimmt war.

»Ich sollte mich jetzt wirklich um die abendlichen Aufgaben kümmern«, sagte sie ausweichend.

»Als dein Herr und Meister erlasse ich dir für heute Abend diese Pflichten«, beschied der Duke.

»Das ist zu freundlich«, antwortete sie und bewegte sich vorsichtig Richtung Tür. In ihr herrschte ein merkwürdiger Aufruhr. Einerseits wollte sie in seinen Armen liegen, aber zugleich war sie verzweifelt bemüht, dieses Zimmer so schnell wie möglich zu verlassen und einer weiteren Unterhaltung aus dem Weg zu gehen.

»Ich bin neugierig«, erwiderte er und schob sich zwischen sie und die Tür.

»Was möchtet Ihr denn gerne wissen?«, fragte sie schwach. Auf einmal fühlte Eliza sich unendlich müde, doch sie wusste: Sie schuldete ihm die Wahrheit. Es fiel ihr nur so unendlich schwer, sie auszusprechen …

»Warum fängst du nicht einfach ganz von vorne an?«, schlug Wycliff vor. Ich vermute, diese Geschichte hat in Brighton ihren Anfang genommen.«

»Ihr seid ein aufmerksamer Zuhörer. Für einen Mann ist das eine außergewöhnliche Eigenschaft«, bemerkte sie und atmete einmal tief ein und aus, bevor sie zu erzählen begann. »Ja, diese Geschichte nahm ihren Anfang in Brighton, vor inzwischen sieben Jahren. Ich war mit meinen Eltern in der Stadt; sie inszenierten dort ein Stück. Liam gehörte zur Truppe – er hatte eine Rolle in dem Stück. Es war eine jener stürmischen Romanzen und geschah aus jugendlichem Leichtsinn. Ich wurde verführt. Wir wurden verheiratet. Ich habe es schnell bereut, und unsere Wege trennten sich.« Sie zuckte leicht mit den Schultern, als wollte sie sagen: *Das ist alles, mehr gibt es hier nicht zu sagen.*

Doch der Duke gab sich damit noch nicht zufrieden. »Dahinter muss doch mehr als das stecken.«

»Ich dachte, ich könne mit ihm auf Reisen gehen – er gehörte einer umherziehenden Schauspieltruppe an – und die Welt sehen. Oder wenigstens England. Stattdessen erwartete er von mir, dass ich in London bliebe, um auf ihn zu warten. Er hatte vor, mich gelegentlich zu besuchen, wenn es eben gerade passte, und ansonsten einfach sein bisheriges Leben weiterzuführen. Unsere unterschiedlichen Erwartungen an die Ehe wurden schnell offensichtlich, und bald stritten wir uns mehr als dass wir uns wie ein frisch verheiratetes, verliebtes Paar benahmen. Er hat mich nicht geschlagen, aber damals wusste ich, dass es nur eine Frage der Zeit sein würde, bis ihm zum ersten Mal die Hand ausrutschte. Eines Tages ging er aus, angeblich um etwas trinken zu gehen, und nahm mein ganzes Geld mit. Seit damals habe ich kein Wort mehr von ihm gehört.«

In Elizas Worten schwangen unausgesprochen zwei Informationen mit, spürte Wycliff: Ja, sie wollte die große, weite Welt sehen. Und sie hatte aus den falschen Gründen geheiratet. Liam war für sie eine Fluchtmöglichkeit gewesen, eine hitzige, flüchtige und jugendliche Leidenschaft. Es war weder Kameradschaft noch wahre Liebe gewesen.

»Gibt es Kinder?«, fragte Wycliff und hob die Brauen, als wolle er der Frage damit die Schärfe nehmen.

Eliza spürte, wie wichtig die Antwort für ihn war.

»Bisher keine«, versicherte sie ihm.

»Und du bist sicher, dass er es war, der dich angegriffen hat?«

»Ja«, sagte Eliza und hielt seinem Blick stand. Das Feuer knackte heimelig, und ein sanfter Regen trommelte gegen die Fenster. Der Duke trank seinen Brandy, und herrje, wie gerne sie seinem Beispiel jetzt folgen würde … Aber sie musste bei Verstand bleiben.

»Warum?«

Weil ich seit einer dummen Wette zehntausend Pfund wert bin.

»Ich habe keine Ahnung. Wir haben nicht darüber gesprochen«, sagte Eliza stattdessen.

»Und wie sieht dein Plan aus? Wie willst du aus dieser verzwickten Lage herauskommen?« Wycliff trat an den Schreibtisch und begann, die Kerzen zu entzünden. Inzwischen war es dunkel geworden.

Eliza lachte. »Ich dachte, ich könnte mich verstecken, die Sache ignorieren und hoffen, dass es einfach vorbeigeht.«

»Eine brillante Strategie«, bemerkte er trocken.

Bei dieser sarkastischen Bemerkung flackerte etwas in ihr auf. Verärgerung, nahm Eliza an. Wut auf sich selbst. Wycliff plante immer minutiös. Aber er war auch keine alleinstehende Frau, die durch halb London verfolgt wurde. Andererseits hatte er schon Schlimmeres erlebt und sich viel besser verteidigt, als sie es vermochte.

»Aber was soll ich machen? In ganz London nach Liam suchen? Und was dann?«

»Warum nicht?«

»Schön und gut, aber was ist, wenn ich ihn gar nicht finden will?« Da war sie, die Wahrheit. Sie wünschte sich einfach, frei zu sein, obwohl sie Liam bestimmt nicht den Tod wünschte. Bis zu den jüngsten Ereignissen war für sie alles in bester Ordnung gewesen, weil sie sich erfolgreich hatte einreden können, dass eigentlich gar nichts passiert war. Doch nachdem Liam sich ihr an die Fersen geheftet hatte, konnte sie die Tatsachen nicht mehr verdrängen.

Bei jedem Kuss des Dukes musste sie daran denken, dass es falsch war, was sie da tat, auch wenn es sich genau richtig anfühlte. Obwohl sie sich ihm vollständig hingeben wollte, gehörte sie einem abscheulichen Mann, der sie nicht einmal wollte.

Kapitel 36

Die nächste Ausgabe vom »Tätowierten Duke«

Verheiratet. Das war wahrlich nicht das Geheimnis, das Wycliff von ihr erwartet hatte. Er hatte angenommen, dass sie ihm enthüllen würde, was er längst wusste: dass sie die Autorin von »Der tätowierte Duke« war.

Aber verheiratet? Das hatte er nun wahrlich nicht erwartet.

Harlan hatte den Mann befragt, der bisher allerdings nichts von Interesse preisgegeben hatte. Er hatte einen falschen Namen angegeben – so viel zumindest wusste Wycliff jetzt. Und weil einfach nichts aus dem Gefangenen herauszubekommen war, hatte Harlan ihn nach wenigen Stunden wieder laufen lassen.

Wycliff glaubte Eliza, wenn sie behauptete, der Kerl sei damals einfach verschwunden und sie habe seitdem keine Ahnung über seinen Verbleib gehabt. Warum sollte es sie auch interessieren, wo ihr untreuer, diebischer Ehemann sich herumtrieb? Er hatte ihr das Leben schwer gemacht und machte auf Wycliff nicht eben den Eindruck eines angenehmen Zeitgenossen.

Einst hatte er beobachten dürfen, wie ein Naturvolk in Afrika das noch schlagende Herz aus der Brust einer noch lebenden Gazelle riss. Er hatte tiefes Mitgefühl – nein, sogar Mitleid – mit diesem kleinen Tier gehabt und sich spontan entschlossen, ihm zu helfen. Mit voller Wucht hatte er seinen Speer in das sterbende Tier gerammt und es so zur Strecke gebracht. Kurz und vergleichsweise schmerzlos. So ähnlich ging es Wycliff auch mit seiner Entdeckung, dass Eliza im Geheimen eine Autorin war. Wie wütend und verletzt er war! Wie enttäuscht und rachsüchtig! Und dann musste er erfahren, dass diese betörende, geheimnisvolle und gefährliche Frau, in die er sich mit Haut und Haaren verliebt hatte, verheiratet war … musste erfahren, dass er sie nie zu seiner Ehefrau machen konnte … was er andererseits aber ja sowieso nicht gewollt hätte, nachdem sie ihn so schändlich betrogen hatte …

Das Herz will und will und will. Selbst wenn es dabei aus der Brust gerissen wird und immer noch wild in der Hand eines Kriegers schlägt.

Er hatte nicht geschlafen. Offensichtlich – so schlecht hatte der Duke schon lange nicht mehr ausgesehen.

Im Haushalt war kein Brandy mehr aufzutreiben.

Und heute war Samstag. Was bedeutete, dass die nächste Ausgabe dieser verfluchten Zeitung, der *London Weekly,* auf ihn wartete.

Nur Harlan leistete ihm heute beim Frühstück Gesellschaft. Burke war klug genug, sich fernzuhalten, und Basil litt vermutlich noch unter den Nachwirkungen des exzessiven Alkoholgenusses bei einer Soiree, an der er teilgenommen hatte.

Eliza bediente die Männer still und goss schweigend Tee und Kaffee nach, sobald es nötig war.

Sie wärmte vielleicht nicht sein Bett, weil sie einem anderen ewige Treue geschworen hatte. Aber sie könnte unwissentlich Informationen enthüllen, von denen er wünschte, ganz London möge davon hören. Und dank

Alvanleys Aufruf könnte sie für ihn sogar ein Vermögen wert sein. Darum sollte sie ruhig noch ein paar Tage länger sein Dienstmädchen bleiben, hatte Wycliff entschieden.

Selbst wenn es ihn quälte, sie so verlockend nahe bei sich zu haben.

Sebastian ertappte Harlan dabei, wie er ihn beobachtete. Dann glitt Harlans Blick zu Eliza, als suche er bei ihr nach Beweisen für die Verbindung, die Wycliff zu ihr geknüpft hatte.

Sebastian hob die frisch geplättete Ausgabe der *London Weekly* hoch. Allein um die anderen zu ärgern, nahm er sich alle Zeit der Welt, um den Artikel auf der ersten Seite zu lesen – einen endlosen, drögen Sermon über das Parlament. Als Nächstes entdeckte Wycliff sein großes Interesse an dem neuesten Geheimdienstbericht. Oh, und dann … ja, da war die Kolumne. »Der tätowierte Duke«.

Es war gar nicht so anstrengend, aber dennoch seufzte Sebastian schwer, bevor er zu lesen begann. Er wusste ohnehin bereits, was drinstehen würde, denn er hatte bereits die handschriftliche Version gelesen, die Eliza sich ins Mieder gestopft hatte.

Doch dann gingen ihm die Augen über.

Denn dort stand etwas, das er so nicht erwartet hatte.

Überhaupt nicht.

Denn diese Kolumne war ganz anders.

Glückliche Dukes sind alle gleich; jeder unglückliche Duke aber ist auf seine ganz eigene Art unglücklich. Wir wissen ja bereits, dass die Dukes of Wycliff – jeder für sich – ein skandalumwittertes Leben geführt haben, und wir wissen auch, dass es bisher keinem seiner Vorfahren gelungen ist, einen so einzigartigen Skandal hervorzurufen wie der aktuelle Duke.

Abenteuer scheinen den abenteuerlustigen jungen Adeligen zu verfolgen, wohin er sich auch wendet, sei es in der Türkei oder auf der Fleet Street. Erst letzten Mittwoch wurde er dabei gesehen, wie er den leblosen Körper einer Frau, die vollkommen hilflos und ohne Bewusstsein war, aus der St. Bride's Lane trug. Wer war sie? War sie geschändet worden? Oder gar ermordet? Und was ist aus ihr geworden?

Der Spießgeselle des Dukes hat bei dieser Gelegenheit enthüllt, dass die Armschlinge, die er sonst immer trägt, nur eine abstruse Verkleidung sei. Als der Moment gekommen war, um einen angeschlagenen Mann aus derselben Gasse zu zerren, waren mysteriöserweise nämlich wieder beide Arme des Partners in bester Ordnung. Der zerschundene Mann in der Gewalt des Hünen war gefesselt und geknebelt worden. Quellen lassen verlauten, dass er seither im Kerker von Wycliff House eingesperrt sei. Man habe ihn in Ketten gelegt, heißt es, und er werde täglich mit merkwürdigen Gerätschaften gefoltert, die der Duke auf seinen Reisen gesammelt habe.

Die Aktivitäten des tätowierten Dukes haben eine gewaltige Wendung genommen, hin zu wesentlich dunkleren Machenschaften als der Verführung hübscher Weibspersonen. Vielleicht wird das ja bei den gesetzlosen Stämmen, denen er auf seinen Reisen begegnet ist, so gehandhabt. Aber der Duke sollte sich lieber daran erinnern, dass wir hier in England sind, wo die Tugend der Frauen beschützt wird, wo die Gerichte sogar die Verbrecher schützen und die Dukes sich in Ballsälen und Clubs vergnügen und nicht in der Unterwelt von London.

Als Wycliff sich erlaubte, den Blick von der Seite zu heben und quer durchs Zimmer Eliza anschaute, kostete es ihn alle Selbstbeherrschung, nicht aufzubrüllen oder die Kaffeetasse nach ihr zu schleudern. Dieses Mal war sie verdammt noch mal zu weit gegangen!

Nach der Version, die sie zuvor verfasst hatte und die er bei ihr gefunden hatte, war der abgedruckte Artikel eine erstaunliche Kehrtwendung und Zeugnis einer verabscheuungswürdigen Geisteshaltung. Sie musste diese Worte nach seiner Rettung geschrieben haben. Nachdem er sie aus der Gosse gezogen und sich um sie gekümmert hatte. Nachdem er all die Stunden an ihrem Bett gewacht und hilflos ihre Hand umklammert gehalten hatte, damit sie sich zumindest auf gewisse Weise nicht ganz so allein fühlte.

Später würde er darüber nachdenken, welche Wirkung dieser Artikel auf sein Herz hatte. Doch im Moment spürte er nur, wie seine Brust sich verhärtete. Mit großer Sorgfalt begann er, das Papier methodisch in schmale Streifen zu reißen.

»Hu, dabei konnte ich das noch gar nicht lesen«, protestierte Harlan. »Sieht ganz so aus, als wäre es heute Morgen besonders interessant.«

Wycliff starrte seinen Freund finster an, während er die Streifen weiter fein säuberlich in kleine Quadrate zerriss. Dann warf er die winzigen Papierfetzen wie vergiftete Blütenblätter in die Luft.

»Kümmer dich darum«, befahl er Eliza und verließ das Frühstückszimmer. Sie war blass geworden. Aber das kümmerte ihn nicht mehr.

Kapitel 37

In dem es zum Verrat kommt

Später an diesem Nachmittag täuschte Eliza Übelkeit vor und zog sich in ihr Mansardenzimmer zurück, wo sie die zerrissenen Teile der *London Weekly* gewissenhaft wieder zusammensetzte, bis die schreckliche Wahrheit vor ihren Augen stand. Ihr blieb beinahe das Herz stehen, als Eliza die giftigen Worte las. Diese Version vom »tätowierten Duke« hatte sie so nicht geschrieben.

»*Knightly.*« Sie stieß seinen Namen wie einen Fluch hervor.

Dank ihres Zusammenstoßes mit Liam war es ihr nicht möglich gewesen, die nette und noble Beschreibung des Dukes neu zu schreiben. Da sie um Knightlys ruheloses Streben nach mehr Auflage, mehr Profit und mehr Bekanntheit wusste, musste Eliza annehmen, dass er kurzerhand selbst die Feder zur Hand genommen und einen neuen Artikel verfasst hatte. Einen, in dem er einfach all das geschrieben hatte, was er sich für seine Zeitung wünschte – ohne einen Gedanken daran zu verschwenden, was diese Verleumdungen für sie oder den Duke bedeuteten. Oder für die zarte Liebe, die vor dieser verheerenden Kolumne zart zwischen ihnen erblüht war.

Eliza dachte an seinen Blick, den der Duke ihr heute Früh zugeworfen hatte, nachdem er die Kolumne gelesen hatte. Sie hatte diesen Blick wie ein heißes Messer in ihrer Brust gespürt.

»Knightly.« Erneut spie sie den Namen des Verlegers hervor. Wie konnte er nur? Dabei hatte sie doch alles Erdenkliche getan, um ihm zu gefallen! Sie hatte Tag und Nacht für diese Story geschuftet, hatte sogar ihr Herz dafür verschenkt! Und selbst das genügte ihm nicht. Er musste partout hingehen und die Kolumne selbst schreiben. Ohne Rücksicht auf Verluste.

Er dachte also, er brauche sie nicht, ja?

Ein sanfter Windstoß blies durch das offene Mansardenfenster und wirbelte die Fetzen der *London Weekly* durcheinander. Ein kleiner Papierfetzen schwebte dabei in ihren Schoß.

Der Earl of Alvanley hat bisher noch keinen Abnehmer für die stolze Summe von zehntausend Pfund gefunden, die er jenem versprochen hat, der ihm die wahre Identität von S. F. Meadows enthüllt.

Kapitel 38

Die Konfrontation

Eliza fand Knightly dort, wo sie ihn vermutete: an seinem Schreibtisch in seinem Büro in der Fleet Street. Ging dieser Mann eigentlich irgendwann auch einmal nach Hause?

Sein Kopf ruckte überrascht hoch, als Eliza schwungvoll sein Büro betrat. Sie stürmte an seinen Schreibtisch und schüttete wortlos erst eine Handvoll und dann eine zweite mit den Fetzen der *London Weekly* über seinen Schreibtisch. Die kleinen grauen Schnipsel flatterten wie Papierschneeflocken auf die Tischplatte.

»Eliza.« Er sagte einfach nur ihren Namen statt einer Begrüßung und musterte sie fragend. Sie sah aus wie ein Racheengel in ihrer Wut. Es sah nicht gerade danach aus, als werde dies ein herzliches Treffen.

»Knightly«, antwortete sie kühl.

»Ich nehme an, Sie haben die heutige Kolumne bereits gelesen«, bemerkte der Verleger und legte den Stift weg. Er lehnte sich zurück.

»So ein paar Fetzen, ja«, antwortete sie. Er lächelte nicht.

»Aber es genügte offenbar, um festzustellen, dass nicht Sie sie verfasst haben«, sagte er. Der Mann war kein Idiot. Obwohl er so dumme Sachen machte – wie zum Beispiel diesen Berg Lügen zu drucken und ihren Namen darunterzusetzen.

»Sie haben einen Fehler begangen«, erklärte Eliza.

»Nein, ich habe eine wohlüberlegte Entscheidung getroffen, die in meinem Interesse lag«, erwiderte der Verleger kühl. »Es geht hier um meine beliebteste Kolumne, und da kann ich nicht einfach eine leere Spalte abdrucken, nur weil Sie sich nicht in der Lage sehen, eine anständige Story abzuliefern.«

Eliza erhaschte zum ersten Mal einen Blick hinter die Fassade des jovialen Chefs – auf den kaltherzigen, rücksichtslosen Geschäftsmann, als der Knightly auch bekannt war. Gewöhnlich sahen die Redakteure nur einen weltgewandten Herrn, der die Sitzungen mit einem Schmunzeln und einer niedlichen Witzelei begann. Dieser zweite Knightly hier gefiel ihr nicht, und intuitiv wusste Eliza, dass er sich hart und unnachgiebig zeigen würde. Andererseits konnte sie das auch.

»Ich habe eine Kolumne eingereicht«, sagte Eliza.

»Die völlig ungeeignet war«, konterte Knightly. »In der Kolumne wurde nur das Loblied des Dukes gesungen. Sie haben über seine noblen Taten schwadroniert, und sowas bringt bekanntlich keine Auflage. Skandale …«

»Ach, bleiben Sie mir weg mit Ihrem blöden Gefasel!«, schrie Eliza, die ihren Zorn nicht mehr länger zügeln konnte. »Diese Kolumne, die Sie geschrieben haben, geht zu weit. Und der Duke glaubt jetzt, ich habe sie geschrieben, weil er weiß, dass die anderen von mir stammen.«

»Ach ja?« Kühl hob Knightly eine Braue und deutete damit beiläufig an, wie wenig ihn das kümmerte.

»Ach ja? Ach ja?!«, echote Eliza mit erhobener Stimme. »Wie soll ich denn meine Stellung in seinem Haushalt behalten, wenn er weiß, dass ich diejenige bin, die diese vernichtenden Sachen über ihn schreibt?«

»Das war für Sie bisher auch kein Problem.«

»Da wusste er ja auch noch nicht, dass ich die Kolumne schreibe.«

»Sind Sie sich absolut sicher, dass er es weiß?«, forderte Knightly sie nun heraus.

»Ob er mich beschuldigt hat, wollen Sie wissen? Wenn Sie es genau wissen wollen: Nein. Ob er mich rundweg gefragt hat? Auch nicht. Trotzdem bin ich absolut davon überzeugt, dass er über meinen Verrat Bescheid weiß.« Den letzten Satz schrie Eliza in ihrer Aufregung fast. Allein die Erinnerung an den verletzten, hasserfüllten Blick, den Wycliff ihr heute Früh zugeworfen hatte, bereitete ihr Magenschmerzen. Er *musste* es wissen. Dass er sie auf der Fleet Street mit einer handgeschriebenen Kolumne im Mieder aufgefunden hatte, sprach doch eigentlich Bände. Etwas so Verdächtiges konnte nur einen Schluss zulassen: Wenn er nicht schon vorher einen Verdacht gehabt hätte, musste er seit diesem Zeitpunkt Bescheid wissen. Wycliff war kein Narr, und es war geradezu lachhaft optimistisch von ihr gewesen, es mit ihm aufzunehmen.

All die Fragen, die Wycliff ihr zuletzt gestellt hatte während jener verführerischen, hitzigen Befragung, sollten vermutlich nur zu einem einzigen schrecklichen Resultat führen: dass sie ihm nämlich gestand, S. F. Meadows zu sein. Eliza nickte stumm und verzweifelt vor sich hin. Ja, er musste davon wissen.

»Sehen Sie mal, Eliza. Das ist ja nicht das Ende der Welt«, sagte Knightly. »Sie machen jetzt einfach Folgendes: Sie kündigen und bestechen zukünftig die anderen Hausangestellten. So wie es alle anderen Journalisten auch machen. Was glauben Sie denn, wie ich die Informationen für diese Kolumne gesammelt habe? Da waren zunächst die betrunkenen Flegel bei Garroway's, die über die Szene redeten, die sie am Mittwoch beobachtet haben. Das war schon die halbe Miete. Und der Butler hat seinen Lohn schon seit geraumer Zeit nicht mehr bekommen; kein Wunder, dass er da gerne geredet hat.«

»Das ist nicht der Punkt, Knightly.«

»Wir können die Story trotzdem weitermachen«, sagte der Verleger, als habe er ihr nicht zugehört. »Was um alles in der Welt soll daran ein Problem sein?«

»Es gibt mehr im Leben als diese verfluchte Zeitung, Knightly!«

»Das habe ich auch schon gehört. Insbesondere Frauen scheinen gerne auf diesen Punkt hinzuweisen. Aber was ich mit meiner Zeit anzufangen gedenke, geht Sie überhaupt nichts an.«

»Ich bin daran auch nicht im Geringsten interessiert. Für mich sieht es ohnehin so aus, als würden Sie nichts anderes tun als hinter Ihrem Schreibtisch zu hocken. Mein Punkt ist Folgender, Knightly: Das hier ist *meine* Story. Dafür gebe ich *meinen* Namen. Investiere *meine* Arbeit. Ich habe mein Leben aufs Spiel gesetzt für diese Kolumne, und das scheint Sie keinen Deut zu kümmern.«

»Ihr Leben aufs Spiel gesetzt?« Knightly lachte laut. »Während Sie Bücherregale abstauben und Silber polieren? Das ist nicht Ihr Ernst, oder?«

Eliza wäre ihm am liebsten ins Gesicht gesprungen. »Wissen Sie, warum ich die Kolumne nicht wie gewünscht umgeschrieben habe? Weil ich angegriffen und mit Chloroform betäubt wurde. Weil ich den Großteil der letzten zwei Tage bewusstlos verbracht habe. *Ich* war die leblose Frau, die der Duke aus der Gasse trug!«, rief Eliza.

Knightlys Miene wurde grimmig, aber er blieb ungerührt.

»Der Duke hat mich gefunden, verstehen Sie? Mit einer handschriftlichen Version von ›der tätowierte Duke‹ in meinem Mieder. Und ich habe mich bis jetzt nicht gefragt, was ihn in die Fleet Street geführt hat. Aber ich kann daraus doch wohl nur schließen, dass er mich da bereits im Verdacht hatte. Und nach dem Blick zu urteilen, den er mir heute Früh zugeworfen hat – nun, ich denke, er weiß tatsächlich über alles Bescheid. Meine Tarnung ist aufgeflogen.«

»Ich stimme Ihnen zu, dass es zu einer Verkettung unglücklicher Umstände kam, aber ich verstehe Ihr Problem einfach nicht«, sagte der Verleger kühl. »Ja, vielleicht können Sie nicht mit Ihrer bisherigen Tarnung weitermachen. Na und? Die Story können wir trotzdem auch weiterhin bringen«, sagte Knightly und kratzte sein stoppeliges Kinn.

Eliza schäumte vor Wut. Oh, für ihn ging es immer nur um die Story, die Story, die Story!

»Das Problem, Sie dickköpfiger Kerl, ist, dass ich mich in ihn verliebt habe!«, schrie Eliza. Und stockte.

Sie hatte gar nicht mitbekommen, dass sie die Worte wirklich ausgesprochen hatte, dass sie quasi die ganze Zeit auf ihrer Zungenspitze gelauert hatten. Das Gefühl allerdings war schon seit Tagen und Wochen beständig gewachsen. Ihr Herz hatte gewusst, was ihr Kopf nicht wusste, doch als die Worte jetzt aus ihr hervorsprudelten, schämte sie sich nicht dafür, auch wenn Knightly die simple Wahrheit im selben Moment erfuhr, in dem auch sie sich ihrer erst bewusst wurde.

»Ich liebe ihn, und jetzt denkt er, ich habe ganz London erzählt, dass er junge Mädchen in dunklen Gassen schändet und tötet und geschundene Männer in seinem

Kerker gefangen hält.« Eliza klang nun ernsthaft verzweifelt.

»Ich verstehe, inwiefern das für Sie problematisch wird. Das ist allerdings nicht mein Problem«, erklärte Knightly kühl. Was für ein Herz aus Stein dieser Mann doch hatte! Arme Annabelle, dass sie sich ausgerechnet in ihn hatte verlieben müssen.

Eliza keuchte, weil diese harte, kalte Wahrheit für sie wie ein Schlag ins Gesicht war.

»Warten Sie nur, Knightly«, drohte sie ihm. In ihrer Stimme schwang Verbitterung mit, die sie so noch nie erlebt hatte. »Ich werde dafür sorgen, dass es auch für Sie ein Problem wird.«

Kapitel 39

Die Rache eines Schreibenden Fräuleins

Sonntagnachmittag

Eliza verbrachte ihren freien Nachmittag als Beschäftigte von Ihro Gnaden – denn merkwürdigerweise hatte er sie immer noch nicht gefeuert – mit ihren Freundinnen, den anderen Schreibfräulein, bei Sophie zu Hause. Zuhause war allerdings wohl kaum der treffende Ausdruck für das riesige Anwesen, das als Londoner Residenz der Dukes of Hamilton and Brandon diente. Es gab einhundertundsieben Schlafgemächer. An einem langweiligen, verregneten Nachmittag hatten Sophie und sie die Schlafzimmer gezählt.

An diesem Nachmittag saßen die Schreibenden Fräulein alle gemütlich im privaten Salon der Duchess. Sie hatten sich Tee servieren lassen, lasen Zeitschriften und plauderten.

Annabelle blätterte in *The Lady's Journal*, Sophie bevorzugte *La Belle Assemblée*, und Julianna verwöhnte sie alle mit den neuesten Intrigen der Gesellschaft à la die-und-die habe einen Antrag angenommen, Miss-dies-und-das habe einen anderen abgelehnt.

»Und dann ist da natürlich noch das Neueste über Wycliff. Ist es wahr, dass er in seinem Keller einen Mann gefangen hält?«, fragte Julianna.

Eliza hatte die meiste Zeit still vor sich hin gebrütet und wurde von diesem plötzlichen Richtungswechsel der Unterhaltung auf kaltem Fuß erwischt.

»Ehrlich gesagt weiß ich nicht, ob im Keller ein Mann ist«, sagte sie. »Oder ob es in Wycliff House überhaupt einen Keller gibt. Das ist die Domäne der Diener, und ich habe schlichtweg noch nie nachgeschaut.«

An dieses Detail der Kolumne hatte sie bisher keinen Gedanken verschwendet – dass nämlich der Gefangene wahrscheinlich Liam war. Und wenn Harlan die Befragung geführt hatte, hatte er sicher wie ein Vögelchen gesungen. Verflucht sollte er sein, dieser Mann!

»Wie kannst du das nicht wissen, wenn es doch in deiner eigenen Kolumne steht?«, fragte Annabelle. Sie wirkte völlig verwirrt. »Du hast sie doch selbst geschrieben, oder?«

»Nein, das ist es ja eben: Ich habe sie *nicht* geschrieben«, erklärte Eliza einfach. »Knightly war's.«

Die Mädchen schnappten nach Luft.

»Aber wie?«

»Und wann?«

»Und warum?«

Die Fragen waren ein einziges Durcheinander, weshalb Eliza nicht sicher wusste, von welcher ihrer Freundinnen welche Frage kam oder auf welche sie zuerst antworten sollte. Stattdessen trank sie einen Schluck Tee und versuchte, Zeit zu schinden. Denn sie wusste, sobald sie den Mund aufmachte, würde sie die ganze Geschichte vor ihren Freundinnen ausbreiten müssen: die Wahrheit über Liam, das Chloroform und ihren Streit mit Knightly. Und wie sie sich in den Duke verliebt hatte.

Genau das passierte dann auch.

»Verheiratet?«, echote Sophie und sah Eliza mit großen, erstaunten Augen an.

»Verliebt?«, fragte Annabelle.

»Du hast bei der *Weekly* gekündigt?«, schnaufte Julianna.

Eliza beschloss, die einfachste Frage als Erste zu beantworten. »Nein, ich habe nicht bei der *Weekly* gekündigt. Ich habe Knightly einfach erklärt, dass *mein* Problem bald *seines* sein wird.«

»Aber er hat doch nicht gewusst, dass du in den Duke verliebt bist. Sonst hätte er das niemals gemacht«, sagte Annabelle, um den Mann zu verteidigen, den sie liebte. In ihren blauen Augen – die zugleich etwas blauäugig waren – konnte Knightly einfach nichts Falsches tun. Obwohl er nach Elizas Auffassung – und Julianna teilte ihre Meinung – genau das konnte. Und auch immer wieder tat.

»Es tut mir leid, Annabelle, aber ich fürchte, es gibt wenig, das ihn außer seiner Zeitung wirklich interessiert«, sagte Eliza und versuchte, ihre Worte möglichst behutsam zu wählen, oder halbwegs verständnisvoll zu klingen. »Ich bin mir sicher, dass er so ziemlich dasselbe getan hätte, wenn er von meinen Gefühlen gewusst hätte.«

»In dem Fall hätte er noch eine Prise romantische Verwicklung hinzugegeben«, fügte Sophie hinzu. »So als kleinen Seitenhieb auf deine Gefühle. Also, wenn er es gewusst hätte, meine ich.«

»Stimmt. Und das hätte mir dann auch nicht weitergeholfen«, sagte Eliza. »Wenn es um seine Zeitung geht, ist er einfach wie eine Mama, die sich bei ihrer Tochter ständig einmischt.«

Die anderen kicherten, obwohl das Thema alles andere als lustig war.

»Aber er wusste doch gar nicht, was du für den Duke empfindest. Das wusste schließlich keiner von uns«, sagte Annabelle. »Was hast du denn auf einmal? Du bist so still.«

Das stimmte; Eliza nickte stumm. Sie trug ihr Herz eben nicht auf der Zunge wie Annabelle und die anderen. Aber das bedeutete doch noch lange nicht, dass ihr Herz nicht ebenso kräftig schlagen konnte oder dass sie weniger liebte als ihre Freundinnen. Im Gegenteil: Sie hatte sich nachts auf ihrer schmalen Pritsche in der kleinen Mansarde im Dienstbotenquartier herumgeworfen und an den Duke gedacht wie jede verliebte Frau es tun würde. In dem stickigen Zimmerchen war der Schlaf ein flüchtiger Geselle, und wenn sie sich in ihrer Bettdecke verfing, musste Eliza sofort an die belastenden Schriften denken, die sie unter dem Bett versteckte.

»Oh, bitte, jetzt tut doch nicht so, als wärt ihr über die Maßen erstaunt! Natürlich musste sie sich in ihn verlieben«, sagte Julianna. »Das liegt doch auf der Hand! Wycliff ist ein atemberaubend attraktiver Mann, und es war Elizas Aufgabe, sein Vertrauen zu gewinnen und mit ihm eine innige Beziehung aufzubauen. Dass daraus Liebe erwächst, war doch unvermeidlich.«

»Die Frage ist nur, ob er dasselbe für dich empfindet?«, erkundigte sich Sophie und sah Eliza sorgenvoll an.

»Das kann ich mir eigentlich nicht vorstellen«, antwortete diese verzagt. Dann wechselte sie rasch das Thema und fügte hinzu: »Er muss wissen, dass ich die Kolumne schreibe. Und wenn er das weiß, ist ihm auch klar, dass das, was ich geschrieben habe, seine Chancen auf eine

Expedition nach Timbuktu und die Möglichkeiten, seinen Besitz vor dem Bankrott zu retten, ruiniert hat. Ich habe seinen Lebenstraum zerstört. Und das ist unverzeihlich.«

»Ich habe Roxbury auch ein paar unaussprechliche und unverzeihliche Dinge angetan«, sagte Julianna. »Und jetzt sind wir geradezu ekelhaft verliebt ineinander. Du wärst überrascht, was Liebe alles überwinden kann.«

Diese Worte trösteten Eliza tatsächlich ein bisschen, da es die Wahrheit war, einfach und ungeschönt. Wenn Roxbury Julianna verzeihen konnte, dann hatten Wycliff und sie vielleicht eine Chance …

»Das trifft aber nur zu, wenn er mich genug liebt«, sagte Eliza bang. »Und woher soll ich das wissen?«

»Ich kann immer noch nicht glauben, dass Knightly deine Kolumne geschrieben hat …«, sagte Annabelle, die offensichtlich in Gedanken ganz woanders war.

»Ich schon. Sowas hat er früher schon gebracht«, sagte Julianna mit finsterer Miene. Knightly und sie hatten auch eine ziemlich bewegte Vergangenheit, da sie nicht immer einer Meinung waren und keiner von beiden sich vor einer Konfrontation scheute.

»Das hat er nur gemacht, weil es das Beste für die Zeitung ist«, merkte Annabelle an und lächelte unsicher in die Runde.

»Annabelle«, sagte Eliza ernst. »Stell dir doch nur vor, du berätst ein junges, verliebtes Paar, und die beiden sollen deiner Meinung nach ein inniges Gespräch führen, um ihre Differenzen zu überwinden. Knightly bekommt das alles mit, horcht auf und wittert eine gute Story hinter dem kleinen Drama. Und dann schreibt er deine Kolumne einfach ungefragt um. Nur um eine bessere Auflage zu erzielen! Als die beiden dann zu ihm kommen und sich beschweren, entschuldigt er sich nicht etwa bei ihnen, sondern rät ihnen im Gegenteil, dass sie eben andere Leute heiraten sollen, wenn sie ein Problem mit seinen Lügengeschichten haben. Und zwar mit aller gebotenen Eile.«

»Das wäre moralisch falsch«, räumte Annabelle ein. Auch ihre Miene hatte sich jetzt verfinstert.

»Er kann jedenfalls nicht so weitermachen«, sagte Eliza leidenschaftlich. »Nicht, wenn das Leben mehrerer Menschen von dem abhängt, was wir schreiben. Es geht bei unserem Beruf nicht bloß darum, mit Zeitungspapier herumzupfuschen. Wir entscheiden mit Feder und Papier über das Schicksal von Menschen!«

»Das klingt aus deinem Mund ziemlich dramatisch«, sagte Julianna und nippte an ihrem Tee.

»Können wir bitte stattdessen über die Tatsache diskutieren, dass du verheiratet bist?«, mischte Sophie sich jetzt ein. »Ich meine: heimlich verheiratet!«

»Das passiert in den Romanen von Minerva Press doch ständig«, sagte Annabelle und lächelte selig. Sie ließ sich wirklich so leicht wie niemand sonst ablenken. »Und jetzt passiert es sogar im richtigen Leben …«

»Mein Leben dient also nur eurer Unterhaltung«, meinte Eliza ironisch. »Na gut, hier habt ihr die Geschichte: Liam war quasi mein Matthew Fletcher – aber an mir ging der Kelch leider nicht vorüber, wie es bei dir der Fall war, Sophie –, ich habe den Schurken tatsächlich geheiratet. Das war ein Fehler, wie ich schon kurz darauf feststellen durfte. Doch da war es zu spät.«

»So wie bei Somerset und mir also«, fügte Julianna hinzu. Ihr erster Ehemann war ein unverbesserlicher Schürzenjäger gewesen.

»Ja. Aber was soll man machen? Ich habe danach so getan, als wäre es nie passiert. Und als er mich verließ, war ich froh darüber. Halt, nein: Zuerst war ich außer mir vor Wut, weil er all mein Geld mitgenommen hat. Aber selbst damals dachte ich: ›Gott sei Dank. Den wäre ich also los.‹ Ich wollte nie in einer lieblosen Ehe verrotten.«

»Was für eine glückliche – oder unglückliche – Fügung, dass er dich in der Nähe der *Weekly*-Redaktion gesehen hat, kurz nachdem Alvanley die Summe auf deinen Kopf ausgelobt hat.«

»Aber *verheiratet* …« Sophie war von dieser Nachricht immer noch geschockt.

Annabelle hatte wieder die Stirn gerunzelt, was bedeutete, dass sie über etwas Unangenehmes nachdachte.

»Was ist los?«, fragte Eliza die skeptische Freundin.

»Wenn du verheiratet bist, heißt das, es ist egal, was mit dem Duke passiert …«, sagte Annabelle leise.

»Weil mit dem Duke nichts passieren *darf*«, schloss Sophie.

»Du könntest seine Mätresse werden«, schlug Julianna rundweg vor.

»Darüber habe ich tatsächlich nachgedacht«, gab Eliza zu und wurde ein wenig rot. »Gott weiß, dass ich die Gelegenheit dazu gehabt hätte. Aber ich habe ein Gelöbnis abgelegt. Ich habe mein Wort gegeben, treu zu sein – auch wenn ich es so einem verdammten Kerl wie Liam gegeben habe. Das ist das eine. Das andere ist aber: Ich bin sicher, Wycliff will nichts von mir.«

»Aber meine Liebe, das ist einfach unmöglich«, sagte Annabelle entschieden. Sie seufzte, goss sich eine Tasse Tee ein und ging mit dem Zucker sehr großzügig um, den sie sich in ihre Tasse schaufelte.

»Wenn Annabelle, unsere ewige Optimistin, sagt, etwas sei unmöglich …«, setzte Eliza.

»Das tut mir so leid«, sagte Annabelle.

»Unsinn«, beschied Julianna knapp. »Annabelle hat einfach nicht das Zeug zu schamlosen, bösen Gedanken, wie du und ich sie zu denken vermögen, Eliza. Wir sollten uns was überlegen.«

»Das stimmt«, pflichtete Eliza ihr bei. Sie hatten schon viele großartige Ideen gemeinsam umgesetzt – wie zum Beispiel Julianna als Jungen zu verkleiden und ins White's zu schicken. Oder Roxburys Duell mit Knightly heimlich zu beobachten.

»Hallo?«, meldete Sophie sich jetzt zu Wort. »Habe ich nicht genauso ein großes Talent für Intrigen und böse Ideen? Los, jetzt sagt schon ›ja‹. Ich fühle mich sonst so langweilig.«

»Du wirst schon bald über eine Hochzeit schreiben dürfen, das verspreche ich dir«, sagte Julianna zu Sophie.

»Am besten listen wir als Erstes einmal alle Probleme auf, die sich Eliza stellen. So löst Brandon jedenfalls alles«, schlug Sophie vor. Sie sprach von ihrem überaus tüchtigen und organisierten Ehemann immer voller Hochachtung.

»Willst du damit allen Ernstes andeuten, dass wir meine unüberwindlichen Probleme ganz einfach und so ganz nebenbei lösen, indem wir eine Liste erstellen?«, erkundigte sich Eliza skeptisch und ein wenig aufgebracht.

»Ich weiß, das klingt ein bisschen zu einfach«, sagte Sophie, weil ihr die Skepsis in Elizas Stimme nicht entging. »Aber es funktioniert erstaunlich gut. Glaub mir!«

Sie kramte bereits in einer Schublade nach Schreibzeug.

»Wie ich sehe, ist es Brandon bisher noch nicht gelungen, dich von deiner Angewohnheit zu heilen, überall Dinge zu horten«, meinte Julianna. Sie waren alte Freundinnen, die früher zusammen am Bloomsbury Place in Nummer 24 gewohnt hatten. Ein richtiges Junggesellinnenheim war das gewesen …

»Zu seiner unendlichen Enttäuschung – ja!«, antwortete Sophie fröhlich, ehe sie sich wieder aufs Sofa plumpsen ließ. »Also? Wo waren wir?«

»Wir wollten meine Probleme auflisten«, sagte Eliza. »Ich sehe allerdings jetzt schon, dass du weder genug Papier noch genug Tinte hast.«

»Ich kann nach mehr klingeln, falls wir mehr brauchen«, antwortete Sophie lächelnd. »Also los, Eliza. Dann fang einmal an. Problem Nummer eins?«

»Für den Anfang muss ich einen Weg finden, damit der Duke mir vergibt«, sagte Eliza.

Sophie schrieb gehorsam mit.

»Und du musst irgendwas wegen deines Ehemanns unternehmen«, fügte Julianna hinzu.

Auch das notierte Sophie gewissenhaft.

»Ich möchte an Knightly Vergeltung üben. Zumindest möchte ich ihm einmal richtig Schwierigkeiten machen«, sagte Eliza verbittert. Er war einfach zu weit gegangen. Und dessen sollte er sich bewusst werden!

Aller Augen richteten sich auf Annabelle. Ob sie mit diesem Punkt einverstanden war?

»Mein Herz schlägt für ihn«, verkündete sie theatralisch. »Aber einer wahren Liebe darf er sich auf keinen Fall in den Weg stellen.«

»Hört, hört«, neckte Julianna sie.

»Gibt es noch andere Probleme?«, fragte Sophie in die Runde. Der Stift schwebte über dem Papier.

»Nun ja, ich wäre gerne ein paar Zentimeter größer und hätte gern eine Wespentaille …«

»Jetzt verhältst du dich wirklich lächerlich«, sagte Sophie. »Wir haben also drei große Themenkomplexe: Vergebung, Vergeltung und Sühne. Und diese lästige Sache mit dem Ehemann.«

Die Frauen verstummten.

Die Uhr tickte laut. Das Klappern einer Porzellantasse auf einer Untertasse war plötzlich sehr laut.

Sophie seufzte schwer. Eliza biss sich auf die Unterlippe, wie sie es immer machte, wenn sie angestrengt nachdachte; Julianna zwirbelte eine Strähne ihres kastanienbraunen Haars um die Finger, und Annabelle strich unsichtbare Falten aus ihrem Kleid. Die Stille war laut, und es kam Eliza vor, als würde die Stille die Hoffnungslosigkeit ihrer Situation laut hinausschreien.

Vier intelligente Frauen – und nicht eine von ihnen hatte bislang eine zündende Idee, wie man zumindest eines ihrer Probleme würde lösen können. Ganz abgesehen von allen auf einmal.

Eliza nahm die neueste Ausgabe der *Weekly* zur Hand. Sie hatte die Story noch nicht am Stück gelesen, nur Dutzende kleiner Puzzleteile, die sie sorgfältig zusammengesetzt hatte, bis der Wind sie in ihrer Mansarde aufwirbelte und …

»Ich weiß es!«, rief sie. Und fuhr dann hastig fort: »Ich weiß, wie wir alle Probleme lösen können! Auf einen Schlag!«

»Dann sag schon«, forderte Julianna sie auf und beugte sich eifrig vor.

»Das Angebot des Earl of Alvanley!«, sagte Eliza und sah mit leuchtenden Augen in die Runde. »Sein Angebot, demjenigen zehntausend Pfund zu zahlen, der die Identität von S. F. Meadows enthüllt«, sagte Eliza.

»Ohhhh!«, schnaufte Sophie, als sie begriff.

Ein schadenfrohes Grinsen umspielte Elizas Lippen, als sie verkündete: »Ich werde mich selbst ausliefern.«

Kapitel 40

In dem Lord Alvanley auftritt

Am folgenden Morgen

»Bist du dir auch absolut sicher?« Sophie stellte Eliza die Frage inzwischen wohl zum hundertsten Mal an diesem Morgen. Jetzt saßen sie in der Kutsche und waren auf dem Weg zu Lord Alvanley, damit Eliza sich ihm ausliefern und die Belohnung über zehntausend Pfund für sich beanspruchen konnte. Es war beschlossen worden, dass Sophie sie zu ihrem »Großen Geständnis« begleitete, wie sie es insgeheim nannten, um notfalls als Zeugin fungieren zu können. Eine Duchess, von der bekannt war, dass sie für die *Weekly* arbeitete, würde Eliza das Maß an Glaubwürdigkeit liefern, nach dem der Earl vermutlich verlangen würde.

»Ja, ich bin sicher«, antwortete Eliza. Es war der logische nächste Schritt: Sie brauchte Geld. Und Wycliff auch.

Um ihres Stolzes willen und weil sie sich so maßlos über ihn ärgerte, wollte Eliza auf keinen Fall länger für Knightly schreiben. Darum war dies nur ein logischer Schritt. Oder möglicherweise auch ihre einzige Wahl – doch wen scherte das schon? Was zählte, waren Taten.

Was wohl passierte, wenn London erfuhr, dass ein

Dienstmädchen die Geheimnisse des wilden Wycliff enthüllt und veröffentlicht hatte?

»Wir werden dich vermissen«, sagte Sophie, und Eliza umfasste mitfühlend die Hand der Freundin. In ihrem Hals steckte ein dicker Knoten, der ihr die Stimme abschnürte. Die Wahrheit konnte sie beim besten Willen nicht leugnen: Sie war elend und traurig, weil sie ihre Stellung als Schreibendes Fräulein der *London Weekly* aufgab.

Natürlich würden ihre Freundinnen ihr auch in Zukunft erhalten bleiben. Das Band, das sie verband, würde nicht entzweigehen, nur weil sie nicht mehr denselben Arbeitgeber hatten. Julianna, Sophie und Annabelle würden auch in Zukunft ihre besten Freundinnen bleiben. Eliza liebte sie aus ganzem Herzen.

Und gerade deshalb würde sie die wöchentlichen Treffen auch so sehr vermissen und die vielen Gelegenheiten, bei denen sie sich zum Tee versammelten und plauderten. Vielleicht würde sie auch in Zukunft noch mit von der Partie sein, aber es wäre nicht mehr dasselbe. Ihre Freundinnen würden weitermachen wie bisher, und sie würden auch in Zukunft weiter über Grenvilles jüngste Tirade gegen alles Spaßige lachen. Oder über Knightly.

Und Eliza würde vielleicht sogar mit ihnen lachen, aber ihr Lachen wäre hohl. Oder schlimmer noch, sie würde abwarten müssen, bis die anderen ihr erzählten, was sie erlebt hatten, weil sie nicht dabei gewesen war.

Plötzlich fühlte Eliza sich sehr einsam.

»Bist du ...«, setzte Sophie erneut an.

Aber eine nervöse Eliza schnitt ihr das Wort ab: »Ja, bin ich.«

»Also gut«, sagte Sophie und faltete die Handschuhe in der Mitte zusammen. Es waren wunderschöne Ziegenlederhandschuhe aus zartem butterfarbenem Leder. In wenigen Stunden würde sie sich eigene Handschuhe kaufen können, überlegte Eliza. Und Wycliff nach Afrika schicken.

»Ich bin nervös«, sagte sie, um Sophie zu beruhigen. Und das stimmte. Was sollte sie tun, wenn er ihr nicht glaubte? Was sollte sie tun, wenn der Plan fehlschlug?

»Das brauchst du aber gar nicht«, tröstete Sophie sie.

»Ich sehe einfach keinen anderen Weg.«

»Du kannst warten, bis sich eine andere Gelegenheit bietet …«

»Wenn ich länger warte, heiratet er wahrscheinlich Lady Shackley«, sagte Eliza und sah ihre Freundin mit vor Schreck geweiteten Augen an. »Allerdings bin ich mir nicht einmal sicher, ob dies einen Unterschied für mich machte.« Er würde es trotzdem tun. Wegen des Kindes. Eliza kämpfte mit den Tränen. Aber sie wollte, dass der Duke wählen konnte.

Sie wusste, wie es sich anfühlte, keine Wahl zu haben.

Aber das wusste wohl jede Frau.

»Ich hoffe, der Earl ist zu Hause«, sagte Sophie. »Ich wäre wirklich ärgerlich, falls dem nicht so wäre. Ich konnte letzte Nacht nämlich kein Auge zutun.«

»Das konnte ich auch nicht«, pflichtete Eliza ihr bei. Sie hatte nicht schlafen können, weil sie sich voller Sehnsucht nach dem Duke verzehrt hatte. Sie wollte seinen Kuss, seine Berührung – seine Liebe spüren! Ihre Gedanken waren Achterbahn gefahren. Sollte sie sich einfach in sein Gemach schleichen? Dieser Gedanke kam ihr mehr als einmal in den Sinn. Doch ihr fehlte der Mut, und stattdessen wartete sie, dass er bei ihr anklopfte – was jedoch nicht passierte.

»Wenn Alvanley der Lebemann ist, als den Julianna ihn uns beschrieben hat«, sagte Sophie, »schläft er um diese Zeit wohl noch. Das bedeutet, es besteht durchaus die Chance, dass wir ihn daheim antreffen.«

»Wir sollten ihm aber lieber nicht vor seinem Morgenkaffee über den Weg laufen. Das ist nämlich ein gefährlicher Zeitpunkt, um einen Mann um etwas zu bitten. Ich finde immer noch, wir hätten später vorsprechen sollen.«

»Wenn man's genau nimmt, hätten wir gar nicht bei ihm vorsprechen dürfen«, bemerkte Sophie. »Aber was ist schon ein kleiner Verstoß gegen die Etikette, wenn zehntausend Pfund auf dem Spiel stehen?«

»Mein Gott, ich bin so weit davon entfernt, anständig zu sein, dass der Besuch bei einem stadtbekannten Junggesellen vor der Mittagsstunde noch mein kleinstes Vergehen ist«, sagte Eliza. Und sie lachte sogar dabei.

»Wie auch immer, wir sind jetzt da«, sagte Sophie. Die Kutsche kam vor dem Haus zum Stehen. »Es ist zu spät, um noch einen Rückzieher zu machen.«

Das Zuhause des Earl of Alvanley war groß, aber nicht riesig. Und es war in einem hervorragenden Zustand. Sogar der Türklopfer war so auf Hochglanz poliert, dass Eliza ihr verzerrtes Spiegelbild darin erkannte. Ihre Miene war kühl und gefasst, was angesichts der Knoten, die sich in ihrem Bauch ballten, an ein Wunder grenzte.

Der Butler öffnete die Tür, ehe sie überhaupt klopfen konnten. Kein Wunder, dass der Türklopfer so makellos aussah!

Er riss die Augen fast unmerklich auf, als er zwei Frauen auf der Türschwelle zum Haus eines Junggesellen erblickte. Und das noch vor Mittag.

Dennoch gestattete er ihnen, in die Eingangshalle zu treten. Eliza biss sich auf die Lippe, damit ihr nicht gleich die Kinnlade herunterfiel. Wie alles andere war auch der grüne Marmorboden auf Hochglanz poliert, so dass sich ein riesiger Kristallleuchter in ihm reflektierte. Ihre Knie schmerzten allein bei der Vorstellung, den Marmor so sauber halten zu müssen. Die Wände waren mit einer waldgrünen Tapete bespannt und mit riesigen Landschaftsgemälden in massiven, mit Blattgold überzogenen Rahmen behängt. Alles war makellos und von höchster Qualität. Das erkannte man auf den ersten Blick.

»Wir hätten gerne eine Audienz bei Lord Alvanley«, erklärte Sophie. Sie klang sehr erhaben und herzoginnenhaft.

»Ich werde nachsehen, ob er zu Hause ist«, antwortete der Butler tonlos. Er schien überhaupt nicht beeindruckt zu sein. Vermutlich hielt er die beiden für Schauspielerinnen oder andere Dirnen. »Wessen Besuch darf ich melden?«

»S. F. Meadows«, sagte Sophie mit einem leisen Schmunzeln. Der Butler erblasste, wahrte jedoch weiterhin die Contenance. »Und ich bin die Duchess of Hamilton and Brandon.«

»Ah«, sagte der Butler nur. »Dann möchtet Ihr vielleicht im Salon warten. Ein Dienstmädchen wird Euch Erfrischungen bringen, solange Ihr wartet.«

»Ich danke Ihnen vielmals«, antwortete Sophie und zupfte an den Fingerspitzen ihrer Handschuhe, während sie dem Butler folgte. Eliza folgte den beiden mit ein wenig Abstand.

Sie warteten eine volle Viertelstunde im Salon. Alles in diesem Raum war teuer, das sah Eliza auf den ersten Blick.

All die Stühle und Sofas waren mit dickem grünem Samt und blauem Damast bespannt. Die verstreut stehenden Tischchen waren alle aus hochwertigen Hölzern gefertigt und so sehr poliert, dass sie fast so hell glänzten wie der Türklopfer oder die Marmorfliesen in der Eingangshalle. Ein riesiges Porträt einer unbeschreiblich vollbusigen Frau hing über dem offenen Kamin. Ihr Kleid war nur ein Hauch von Nichts, das so durchsichtig war, dass es als Kleid kaum taugte. Sie hätte es genauso gut weglassen können. Dieses Zimmer war ohne jeden Zweifel die Domäne eines wohlhabenden Junggesellen – ordentlich, makellos und frei von den Spuren einer hindurchfegenden Familie oder den kleinen, warmen Akzenten einer Frau.

Ein Dienstmädchen brachte den Tee. Sophie schenkte gut gelaunt ein – sie schien sich inmitten all der schönen Dinge recht wohl zu fühlen. Eliza hingegen war ganz und gar nicht wohl hier. Sie war fest davon überzeugt, dass sie irgendwas zerbrechen würde, wenn sie es anrührte – höchstwahrscheinlich ein unbezahlbares Familienerbstück. Trotzdem trank sie tapfer aus einer zarten Porzellantasse. Sie warteten.

Und gerade, als Eliza den Mund aufmachen und vorschlagen wollte, dass sie lieber ein anderes Mal wiederkämen – oder am besten nie –, schwangen die getäfelten Eichentüren auf.

Es war der Earl. Er war groß, hatte sandfarbenes Haar und braune Augen, die vom Schlaf noch ganz klein waren. Julianna hatte ihnen erzählt, dass er inzwischen auf die Vierzig zugehe. Wie so mancher Mann in London war der Earl ein eingefleischter Junggeselle. Da er aber bereits vor langer Zeit sein Erbe angetreten hatte und sich in seiner

Position und mit seinem Status wohlfühlte, schien er gänzlich ungerührt von den nervenden Verwandten zu sein, die ihn drängten, endlich zu heiraten und Bälger in die Welt zu setzen. Der Earl unterhielt sich lieber mit Trinken, Rauchen und Wetten. Und offensichtlich damit, seiner Dienerschaft zu befehlen, alles im Haus zu polieren, bis es geradezu lächerlich glänzte.

»Duchess«, brummte er statt einer anständigen Begrüßung. Sophie neigte huldvoll den Kopf.

Nun ruhte sein Blick auf Eliza. Er musterte sie kühl. »Dann müssen Sie S. F. Meadows sein«, sagte er schließlich. »Ich hatte keine Frau erwartet, doch ich bin seltsamerweise nicht überrascht. Jedenfalls wenn Sie die sind, die Sie behaupten zu sein.«

Eliza nickte.

Sophie nahm wieder auf dem Sofa Platz, und sie setzten sich auch. Dankbar nahm der Earl eine Tasse Kaffee an, die eine Dienerin für ihn brachte. Er nahm einen Schluck, schlug ein Bein über das andere und fragte unverblümt: »Wo sollen wir anfangen?«

»Ich nehme an, Ihr werdet mir nicht einfach eine Banknote über zehntausend Pfund übergeben«, bemerkte Eliza trocken.

»Das ist der Grund, warum ich hier bin«, fügte Sophie hinzu. »Um als Zeugin zu dienen.«

Der Earl nippte an seinem Kaffee, ehe er antwortete.

»Mit allem gebührenden Respekt, Duchess, auch wenn ich Euch gerne beim Wort nehmen würde, müsst Ihr verstehen, dass ich eine so große Summe nicht einfach beim morgendlichen Tee wegschenken kann. Gütiger Himmel, es ist Morgen«, sagte Alvanley und warf einen Blick auf die Uhr auf dem Kaminsims. »Es gibt nicht viele Dinge, für die ich vor Mittag aufstehe. Ich hoffe, das, was Ihr mir hier zu bieten habt, ist wirklich gut.«

»Wir konnten nicht zu den üblichen Zeiten bei Euch vorsprechen, weil man uns dann hätte sehen können«, erklärte Sophie.

»In der Tat«, stimmte der Earl zu und nippte höchst zufrieden seinen Kaffee. Er schien langsam Spaß an der Situation zu haben.

»Was für einen Beweis möchtet Ihr denn von mir?«, fragte Eliza.

»Für den Anfang würde ich gerne hören, wie Sie das geschafft haben mit der Kolumne«, sagte der Earl. »Und dann, wie Sie an seine Geheimnisse herangekommen sind. Sie sind keine Miss aus den besseren Kreisen, das sehe ich sofort. Obwohl ich mir bisher keine Mühe gegeben habe, auf diese albernen, kleinen Dinger zu achten. Anwesende selbstverständlich ausgenommen. Sie könnten seine Mätresse sein, aber ich habe bisher nicht gehört, dass Wycliff eine habe.« Er lachte laut auf. »Andererseits ist er ein Wycliff. Wie könnte er da keine haben?«

»Ich habe bei Ihro Gnaden eine Stelle als Dienstmädchen angetreten«, erklärte Eliza.

Die Augen des Earls blitzten aufgeregt, und das kam nicht nur von dem bereits konsumierten Kaffee.

»Brillant«, verkündete er knapp und doch ehrfürchtig. »Absolut brillant.«

»Vielen Dank«, antwortete Eliza zimperlich. Es war wirklich eine verdammt gute Verkleidung gewesen, die sie da gewählt hatte. Und sie hatte das alles nur ruiniert, weil sie sich in ihren Duke verliebt hatte.

»Das Gerede in einem Haushalt ist eine wahre Goldmine. Soweit ich das sehe, gibt es in den Dienstbotenräumen keine Geheimnisse«, räsonierte der Hausherr sachlich. »Anhand Ihrer Artikel würde ich wohl meinen, dass Sie es außerdem geschafft haben, das Vertrauen des Dukes zu erringen. Das ist aber auch keine Überraschung, er ist schließlich einer der wilden Wycliffs. Die haben einfach eine Schwäche für ihre Hausmädchen und zwar mehr als ein durchschnittlicher Peer. Das will schon etwas heißen …«

Eliza wollte ihm dazwischenfahren; wollte ihm sagen, dass Sebastian kein gewöhnlicher Wycliff sei und dass so viel mehr an ihm war, als die meisten ahnten. Eben weil sie darüber nicht berichten wollte oder durfte. Das erinnerte sie wieder daran, warum sie hier war.

»Eliza hat die Schreibenden Fräulein mit Nachrichten über den Duke gut unterhalten«, sagte Sophie.

»Ja, die Schreibenden Fräulein. Und nun erfahren wir also, dass es eine vierte im Bunde gibt. Ich nehme an, von Ihnen ist keine bereit, die Identität der Lady mit Klasse zu enthüllen, oder?«

»Nicht einmal für weitere zehntausend Pfund«, antwortete Sophie und lächelte verschmitzt.

»Manche Geheimnisse müssen einfach bewahrt werden«, ergänzte Eliza.

»Dann frage ich mich, warum Sie Ihres verkaufen?«, wandte Alvanley sich an sie.

»Ich habe meine Gründe«, antwortete Eliza ausweichend. Sie hatte ihm bereits mehr als genug gesagt, fand sie.

»Und ich habe nicht auf die Lösung dieser Frage ein Preisgeld ausgesetzt. Verstehe«, sagte er mit einem Lachen. »Sie haben mir bereits die Informationen geliefert, hinter denen ich her bin. Oder zumindest haben Sie mir eine gute Lüge aufgetischt; und das mit einer gewissen List, schließlich haben Sie die Duchess mitgebracht. Ich bin mir nicht ganz sicher, ob ich Ihnen glaube, S. F. Meadows. Nicht für zehntausend Pfund sicher.«

»Was würde Sie dazu bringen, mir zu glauben?«, fragte Eliza ruhig und hob vorsichtig die Teetasse an den Mund, um einen Schluck zu nehmen. Ihre Hand zitterte nicht, und darauf war sie stolz.

»Ich glaube, ich würde gerne mehr über diese kleine Szene in Ihrer nächsten Kolumne lesen«, sagte der Earl.

»Ich fürchte, das wird nicht möglich sein«, sagte Eliza. Der Earl hob eine Augenbraue. »Mr. Knightly würde sie vorher lesen, und es wird ihm nicht gefallen, dass ich deswegen hier gewesen bin, um es einmal vorsichtig auszudrücken. Wir würden damit riskieren, dass die Kolumne nicht gedruckt wird.«

»Das ist ein Argument!« Der Earl nippte an seinem Kaffee und dachte nach. »Wie wäre es dann mit einer ganz anderen Zeile?«

»Das sollte möglich sein«, antwortete Eliza. »Nichts, das zu viel Aufmerksamkeit auf sich zieht. Schließlich soll es vor allem unseren Zwecken dienen, und wir drei wissen darüber Bescheid.«

»Wenn ich in der nächsten Ausgabe von ›Der tätowierte Duke‹ diese Zeile abgedruckt sehe, werde ich bis zum Nachmittagstee einen Wechsel in entsprechender Höhe zur Hand haben. Bitte kommen Sie nicht noch einmal so früh.«

»Perfekt. An welche Zeile habt Ihr gedacht?«

Alvanley trank nachdenklich seinen Tee, und Eliza atmete tief durch, um ihre Ungeduld zu bezähmen. Dann nahm der Earl ein Buch zur Hand, das neben seinem Sessel lag.

»Die Gedichte von Byron«, sagte er erklärend. Nachdem er ein bisschen geblättert hatte, zögerte er und sagte dann: »›Heimlich trafen wir uns, meine Trauer bleibt stumm‹.«

Eliza lächelte traurig bei dieser Zeile, die allzu gut zu ihren aktuellen Umständen passte. »Also gut, Lord Alvanley. Ich sehe Euch dann am nächsten Samstag.«

Kapitel 41

In dem das Kind eintrifft

Ein Salon am anderen Ende der Stadt

Althea hatte ein Talent dafür, einen Mann an seiner Schwachstelle zu treffen – gerade so wie eine Löwin, die ein verwundetes Beutetier wittert. Am Samstagnachmittag erhielt Wycliff die Nachricht, die zum Himmel nach ihrem Parfüm stank. *Das Kind – dein Kind – ist eingetroffen*, schrieb sie mit ihrer ausladenden weiblichen Handschrift. *Komm sofort. Für immer dein, Althea.*

Es war so ziemlich das Letzte, worum der Duke sich nach der neuesten Katastrophe in der *London Weekly* herumschlagen wollte. Er überlegte, ob er sofort hingehen sollte, und sei es nur, um Eliza aus dem Weg zu gehen. Aber dann überlegte er es sich anders. Wenn man Althea den kleinen Finger reichte, nahm sie sich sofort den ganzen Mann. Aber es kam ihm andererseits nicht gerecht vor, das Kind warten zu lassen. Gott allein wusste, was sie dem Jungen erzählt hatte.

Sein Herz schlug im Takt des Wortes Timbuktu, als Wycliff an Lady Altheas Tür klopfte. Ihr Butler öffnete und machte einen lächerlichen Aufstand aus der Frage, ob Ihre Ladyschaft überhaupt zu Hause sei und Besucher empfange, obwohl Wycliff in der Eingangshalle deutlich hören konnte, wie sie die Diener zusammenfaltete. Scheinbar ging es um die Temperatur ihres Tees, schloss Wycliff und zog die Augenbrauen hoch.

Nachdem er fünfzehn quälend lange Minuten hatte warten müssen, wurde er vorgelassen.

»Wycliff, Liebster.« Althea schlenderte auf ihn zu und streckte ihm zur Begrüßung die Hand hin. Ihr Blick war starr auf ihn gerichtet.

Jugendlicher Leichtsinn, dachte der Duke. Darum war er hier. Und das ließ ihn wieder an Eliza und ihre närrische Hochzeit denken. Er vermutete, dass er sie in gewisser Weise verstehen konnte. Selbst wenn er das eigentlich nicht wollte.

»Althea«, sagte er zur Begrüßung. Er nahm ihre Hand, küsste sie aber nicht. Denn er dachte an Eliza. Die kleine Verräterin! Wenn er ehrlich war, wollte er sie immer noch. Doch sein Pflichtbewusstsein hatte ihn hierhergetrieben. Gefallen musste ihm das nicht.

Die Expedition, erinnerte er sich wider besseres Wissen. *Sei nett zu ihr!*

»Es wärmt mir das Herz, dass du in deinem gut gefüllten Terminkalender ein bisschen Zeit für uns gefunden hast«, sagte sie. »Du musst sehr beschäftigt sein als Duke, auch wenn ich absolut keine Ahnung habe, was dich dieser Tage beschäftigt. Aber in der Gesellschaft verkehrst du ja auch nicht …«

Und dann drehte sie sich um und zeigte ihm das Kind. Der Junge war ein blasser, pummeliger Kerl, der Altheas hellgoldene Haare, ihre blauen Augen und ihre schmollende Miene geerbt hatte. Die Finger und das Gesicht waren mit süßem Gebäck verklebt. Wycliffs Magen krampfte sich zusammen. Das hier war nicht sein Kind, das konnte nicht sein. Oder war das Wunschdenken?

»Ich möchte dir William vorstellen. Der kleine Lord Shackley«, sagte sie mit einem perlenden Lachen. Der Junge, der ungefähr zehn Jahre alt war, zeigte wenigstens so viel Verstand, bei dem Kosenamen aus dem Mund seiner Mutter das Gesicht zu verziehen.

War das Shackleys Junge? Wäre es nicht möglich, dass das Kind nicht nur dem Namen nach ein Shackley war, sondern auch dem Blute nach? Wycliff schaute zum Porträt des verstorbenen Lord Shackley hinauf, das über dem Kamin prangte. Seine Haare waren dunkel, die Gesichtszüge hart. Dieses Balg war auch nicht sein Kind.

»William, mein Liebling. Das ist Mutters besonderer Freund. Der Duke of Wycliff.«

»Wie geht es Euch?«, erkundigte sich der Junge höflich. Dann schlenderte er zum Teewagen mit dem Berg Gebäck.

»William, setz dich zu uns. Ich bin sicher, der Duke möchte dich besser kennenlernen.«

»Das möchte ich tatsächlich«, sagte Wycliff. Und dieses Mal nahm er den Platz gegenüber des Kindes ein. Althea saß neben ihrem Sohn.

Wycliff hatte einen Vater ... beinahe zumindest. Der Mann, dessen Lenden er entsprungen war, hatte mit ihm im selben Haus gelebt, doch seine Aufmerksamkeit hatte stets den Mätressen oder Hausmädchen oder anderen Dingen gegolten. Jedenfalls nicht einem kleinen Jungen, der stundenlang über irgendwelchen Karten hockte oder sich heimlich aus dem Unterricht stahl, um auf Entdeckungsreisen zu gehen.

Darum wollte er versuchen, zu William, dem kleinen

Lord Shackley, eine Verbindung herzustellen. Er erkundigte sich nach der Schule, dem Unterricht, nach Freunden, Reisen und vielem mehr. Er wollte ein paar gemeinsame Interessen mit dem Menschen finden, der vermutlich von ihm abstammte – ob sein Gesicht nun kuchenverklebt war oder nicht.

»Du brauchst ihn nicht zu befragen«, sagte Althea verschnupft. »Er ist doch nur ein kleiner Junge.«

Jung traf wohl zu, aber klein war er nicht, dachte Wycliff.

»Wie alt bist du, William?«, erkundigte Wycliff sich im letzten verzweifelten Versuch, ein Gespräch zu führen und irgendeine Verbindung zwischen ihnen auszumachen.

»Zehn.« Er sprach mit vollem Mund. Widerlich. Wycliff hatte selbst nicht die aufmerksamsten Kindermädchen gehabt, aber die grundlegenden Tischmanieren waren immer zwingend gewesen. Darauf hatte die Köchin bestanden.

»Wann ist dein Geburtstag?«, fragte Wycliff. Vielleicht kaufte er dem Jungen ja ein Geschenk. Oder einen Kuchen. Althea tätschelte nur die Locken des Kinds.

»Am 20. August«, antwortete der Junge ernst. Dann leckte er sich die Finger ab.

»Im August«, wiederholte Wycliff. Etwas schien daran nicht zu stimmen.

»Wycliff, was soll das denn jetzt heißen? Natürlich kennt der Junge seinen Geburtstag.«

»Stimmt, aber ich kannte ihn bisher nicht. Und da ich ihn nun kenne …« Er lächelte. Wie traurig für sie. Aber sein Herz war erleichtert. »Das ist jetzt simple Mathematik, Althea. Wir beide wurden im September erwischt, und es war das letzte Mal, dass wir zusammen waren. Ich erinnere mich daran, weil wir gerade meinen eigenen Geburtstag feierten. Ich habe zwei Wochen später Segel gesetzt, im Oktober. Wenn man nun die unveränderlichen Gesetze der Natur hinzuzieht, müsste das Kind im Dezember empfangen worden sein. Zu dem Zeitpunkt war ich allerdings in Paris und packte gerade für Venedig. Auch wenn meine Fähigkeiten als Liebhaber weithin bekannt sind, muss selbst ich eingestehen, dass ich nicht vermag, den Akt von einem anderen Kontinent aus zu vollziehen.«

»Also«, schnaubte sie, und ihre Wangen wurden so rot wie ihre Lippen. »Also …«

Wusste sie denn allen Ernstes nicht, dass er unmöglich der Vater ihres Kinds sein konnte? Wenn man überlegte, wie viel – oder besser wenig – Bildung den Frauen seines Standes zugemutet wurde, war das durchaus möglich. Oder spann sie eine Intrige?

Der kleine Lord Shackley hatte während dieser einfachen Lektion in Mathematik und Fortpflanzung den Teller mit den Kuchen nicht aus den Augen gelassen. Jetzt traf er eine Entscheidung und schlang das Stück genüsslich herunter, was offensichtlich das Missfallen seiner Mutter erregte.

»Wie ich sehe, habe ich dich sprachlos gemacht. Es ist wohl besser, wenn ich dich jetzt wieder allein lasse, damit du dich von dem Schreck erholen kannst.«

»Du schuldest mir alles«, sagte sie mit leiser Stimme, die eisige Schauer über sein Rückgrat rinnen ließ. Es war in gewisser Weise die Wahrheit. »Und ich habe auf dich gewartet. Erkennst du nicht, wie das in den Augen der Gesellschaft aussehen muss? Du hast mich wieder und wieder verschmäht. Ich ertrage das einfach nicht mehr!«

»Ich bin kein großer Romantiker, Althea, aber das ist

nun wirklich kein guter Grund für eine Eheschließung«, sagte Sebastian ernst.

»Aber mein Geld ist ein guter Grund?«, fragte sie ihn, und er spürte die Schärfe ihrer Worte. »Erzähl mir nicht, dir wäre noch nicht der Gedanke gekommen. Ich weiß, warum du auf meine Briefe reagiert hast. Ich habe die Zeitungen auch gelesen.«

»Ich komme schon irgendwie an meine Expedition. Und dafür brauche ich dein Geld garantiert nicht.«

»Das hier ist noch nicht zu Ende, Wycliff. Ich werde mich von dir nicht zum Narren halten lassen«, sagte Althea mit ihren rotgemalten Lippen.

Oh, aber natürlich war es hier zu Ende.

Oder etwa nicht?

Kapitel 42

In dem der Duke beim Earl vorspricht

Lord Alvanley genoss seinen Kaffee im Salon, als Wycliff hereingeführt wurde.

»Ich bin vielleicht gerade Eurer Nemesis begegnet, Euer Gnaden«, bemerkte Alvanley zwischen zwei Schlucken.

»Ungefähr so groß?«, erkundigte sich der Duke und hielt die Hand auf Brusthöhe. »Schwarze Haare, wunderschöne Figur? Durchtrieben und vorlaut?«

»Wie interessant«, murmelte Alvanley. Dann griff er nach der Zigarrenkiste und nahm einen Stumpen heraus, ehe er die Kiste Wycliff hinhielt. Dieser lehnte mit einem Kopfschütteln ab, ebenso wie einen Kaffee.

»Was soll daran interessant sein?«, fragte Wycliff, wenngleich er eine ungefähre Vorstellung hatte.

»Ach, nur der Umstand, dass Ihr glaubt, es handele sich um eine Frau«, antwortete Alvanley leichthin. »Es sei denn, Ihr beschreibt mit der hinreißenden Figur einen Mann.«

»Frauen sind zur schlimmsten Form von Verrat fähig. Wie man am Beispiel S. F. Meadows' sieht«, bemerkte Wycliff. »Und ich habe nicht die Angewohnheit, die Figur von Männern zu kommentieren, egal ob hinreißend oder nicht. Ich bin wegen Ihres Wettangebots hier.«

»Zehntausend Pfund für denjenigen, der S. F. Meadows entlarvt«, bestätigte Alvanley. Er zündete seine Zigarre an und ließ einen langsamen Strom Rauch aus seinem Mund fließen.

»Ja, genau das. Oder habt Ihr die Angewohnheit, riesige Geldsummen für lächerliche Sachen auszuloben?«, fragte Wycliff.

»Ein Mann muss sich nun mal beschäftigen. Einmal habe ich dreitausend Pfund bei einem Regentropfenrennen gesetzt.«

»Was zum Teufel ist das denn?«, fragte Wycliff, und Alvanley schmauchte lächelnd an der Zigarre, ehe er antwortete: »Es ging um die Frage, welcher Regentropfen zuerst das untere Ende einer Scheibe im Erkerfenster im White's erreichen würde.«

Wycliff war sprachlos.

»Ich habe keine Frau, die mich ausblutet«, begründete Alvanley diese Verschwendung mit einem gleichgültigen Achselzucken. Das erklärte wohl auch, warum er so ungerührt im Salon rauchen konnte. »Oder ältere Verwandte, die sich darüber beklagen, wie ich mein Vermögen verschleudere.«

»Ich werde mich nicht schuldig fühlen, wenn ich die zehntausend Pfund von Euch annehme«, sagte Wycliff. Denn er würde das Geld bekommen. Schließlich kannte er die Wahrheit.

»Hervorragend. Ich würde es nämlich verabscheuen, wenn es für Euch nicht klappt«, sagte der Earl. »Ihr akzeptiert hoffentlich, dass ich einen Beweis brauche, ehe ich Euch einfach das Geld aushändige?«

»Was habt Ihr im Sinn?«, erkundigte sich Wycliff.

Alvanley trank den Kaffee, schloss für einen Moment die Augen und genoss den Geschmack.

Wycliff musste nirgends mehr hin, aber die Uhr lief. Burke belud vielleicht in diesem Augenblick sein Schiff oder plante die Seeroute. Gott allein wusste, was Eliza zur selben Stunde noch für ihre Kolumne aufdeckte oder erfand.

»Mal sehen, ob Ihr es schafft, etwas Bestimmtes in der nächsten Kolumne des Verfassers unterzubringen«, sagte Alvanley. »Eine bestimmte Formulierung oder eine Story, die der Verfasser unabsichtlich einfließen lässt, damit Ihr und ich unwiderlegbar wissen und den Beweis dafür schwarz auf weiß vor uns haben, dass Ihr die wahre Identität von S. F. Meadows kennt.«

Wycliff sah sofort, dass diese Bedingung es von ihm verlangte, Eliza für mindestens eine weitere Woche zu beschäftigen. Das kam ihm jetzt nicht als schreckliches Opfer vor. Quälend, das ja. Sogar gefährlich. Belastet mit der Möglichkeit einer Katastrophe. Aber es war gar nicht so schrecklich.

»Ich vermute, Ihr wisst bereits, was Ihr gerne sagen möchtet«, sagte Wycliff. Er atmete tief durch und bezähmte seine Ungeduld, während Alvanley in aller Ruhe noch einen Schluck Kaffee nahm. Du lieber Himmel, war da etwa Opium drin?

»Es gibt ein Gedicht von Byron, das ich sehr mag«, sagte der Earl und zeigte auf ein Buch auf dem Beistelltischchen. »Es heißt ›Wir wollen nicht gleich Dieben‹. Versuchen Sie, davon eine Zeile in die Kolumne zu bringen.«

»Einverstanden. Ihr werdet in S. F. Meadows' nächster Ausgabe von ›Der tätowierte Duk‹ eine Zeile Byron sehen. Ich spreche Samstagnachmittag wieder vor, um mein Geld abzuholen.«

Kapitel 43

In dem es sehr poetisch zugeht

Im Gewächshaus

Der Duke ließ nach Eliza schicken, damit sie ihm im Wintergarten zur Hand ging. Die Setzlinge, die er unterwegs gesammelt hatte, mussten jetzt in neue, größere Töpfe umgetopft werden.

Natürlich bat er ausgerechnet sie, ihm dabei zu helfen.

Und dennoch wusste sie, dass der Duke kein Narr war. Das hier musste kein harmloses Unterfangen bleiben.

Im Wintergarten war es warm und feucht. Draußen herrschte das typisch englische, nasskalte und trostlose Wetter, und der Regen trommelte auf das Glasdach und die Wände aus Glas. Aber im Innern befanden sie sich in einem tropischen Paradies. Eliza atmete tief durch, nahm den üppigen Duft all der Pflanzen und Blüten auf. Sie liebte diesen Raum auf eine bittersüße Art. Sie konnte sich nur vorstellen, wie wohl der Rest der Welt war und wie sehr sie das alles vermisste.

Wenn der Duke sie nur auf seine Reisen mitnehmen würde …

Der Gedanke kam plötzlich, er war unerwünscht und für sie ungewöhnlich.

»Eliza.« Wycliff drehte sich zu ihr um und fing ihren

Blick vom anderen Ende des Wintergartens ein. Sie wartete, als er auf sie zukam und sich dabei einen Weg durch den Dschungel aus Orangenbäumen, Farnen und anderen üppigen Grünpflanzen bahnte, die sie nicht identifizieren konnte. Sein Blick ruhte mit einer so großen Intensität auf ihr, dass Eliza sich gezwungen sah, sich ganz auf ihn zu konzentrieren. Es gelang ihr nicht, die Augen abzuwenden.

Er trug die Stiefel, Hose und ein schlichtes weißes Hemd, bei dem er die Ärmel hochgekrempelt hatte. Über den breiten Schultern spannte es, und am Hals stand der Kragen etwas offen und gewährte ihr einen Blick auf die Tätowierungen. Er trug es mit einer Nonchalance, als könnte er nicht die geringste Behinderung seiner Bewegungsfreiheit dulden. Ja, so, als würde er es über kurz oder lang achtlos auf den Boden werfen und in diesem heißen Raum mit nacktem Oberkörper weiterschuften.

Atemlos. Die bloße Vorstellung raubte Eliza den Atem und machte sie schwindelig.

Als Wycliff einen Ast aus dem Weg schob, bemerkte sie, dass er angefangen hatte, seinen Siegelring zu tragen. Die Haare hatte er aus dem Gesicht gekämmt und mit einem Lederstreifen zusammengebunden.

Sie bemerkte wieder sein Hemd, das feucht war und einfach unwiderstehlich an seinem Oberkörper klebte. Er hatte vermutlich die Pflanzen gegossen, überlegte Eliza flüchtig.

Trotzdem ließ er ihr keine Luft zum Atmen. Etwas so Wildes und Starkes ging von ihm aus … Als könnte sich seiner tiefen, reinen Leidenschaft und den körperlichen Gelüsten absolut nichts in den Weg stellen. Etwas an ihm faszinierte Eliza über alle Maße und jedes Mal von neuem.

Was war es nur? Die Stärke, die er ausstrahlte, als könne er sie vor jeder Gefahr beschützen, und das auch noch einhändig? Oder der Umstand, dass er mit nichts zu überleben vermochte? Vielleicht war es auch seine Fähigkeit, einer Frau ein Verlangen zu zeigen, das sie vorher nicht gekannt hatte.

Eliza war hin- und hergerissen zwischen dem Drang, vor der Gefahr zu fliehen, die von ihm ausging, und dem übermächtigen Wunsch, sich ihm in die Arme zu werfen. Letztlich blieb sie einfach stocksteif stehen, wo sie war. Wycliff stand direkt vor ihr. Ihr Herz schlug Eliza laut in der Brust.

Sie liebte ihn. Das wusste Eliza mit derselben Gewissheit, mit der sie wusste, dass der Himmel blau ist und dass die Sonne jeden Tag untergeht, bevor sie am nächsten Tag wieder aufgeht. Es war eine simple Tatsache.

»Ihr habt nach mir gerufen …«, setzte sie an, weil sie ihre Anwesenheit in seinem Refugium erklären wollte.

»Ja, das habe ich, Eliza«, sagte er mit warmer, sinnlicher Stimme. Er nahm ihre Hand und führte sie an Bäumen und anderen Pflanzen vorbei.

In seiner großen Pranke fühlte sich ihre ganz klein an – ihre Hand und die ganze Eliza. Wie sie ihm so folgte, fühlte sie sich furchtbar verletzlich. Jedes Mal, wenn er sich über die Schulter nach ihr umschaute, setzte ihr Herzschlag für den Moment aus.

Er schien sie zu begehren, und in seiner Nähe wollte sie wieder nur das eine – dass er sie liebte. Eliza wollte seine Hand für immer festhalten und mit ihm die Welt erobern. Sie hob trotzig das Kinn und lächelte ihn lieb an. Sie würde das Geld für ihn gewinnen. Für sie beide. Knightly und die *Weekly* konnten ihr gestohlen bleiben.

»Ich habe um deine Hilfe gebeten«, sagte der Duke. Auf dem Pflanztisch vor ihm lag eine Anzahl kleiner Pflanzen, Töpfe und Erde verstreut. »Ich dachte, das hier ist dir lieber als Staubwischen, Fegen oder das Polieren von Silber. Andererseits, wer weiß schon, was Frauen wollen?«

»Saddler kümmert sich selbst um das Silber«, sagte Eliza. »Niemand darf sich dem Schrank auch nur nähern. Nachher klauen wir es noch, scheint er zu denken.«

»Nun, vielleicht verkaufe ich ja das Familiensilber und segle mit dem Erlös nach Timbuktu.«

Sie lächelte. In weniger als einer Woche hätte er alles Geld, das er für seine Reise benötigte, und dann konnte er das Wycliff'sche Familiensilber behalten. Jedenfalls, wenn ihr Plan aufging und Alvanley Wort hielt.

»Was habe ich also zu tun?«, fragte sie.

»Du topfst um. Diese kleinen Setzlinge sind gut gewachsen in den letzten Wochen, und die Töpfe sind zu klein geworden. Sie brauchen mehr Platz zum Wachsen, sonst werden sie erdrückt und sterben ab.«

»Und Ihr habt die Samen ja nicht um die halbe Welt geschleppt, um sie jetzt in Eurem Gewächshaus welken zu sehen ...«, vollendete Eliza seinen Gedankengang.

»Ganz genau. Hier, ich zeige es dir.« Wycliff stellte sie vor den Pflanztisch und blieb direkt hinter ihr stehen. Von dort griff er nach vorne und fing sie quasi mit den Armen ein. So zeigte er ihr, wie sie die Setzlinge aus ihren Töpfchen holte, die Wurzeln sanft voneinander trennte und sie dann in einen neuen, größeren Topf setzte, in dem sie mehr Platz zum Wachsen hatten.

Draußen fiel der Regen und prasselte flüsternd auf die Glasflächen über ihren Köpfen.

Eliza spürte das Heben und Senken seiner Brust und

wünschte sich, einfach in seine Arme zurücksinken zu dürfen. Die Wärme seines Körpers und die Hitze in diesem Raum ließen sie schwindelig und ihre Bewegungen träge werden. Als Wycliff zurücktrat, um neben ihr weiterzuarbeiten, spürte Eliza den Verlust seiner Nähe geradezu körperlich.

Für eine Weile schwiegen beide, ehe er die Stille durchbrach.

»Das Kind ist nicht von mir«, erzählte er ihr. Eliza atmete langsam aus.

»Dann braucht Ihr sie ja auch nicht zu heiraten«, antwortete sie und riskierte aus dem Augenwinkel einen Blick zu ihm herüber. Er konzentrierte sich ganz auf die kleinen, grünen Pflanzen, die so zart und winzig in seinen großen Händen aussahen.

»Die Pflicht ruft mich jedenfalls nicht länger«, erwiderte er nach einer Weile. Das war also kein Nein. Genauso wenig war es aber ein Ja. *Was soll das?*, schalt Eliza sich innerlich. *Das ist im Grunde doch völlig egal!*

Liam. Brighton. Was für ein Fehler! Hätte sie damals gewusst … Hätte sie auch nur einen Funken Zuversicht verspürt, dass in der Zukunft etwas Großes auf sie wartete – dann hätte sie sich gedulden können, statt gierig nach der ersten, aufregenden Möglichkeit zu schnappen, die ihr über den Weg lief.

»Was werdet Ihr also machen?«, fragte sie.

»Du meinst, wie ich nach Timbuktu komme?«, fragte Wycliff, und sie nickte. Es rührte ihn, wie sehr Eliza mit ihm mitfieberte und wie wichtig es ihr war, dass er seinen Herzenswunsch erfüllt bekam.

»Vielleicht wird meine Reise nicht so aussehen wie ich sie mir immer vorgestellt habe. Statt einen Trupp Soldaten könnte ich nur das Nötigste mitnehmen: mich, meinen Verstand, und meine Waffen.«

»Aber was wird dann aus dem Haus hier? Was aus den Pächtern und den Gehältern ...«

»Ich bin nicht sicher, ob du nun das Engelchen oder das Teufelchen auf meiner Schulter bist«, sagte Wycliff. »Erst lockst du mich, das eine zu machen, und dann erinnerst du mich an eine widersprüchliche Pflicht.« Er zwinkerte ihr zu. »Du bringst mir nichts als Schwierigkeiten. Andererseits trifft das aber ja auf die meisten Frauen zu.«

»Vielleicht, aber Ihr machtet auf mich zuletzt den Eindruck, als würde Euch das überhaupt nicht beeindrucken. Tatsächlich seid Ihr bemerkenswert wissbegierig gewesen. All die Stunden in der Bibliothek ... Ich frage mich, was Ihr dort lest?«

Sie hatte bemerkt, dass er jede Nacht länger dort blieb. Ihr war auch nicht entgangen, wie er sich zudem stundenlang in dem verschlossenen Raum aufhielt. Aber das zu erwähnen traute sie sich nicht.

»Ich habe mich der Poesie zugewandt, stell dir vor«, antwortete Wycliff, und dann begann er, ein Gedicht zu zitieren: »›Wir wollen nicht gleich Dieben herumzieh'n in der Nacht ...‹«

Es lag ihr auf der Zunge, sich unwissend zu geben und ihn zu fragen, wer der Verfasser dieser Zeilen war. Doch sie war sich bewusst, dass es sich um Lord Byron handelte. Trotzdem tat es ihr in der Seele weh, weiterhin in Gegenwart dieses intelligenten Mannes das dumme Mädchen zu spielen. Andererseits – was hatte es zu diesem Zeitpunkt schon noch zu bedeuten, ob sie viel Allgemeinbildung hatte oder wenig? So lange sie es irgendwie schaffte, die Zeile »Heimlich trafen wir uns, meine Trauer bleibt stumm« in ihrer nächsten Kolumne unterzubringen, war das Geld ihr sicher. Und danach konnte sie es ihm geben.

Statt also nach dem Verfasser zu fragen, rezitierte Eliza die nächsten Zeilen: »›So sehr wir uns auch lieben, so hell des Mondes Pracht‹.«

»Ein Dienstmädchen, das Gedichte aufsagen kann. Wo zum Teufel hat Mrs. Buxby dich nur aufgetrieben?« Wycliff grinste sie begeistert an, und davon wurde Eliza ganz warm ums Herz. Für einen Moment gab es nichts mehr auf der Welt außer diesem Blick. Eliza dachte an das Vergnügen, das er ihr geschenkt hatte. Bei dem Gedanken daran sammelte sich die Hitze in ihrem Unterleib und sogar noch etwas tiefer.

»Ich hasse es, dass du verheiratet bist«, sagte er leise.

Das raubte ihr schier den Atem, als gebe es keine Luft mehr im Raum. Eliza konnte förmlich sehen, wie die Pflanzen in ihren Händen einfach dahinwelkten. Wycliffs Hände erstarrten, doch er hielt den Blick stur auf die Setzlinge gerichtet.

»Ich auch«, sagte sie. Dann erkundigte sie sich: »Muss es denn überhaupt eine Rolle spielen?«

»Wenn ich nur ein dahergelaufener Wilder Wycliff wäre, nicht«, bemerkte er. Und dann rezitierte er eine weitere Strophe des Gedichts: »›Ist auch die Nacht zum Lieben und kehrt der Tag so bald / So wollen nicht gleich Dieben wir nächtlich ziehn im Wald‹.«

In einem Anflug von Panik zog sich ihre Lunge zusammen. Sie brauchte ihn, wollte ihn im Licht des Mondes lieben, weil sie sonst nicht überleben konnte. Was sollte sie nur tun, wenn er ohne sie nach Timbuktu ging? Was würde aus ihr, wenn er davonsegelte und ihr nur die Erinnerung an das blieb, was hätte sein können?

Wenn doch nur … Sie wünschte sich eine Million Sachen auf einmal. Aber das Leben war nun einmal, wie es war, und gewisse Dinge waren so unabänderlich wie Berge. Er war fest entschlossen, ein besserer Mann zu sein als seine Vorfahren. Sie hingegen versuchte ihm zu zeigen, dass sie ehrlich und vertrauenswürdig und verlässlich war, wenn es wirklich darauf ankam. Sie tat alles, um ihn davon zu überzeugen, dass sie keine komplette Lügnerin war.

Alles, was sie hatten, war dieser Moment im Warmen, während draußen der Regen auf die Glaswände und das Dach trommelte.

Während sie Seite an Seite arbeiteten, beide die Hände tief in der Erde vergraben und die zarten Pflänzchen hielten, fragte Eliza sich … ob er Bescheid wusste? Und wenn er sie nicht liebte, was hatte sie dann noch hier zu suchen?

Eigentlich hätte er sie schon vor langem fortschicken müssen.

Andererseits schien er sich ehrlich um sie zu sorgen. Aber warum konnte er das dann nicht einfach sagen?

Bis zum Ende der Woche wären alle Geheimnisse enthüllt – und die Karten würden dann auf dem Tisch liegen, so, wie sie eben fielen.

Eliza schnappte nach Luft, weil sie plötzlich von einer schlimmen Anspannung befallen wurde und sich nach Erlösung sehnte. Diese Unwissenheit würde aufhören, wenn der Betrug ans Tageslicht käme.

Wenn sie auch nur einen Moment geglaubt hätte, sie könnte ihm ruhig und sachlich von ihrem Plan erzählen, hätte sie es auch getan. Aber sie hatte seine Angst und den Frust aus jedem seiner Worte herausgehört – Wycliff hatte so manch ätzenden Kommentar von sich gegeben. Er könnte einfach davonstürmen, und dann bekäme sie niemals die Möglichkeit, ihm ihre Hoffnungen und Träume und Bedürfnisse zu erklären.

Wenn sie das Geld gewann, würde sie es ihm geben, damit er seine eigenen Träume erfüllen könnte.

Und weil ihr nichts anderes übrig blieb, hoffte Eliza einfach, dass sie in diesen Träumen auch eine Rolle spielte.

Kapitel 44

Harlan und der Duke

»Na, das ist schon mehr nach meinem Geschmack«, meinte Harlan und stieß einen breiten Schwall Zigarrenrauch in den Nachthimmel. Ein paar Sterne blitzten durch den dichten Nebelschleier.

»Es ist fast so, als wären wir wieder da draußen unterwegs«, bestätigte Wycliff. Allerdings erinnerte ihn das Hausdach jetzt ständig an Eliza und nicht an die großen Abenteuer, die ihn in der Welt erwarteten. Schnell schob er den Gedanken an sie beiseite.

»Aye«, stimmte Harlan zu. Er paffte nachdenklich an seiner Zigarre. Sie waren nach dem Abendessen aufs Dach gekommen, statt in der erstickenden Atmosphäre der Bibliothek zusammenzusitzen. Wycliff hatte dort den ganzen Tag damit zugebracht, Arabisch zu lernen, die Geschäftsbücher zu bearbeiten und seine Reiseroute zu planen. Die Mission würde anders aussehen als er ursprünglich geplant hatte.

Tatsächlich kamen nunmehr all seine Pläne an einen Punkt, wo alles passte. Es gab zwar immer noch einige offene Fragen, doch alles in allem stand für Wycliff die grobe Marschrichtung fest.

Gedankenversunken nippte er an seinem Brandy und stellte eine der Fragen, die ihn schon länger beschäftige.

»Hast du dich eigentlich schon Burkes Expedition angeschlossen?«

Harlan atmete erneut aus und schickte eine Rauchwolke in den Nachthimmel.

»Ich ziehe sein Angebot in Erwägung«, antwortete er dann ganz direkt. »Er schätzt meine Kenntnisse als Übersetzer. Er hat die Expedition bereits durchgeplant und ein Abreisedatum ins Auge gefasst.«

Wycliff spürte, wie sich sein Kiefer verkrampfte. Harlan, sein angeblich treuer Kamerad, lief also zu seinem langjährigen Rivalen über. Dieser Mangel an Vasallentreue raubte ihm den Atem.

»Trotzdem bist du aber noch hier«, stellte Wycliff stirnrunzelnd fest.

Harlan rauchte seine Zigarren, trank seinen Brandy und schaute vom Dach seines Hauses zu den Sternen auf.

»Du hast mir das Leben gerettet«, sagte er dann schlicht und sah dem Duke in die Augen. »Da geht man nicht so einfach.«

»Wann reist Burke ab?«, fragte Wycliff. Er starrte zu den wenigen Sternen am Nachthimmel auf und stellte sich vor, wie er mit Millionen Sternen benetzt aussähe. Sein Herz warf sich in die Ketten, die es hier hielten, wenn er nur daran dachte. Aber er konnte einfach nicht das Bild abschütteln, wie Eliza neben ihm gesessen und zu diesem Himmel aufgeblickt hatte, der an jenem Abend von Sternen übersät war.

»In wenigen Tagen schon«, antwortete Harlan. »Was dir nicht mehr viel Zeit lässt. Aber du könntest doch einfach Lady Althea heiraten, dann wäre alles gut.«

»Das könnte ich«, stimmte Wycliff zu, aber die Worte blieben ihm fast im Hals stecken. Was nur hieß, dass er es eben nicht *einfach* tun konnte. Nicht, nachdem sie versucht hatte, ihn mit dem Kind in eine Falle zu locken und auszutricksen. Nicht, wenn sie Hades' persönliche Harpyie war. Niemals, solange er noch eine andere Option hatte.

Er würde schon irgendwie nach Timbuktu gelangen. Aber ob er es auch als Erster dorthin schaffte?

Harlan schien den inneren Kampf aus seiner Stimme herauszuhören und schaute Wycliff erschöpft an.

»Es ist das Mädchen, oder?«

»Ich schaffe es vielleicht, rechtzeitig das nötige Geld zusammenzukratzen«, antwortete Wycliff ausweichend. Er stellte fest, dass er dem alten Freund im Moment nicht vertrauen konnte. Nicht, wenn dieser sich einer rivalisierenden Expedition anschloss.

Harlan blickte den Duke indes neugierig an und forderte ihn mit der nächsten Frage heraus.

»Und was dann? Wenn du das Geld hast, meine ich. Wirst du es für die Expedition ausgeben oder lieber mit der kleinen Miss einen gemeinsamen Hausstand begründen?«

Wycliff nippte an seinem Brandy und genoss das Brennen. Er musste sich zurückhalten, um nicht das zu sagen, was ihm auf der Zunge lag. Timbuktu. Die Expedition. Natürlich, sonst gab es für ihn nichts.

»Es gibt keine kleine Miss. Es darf keine geben. Sie ist verheiratet«, sagte Wycliff.

»Dieses kleine Dienstmädchen hat mehr Geheimnisse, als man auf den ersten Blick meinen sollte«, bemerkte Harlan.

»Aye«, war alles, was Wycliff dazu sagte.

»Du weißt das über sie, oder?«, fragte Harlan. »Du bist doch hinter dem Alvanley-Geld her, oder?« Harlan fixierte den Duke mit seinem gesunden Auge. »Ich habe zwei und zwei zusammengezählt. Gut, dass du noch nicht so weit abgedriftet bist, dass du die Intrigen einer Frau nicht mehr erkennst, die dich küsst, um dir Honig ums Maul zu schmieren«, sagte er und spielte damit auf ein arabisches Sprichwort an.

Wycliff starrte den Freund versteinert an, und sein Herz hämmerte laut in seiner Brust. Harlans Worte machten ihn schwindelig vor Wut. Sein alter Freund hielt ihn also für einen Narren, der sich von den Reizen einer verräterischen Frau hatte einlullen lassen? Schlimmer noch: Harlan wusste, dass da, wo er, Wycliff, eine tiefe, düstere und stürmische wahre Liebe vermutet hatte, die ihn in den Abgrund reißen konnte, nichts war – Harlan sah lediglich einen Idioten in Sebastian, der sich in seiner Liebestollheit verlor.

Und höchstwahrscheinlich glaubte Harlan auch, er würde sie nicht für das Geld verraten. Er hatte ja keine Ahnung!

Der Duke war nun in einem solchen inneren Aufruhr, dass ihn nur noch der Alkohol zu beruhigen vermochte. Noch ein Schluck, um zu überlegen. Dann erklärte er: »Ja, ich weiß. Sag ihr aber nichts davon.«

»Oh, meine Lippen sind versiegelt, alter Freund«, brummte Harlan lächelnd. Er nahm einen Schluck Brandy, nachdem er die Zigarre abgelegt hatte. »Aber ich glaube nicht, dass es so funktionieren wird, wie du dir das vorstellst.«

»Was soll das denn heißen?«

»Das *Band*, Duke. Ein Band der Liebe und der Leidenschaft, das einen Mann zur Landratte werden lässt. Ein Band, das ihn über Nachfolger und Reserven und anständiges Verhalten nachdenken lässt. Ehe du dich versiehst, schneidest du dir die Haare, bindest dir eine Krawatte um und ärgerst dich über deinen früheren Ruf. Denk an meine Worte, Sebastian!«

»Du scheinst mich da mit jemandem zu verwechseln«, entgegnete Wycliff finster.

»Und du scheinst einfach nicht einsehen zu wollen, dass du ein Mann bist, der sich verliebt hat«, erwiderte Harlan einfach und hob die Schultern.

»Ich sagte doch schon: Sie ist verheiratet.« Wycliff knurrte diese unglückliche, unabänderliche und unmögliche Tatsache so unfreundlich, dass er selbst jegliche Lust auf den Gedanken an Eliza verlor. Was auch besser war, denn er durfte sie nicht für sich beanspruchen! Das würde sie niemals zulassen, solange ihr Ehemann über Gottes Erdboden wandelte. Und wenn er sie nicht haben durfte, konnte er sie auch nicht verlieren.

»Ich hoffe, du glaubst jetzt nicht, du wärst der Frage geschickt ausgewichen«, sagte Harlan und schnaubte. »Das hat mir nur meine Vermutung bestätigt. Du hast dich allen Ernstes in das Mädel verguckt.«

Nachdem sie vom Dach hinabgestiegen waren, ging Wycliff rasch durch die Korridore und zurück in sein Arbeitszimmer.

Er wollte sich einfach nicht eingestehen, dass Harlan recht hatte. Leugnen konnte er es aber genauso wenig …

Dieses eine Wort rüttelte und polterte in seinem Kopf herum, es klopfte an seinem Herzen an und brannte in seinem Bauch. Er konnte nicht zugeben, dass er sie liebte, denn dann wäre es Sebastian unmöglich, Eliza eiskalt für zehntausend Pfund an Alvanley auszuliefern, die er dann nutzen wollte, um sie im Stich zu lassen. Ein Mann, der liebte, tat so etwas nicht. Und er *musste* es aber tun.

Wycliff betrat die langgestreckte Galerie, an deren Wänden die Porträts der alten Dukes und Duchessen und ihrer Hunde und Kinder hingen. Sie lächelten alle milde auf ihn herab, das spürte er. Obwohl Wycliff sich weigerte, den Blick zu heben.

Die Reise nach Timbuktu – und der Respekt und die Anerkennung seiner verfluchten Talente unabhängig von seiner Abstammung – war der Höhepunkt all dessen, was Sebastian immer gewollt hatte, und worauf er die letzten Jahre ausschließlich hingearbeitet hatte.

Und jeder Atemzug hatte ihn diesem Ziel näher gebracht. Jeder Schiffsbruch, jeder gescheiterte Plan, jeder in einem Gefängnis abgesessene Tag, jede Nacht, die er hungrig unter einem weiten, schwarzen Himmel verbracht, jede wilde Bestie, die er zur Strecke gebracht hatte, jedes Scharmützel und jeder Kampf mit Eingeborenenstämmen ... Er hatte all das mutig auf sich genommen. Aus nur einem Grund: für Timbuktu. Für die Anerkennung. Für sein eigenes Ehrgefühl und seinen eigenen Stolz.

Wycliff ging die große, geschwungene Freitreppe hinunter in die Eingangshalle. Seine Stiefel knallten auf den Marmorfliesen. Vor Kurzem hatte er Eliza fast mit Blicken verschlungen, als sie auf allen vieren genau diesen Boden schrubbte.

All seine Träume, Pläne und Forschungen wären fast gescheitert, und das nur, weil ihm ein Mädchen mit spitzer Feder und Staubfeudel über den Weg gelaufen war. Ein Mädchen mit Augen wie der Ozean, die bis zum Grund seiner Seele sehen konnten. Mit einem rosigen Mund, mit dem sie ihm bei einem Kuss unaussprechliche Lust bereitete. Ein Mädchen mit Verstand und rascher Auffassungsgabe, das perfekt auszudrücken vermochte, was es fühlte.

Nach allem, was er in der weiten Welt erlebt und gesehen hatte, war nichts und keine mit Eliza vergleichbar.

Und doch würde er sie verraten, das Geld an sich reißen und verschwinden. Das musste er, denn sonst behielte Harlan recht und er würde nie gehen, weil er sich in jenes Band verstrickte, das einen Mann an das Land, die Zukunft und an eine Frau fesselte.

Wycliff stieß die schweren Eichenholztüren zur Bibliothek auf.

Die letzte Glut eines vergessenen Feuers brannte im Kamin, die Wycliff nutzte, um das Feuer wieder anzufachen. Dann zündete er eine Kerze an, die er zum Schreibtisch trug. Der Gedichtband lag aufgeschlagen dort und lockte alle Spione, sich in die Seite zu vertiefen. Wieso Alvanley diese Zeilen auswendig konnte, die auf beängstigende Weise seine aktuelle Lebenssituation umschrieben, wusste Wycliff nicht. Dass es ein Gedicht war, traf seinen männlichen Stolz an einer empfindlichen Stelle. Aber für zehntausend Pfund und die Aussicht auf seinen Traum würde er das schon überleben.

Er zog ein neues Blatt Papier heran und nahm Schreibzeug aus der Lade. Dann setzte Wycliff sich und kopierte Lord Byrons Gedicht komplett.

Wir wollen nicht gleich Dieben,
Herumziehn in der Nacht,
So sehr wir uns auch lieben,
So hell des Mondes Pracht.
Das Schwert durchwetzt die Scheide,
Die Seele reißt die Brust,
Ruh' braucht des Herzens Saite
Und selbst die Liebeslust.

Ist auch die Nacht zum Lieben
Und kehrt der Tag so bald,
So wollen nicht gleich Dieben
Wir nächtlich ziehn im Wald.

Er fügte mit seiner Sauklaue noch *»für Eliza«* hinzu und unterschrieb mit *»Wycliff«*.

Dann faltete er die Seite, versiegelte sie mit Wachs und drückte seinen Siegelring darauf. So würde Eliza ohne jeden Zweifel wissen, dass diese Nachricht von ihm kam.

Er hatte es sich vor Kurzem zur Gewohnheit gemacht, den Ring zu tragen. Für ihn war es eine Erinnerung daran, was er hinter sich lassen würde – sein Erbe, seinen Ruf, seine Vergangenheit. Und die verlockende Vorstellung davon, wie eine Zukunft sein könnte.

Eliza … Schon lustig, wie sehnsüchtig sein Herz klopfte, obwohl er so viel über sie wusste.

Er wusste, welch gefährlichen Pfad er beschritt. Dennoch kehrte Wycliff in die Mansarde zurück und schob das Gedicht unter ihrer Tür durch.

Kapitel 45

Der Betrug an Mr. Knightly

In den Redaktionsräumen
der London Weekly

Da war ein Bogen Papier in Elizas Hand – ihre letzte Folge von »Der tätowierte Duke«. Und dann war da noch der Bogen Papier, den sie zusammengefaltet und in ihr Mieder gesteckt hatte – die Kopie von Lord Byrons Gedicht, das der Duke eigenhändig kopiert und unter ihrer Tür durchgeschoben hatte.

Das eine würde unter Umständen Wycliffs Herz brechen. Das andere hatte ihr Herz jedenfalls schon gebrochen.

So wollen nicht gleich Dieben wir nächtlich ziehn im Wald? Eliza verstand den Hinweis durchaus. *Ruh braucht des Herzens Saite?* Ruhe, Ende … das verstand sie auch. Die Bedeutung zu erraten war für sie leicht: Er sorgte sich noch immer um sie. Vielleicht. Aber es war unwiderruflich vorbei. Sie würden nicht mehr gemeinsam umherziehen. Sich nicht mehr lieben. Nie mehr etwas gemeinsam tun.

Es schmerzte wie der Stachel einer Wespe, der in der Haut steckte. Oder der Schlangenbiss, den Wycliff ihr einmal beschrieben hatte. Oder vielleicht wie eine Tracht Prügel.

Um die ganze Angelegenheit noch quälender zu machen,

war heute vermutlich die letzte Redaktionssitzung der *London Weekly*, an der sie teilnehmen würde. Knightly würde gewiss bald genug von ihrem Handel mit Alvanley erfahren. Und dann würde er sie schleunigst vor die Tür setzen.

Es sah beinahe so aus, als habe sie die Angewohnheit, die Männer zu verraten, die ihr am meisten bedeuteten. Wäre es nicht so absurd, müsste sie jetzt lachen.

Als Eliza vor einigen Wochen die Verkleidung angelegt und sich als Dienstmädchen im Haushalt des Dukes beworben hatte, war dies nur geschehen, weil sie unter allen Umständen weiter ein Schreibfräulein sein wollte, egal zu welchem Preis.

Und jetzt ließ sie das alles hinter sich …

»Nun?«, fragte Sophie, als Eliza neben ihr auf den Stuhl schlüpfte.

»Ja, was … Ich meine … Wie … Mein Gott. Wo soll ich anfangen?«, fragte Annabelle aufgeregt.

»Um Himmels willen, ihr Lieben. Verhaltet euch doch bitte ganz normal«, zischte Julianna. Insgeheim dankte Eliza ihr. Genau das brauchte sie jetzt nämlich – ein wenig Normalität. Oder zumindest die Illusion davon.

»Ich kann nicht so tun, als wäre nichts!«, stieß Annabelle hervor und wrang ihre Hände. »Es passiert so viel, und ich will unbedingt alles wissen!«

»Also, zunächst mal haben wir das hier«, sagte Eliza. Sie griff in ihr Mieder – und funkelte einen der männlichen Autoren wütend an, der sie, oder besser gesagt ihre Hand, gierig musterte. »Ich habe jedenfalls seine Zuneigung für immer verloren.«

»Ein Gedicht!«, rief Annabelle leise und ließ die Wimpern flattern, als sie erkannte, was Eliza hervorzog.

Julianna schnappte es sich als Erste und überflog die Zeilen.

»*Ruh braucht des Herzens Saite, wir wollen nicht herumziehn* … Ich fasse es nicht – wie kann er nur? Oh, Eliza, ich hoffe, du warst in deiner Kolumne gnadenlos«, sagte Julianna scharf.

»Das sollte sich aber ändern, sobald du das Geld hast«, sagte Sophie leise.

»Wir sollten ihn doch zu deiner Geburtstagsfeier einladen, Sophie«, sagte Julianna.

»Er steht schon auf der Gästeliste, glaube ich«, antwortete Sophie.

»Hat er geantwortet?«, fragte Eliza.

»Ich glaube nicht. Ich schicke dir morgen Nachricht«, sagte Sophie. Dann wandte sie sich direkt an Eliza. »Du kommst doch, oder? Es ist schließlich mein Geburtstag.«

»Wenn ich mich aus dem Haus schleichen kann, dann komme ich selbstverständlich«, antwortete Eliza.

»Warum kündigst du nicht einfach?«, fragte Julianna unverblümt.

»Weil sie ihm nahe sein kann, wenn sie dort arbeitet«, antwortete Annabelle an ihrer Stelle. »Und weil sie die Befürchtung hat, dass sie ihn vielleicht nie wiedersieht, wenn sie jetzt geht. Wenn man liebt … nun, es erfüllt einen mit einer gewissen Wärme, der Person einfach nur nahe sein zu können. Eine Wärme, die man nur ungern aufgibt.«

»Ja, genauso ist es. Annabelle hat recht«, stimmte Eliza der Freundin zu. »Denn ab jetzt, wo es sich nur noch um Tage handelt, bis ich auffliege, muss ich jeden Moment damit rechnen, dass er mich feuert und die Tür für immer hinter mir zuknallt. Bis das passiert, will ich aber all die kleinen Augenblicke mit ihm genießen. Selbst wenn ich ihm nur Kaffee einschenke.«

»Ich finde immer noch, du solltest zu der Party kommen«, sagte Julianna. »Ich habe auch ein Kleid, das ich dir leihen könnte«, fügte sie hinzu. »Es müsste ohnehin neu gesäumt und gekürzt werden, gewiss um zwanzig Zentimeter. Dann müsste es dir perfekt passen, was meinst du?«

Eliza nickte. Das Kürzen könnte sie machen, während sie mit Mrs. Buxby und Jenny nähte und Tee trank. Erst da ging ihr auf, wie sehr sie die beiden vermissen würde.

»Ich werde kommen«, sagte Annabelle. »Und es wäre schön, von einem anderen Mauerblümchen begleitet zu werden.«

»Unsinn«, sagte Sophie. »Eliza wird mit dem Duke tanzen, und vielleicht fordert Knightly dich ja zum Walzer auf, Annabelle.« Bei diesen Worten wurde Annabelle knallrot.

»Roxbury wird mit euch beiden tanzen und schamlos flirten«, fügte Julianna hinzu.

»Die Flirts eines stadtbekannten Lebemanns sind nicht annähernd so aufregend, wenn der fragliche Mann verrückt vor Liebe nach seiner Frau ist«, erklärte Eliza.

»Trotzdem musst du auf jeden Fall kommen«, beharrte Sophie. »Und wenn du vielleicht einen klitzekleinen Skandal mit dem Duke provozieren könntest – zum Beispiel mit ihm tanzen oder mit ihm erwischt werden und so weiter – als Gastgeberin wäre ich dir da sehr verbunden.«

»Und ich wäre es auch in meiner Funktion als Gesellschaftskolumnistin.«

Elizas wunderbare Freundinnen strahlten sie an. Sie

wusste ja, dass sie es nur gut meinten und nur das Beste für sie wollten. Sie wusste aber auch, dass beide Knightlys Credo verinnerlicht hatten. Außerdem hatten Julianna und Sophie eine Sicherheit in ihrem Auftreten, die ihr nicht vergönnt war. Beide hatten attraktive, wohlhabende und liebende Ehemänner und einen großen Freundeskreis gleichermaßen in der besseren Gesellschaft als auch in den höchsten Kreisen.

In diesem Moment war für Eliza aber alles ziemlich unsicher.

»Hier steht ihr Herz auf dem Spiel«, sprang Annabelle ihr zur Seite. »Wir sollten uns nicht über sie lustig machen.«

»Ich danke dir, Annabelle«, sagte Eliza.

»Du hast recht«, gab Sophie zu. »Aber ich finde trotzdem, dass du es riskieren solltest, zum Ball zu kommen. Und ich hoffe, Wycliff kommt auch. Auf Bällen passieren nämlich die romantischsten Dinge …« Sophie seufzte. »Hoffentlich passiert dir so etwas Romantisches auch einmal, Schätzchen!« Sie streckte die Hand nach Eliza aus und drückte sie mitfühlend.

Eliza schluckte und nickte schwach. Plötzlich war alles wieder in Ordnung. Ihre Freundinnen wollten nur, dass sie ihre wahre Liebe fand.

»Zuerst die Damen«, sagte Knightly noch ihm Gehen, ging flotten Schritts zu seinem Platz und eröffnete die wöchentliche Redaktionssitzung.

»Wurde Knightly eingeladen?«, flüsterte Annabelle Sophie zu, die ebenso leise antwortete: »Ja.«

»Und? Kommt er?«, fragte Annabelle.

Knightly schaute neugierig zu ihnen herüber, weil sie

nicht ihm ihre Aufmerksamkeit schenkten, sondern lieber miteinander flüsterten. Außerdem war er es gewohnt, dass Annabelle jedes Mal verzückt seufzte, wenn er einen Raum betrat.

»Ja«, antwortete Sophie flüsternd.

»Darf ich mir dann vielleicht auch ein Kleid von dir borgen?«, fragte Annabelle mit großen Augen.

»Natürlich!«, versprach Sophie und musste sich ein Kichern verkneifen. Inzwischen wurden sie von allen anderen beobachtet. Es war totenstill im Raum.

»Die Damen?«, fragte Knightly und hob die Augenbrauen.

»Wir diskutieren über unsere Kleider und andere Pläne für einen Ball Ende der Woche«, antwortete Sophie. Annabelle war verstummt. Ihre Wangen waren rosig.

»So ein Scheiß«, beschwerte sich Grenville, aber das überraschte wohl niemanden. »Wir wollen hier ernsthaft arbeiten, und dem Weibsvolk geht es einmal wieder nur um Tand. Darum, und das sage ich immer wieder, darum sollten Frauen meiner Meinung nach lieber nicht arbeiten. Sie lenken die Männer von den wichtigen Geschäften ab …«

»Die Brautwerbung und die daran anschließende Heirat sowie die Zeugung einer neuen Generation ist sehr wohl wichtig«, unterbrach Julianna ihn. »Gibt es denn etwas Nobleres als das?«, forderte sie alle Anwesenden heraus. Eliza seufzte. Ihre Freundin ging grundsätzlich keiner Auseinandersetzung aus dem Weg. Und als Grenville nicht sofort antwortete, riss sie das Wort wieder an sich. »Nein, ich glaube nicht, dass es etwas Nobleres gibt«, verkündete sie mit voller Stimme und im Brustton der Überzeugung. »Und wir interessieren uns für solche Themen, werter Kollege, weil wir in unseren Kolumnen darüber schreiben. In Kolumnen übrigens, die diese Zeitung zu einem Auflagenwunder machen.«

»Da wir schon von der Auflage sprechen: Was haben Sie heute für uns, Eliza?«, mischte sich Knightly ein, um dem Geplänkel ein Ende zu machen. Mit kühlem Interesse fixierte er sie mit seinen stechend blauen Augen. Seit ihrer Konfrontation am letzten Samstag hatten die beiden kein Wort mehr gewechselt – weder schriftlich noch persönlich. Elizas letzte an ihn gerichteten Worte hingen noch in der Luft: *Ich sorge dafür, dass es Ihr Problem wird.*

»Berichten Sie wieder über edle Taten oder doch eher über seine *Misse*taten?«, fragte Knightly kühl. Er hätte sie genauso gut fragen können, ob sie überhaupt weiter für die *London Weekly* arbeiten wolle oder nicht, so angespannt klang er.

Eliza lächelte nur geheimnisvoll und überreichte ihm die Kolumne.

Knightly nahm die Seite und begann laut vorzulesen: »›Niemand, der S. F. Meadows in ihrer Kindheit begegnete, hätte vermutet, dass sie zur Heldin geboren war …‹«

Er hielt inne und hob fragend eine Augenbraue. Neben Eliza hielt Sophie die Luft an. Mit dieser Kolumne, in der sie versuchte, nicht nur über Wycliff, sondern auch über sich selbst zu schreiben, balancierte Eliza auf einem schmalen Grat. Dass sie damit auch Lord Alvanley gefallen wollte, ergab sich für die anderen Schreibfräulein von selbst. Eliza hatte so manche lange Nacht dagesessen, Tinte verspritzt und Kerze für Kerze herunterbrennen lassen, während sie einzelne Sätze immer wieder durchstrich und neu schrieb. Mit dem Ergebnis war sie jedoch hochzufrieden.

Knightly las weiter:

Sie war in keiner Weise bemerkenswert und hatte nur wenig vorzuweisen. Dennoch schaffte S. F. Meadows es, die Aufmerksamkeit ganz Londons auf sich zu ziehen und fütterte die Stadt wie ein Vögelchen, das zahm in ihrer Hand hockte, mit kleinen Häppchen Information.

Wer ist sie? *fragt man sich allerorten. Das Geschwätz ist ein leises Summen in der ganzen Stadt. Lord Alvanley hat ein Kopfgeld auf sie ausgesetzt von sagenhaften zehntausend Pfund.*

Recht hat er – denn die Autorin ist ihr Geld wert. Sie hat nämlich noch ein Häppchen Klatsch, das gut und gerne genauso viel Geld wert ist.

Eine Kostprobe gefällig, werter Leser?

Bitte sehr: Der Duke ist bekannt dafür, allen Versuchen, ihn zu zähmen, mannhaft zu widerstehen – Lady Shackley kann ein Lied davon singen. Ihre Versuche, Ihro Gnaden mit einem jungen Spross ungeklärter Herkunft zu einer Ehe zu verleiten, wurde von den beeindruckenden Schlussfolgerungen des Dukes vereitelt: Er ist nicht der Vater, gelang es ihm zweifelsfrei zu beweisen und den Intrigen Lady Shackleys einen Strich durch die Rechnung zu machen.

Man braucht sich über die verzweifelten Versuche der Lady, den Duke für sich zu gewinnen, nicht wundern. Eine Frau kann sich glücklich schätzen, wenn sie einen Mann wie Wycliff kennt, geschweige denn, wenn sie sein Herz erobern kann.

»Willst du damit andeuten, sie hat ein Kind vorgetäuscht, damit Wycliff sich verpflichtet fühlt, sie zu heiraten?«, fragte Julianna und schnappte nach Luft. Es war nicht klar, ob sie fassungslos oder hocherfreut über diese Neuigkeiten war. Vermutlich eine Mischung aus beidem.

»Ein angebliches, heimliches Baby?«, hakte Annabelle nach.

»Ja«, bestätigte Eliza. Im Stillen entschuldigte sie sich bei dem Duke und bat ihn um Vergebung. Es ging nicht anders – sie hatte die Sache mit dem angeblichen Sohn offenbaren müssen, um sicherzustellen, dass Knightly die Kolumne auch wirklich abdruckte. Es war ein strategisch sorgfältig geplanter Schritt, um für sie den größeren Gewinn herauszuschlagen. Dieses pikante Detail aus Wycliffs Privatleben war sozusagen der natürliche Verlust einer Schlacht, den man in Kauf nehmen musste, um den Krieg zu gewinnen. Zumindest redete sie sich das ein.

»Ich *muss* ihr auch noch eine Einladung schicken«, murmelte Sophie.

»Und Eliza, du musst dafür sorgen, dass der Duke auch wirklich an dem Ball teilnimmt«, fügte Julianna hinzu. »Das könnte *der* Skandal werden, der dieser Saison noch gefehlt hat.«

»Na, das klingt ja ganz so, als würden wir kommende Woche mit einer Sternstunde der Gesellschaftskolumne gesegnet. ›Geheimnisse der Gesellschaft‹ dürfte demnach besonders pikant ausfallen …«, bemerkte Knightly. Und wechselte auch schon das Thema. »Der tätowierte Duke« war erst einmal wieder vergessen.

Eliza atmete auf. Die Kolumne war durchgegangen! Jetzt brauchte sie nur noch bis zur Veröffentlichung am Samstag zu warten.

Und zu hoffen, dass ihre Kolumne so abgedruckt würde, wie sie von ihr geschrieben worden war.

Und dass Lord Alvanley Wort hielt.

Und dass Wycliff ihr vergeben würde.

Und dass zwischen diesem Moment und seiner Vergebung nichts geschah, was ihre sorgfältig geschmiedeten Pläne durchkreuzte – oder sie gar vereitelte!

Kapitel 46

Das letzte Mal »Der tätowierte Duke«

Gewöhnlich war Elizas erste Pflicht am neuen Tag, die Feuer in den Kaminen der unteren Räume zu schüren. Heute konnten die Feuer jedoch warten! Sie hatte es nämlich geschafft, die *London Weekly* in die Hände zu bekommen, noch bevor Saddler auch nur die Gelegenheit bekam, die Zeitung zu bügeln. Schnell schlug sie Seite zwei auf – Seite zwei! Ihr Herz setzte bei diesem Gedanken kurz aus. Und dann flogen ihre Augen über die Zeilen der neuesten und letzten Ausgabe von »Der tätowierte Duke«.

Eliza las bis zum letzten Absatz. Alles war so abgedruckt wie sie es geschrieben hatte – inklusive der letzten Zeilen, die für sie am wichtigsten waren.

Ohne das Shackley-Vermögen wird Ihro Gnaden nicht mehr durch die Welt ziehen können. S. F. Meadows hat alles – oder zumindest das meiste –, das sie wusste, mit London geteilt und für den Duke kein Wort erübrigen können. Ihm sage ich zum Abschied nun: Heimlich trafen wir uns, meine Trauer blieb stumm. *Oder vielleicht lieber:*

Wir wollen nicht gleich Dieben,
Herumziehn in der Nacht,
So sehr wir uns auch lieben,
So hell des Mondes Pracht.

So … Elizas Gedanken schlugen Purzelbaum … Ihre Regentschaft als S. F. Meadows war beendet. Reiche Frauen brauchten nicht für Zeitungen zu schreiben.

Wycliff würde nicht eher frühstücken, als bis er die dieswöchige Ausgabe von »Der tätowierte Duke« gelesen habe, verkündete er. Tatsächlich wartete er nicht einmal auf Saddler, der für ihn das »Skandalblatt des Satans« bügelte und glättete. Er wartete auch nicht auf Harlan oder Burke oder schlimmer noch: auf Basil, die nun gemächlich ins Frühstückszimmer geschlendert kamen und sich an seiner Gastfreundschaft gütlich taten. Er würde jedenfalls nicht als Belustigung am Morgen für sie herhalten.

Darum zog er sich mit der Zeitung in die Bibliothek zurück. Dort schlug er die zweite Seite auf.

Ehe sein Blick jene verfluchten Worte fand, zögerte der Duke. Alles kam auf diese Zeilen an. Das Vermögen derer of Wycliff, Timbuktu, Eliza …

Er überflog die Kolumne, stolperte dabei über Worte, die ihm nicht passten, suchte nach der bestimmten Zeile, mit der er die Wette gewinnen und sein Schicksal besiegeln würde.

Und da waren sie: *Wir wollen nicht gleich Dieben herumziehn in der Nacht …*

Er seufzte erleichtert auf, warf die Zeitung beiseite und machte sich auf den Weg. Er wollte sich sogleich umziehen und losgehen, um seinen Gewinn einzustreichen.

Kapitel 47

Die große Enthüllung

Wycliff kam mit einer Ausgabe der *London Weekly* in der Hand bei Lord Alvanley an. Dort wurde er direkt in den Salon geführt, wo er sich jedoch erst einmal die Beine in den Bauch stehen durfte. Zehntausend Pfund. Er konnte es fast schien riechen. Er konnte die sengende Hitze Afrikas und das herrliche Gefühl spüren, unterwegs auf weiter Flur zu sein.

Alvanleys Ankunft wurde von einem Dienstmädchen angekündigt, das ein Tablett mit Kaffeetassen und einer Schachtel Zigarren zu servieren gedachte. Sie stellte alles sehr sorgfältig und auf ganz bestimmte Weise ab – Wycliff beobachtete das beinahe neidisch: Für ihn war deutlich, dass das Mädchen die Vorlieben und Angewohnheiten ihres Dienstherrn sehr gut kannte und große Sorgfalt darauf verwandte, dass alles genau so war, wie er es mochte.

Das wiederum ließ Wycliff natürlich wieder an sein eigenes Dienstmädchen denken. Sein hübsches, verräterisches Hausmädchen. Er schob diese Gedanken allerdings rasch beiseite, denn sie waren zu kompliziert, um sie in aller Ruhe zu durchdenken. Außerdem kam Alvanley gerade herein. Er trug einen Seidenrock, als sei er gerade erst aufgestanden.

Es war zwei Uhr nachmittags …

»Guten Morgen«, sagte Wycliff munter.

»*Ist* es denn ein guter Morgen?«, überlegte Alvanley. Er

setzte sich in einen Sessel, der offenbar sein Lieblingsplatz war, und schenkte sich erst einmal eine Tasse frischen, heißen Kaffee ein.

Wycliff lehnte das Angebot ab. »Für mich ist es das, ein guter Morgen«, antwortete er und überreichte dem Earl die Ausgabe der *London Weekly*.

»Mhhh«, murmelte Alvanley und genoss verträumt den ersten Schluck seines Morgenkaffees. Wahrscheinlich würde er das in einer Stunde auch machen, dachte Wycliff. Dann aber wäre es der erste Brandy des Tages. Alvanley zündete sich eine Zigarre an und atmete tief durch.

Dann erst griff er nach der Zeitung, schlug Seite zwei auf und begann zu lesen.

Wycliff sah sein Gesicht hinter der Zeitung nicht, aber er hätte es gerne gesehen. Dünne, silbrige Rauchfäden stiegen auf und verflüchtigten sich schnell. Also musste er sich mit den *Geräuschen* zufriedengeben, die ein lesender Mann von sich gab. Abgesehen von einem gelegentlichen »hmmm« war es nicht sonderlich erhellend.

Aber einige Augenblicke später – es waren Augenblicke, die sich wie kleine Ewigkeiten anfühlten – senkte Alvanley die Zeitung.

»Ihr habt die Bedingungen unserer Vereinbarung erfüllt«, sagte er.

Wycliff nickte. *Ich weiß*, schien ihm als Antwort gerade nicht passend. Zumindest nicht, solange er seinen Wechsel über zehntausend Pfund noch nicht in Händen hielt.

»Allerdings gibt es da noch ein Problem«, sagte Alvanley, und Wycliff unterdrückte seinen Drang, verärgert zu knurren. Er war dem Geld *so verdammt nah*.

Der Butler tauchte in der Tür auf. »Mylord, Ihr habt einen Besucher. Eine Frau.«

»Das wird das Problem sein, von dem ich gerade sprach«, sagte Alvanley ruhig. Er drückte nur widerstrebend die Zigarre aus.

Der Butler trat beiseite.

Eliza.

Für eine Sekunde hörte Wycliffs Herz auf zu schlagen. Als es wieder kräftig schlug, war es mit brennend heißen, wütenden Funken seines Zorns erfüllt, die zischten und prasselten.

Eliza.

Er hatte also zu Recht vermutet, dass sie die Verfasserin der Kolumne war. Hatte es immer gewusst. Ihre Anwesenheit in Alvanleys Salon war ein unfreiwilliges Geständnis – ihren weit aufgerissenen Augen und den weichen, leicht geöffneten Lippen nach zu urteilen, hatte Eliza nicht damit gerechnet, ihn hier zu sehen.

Wycliff schäumte innerlich vor Wut. Ihre Anwesenheit war sogar noch mehr: Sie war auch der Beweis dafür, dass sie alles, was mit ihm in Zusammenhang stand, nur um des Geldes willen gemacht hatte.

Feuer. Wycliff hatte das Gefühl, in Flammen zu stehen.

Er hatte es vermutet, dass Eliza hinter der verleumderischen Kolumne steckte, ja. Doch es war noch einmal etwas völlig anderes, es auch tatsächlich zu *wissen*.

All die Augenblicke, die sie miteinander geteilt hatten – zumindest hatte er das bisher geglaubt, dass Eliza die Intimität ihrer Begegnungen schätze – waren für sie nur Stoff für die Kolumne gewesen. Jeder Kuss, jeder Blick, jede gemeinsame Minute auf dem Hausdach, wenn er seine verfluchten Hoffnungen und Träume und alles andere mit ihr teilte …

All die verdammten Gespräche, in denen er gegen den

Autor von »Der tätowierte Duke« gewettert hatte – nur um jetzt zu entdecken, dass er sich bei der Autorin selbst beklagt hatte – die nun leibhaftig vor ihm stand.

Und sie war sogar hingegangen und hatte die allerintimsten Details, die letztgültige Wahrheit über seine Vaterschaft, die er ihr unter dem absoluten Siegel der Verschwiegenheit anvertraut hatte, abdrucken lassen. Obwohl sie nur zu gut wusste, dass ihn dies vollends zerstören würde.

Wycliff hatte im Geheimen vermutet, dass sie zu dieser Doppelzüngigkeit in der Lage war – tief in seinem Innern hatte er es gewusst. Aber er hatte dieses Wissen ignoriert, weil es eine Wahrheit war, die ihm nicht gefiel. Weil er nicht wissen wollte, was ihm unangenehm war. Weil er sich in sie verliebt hatte.

Das war genau die Art Idiotie, die einen Mann draußen in der Wildnis das Leben kostete. Und jetzt brachte es ihn schier um.

»Ich nehme an, Ihr zwei seid miteinander bekannt«, sagte Alvanley frech und unterbrach damit die drückende Stille.

»Mein Dienstmädchen«, sagte Wycliff trocken, und zugleich sagte Eliza nur: »Mein Herr und Meister.«

»Das ergibt dann wohl alles Sinn«, sagte Alvanley. »Ich war schrecklich gespannt, wie die Sache ausgehen würde, als Ihr beide bei mir vorgesprochen habt, um den Preis zu beanspruchen. Wirklich brillant, Eliza, wenn ich mir die Bemerkung erlauben darf.«

»Darf ich Euch bei dieser Gelegenheit danken?«, antwortete sie Alvanley, schaute jedoch Wycliff dabei an.

In den Augen des Dukes blitzte Spott und Hohn.

Eliza blieb jedoch ruhig und ließ sich nicht beirren.

»Ich bin nicht sicher, ob du noch tiefer in meiner Achtung fallen kannst«, knurrte Wycliff. »Geh schon, und nimm die Belohnung für deinen Verrat entgegen.«

»Ich habe es für Euch getan«, erklärte Eliza ihm – vor Alvanley. In ihrer Stimme klang ein gewisser Frust mit, eine Art Schuldzuweisung – gerade so, als müsse Wycliff den riesigen Verrat, den sie an ihm, seiner Privatsphäre, seiner Integrität und seinem Stolz begangen hatte – die er nebenbei bemerkt für die zehntausend Pfund verkauft hatte – als etwas Gutes betrachten. Als einen verdammten *Gefallen*, den sie ihm damit erwiesen hatte.

»Hast du das? Ernsthaft?«, fragt der Duke sarkastisch. Er machte einen Schritt auf sie zu. Eliza blieb stehen, doch sie zuckte zusammen.

Sebastian wusste, welchen Eindruck er jetzt auf sie machte – er war ein wilder, heidnischer Krieger, der sich nur notdürftig mit der Kleidung eines Gentlemans verkleidete. Sie wusste, was darunter verborgen lag. Und sie tat verdammt gut dran, vor ihm zurückzuweichen. »Denn wenn es etwas gibt, das du bei deiner Arbeit als Spion begriffen haben musst, dann, dass ich es lieber habe, wenn ich eine Sache selbst in der Hand habe. Gott stehe mir bei, aber ich verdiene mir alles mit meiner eigenen Hände Arbeit.«

Er wollte keine Almosen. Schon gar nicht von ihr.

»Bitte, lass es mich dir erklären, Sebastian …«

»Du darfst mich Wycliff nennen. Oder Euer Gnaden. Oder aber du schaust mich nie mehr an. Das würde ein anständiges Mädchen an deiner Stelle tun. Aber damit ist ja nicht mehr zu rechnen – dass du auf gute Sitten auch nur einen Farthing gibst.«

»Ich bin jetzt nicht mehr deine Dienerin. Ich bin Autorin, noch dazu eine veröffentlichte Autorin, und übrigens eine verflucht gute«, fauchte Eliza den Duke an.

Oh, das Vögelchen wurde also wütend? Wycliff horchte auf.

»Oho! Ich bin sicher, Byron kauert jetzt irgendwo und fühlt sich von deinem Talent sichtlich bedroht«, spottete der Duke sichtlich belustigt. Seine nächsten Worte klangen in ihrer Schärfe allerdings wesentlich brutaler. »Mach die Augen auf, Mädchen! Du schreibst für ein wertloses Revolverblatt, das alles Leben aus seinen Opfern saugt. Und das nur um des Profits und des Vergnügens der Leser willen. *Ernstzunehmend* ist etwas anderes.«

»Wir schreiben über das, was die Leute lesen wollen. Sonst werden wir nämlich gar nicht veröffentlicht. Dessen bin ich mir durchaus bewusst, *Euer Gnaden,* aber ich bin auch unglaublich stolz darauf, eine Story aufgetan zu haben, die ganz London in ihren Bann zieht. Es tut mir nur leid, dass der Preis für dich so hoch ist.«

»War es das denn wert? Deine kleinen Storys in der Zeitung im Tausch für meine Expedition und meinen guten Ruf?«

»Die Story ist noch nicht abgeschlossen, *Duke*. Vielleicht kommst du doch noch zu deiner Expedition. Und außerdem: Wen kümmert dein Ruf, wenn du in der Wildnis Afrikas unterwegs nach Timbuktu bist?«

»Das kommt ganz auf den Ausgang dieser Wette an, nicht wahr?«, sagte der Wycliff scharf. »Auf die ordentliche Summe Geld nämlich, für die du die Liebe einfach weggeworfen hast.«

Elizas Lippen öffneten sich, doch kein Laut drang aus ihrem Mund. Sie blinzelte hektisch.

Diese Augen … Sie würden ihn auf ewig verfolgen.

»Euer Gnaden«, sagte sie leise, »es ist meiner Aufmerksamkeit nicht entgangen, dass auch Ihr hier seid, um mich zu verraten. Nicht nur ich.«

Diese Worte brachten den Duke kurzzeitig aus dem Konzept, und in seiner Verlegenheit wandte er sich an den Gastgeber, der die ganze Szene stumm und interessiert mitverfolgt hatte. »Da habt Ihr es, Alvanley. Wir liefern Euch schon früh am Morgen eine dramatische Szene in Eurem Salon – alles zu Eurer Unterhaltung.«

»Ich bin dafür überaus dankbar, dessen seid versichert«, sagte dieser, und die Spur eines Lächelns umspielte Alvanleys Lippen. Zigarrenrauch umwehte seine Rechte und sein Kinn, stieg auf und sammelte sich unter der Zimmerdecke. »Bravo!«

»Ich hatte diesen Auftritt nicht erwartet«, sagte Eliza leise.

»Aber du hast die Rolle des reumütigen Blaustrumpfs hervorragend gespielt«, erwiderte Wycliff scharf. »Die Tochter einer Schauspielerin ...«

»Und du hast die Rolle des arroganten, unmöglichen Dukes förmlich verinnerlicht«, ätzte Eliza zurück.

Alvanley räusperte sich. Er nahm die Zigarre aus dem Mund und einen letzten Schluck Kaffee, ehe er die Tasse wieder abstellte. Dann stand er auf, faltete die Hände hinter dem Rücken und richtete das Wort an die beiden Beinahe-Liebenden.

»Wollen wir mal nicht die Tatsachen verkennen. Ihr seid beide hier, weil ich für denjenigen zehntausend Pfund ausgelobt habe, der die Identität des Verfassers von ›Der tätowierte Duke‹ entlarvt. Was Ihr auch davon halten mögt, Duke, aber ich muss der Dame mein Kompliment aussprechen: Ihre Kolumne hat mich – einen alten Junggesellen, der mit jeder Art Vergnügen vertraut ist – sehr amüsiert und erbaut. Natürlich muss ich auch Euch danken, weil Ihr so verflucht faszinierend seid.«

»Danke«, sagten Wycliff und Eliza gleichzeitig. Und funkelten einander wütend an.

Selbst der Duke, der noch immer zutiefst verletzt und wütend war, konnte sehen, wie stolz sie war. Rational betrachtet wusste er auch, dass sie eine Menge erreicht hatte. Und vielleicht schaffte er es ja irgendwann, über seine Rolle in dieser Posse belustigt zu sein. Aber im Augenblick war er eher geneigt, *extrem irritiert* zur Liste seiner unangenehmen Gefühle hinzuzuzählen.

»Um zu prüfen, wer von Euch die Wahrheit sagt, habe ich darum gebeten, bestimmte Zeilen in die heutige Ausgabe der Kolumne einfließen zu lassen. Eliza, dich bat ich um die Zeile: ›Heimlich trafen wir uns, meine Trauer blieb stumm.‹ Und Euch, Duke: ›Wir wollen nicht gleich Dieben herumziehn in der Nacht.‹«

Eliza starrte Wycliff mit offenem Mund an. »Darum also hast du das Gedicht unter meiner Tür durchgeschoben. Und wo wir schon davon reden … Ich habe ja schon lange vermutet, dass du Bescheid weißt, aber ich hätte mir nie vorstellen können, dass du planst, mich zu benutzen. Ich dachte, dir hätte es etwas bedeutet, das mit uns …«

»Das hat es vielleicht auch«, erwiderte Wycliff kalt. Er war immer noch wütend. Wenigstens war Alvanley jetzt auf das Geld zu sprechen gekommen!

»Ihr habt also beide meine Bedingungen erfüllt«, fasste dieser zusammen und lächelte. »Und jetzt fragt ihr euch sicher, was ich mit der gebotenen Summe tun soll.« Alvanley begann, auf und ab zu gehen, während er laut überlegte. »Ich werde selbstverständlich nicht jedem von Euch zehntausend Pfund auszahlen. Das wäre ja albern. Soll ich es dann aber zu gleichen Teilen teilen? Oder gebe ich es nur einem von euch?«

»Gebt es dem Duke«, sagte Eliza gleichmütig. Dann wandte sie sich direkt an Wycliff, und das Leuchten ihrer Meeraugen haute ihn völlig um. Er durfte sie nicht ansehen. »Ich habe das für dich getan, verstehst du?«, rief sie, und ihr Rosenknospenmund war wirklich das Hübscheste, was der Duke je gesehen hatte. Trotzdem flammte seine Wut bei den Worten, die aus diesem Mund kamen, erneut auf.

»Ich will kein Sühnegeld, ich will erst recht kein Geld, das eine *Frau* mir aus Mitleid zukommen lässt«, rief er aufgebracht. Es war verdammt unmännlich, zuerst auf solch unehrenhafte Weise von einer Frau Prügel zu beziehen und dann auch noch von ihr gerettet zu werden! Das wollte er nicht. Und schon gar nicht ihr verdammtes Geld oder ihr Mitleid! Andererseits – Wycliff zögerte einen Moment – Schuldgefühle wollte er bei ihr aber auch nicht wecken. Oh nein, sie sollte ruhig jeden verdammten Farthing behalten.

»Und was wäre, wenn es sich bei dem Betrag um eine Mitgift handelte?«, erkundigte sich Lord Alvanley. Mit Wycliffs heftiger Reaktion hatte er offensichtlich nicht gerechnet.

»Erstens, Lord Alvanley – bei allem gebührenden Respekt –, liegen wir zwei ziemlich über Kreuz, falls Euch das noch nicht aufgefallen sein sollte. Zweitens kommt eine Heirat für uns nicht in Frage, wenn diese Person nicht auch noch Bigamie zur Liste ihrer Sünden hinzufügen will.«

»Das ist ein ziemliches Dilemma«, bemerkte Lord Alvanley und ließ sich nicht anmerken, was er zu dieser Information dachte. In der Hinsicht waren sie alle einer Meinung.

Letztlich wurde beschlossen, dass Eliza die zehntausend Pfund zustanden, weil sie zuerst zu Lord Alvanley gekommen war. Eliza wiederum war stur bis zur Idiotie und außer sich vor Wut, weil Wycliff sich weigerte, das Geld von ihr anzunehmen.

Vielleicht hatte sie beide ja tatsächlich echte Liebe verbunden, aber ihr schaler Verrat hatte das zarte Pflänzchen kaputt gemacht.

Er für seinen Teil würde ihre Schuldgefühle jedenfalls nicht beruhigen, würde ihre weiblichen Gefühle nicht schonen und ihr ihre Doppelzüngigkeit nicht verzeihen. Nicht einmal für zehntausend Pfund. Nicht einmal für Timbuktu.

Kapitel 48

In dem der Ausgang dieser Geschichte eine Sensation wird

Beim Geburtstagsball
der Duchess of Hamilton and Brandon

An diesem Abend gab Eliza ihr Debüt als reiche Erbin, denn Wycliff nahm von ihr nicht einen Penny an. Alvanley begleitete sie schließlich zur Bank, um die zehntausend Pfund für sie auf ein Konto einzuzahlen.

Mit den zehntausend Pfund, die ihr Name jetzt wert war, vergaß die geladene Hautevolee auf der Stelle, dass Eliza die Tochter eines Bühnenschreibers und einer Schauspielerin war. Es entging ihr auch völlig, dass die wenigsten der Reichen und Schönen ihr bisher vorgestellt worden waren.

Ihnen war nicht nur eine neue, hübsche, reiche Frau in die Fänge gegangen, sondern zugleich war auch ein viertes Schreibendes Fräulein entlarvt worden. Doch es war sogar noch besser gekommen: Um den sich entwickelnden gesellschaftlichen Aufruhr um einen süßen, köstlichen Skandal reicher zu machen, hatte genau diese junge Dame auch noch die Kolumne um den tätowierten Duke verfasst, die ganz London in Atem gehalten und im Laufe des vergangenen Monats jedes Gespräch dominiert hatte. S. F. Meadows war eine Frau, die sich selbst für ein Vermögen ausgeliefert hatte. Wer wollte Eliza nicht kennenlernen? Die Frau, die als Erste die Tätowierungen des Dukes entdecken durfte und darüber berichtete. Die von seinen Nächten im Harem erzählen konnte, von seinen Ausschweifungen mit den nackten eingeborenen Frauen auf Tahiti. Die Reichen und Schönen der Londoner Gesellschaft standen Kopf, und alle Gespräche kreisten um Eliza. Dieses kleine hübsche Ding hatte über die Zusammenstöße des tätowierten Dukes mit Wilden und die gefährlichen Kämpfe auf seinen Expeditionen berichtet. Und wo es so viel Wissen um Skandale gab, da musste noch mehr sein …

Später würde man sich freilich fragen, wie und warum sie die Kolumne zustande gebracht hatte, welcher Teufel sie geritten hatte, sich derartig zu exponieren, und dann würde auch ihre Geschichte ans Licht kommen und das Gerede gehässig werden.

Aber heute Abend war Eliza eine Sensation!

Es gab nichts, was mit einer hübschen, jungen Frau verglichen werden konnte, die ein beträchtliches Vermögen und eine gewisse Wildheit miteinander vereinte und gerade erst von der Gesellschaft entdeckt worden war.

Der tätowierte Duke kam allen Erwartungen zum Trotz, ebenfalls zum Ball.

An diesem Abend waren auf dem Geburtstagsball der Duchess alle Blicke auf den tätowierten Duke und seine Autorin gerichtet. Sebastian und Eliza wiederum gaben sich große Mühe, sich voneinander fernzuhalten und sich den Bemühungen sämtlicher Anwesenden zu entziehen, sie doch irgendwie zusammenzubringen – doch die wütend funkelnden, bedeutungsvollen Blicke, die sie einander quer durch den Ballsaal zuschossen, sprachen Bände.

Lady Althea war ebenfalls unter den Gästen, gekleidet in ein sündig rotes Kleid. Sie sah aus, als führe sie etwas im Schilde.

Knightly war auch gekommen, und seine Miene verriet nicht, ob er auch nur im Geringsten beeindruckt war von dem Treuebruch eines seiner wertvollen Schreibfräulein.

Das Quartett der kritzelnden Frauen war bei dieser Soiree ganz in seinem Element.

Es war also in vieler Hinsicht ein ganz normaler Ball – es gab Kerzenlicht und Gelächter, Kleider aus Seide und Satin; die Männer trugen ihre schwarzen Abendanzüge mit blendend weißen Hemden. Die Duchess ließ Limonade und Champagner servieren. Die Türen zur Terrasse standen weit offen, und das Orchester spielte die vertrauten Melodien, gut verborgen hinter einem Vorhang aus riesigen Farnen. Aber *irgendetwas* lag in der Luft ... eine ganz bestimmte Stimmung, eine prickelnde Unterströmung, die jeden Augenblick in eine Explosion münden konnte.

»Ich bin noch nie Zeugin eines Skandals geworden«, bemerkte Lady Charlotte Brandon, die Schwester des Dukes und damit Sophies Schwägerin, aufgeregt. »Das würde mir heute sehr gefallen.«

»Bin ich auch noch nie«, sagte Annabelle. »Und ich für meinen Teil fände es auch spannend.«

»Nun, ich denke, diese Bildungslücke können wir heute Abend schließen«, sagte Julianna und lächelte geheimnisvoll.

»Oh, das muss aber gar nicht sein, wenn ihr mich fragt«, antwortete Sophie. »Brandon reißt mir den Kopf ab, wenn das passiert. Er wird eine Liste schreiben: ›Wege, um Charlotte vor Skandalen zu beschützen‹ oder ›Gründe, warum Charlotte gar nicht erst mit Skandalen in Berührung kommen sollte‹.«

Einige Wichtigtuer trieben sich in der Nähe der Freundinnen herum und versuchten schamlos, ihre Unterhaltung zu belauschen.

»Ich versuche lieber, *keinen* zu provozieren«, sagte Eliza. Und dann nippte sie an ihrem Champagner. *Was für ein köstliches Getränk*! Ihr Kleid, das sie sich von Sophie geliehen hatte, war ein wunderhübsches Ding aus einem sehr blassen Blau. Die Seide schimmerte wie das tahitische Meer auf den Aquarellbildern des Dukes.

»Wenn du unbedingt einen Skandal verhindern willst, dann solltest du unbedingt das Glas abstellen«, belehrte Julianna sie. »Und auch kein weiteres nehmen.«

»Knightly ist hier«, sagte Annabelle unvermittelt.

»Der Duke auch«, erwiderte Eliza und nippte ungerührt weiter am Champagner.

»Charlotte!«, rief Sophie. »Wo willst du denn hin?«

Aber Charlotte antwortete nicht – denn sie war einfach davongehuscht und in der Menge untergetaucht.

Wycliff sah sie. Es war wirklich absurd; wie er Eliza immer gleich unwillkürlich im Gedränge suchte und sofort fand, obwohl Hunderte Menschen im Raum waren. Als er sie sah, wurde er von einer giftigen Mischung von Gefühlen übermannt: eine heiße, heilige Wut, ein stechender Schmerz der Trauer, Reue und – *lieber Gott!* – und Lust.

Aber die Wut dominierte. Ja, Wycliff war unglaublich wütend. Fast hätte er sich in sie verliebt – und Gott weiß, wie sehr er bereit gewesen war, sich dem reinsten aller Gefühle hinzugeben! Und sie? Sie hatte ihn die ganze Zeit schamlos belogen.

Schön, er hatte sich also in sie verliebt. Und hatte sie dann abweisen müssen.

Es war also nur Wut. Mehr nicht.

Als er nach dem Treffen mit Lord Alvanley nach Wycliff House zurückgekehrt war, hatte er feststellen müssen, dass Eliza ihre Sachen gepackt hatte und verschwunden war. Einfach verschwunden. Ohne Abschied. Ohne Erklärung. Als wäre nichts passiert zwischen ihnen. Als hätte es keine Lust gegeben, keine Liebe – als hätten sie nie zusammen gelacht; sie ließ ein Haus zurück, das sich tragischerweise leer anfühlte.

Trotzdem …

Er würde heute Abend kein Wort mit ihr wechseln.

Er würde der Gesellschaft auf keinen Fall neuen Gesprächsstoff liefern.

Er würde nicht Teil eines neuerlichen Skandals werden. Nicht mehr als ohnehin schon.

Dort kam Lady Althea angeschlendert. Und wie er sie so betrachtete, korrigierte Wycliff seinen letzten Gedanken spontan. Shackley-Geld hatte ihm schon einmal geholfen …

Eliza … Althea … Eliza … Althea … Eliza …

Plötzlich tauchte neben ihm eine hübsche Brünette auf, die sich nun dezent neben ihn stellte. Sie schaute auf das Treiben im Ballsaal, doch ihre Seitenblicke entgingen ihm nicht.

»Tut bitte so, als seien wir einander bereits vorgestellt worden, wenn Ihr so gut sein könnt«, raunte sie Wycliff zu. Offenbar wollte sie mit ihm reden, was offiziell aber nur ging, wenn man einander vorgestellt war. So, wie die Brünette aber in der Menge stand und das Ballgeschehen verfolgte, hätte man nicht sagen können, ob sie irgend etwas mit ihm zu tun hatte oder ob sie gar versuchte, Kontakt zu ihm aufzunehmen.

»Wenn Ihr Euch mir vorstellt, bin ich gerne dazu bereit«, antwortete Wycliff so dezent wie möglich.

Sie seufzte schwer, wie nur junge, melodramatisch veranlagte Mädchen das können. Das war überall auf der Welt gleich.

»Mein Name ist Lady Charlotte Brandon, und ich würde Euch gerne dabei unterstützen, einen Skandal zu verursachen.«

Wycliff verschluckte sich spontan an seinem Champagner.

»Ich weiß schon, ich bin schrecklich unverschämt. Und ja, meine Verwandten verzweifeln regelmäßig an mir«, fuhr Lady Charlotte Brandon fort. Der Name ließ etwas bei ihm klingeln, und jetzt dämmerte es ihm. Vermutlich war sie ein Familienmitglied, eine Schwester des Gastgebers vielleicht – und der Duke wiederum hatte eines der ruchlosen Schreibenden Fräulein geheiratet. Diese Lady Charlotte war also, daran bestand kein Zweifel, ein Wolf im Kleid einer Debütantin.

»Was ist, falls ich gar keinen Skandal verursachen möchte?«, fragte Wycliff. Er schaute weiterhin ungerührt auf das Treiben der Tänzer vor sich und tat so, als stünde diese Charlotte nur zufällig neben ihm und als hätten sie sonst nichts miteinander zu tun. Sie war ein junges Mädel und vermutlich noch unverheiratet. Er hingegen war dafür bekannt, ein halsstarriger Sünder zu sein. Diese Kombination war nirgendwo auf der Welt gut gelitten.

Wenn er nicht aufpasste, wären sie einander unter Umständen bereits morgen Früh versprochen.

»Ihr wünscht gar nicht, einen Skandal zu verursachen?« Die junge Frau war fassungslos. Und, wie er zu seinem Amüsement feststellte, zutiefst enttäuscht von ihm.

Schmunzelnd beobachtete Wycliff Lady Althea, die gerade tanzte. Auf dem Parkett machte sie eine besonders gute Figur – und ließ sich, nicht wie im normalen Leben, höchst willig führen. Insgeheim musste der Duke sich eingestehen, dass Tanzen eine ganz besonders erotische Wirkung auf Zuschauer hatte: zu sehen, wie die wilde, feurige Leidenschaft durch die genau bemessenen Schrittabfolgen eines Tanzes gezähmt wurde, war die reinste Freude – und ein Augenschmaus. Althea gelang es, auf der Tanzfläche eine solch positive Ausstrahlung zu verbreiten und eine derartige Energie zu verströmen, dass man spürte: Dieser harmlose, kleine Tanz könnte sich jeden Moment in etwas viel, viel Aufregenderes verwandeln. Ihr Tanzpartner erzitterte geradezu vor ihr.

Am anderen Ende des Ballsaals sah Wycliff Eliza gerade zwar nicht, doch er spürte ihre Nähe daran, wie sich sein Herz schmerzlich zusammenzog und sich die Haare auf seinen Unterarmen aufstellten. In Gesellschaft der großgewachsenen, blonden Frau, mit der er sie zuletzt gesehen hatte, schien Eliza nur ein weiteres Mauerblümchen zu sein. Ein süßes, unschuldiges und schüchternes Mauerblümchen.

Oh, aber er wusste genau, wozu Eliza in der Lage war. Tage und Nächte des Betrugs. Es fiel dem Duke schwer, dies ständig im Kopf zu behalten, denn sie war jetzt nicht mehr wie ein Dienstmädchen gekleidet und gehorchte seinen Wünschen auch nicht länger. Nein, an diesem Abend war Eliza wie eine wunderschöne Frau gekleidet. Eine Erbin, die vom anderen Ende des Ballsaals immer wieder zu ihm herüberschaute. Rasche, bohrende Blicke, die wie Speere eines Kriegers im Dschungel in seine Richtung geworfen wurden.

Eliza trug ein wunderschönes meerblaues Kleid, von dem Sebastian sicher war, dass es ihre Augen wunderbar unterstrich und ihn verzaubern würde, wenn er nur nahe genug an sie herankäme. Was er aber selbstredend nicht tun würde.

Gefahr!, warnte ihn sein Instinkt.

Ihre Haare waren sehr kunstvoll hochgesteckt worden, und einzelne Löckchen und Strähnen umspielten ihren Hals – dies war die Sprache weiblicher Schönheit, mit der er sich nicht auskannte. Vermutlich dauerte es Stunden, um mit Brenneisen und Lockenwicklern und anderen merkwürdigen Gerätschaften so eine Frisur zustande zu bringen. Wycliff wusste genau, was eine Frau damit sagen wollte: Nur eine vermögende Lady hat genug Zeit, um sie für derartige Frivolitäten wie komplizierte, modische Frisuren zu verschwenden. Ein Dienstmädchen, das erst gestern noch die Regale in seiner Bibliothek abgestaubt hatte und ihn in dem Glauben ließ, sie könne nicht mal die Titel auf den Buchrücken lesen, hätte diese Zeit jedenfalls nicht.

Der Effekt, den die Kombination aus Satinkleid, Frisur und Schmuck bewirkten, verwirrte und verzückte Wycliff gleichermaßen. Eliza war eine wunderschöne Frau. Brillant, wagemutig und trügerisch. Sebastian schüttelte den Kopf, als wolle er das Bild dieser Verführerin endgültig aus seinem Kopf verbannen. *Vergiss nicht, du bist immer noch wütend auf sie*, sagte er sich im Stillen.

Aber er konnte nicht leugnen, dass sie atemberaubend schön war. Und er ertappte sich dabei, dass er *diese* Eliza gerne kennenlernen wollte. Die kluge, gerissene, glitzernde und belesene Version von ihr.

»Ich könnte ein heimliches Treffen unter vier Augen arrangieren, wenn Ihr möchtet«, bot Lady Charlotte an. Die Dreistigkeit ihres Vorhabens ging beinahe unter, weil sie das Angebot so leise vortrug.

»Junge Lady …«, setzte Wycliff an, doch ihm fiel selbst auf, wie alt, steif und anständig diese Phrase ihn klingen ließ, obwohl er nichts von alledem war: Seine Haare waren immer noch zu lang – die anderen Herren trugen sie kurz. Auch der Ohrring steckte noch in seinem linken Ohrläppchen und erinnerte an seine Zeit als einfacher Seemann. Und dies alles in einem Raum, in dem die meisten Menschen einem exklusiven und kultivierten Kreis entstammten. Arbeit bedeutete für diese Leute doch höchstens, am Morgen mit Hilfe einer Köchin entscheiden zu müssen, was es abends zu essen geben sollte oder während der Parlamentssitzungen zu schlafen. Unter seinem Abendanzug – den er als Eingeständnis an die Gesellschaft trug, in der er sich aufhielt – bedeckten die tintenschwarzen Wirbel und breiten Linien seiner Tätowierungen Sebastians Brust.

Er war weder alt noch steif oder anständig.

»Lady Charlotte«, versuchte er es erneut.

»Wenn Ihr nicht vorhabt, einen Skandal zu verursachen – wie wäre es dann mit ›sie lebten glücklich bis an ihr Lebensende‹?«, fragte diese nun keck. Das war die naive Sicht, die alle jungen Mädchen auf der Welt teilten, die noch an Märchen glaubten.

Wycliff runzelte verärgert die Stirn.

»Das lasst bitte allein meine Sorge sein«, wies er Charlotte brüsk in ihre Schranken.

»Wenn Ihr darauf besteht, Euer Gnaden«, murmelte diese.

Der Duke spürte deutlich, dass sie seine Auffassung nicht im Geringsten teilte. Und er spürte auch, dass diese junge Frau sich nicht mit höflicher Ablehnung zufriedengab. Und genauso war es auch: Mit blitzenden Augen fuhr Charlotte fort: »Aber ich möchte Euch gerne einer Bekannten vorstellen. Ihre Gesundheit lässt nach, und sie hat ein Vermögen, das sie loswerden möchte. Lady Millicent Strange und ihre Tochter Araminta wären hocherfreut, Eure Bekanntschaft zu machen.«

»Ach, wirklich?«

»Ja, aber Ihr dürft Lady Millicents Hand nicht allzu genau ansehen. Sie wurde ihr von einem wilden Eber abgebissen, wenn Sie verstehen.«

Wycliff musste sich ein Grinsen verkneifen.

»Ich muss Euch meinem Freund Harlan vorstellen. Sein Arm wurde bei einem Haiangriff übel zugerichtet. Er hat außerdem das linke Auge bei einem sonderbaren Unfall verloren, bei dem ein Speer, die Maske eines Stammesführers und ein Kätzchen keine unwesentliche Rolle spielten.«

»Wirklich?«, fragte Lady Charlotte atemlos.

»Das ist ungefähr genauso wahr wie Eure Lady Millicent, ihre Tochter Araminta und der wilde Eber.«

Lady Charlotte schämte sich jedoch kein bisschen, bei einer Lügengeschichte ertappt worden zu sein, sondern grinste nur zufrieden.

»Ihr seid ein Mann mit gesundem Menschenverstand. Das gefällt mir«, erklärte sie ihm.

In diesem Moment wurden sie unterbrochen.

Wycliffs Erwartungen daran, wie die Öffentlichkeit

sein Erscheinen an diesem Abend aufnehmen würde, waren nur gering und bereits vollends geschwunden, als jetzt ein Mann, den er nicht kannte, mit zwei Gläsern Brandy in seine Richtung geschlendert kam.

»Der Name ist Roxbury«, sagte der Mann statt einer Vorstellung und hielt ihm eines der Gläser hin.

»Wycliff«, sagte er und nahm den dargebotenen Brandy. Er gönnte sich einen Schluck.

»Ich weiß«, antwortete Roxbury.

Der Duke sah sein Gegenüber erstaunt an. Diese Offenheit faszinierte ihn. »Waren es die Haare? Der Ohrring? Oder haben meine Tätowierungen mich verraten?«, fragte er Roxbury ebenso direkt wie klar und deutlich.

»Das und der große Bogen, den alle Anwesenden um Euch machen. Für einen Duke ist das wie ein Schlag ins Gesicht«, antwortete Roxbury. Und dann schaute er an Wycliff vorbei und meinte: »Sieh an. Wenn das nicht Lady Charlotte ist!«

»Oh, hallo Roxbury. Euch auch einen guten Abend«, antwortete diese überaus höflich, obwohl sie sich eigentlich ertappt fühlen sollte. *Dieses Mädel hatte wirklich Schneid!*

»Ich hoffe, Ihr genießt diesen Ball. Es könnte ja durchaus Euer letzter sein, wenn Ihr weiter darauf besteht, ihn in Gesellschaft solcher Schurken wie diesem Kerl hier zu verbringen«, erklärte Roxbury und zwinkerte ihr zu. »Wenn ich das richtig verstanden habe, sind Klöster nicht gerade für ihre Partys berühmt. Oder für die Männer dort. Denn dorthin wird Euer Bruder Euch wahrscheinlich schicken, wenn Ihr mehr Scherereien macht als ohnehin schon.«

»Ach, kümmert Euch nicht darum. Es würde die ganze Armee und Kavallerie brauchen, um mich dorthin zu bekommen. Da laufe ich doch lieber mit Euer Gnaden weg. Nach Timbuktu, stellt Euch vor! Ich als blinder Passagier!«

Roxbury stöhnte. »Ich danke dem Herrn jeden Tag aufs Neue, dass ich nicht für Euch verantwortlich bin.«

»Vielleicht sollte ich dem Baby, das Ihr erwartet, zu gegebener Zeit ein paar Unterrichtsstunden geben.«

Roxbury erbleichte, und Lady Charlotte strahlte. Dann verschwand sie ohne ein Wort im Gedränge.

Wycliff hatte diesen Wortwechsel mit wachsendem Interesse beobachtet und setzte allmählich die Puzzleteile zusammen: So keck, wie die beiden einander aufzogen, mussten sie sich eindeutig nahestehen – und ihre Familien ebenso. Es passierte nicht zum ersten Mal, dass er Zeuge einer ähnlichen Szene wurde und die spielerischen Kabbeleien von Leuten absorbierte, die sich mochten. Es passierte ihm allerdings zum ersten Mal, dass seine wissenschaftliche Distanziertheit versagte; heute verspürte er zum ersten Mal in seinem Leben eine große, tiefe Sehnsucht nach einem derartigen Miteinander. Ja, er wünschte sich nichts mehr, als auch Teil einer solchen Familie zu sein.

»Ich wurde damals auch von einem Schreibenden Fräulein gelinkt«, bemerkte Roxbury, sobald Lady Charlotte sie alleine gelassen hatte. »Und zwar ziemlich dreist.«

Das weckte das Interesse des Dukes.

»Sie machen sich einen Spaß daraus, nicht wahr?«, fragte Wycliff und sah Roxbury nachdenklich an. Er war nicht sicher, ob diese Mitteilung seine Wut verrauchen ließ – weil er nun wusste, dass er einer unter vielen war – oder sie sogar erneut anfachte.

»Ja, das scheint so zu sein.« Roxbury nickte und lächelte den Duke wissend an. »Ich für meinen Teil bin ja felsenfest überzeugt, dass es eine ganz natürliche weibliche Neigung ist, überall und andauernd Scherereien zu machen. Schaut Euch nur Lady Charlotte an ... Aber Knightly bringt sie irgendwann schon alle zur Räson!«

Wycliff trank einen Schluck Brandy und dachte nach.

»Ich hoffe, Ihr habt Rache geübt für die Demütigung, die Euch angetan wurde«, sagte Wycliff, worauf Roxbury herzlich lachen musste. Merkwürdigerweise rührte er Wycliffs Herz damit auf eine recht dissonante Art.

»Oh, und wie. Auf meinen Nebenbuhler habe ich geschossen und sie geheiratet«, sagte Roxbury. Er klang immer noch sichtlich amüsiert. »Wie geht das Sprichwort? Wenn ihr sie nicht schlagen könnt, schließt euch ihnen an?«

»Oder: Man soll seinen Freunden nahe stehen und den Feinden noch näher«, meinte Wycliff.

»Ganz genau. Die Ehe ist die perfekte Lösung«, antwortete Roxbury. Und dann runzelte er die Stirn. »Obwohl der Lebemann in mir denkt, ich sollte mir den Mund lieber mit Seife auswaschen, wenn ich allen Ernstes so etwas behaupte.«

»Heirat ist jedenfalls eine interessante Taktik«, stimmte Wycliff wohlwollend zu. Er war dankbar, dass Lady Charlotte nicht mehr neben ihnen stand und seine Worte mithören konnte. Heirat war vermutlich die letzte Möglichkeit, die ihm jetzt noch blieb, falls er die Chancen für eine Expedition nach Timbuktu wahren wollte.

»Es wird jedenfalls nie langweilig in einer Ehe mit einem Schreibfräulein«, behauptete Roxbury und nippte an seinem Drink. »Mir will scheinen, dass die Gesellschaft sehr gespannt ist, was Ihr tut. Mit Eurem Erscheinen heute Abend hat wohl niemand gerechnet.«

Wycliff lächelte ironisch. »Ich scheine für sie unglaublich faszinierend zu sein – auf die Entfernung betrachtet zumindest.«

»Viele von ihnen sind unglaublich dröge und dumm, und man muss schon geduldig mit ihnen sein wie mit kleinen Kindern. Aber kommt, ich stelle Euch ein paar Leuten vor, die es durchaus wert sind, ihre Bekanntschaft zu machen«, schlug Roxbury vor, und Wycliff folgte ihm gutgelaunt in Richtung Kartenzimmer.

Auf dem Weg standen sie plötzlich Knightly gegenüber. Tatsächlich fand diese Begegnung in der Tür zum Kartenzimmer statt – ein ziemlich unbequemer Ort für eine Begegnung. Die Wände zwischen Kartenzimmer und Ballsaal waren massiv und bildeten so eine unausweichliche Barriere. Wycliff blieb ebenso standhaft wie die Wände. Also blieb Knightly nichts anderes übrig, als sich ihm zu stellen oder zu fliehen. Vor den Augen aller Anwesenden.

Kurz war Wycliff von der Möglichkeit beseelt, diesen Mann für seine Taten schwitzen und leiden zu lassen, bis er wie ein Wurm am Angelhaken zappelte. Er erinnerte sich noch sehr gut, wie er Knightly gegenüber lachend gemeint hatte, am Ende werde noch ein Hausmädchen all seine Worte niederschreiben und wie erstaunlich nahe er mit dieser locker dahingesagten Bemerkung der Wahrheit gekommen war. Knightly hatte nur an seinem Brandy genippt und ihn vermutlich für einen Idioten gehalten.

Und jetzt war diese Autorin ganze zehntausend Pfund reicher.

»Knightly.« Wycliff sagte es, als sei der Name seines Gegenübers das Signal dafür, dass die Folter eröffnet sei.

»Wycliff, Roxbury …« Der Verleger grüßte kühl und mit dem Hauch einer angedeuteten Verbeugung, als schere er sich keinen Deut um einen wütenden Aristokraten oder einen zweiten, der schon einmal auf ihn geschossen hatte. Wycliff spürte, wie Eifersucht in ihm aufflammte. Unversehens sehnte er sich nach seiner Waffensammlung.

»Wie gefällt Ihnen der heutige Abend?«, fragte Wycliff den Verleger. Weltmännisch, höflich und weitschweifig.

»Ich möchte behaupten, er entwickelt sich interessant«, antwortete Knightly. »Obwohl ich vermute, dass Ihr lieber hören möchtet, ich würde ihn nicht im Geringsten genießen.«

»Dann sagen Sie mir doch, Knightly, ob Sie vorhaben, S. F. Meadows, unsere liebe Eliza also, als Schreibfräulein für die *Weekly* zu behalten? Nachdem sie zehntausend Pfund reicher ist, hat sie doch keine Veranlassung zu bleiben, oder?«

Knightly und Roxbury tauschten Blicke, die Bände sprachen, und das irritierte ihn. Besonders, da Knightly ziemlich angefressen, wenn nicht sogar wütend gewirkt hatte, als die Sprache auf den Verlust seiner Autorin gekommen war.

»Die Katze ist also aus dem Sack. Früher oder später musste das ja passieren«, meinte der Verleger und zuckte mit den Schultern. »Aber ich wäre mir an Ihrer Stelle nicht so sicher, dass die Tage von ›Der tätowierte Duke‹ tatsächlich schon vorbei sind.«

»Nein, natürlich sind sie das nicht«, erwiderte Wycliff und schüttelte stirnrunzelnd den Kopf. »Man könnte gerade meinen, Sie hätten Ihre Lektion nicht gelernt. Denn Sie schlachten das Leben und die Ehre anderer immer noch ungeniert zu Ihren eigenen Zwecken aus.«

Dieser Treffer saß.

Die Kiefernmuskeln von Knightly zuckten sichtbar, und

er kniff die Augen zusammen. Wycliff hörte sogar, wie er laut und scharf die Luft einsog.

Aus dem Augenwinkel bemerkte er, dass Roxburys fröhliche Miene ernst geworden war. Und er nickte ebenfalls. Also war auch er ein Mann, dem die Schreibenden Fräulein geschadet hatten.

»Ich könnte eine Schlägerei vom Zaun brechen«, überlegte Wycliff laut. »Oder wie ein wütender Unmensch könnte ich Ihnen draußen im Garten eine ordentliche Tracht Prügel verpassen. Vielleicht könnte ich auch die Gerüchte über mich bestätigen und die Essgewohnheiten der Kannibalen adaptieren. Oder ich fordere Sie, wie es sich für zwei englische Gentlemen gehört, zu einem Duell.«

»Das gab's schon«, sagten die beiden Männer gleichzeitig.

»Aber ich glaube, ich lasse es lieber darauf beruhen, Knightly. Sie sollten nur wissen, dass meine Rache nicht so gedankenlos und blutdürstig sein wird, wie Sie auf den ersten Blick denken. Ich kann mehr ...«

»Was wollt Ihr dann?«, fragte Knightly verblüfft. »Wenn Ihr einen ordentlichen Faustkampf anstrebt, sollten wir es einfach hinter uns bringen. Wenn Ihr aber etwas subtiler vorgehen wollt und Euch auf eine hinterhältige Form der Vergeltung verlegt, bin ich sicher, dass ich auch das verdient habe – und dass ich irgendwie damit umgehen kann. Vielleicht können wir uns aber ja auch im Vorfeld einigen. Was kann ich Euch anbieten als Kompensation? Wollt Ihr, dass ich eine Gegendarstellung abdrucke? Ich könnte eine ganze Ausgabe der Zeitung nur der Aufgabe widmen, Eure noblen Taten aufzuzählen und S. F. Meadows als Lügnerin hinzustellen. Aber ich versichere Euch, selbst dann wird die Gesellschaft weiter über Eure nicht so angenehmen Wesenszüge sprechen: über den Mann, den Ihr im Kerker eingesperrt habt, den Kannibalismus, die Harems und die Tätowierungen.«

»Was ich will?«, fauchte Wycliff. »Ich will das zurück, was Sie mir gestohlen haben, Knightly: Ihre Zeitung hat mich um mein Lebenswerk gebracht. Immer wieder wurde betont, was für ein Lüstling und dummdreister Abenteurer ich sei. Mit keinem Wort hat Ihr Blatt meine Leistungen erwähnt: die fremden Sitten zu erklären und unseren Landsleuten darzustellen. Und genau dieses rücksichtslose Front-Machen bringt mich um eine Expedition nach Timbuktu. Ihre gewiefte, hinterhältige Autorin hat mich sogar um das Preisgeld gebracht, das auf ihren hübschen kleinen Kopf ausgelobt war.«

»Ihr könntet sie ja heiraten«, besaß Knightly die Dreistigkeit, ihm vorzuschlagen. Wycliff konnte spüren, wie ihm vor Entsetzen die Kinnlade runterklappte. »Dann würde das Geld Euch gehören.«

Mit einem Schluck Brandy schaffte Wycliff es, sich von dieser Bemerkung zu erholen. Er sagte: »Wenn ich eine ränkeschmiedende, verräterische Frau mit Vermögen eheliche, hätte ich schon vor Wochen Lady Shackley ewige Treue geschworen und wäre bereits unterwegs nach Afrika und würde nicht in diesem völlig überheizten Ballsaal stehen. Dann wäre ich bereits über alle Berge und würde jetzt nicht dieses Gespräch mit Ihnen führen.«

Was Knightly als nächstes sagte, hatte er so nicht kommen sehen. Die Worte kreischten wie Geschützfeuer in seinen Ohren, und er hatte das Gefühl, den Einschlag förmlich zu spüren.

»Aber Lady Shackley liebt Euch nicht«, sagte Knightly schlicht. »Eliza schon.«

Kapitel 49

Geheime Botschaften

Wycliff wollte gerade verschwinden, als der Diener direkt auf ihn zugeeilt kam. Er trug ein Silbertablett mit einem weißen steifen Stück Pergament, das gefaltet und versiegelt war.

»Euer Gnaden«, murmelte er und reichte dem Duke das Briefchen dar wie eine Opfergabe an einen wankelmütigen heidnischen Gott.

Wycliff nahm das Briefchen und öffnete es. Die Handschrift stammte von einer Frau.

Nachdem er die kurze Nachricht gelesen hatte, schaute der Duke sich suchend im Ballsaal um und fragte sich mit ehrlichem Interesse, wer ihn wohl in einer Viertelstunde, um Mitternacht, in der Bibliothek treffen wollte.

Eliza hatte ihren Zustand als Mauerblümchen weiterhin mit Annabelle und ordentlich Champagner gepflegt.

»Ist er einfach ein Idiot? Oder will er nicht mit mir tanzen?«, überlegte Annabelle gerade laut. Sie hatte ihn in ein Gespräch verwickelt und immer wieder Andeutungen gemacht, wie gerne sie tanzen würde. Trotzdem hatte Knightly sie nicht aufgefordert. »Und warum, um alles in der Welt, will er nicht mit mir tanzen? Ich bin doch hübsch, oder?«

Eliza lächelte. »Du bist wunderschön, Annabelle. Er ist einfach verrückt.«

»Ich bin fast geneigt, dir zuzustimmen«, meinte Annabelle düster.

Eliza horchte auf. Das war eine Premiere. Sonst hatte Annabelle ihn immer verteidigt. Immer.

Dann unterbrach ein Diener ihr Gespräch mit einem Briefchen auf einem Silbertablett. Eliza und Annabelle tauschten verschmitzte, verwunderte Blicke, ehe Eliza den Brief entgegennahm und öffnete.

»Na sowas! Wer mag dich wohl um Mitternacht in der Bibliothek treffen?«, fragte Annabelle aufgeregt, die ihr über die Schulter geschaut und mitgelesen hatte. »Das kann doch nur Wycliff sein, oder?«

»Es könnte auch jemand anderes sein«, meinte Eliza ausweichend. Sie wollte sich nicht einer möglicherweise unberechtigten Hoffnung hingeben.

»Natürlich könnte es auch jemand anderes sein. Aber ich bin sicher, es ist Wycliff. Oder es ist eine gemeine Falle, die dir jemand stellt. Es könnte gefährlich werden«, meinte Annabelle strahlend. »Ich muss dich auf jeden Fall begleiten. Zu deiner eigenen Sicherheit.«

»Annabelle, das ist wirklich nicht …«

Aber in diesem Moment stieß jemand von hinten gegen Eliza. Das Briefchen segelte auf den polierten Hartholzboden, und den Champagner verschüttete sie auf ihr Kleid. Ihr schönes, blassblaues Seidenkleid.

»Oh, ich bitte vielmals um Entschuldigung«, sagte die Frau gedehnt. Eliza drehte sich um und stand niemand anderem als Lady Althea Shackley gegenüber. Lady Althea, die Wycliff offen und voller Hingabe liebte. Lady Althea mit dem Geld für seine erste Reise. Lady Althea mit dem falschen Kind und den Briefen für den Duke. Hades' persönliche Harpyie.

»Wenn Ihr erlaubt«, gurrte Lady Althea und schaffte es mit Müh und Not, das Briefchen vom Boden aufzuheben. Ihr Kleid war eigentlich nicht für solch ein Abenteuer geeignet, aber es schien ihrer Neugier nichts entgegensetzen zu können.

Lady Altea las dreist die Nachricht und blickte dann auf die große Uhr über dem Kamin.

»Da bleibt Ihnen ja nicht mehr viel Zeit«, meinte sie. »Es ist schon fast Mitternacht, und Ihr Kleid ist mit Champagner getränkt. Ich denke, Sie sollten schleunigst etwas unternehmen. Ist doch wohl besser, wenn Sie bei Ihrem heimlichen Treffen mit Ihrem Liebhaber nicht nach Wein stinken. Aber wer weiß? Vielleicht gefällt ihm das ja auch.«

Elizas Temperament flammte auf. Sie schnappte nach dem Brief.

»Ja, aber ich vermute mal, dass Sie das nicht wissen können, Lady Althea. Schließlich hat er im vergangenen Jahrzehnt nur ein Minimum an Kontakt mit Euch gepflegt«, schleuderte sie ihrer Widersacherin entgegen.

Hades' persönliche Harpyie sog scharf die Luft ein, und Eliza verkniff sich nur mühsam ein zufriedenes Schnaufen.

»Und jetzt entschuldigt uns bitte«, sagte sie großmütig und schob sich mit Annabelle im Schlepptau an ihr vorbei. »Ich musste einfach verschwinden. Nicht, dass sie noch das letzte Wort behält«, erklärte sie ihrer Freundin, als sie ein paar Schritte gegangen waren.

»Das hast du sehr gut gemacht. Ich bin ehrlich beeindruckt. Und jetzt? Gehen wir jetzt in die Bibliothek?«

Eliza lächelte, weil Annabelle ganz selbstverständlich *wir* sagte. Sie würde allein dorthin gehen. Zu Wycliff. Es musste einfach er sein.

»Nach einem Abstecher in den Ruheraum für Damen, ja. Hades' persönliche Harpyie hat recht, ich stinke nach Champagner.«

»Es könnte schlimmer sein. Wenn du nach Brandy stinken würdest, zum Beispiel.« Annabelle kräuselte die Nase.

»Ich frage mich, ob der Duke – und alle anderen Männer – nicht sehr viel mehr davon hielten, wenn eine Frau nach Brandy riecht und nicht nach irgendwelchen blumigen Düften«, überlegte Eliza laut.

»Vielleicht muss ich das ja machen, um Knightlys Aufmerksamkeit auf mich zu ziehen ...« Annabelle verzog den Mund zu einer Mischung aus Verärgerung und Enttäuschung. Aber wenigstens seufzte sie nicht mehr so traurig. »Oh, schnell! Es ist schon fast Mitternacht!«

Kapitel 50

Ein mitternächtliches Rendezvous

Es war fast Mitternacht.

Wer Lady Charlotte kannte, könnte es durchaus für möglich halten, dass diese Julianna gegenüber ganz nebenbei erwähnte, von einem geheimen Treffen in der Bibliothek gehört zu haben, das in Kürze stattfinden sollte. Und wer sich dies vorstellen kann, der hält es sicher auch nicht für abwegig, dass die berüchtigte Lady *Sperling* Rawlings, die so genannt wurde, weil sie ständig vor sich hin zwitscherte, bemerkte, wie Julianna sich zielstrebig auf die Bibliothek zubewegte und diesen Umstand entsprechend kommentierte, woraufhin Lady Charlotte die Neugier der Lady noch weiter anzufachen wusste …

»Warum folgt Ihr ihr nicht einfach?«, schlug Charlotte ganz beiläufig vor. Und ihre Worte verfehlten ihre Wirkung tatsächlich nicht, denn Lady Rawlings dachte ernsthaft über diese Frage nach. Lady Charlotte juckte es förmlich, ebenfalls hinter Julianna herzulaufen. Zumal sie eine ziemlich genaue Vorstellung davon hatte, was gleich in der Bibliothek vor sich gehen würde. »Ich glaube, ich sollte auch gehen.«

Lady Rawlings kniff die Augen zusammen und schüttelte missbilligend den Kopf. »Ihr könntet Zeugin einer Szene werden, die für junge Ladys unangemessen ist«, schalt sie Lady Charlotte.

»Oh, aber das hoffe ich doch!«, antwortete diese vorlaut. Und dann lief sie davon – taumelig vor Glück, weil sie sich auf das freute, was sich in Kürze vor ihren Augen abspielen würde.

Wer Lady Charlotte also kennt, der könnte sich gut vorstellen, dass der tätowierte Duke eine Rolle in dem kleinen Bibliotheksdrama spielen und dass ein gewisses Schreibfräulein in die Sache verwickelt werden würde. *Gut möglich,* denken diejenigen, die Lady Charlotte kennen, *dass Champagner und ein Schuss Romantik dazugehören und* es *infolgedessen zu einem ausgewachsenen Skandal kommt. Jedenfalls, wenn alles nach Plan verläuft.*

Lady Charlotte erschauderte wohlig bei ähnlichen Gedanken, die ihr auf dem Weg in Richtung Bibliothek durch den Kopf gingen.

»Habt Ihr Wycliff gesehen?« Lady Charlottes Aufmerksamkeit wurde von einem Mann zu ihrer Linken abgelenkt, der sich bei einem anderen Gentleman nach dem Duke erkundigte. »Er ist mein Cousin«, fügte er erklärend hinzu.

Dass sie nicht stehen blieb, um mehr zu erfahren, hätte den Frager eigentlich wundern müssen – immerhin war Lady Charlotte für ihren Wunderfitz bekannt. Und mit ein bisschen Nachdenken hätte er leicht darauf kommen können, dass es nur eine Erklärung für Lady Charlottes Desinteresse gab: Sie wusste ganz genau, wo Wycliff steckte, wollte es aber nicht verraten. Noch nicht jedenfalls.

Charlotte war sicher, dass es gleich eine gar wunderbare Versöhnung zu beschauen gäbe – immerhin hatte sie die Szene, die sich nun bald abspielen würde, bis ins kleinste Detail inszeniert. Eliza, der Duke, die Briefchen, der Ort – sie hatte alles perfekt eingefädelt. Und die paar umwerfend romantischen Sätze, die Eliza von den Füßen holen würden, fielen dem Duke hoffentlich auch ohne ihre Unterstützung ein.

Lady Rawlings gesellte sich zu ihr. »Ihr solltet eine Anstandsdame an Eurer Seite haben«, erklärte sie entschieden.

Charlotte lächelte hinter ihrem Fächer. Vielleicht würden Eliza und der Duke ihre erstgeborene Tochter nach ihr benennen, zu Ehren der Possen, die sie betrieb, um die beiden endgültig zusammenzubringen. Es war ein wunderbarer Plan – Briefchen, die Bibliothek, das heimliche Treffen um Mitternacht – also, was konnte da noch schiefgehen?

Der Duke fand die Bibliothek ohne Probleme, denn sie war nur wenige Schritte vom Ballsaal entfernt. Dort hatte jemand alles für ein romantisches Treffen hergerichtet, stellte er fest: Kerzen brannten, Blumen lagen verstreut, und sogar eine Flasche Champagner stand mit zwei Gläsern bereit. Hier hatte ganz offensichtlich jemand eine Verführung im Sinn. Und dieser Jemand war nicht er.

War das Elizas Versuch, ihn um Verzeihung zu bitten? Wycliff schenkte sich ein Glas Champagner ein und überlegte, warum die Aussicht auf eine Begegnung mit ihr in ihm diese Enge in der Brust hervorrief und warum sein Herz so dumpf hämmerte. Sie war so wunderschön heute Abend. Er seufzte, als er sich daran erinnerte, dass sie eine Verräterin war.

Die Tür öffnete sich. Erst nur einen Spalt, als sei sie unsicher – dann schob sich eine Frau in die Bibliothek und schloss leise die Tür hinter sich.

»Wycliff«, sagte sie leise. Ein Lächeln umspielte ihre Lippen, als sie die Szene vor ihren Augen erfasste: ein

Duke und alle Werkzeuge, die es für einen romantischen Antrag brauchte.

»Lady Althea«, murmelte der Duke. Warum nur verspürte er plötzlich eine Lawine der Enttäuschung?

»Erinnerst du dich noch daran, wie wir uns einmal auf dem Teppich in Shackleys Bibliothek geliebt haben? Es brannte ein munteres Feuer, und wir tranken Wein, während draußen ein Gewitter tobte.«

Spontan setzte Wycliff das Glas noch einmal an und trank mehr Champagner. In seinem Kopf schrillten sämtliche Alarmglocken.

»Ich erinnere mich gut. Besonders an die Reibung des Teppichs, der meinem Rücken ziemlich zusetzte«, antwortete er dann trocken.

»Ach, Wycliff!«, lachte sie, als mache er Witze. Aber das tat er nicht. Das war das erste und letzte Mal gewesen, dass er eine Frau auf einem Teppich geliebt hatte, ohne vorher eine Decke oder ein Fell unterzulegen. Er trank sein Glas in einem Schluck aus. *Auf die Lektionen, die man auf die harte Tour lernt*, prostete er sich insgeheim selbst zu. Dann goss er sich nach.

»Willst du mir nicht auch etwas Champagner anbieten?«, flötete Althea.

Lieblos goss Wycliff etwas in das zweite Glas und reichte es ihr mit den harschen Worten: »Damit du es gleich weißt, Althea: Das hier habe ich nicht arrangiert. Ich werde nicht versuchen, dich zu verführen, und ich habe nicht die Absicht, unsere verrückte, leidenschaftliche Affäre von vor zehn Jahren wiederaufleben zu lassen.«

Und dann erstarrte er. Im Korridor waren Stimmen zu hören.

Lady Althea hörte die Stimmen ebenfalls, wenn er das

boshafte Lächeln auf ihren rotbemalten Lippen richtig deutete.

»Was du auch gerade denkst, um Gottes willen, tu es nicht …«

Lady Althea zog aber bereits ihr Mieder nach unten. Und er war so dumm, die Hand nach ihr auszustrecken, um es wieder nach oben zu schieben. Nackte Hände verstrickten sich mit dem roten Satin und Lady Altheas nackter Haut, als die Tür weit aufgerissen wurde.

»Oh mein Gott!«, schrie eine grauhaarige Matrone. »Wie absolut schockierend. Und ekelhaft! Ich hätte nie, niemals …«

»Oh mein Gott«, keuchte die wunderschöne Frau neben der Matrone, die im ersten Moment wie erstarrt dagestanden hatte. Er erkannte sie als eines der Mädels, mit denen Eliza früher an diesem Abend geplaudert hatte.

»Ist das etwa mein Cousin?« Nun mischte sich eine andere Stimme ein, die nur zu Basil gehören konnte. Wycliff stöhnte auf.

»Wer ist es? Etwa der tätowierte Duke?«, rief jetzt aus dem Hintergrund eine Stimme, die er nicht kannte. Tatsächlich meldeten sich daraufhin gleich mehrere Stimmen, die ihm nicht vertraut waren.

»Das ist nicht, wonach es aussieht«, sagte er wie so viele wilde Wycliffs schon vor ihm. Jemand in der Menge schnaubte ungläubig, und wenn er ehrlich war, konnte Sebastian es keinem der Anwesenden verdenken, wenn sie ihm nicht glaubten.

Und dort, etwas links und abseits von den anderen stand Lady Charlotte und hatte die Augen vor Entsetzen weit aufgerissen. Als sein Blick auf ihr ruhte, besaß sie zumindest so viel Anstand zu erröten, den Kopf zu senken und betreten zu Boden zu schauen. Sofort wurde ihm alles klar: Sie hatte diese Intrige gesponnen, von den Briefchen bis hin zu der »plötzlichen Unterbrechung«.

Wycliff wog seine Optionen ab. Er konnte ihre Rolle in dieser albernen Verschwörung aufdecken, was allerdings, wenn er sich richtig auf die Doppelmoral der Gesellschaft entsann, ihre Aussichten für immer zerstören würde. Oder …

»Wycliff hat gerade um meine Hand angehalten!«, sprudelte Lady Althea hervor. Die Menge, die inzwischen in die Bibliothek strömte, schnappte angemessen schockiert nach Luft.

Und dem Duke? Dem fiel die Kinnlade herunter vor Überraschung, und sein Herz setzte für einen Moment lang aus. Seine Lungen konnten keine Luft mehr einatmen, und ein Teil seiner Seele war wie gelähmt.

Alle starrten auf ihn.

Er räusperte sich und erwiderte die Blicke. »Ich habe nichts dergleichen getan«, sagte er dann mit fester Stimme. Es war absolut nicht das Verhalten eines Gentleman, einer Lady so vehement zu widersprechen, das war Wycliff bekannt. Aber wenn solch grobe, lebensverändernde Lügen verbreitet wurden, musste man auch eine Ausnahme machen dürfen! Sein Protest jedoch ging in dem wachsenden Gemurmel unter, das nun einsetzte. Ein Feuersturm aus Geplapper, das Lady Althea und ihn umschloss.

»Was für ein romantischer Antrag!«, rief jemand.

»Die Blumen sind wunderschön, und dann die Kerzen! Er hat sogar an Champagner gedacht.«

Wycliff konnte nicht sehen, wer all diese verfluchten, angeblichen Beweise der Ernsthaftigkeit seines »Antrags« vortrug. Er sah nur Lady Charlotte, die inzwischen heftig auf ihre Unterlippe biss. Wenigstens schien sie nicht stolz auf sich zu sein.

Er glaubte sogar zu sehen, wie ihr Mund die Worte *Es tut mir leid* formte.

Diese verfluchten Weiber mit ihren Vorstellungen von Skandalen und Romantik und mitternächtlichen Stelldicheins! Wycliff hätte seine Wut am liebsten laut herausgeschrien.

Lady Althea nutzte diesen Augenblick, um sich an seinen Arm zu hängen. Ihre Berührung war für ihn so einengend wie das Würgen einer Boa constrictor, die sich erst um ihr Opfer windet und ihm dann die Luftzufuhr abschnürt. Aber er war ein Duke – noch dazu ein wilder Wycliff –, ein Mann, der gerade erst von einer Weltumsegelung zurückgekehrt war, der Wüsten und Dschungel und andere unvorstellbare Prüfungen und Abenteuer überstanden hatte. Er würde nicht von einer Frau zu Fall gebracht werden!

Fieberhaft wog der Duke seine armseligen Fluchtmöglichkeiten ab. Doch dann schob er sich einfach durch das Gedränge zum Fenster. Seelenruhig öffnete der Duke of Wycliff das Fenster und kletterte nach draußen.

Erst nachdem er ungefähr einen Block weit durch die kühle Nachtluft gelaufen war, fragte er sich, wo Eliza wohl die ganze Zeit gewesen war.

Kapitel 51

In dem unsere Heldin hintergangen wird

Im Ruheraum der Ladys

Oh, wie die Demütigung brannte! Sie tat so weh! Eliza runzelte die Stirn. Und: Herrje, war sie wütend!

Zuerst hatten Annabelle und sie feststellen müssen, dass sie im Ruheraum eingesperrt waren.

Nein, falsch: Zuerst war sie in ihrem eigenen Champagner gebadet worden, dank Lady Althea. Ihr neues Seidenkleid war nun vollkommen verdorben, obwohl sie sich anstrengte, den Champagner vom Seidenstoff zu tupfen.

»Es ist schon in Ordnung. Du hast ja jetzt zehntausend Pfund, das wird ja wohl für ein neues Kleid reichen«, sagte Annabelle in dem ernst gemeinten Versuch, sie zu trösten.

»Ich hatte aber nicht vor, das Geld dafür auszugeben. Und außerdem muss ich jetzt entweder den Ball früh verlassen oder in einem nassen Kleid herumspazieren. Ich bin leider nicht so ganz vertraut mit der Etikette, aber ich bin mir ziemlich sicher, dass man sowas nicht macht.« Sie konnte Wycliff doch nicht in einem nassen Kleid gegenübertreten, das noch dazu nach Champagner stank!

»Wir leihen uns einfach eins von Sophie«, schlug Annabelle vor. »Das geht ganz schnell. Du wirst höchstens für eine halbe Stunde weg sein.«

»Annabelle, so viel Zeit bleibt mir nicht! Es ist jetzt schon nach Mitternacht.«

»Dann sollten wir lieber gehen. Mach dir keine Gedanken mehr um dein Kleid. Ich bin sicher, es wird dunkel genug sein in der Bibliothek.«

Und dies war der Moment, in dem sie entdeckten, dass die Tür verschlossen war. Von außen. Vielleicht klemmte sie auch nur, überlegte Eliza kurz, oder der Riegel war vorgeschoben. Eins jedenfalls war offensichtlich: Die Tür ließ sich nicht öffnen. Und noch etwas war schmerzhaft offensichtlich: Es würde für Eliza kein mitternächtliches Rendezvous geben.

»Oh, Eliza, das tut mir so leid«, stöhnte Annabelle.

»Warum sollte es das? Es ist ja nicht deine Schuld«, sagte Eliza und sog hörbar die Luft ein. Es war Lady Altheas Schuld. Oder Schicksal. Irgendetwas oder irgendjemand hatte sich jedenfalls gegen sie verschworen, um sie von ihrer wahren Liebe fernzuhalten.

»Ich meine eher, es tut mir leid im Sinne von *ich leide mit dir*. Ich glaube, man könnte sagen, *es tut mir Mitleid*«, sagte Annabelle.

»Kann man das überhaupt so sagen?«, fragte Eliza.

»Ich glaube, ich habe den Begriff gerade erfunden«, sagte Annabelle und lächelte trotz der beängstigenden Umstände.

»Wenn du wenigstens einen Weg aus diesem Ruheraum erfinden könntest …«

Schließlich gelang ihnen die Flucht erst, nachdem sie so lange gewartet hatten, bis eine andere Frau ein menschliches Bedürfnis verspürte und die Tür von außen öffnete. Eliza und Annabelle schossen heraus und liefen in einem ziemlich undamenhaften Tempo Richtung Bibliothek.

Sie waren nicht die Einzigen. Ein beständiger Strom Gäste ergoss sich vom Ballsaal Richtung Bibliothek. Allem Anschein nach war dort gerade eine Szene im Gange. Die zwei Schreibenden Fräulein trafen gerade noch rechtzeitig ein, um zu hören, wie Lady Althea (um niemanden sonst konnte es sich handeln) verkündete: »Der Duke hat soeben um meine Hand angehalten!«

»Oh, Eliza!«, klagte Annabelle und klang, als tue es ihr wirklich und aufrichtig *Mitleid*. Aber Eliza schob sich bereits durch die Menschenmenge Richtung Ausgang. Sie wollte nur noch eines: schleunigst aus diesem Haus gelangen. Und nach Hause. In ihr eigenes Bett daheim in der Wohnung ihrer Eltern Nähe Covent Garden. Sie wünschte, sie könnte ihr ganzes Unglück abstreifen wie das nasse Kleid, das sie am Leib trug: die Kolumne, den Duke, den Skandal. Sie wünschte, in ihrem Bett bei den Eltern einzuschlafen, am nächsten Morgen aufzuwachen und wenigstens für einen winzigen, strahlenden Moment zu denken, dass nichts von alledem je passiert war. Und dass sie die Liebe ihres Lebens getroffen hatte.

Ohne die Aussicht, sie wieder verlieren zu müssen. An Hades' persönliche Harpyie.

Bei diesem Gedanken fing Eliza an zu weinen.

Sie hob die Hand, um eine Mietdroschke heranzuwinken.

Der überwältigende Wunsch heimzukommen ließ Eliza alle Vorsicht vergessen und den gesunden Menschenverstand mit Füßen treten. Sie hatte geliebt, und jetzt hatte sie verloren. Für sie zählte sonst nichts.

Jedenfalls nicht, bis sie gepackt, gefesselt, geknebelt und in eine Kutsche geworfen wurde, die danach in einem rasenden Tempo davonpreschte.

Kapitel 52

In dem unsere Heldin vermisst wird

Die Bibliothek von Wycliff House

Diese verfluchten Zeitungen hatten offensichtlich nichts Besseres zu tun, als einmütig seine Verlobung und die baldige Hochzeit zu verkünden. Die Klatschreporter überschlugen sich beinahe vor Begeisterung und schwadronierten in aller Ausführlichkeit über eine baldige Ehe, um die er sich nie bemüht, geschweige denn ihr zugestimmt hätte. Im Gegenteil: Er hatte Altheas Heiratsantrag damals rundweg abgelehnt.

Empört warf Wycliff die Gazetten beiseite. Er gab sich nicht einmal die Mühe, von seinem bequem gepolsterten Sessel vor dem Kamin aufzustehen, um dieses Revolverblatt wütend zusammenzuknüllen, ehe er es den Flammen zum Fraß vorwarf. Wozu auch – es gab schließlich keinen Grund, solch eine Vorstellung zu liefern: Er hatte ja kein Publikum. Kein freches Hausmädchen, das ihn diskret aus ihren meerblauen Augen beobachtete.

Eliza war verschwunden, und er konnte ihre Abwesenheit förmlich spüren – es fühlte sich an, als wäre das Haus plötzlich leergeräumt worden. Es war so offensichtlich und fühlte sich hohl an. Leer.

Wycliff schnaubte. Dieses Selbstmitleid musste auf der

Stelle aufhören! Er würde sich schon irgendwann daran gewöhnen, und außerdem würde er ohnehin bald zu seiner Reise aufbrechen. Allein.

Und tschüss, sagte er sich. Aber der Gedanke hatte nicht lange Bestand; die Gefühle reichten nicht, um ihn lange genug von Elizas Fehlen abzulenken. Gott, wie sehr er sie aller Vernunft zum Trotz vermisste!

Wycliffs Blick wanderte zu dem Haufen Zeitungspapier, und in seine Wut mischte sich Trotz. Nur weil die Zeitungen behaupteten, er werde Lady Althea Shackley heiraten, hieß das noch lange nicht, dass er das auch tun würde!

Vielleicht, wenn es ein ehrliches Missverständnis gewesen wäre. Wenn die Leidenschaft seinen Verstand ausgeschaltet hätte. Stattdessen aber war dies alles eine Intrige, gesponnen von einem funkeläugigen Mädchen der Gesellschaft, die dann von Hades' persönlicher Harpyie für ihre eigenen Zwecke missbraucht wurde.

Wycliff atmete tief ein und aus. Nein, seine Entscheidung stand fest: Er schätzte seine Freiheit mehr als die Vorspiegelung eines Ehrgefühls oder die Regeln der Gesellschaft. Die von den Journaillen herbeigeschriebene Hochzeit würde es nicht geben!

»Euer Gnaden«, psalmodierte Saddler irgendwo in der Nähe seiner linken Schulter. Der Duke erschauerte, was er als verdammt würdelos empfand.

»Lieber Himmel, Mann! Kündigen Sie sich beim nächsten Mal an, und hören Sie auf, sich an mich anzuschleichen«, zeterte Wycliff.

»Bitte vielmals um Verzeihung, Euer Gnaden«, sagte Saddler mit derselben monotonen Stimme. »Ihr habt Besucher. Ladys. Drei Ladys.«

»Du lieber Gott«, stöhnte Wycliff. Drei weibliche Besucher auf einmal verhießen definitiv nichts Gutes.

»Genau das habe ich auch gedacht, Euer Gnaden«, besaß der Butler die Frechheit anzumerken.

»Ist Lady Althea Shackley eine der drei Ladys?«

»Nein, Euer Gnaden. Ich glaube, es handelt sich um die Schreibenden Fräulein.« Saddler äußerte die Bezeichnung für die jungen Damen ebenso verächtlich wie er vermutlich *Luzifers Harem* aussprechen würde. Bekanntlich hielt er ja nicht besonders viel von »Satans eigenem Höllenblatt« und den Frauen, die dafür schrieben.

»Bringen Sie sie in den Salon«, befahl Wycliff und wurde auf einmal wieder erstaunlich munter. Er war immer noch ein Abenteurer, ein Entdecker. Und drei Schreibende Fräulein warfen für ihn die eine, naheliegende, hochinteressante Frage auf: Wo steckte die vierte?

Im Salon blickten drei beklommene Gesichter verzweifelt zu ihm auf. Die Frauen kneteten nervös die Hände. Rasch hatte man sich miteinander bekannt gemacht, damit man sogleich zur Sache kommen und sie berichten konnten, was so schrecklich war, dass sie die gesellschaftlichen Regeln ignorierten, nach denen es einer Lady strikt verboten war, bei einem Mann wie ihm vorzusprechen.

Eliza war nicht unter ihnen. Warum?

Der Duke zwang sich, eine ungerührte Miene aufzusetzen. Aber ein nagendes Gefühl machte sich in seiner Magengegend breit. Irgendetwas stimmte hier nicht.

»Euer Gnaden, es tut uns leid, wenn wir hier so eindringen, aber eine drängende Angelegenheit zwingt uns dazu«, fing die Duchess Lady Brandon an.

»Eliza wird vermisst«, stieß die Blonde hervor und kam dankenswerterweise direkt zum Punkt.

Das ist nicht mein Problem, wollte Wycliff sich einreden. Aber der Gedanke hatte nicht lange Bestand.

»Wir wissen nichts über Elizas Verbleib und dachten, Ihr könntet vielleicht Licht ins Dunkel bringen. Ist sie hier?«, fragte Lady Roxbury knapp.

Bei dieser Frage musste der Duke laut lachen.

»Warum, wenn ich fragen darf, soll ausgerechnet ich das wissen?«, fragte er. »Meint Ihr vielleicht, ich hätte sie womöglich festgesetzt als Strafe für den grausamen Verrat und das verzerrte Bild, das sie in der Zeitung von mir gemalt hat? Weil sie mir erst meinen Ruf und dann meinen Lebenstraum ruiniert hat? Vielleicht vermutet Ihr ja sogar etwas Schlüpfrigeres. Aber falls Ihr es noch nicht gehört habt, werte Fräulein: Ich bin verlobt. Mit Lady Shackley.« Sein Blick richtete sich jetzt auf den Rotschopf, Lady Roxbury. »Natürlich wisst Ihr alle Bescheid, verehrte Fräulein. Immerhin ward Ihr, Lady Roxbury, doch dort und habt alles mit angesehen. Und untereinander kennt ihr Weiber doch keine Geheimnisse – weshalb ich also schließen darf, dass Eure beiden Freundinnen auch Bescheid wissen. Des Weiteren sollte man davon ausgehen, dass Ihr als die Schreibenden Fräulein die Zeitung lest.«

»Lady Charlotte tut das alles schrecklich leid«, sagte die Duchess beschwörend. Sie sah sehr gequält aus.

»Ja, schön und gut. Sie wird ihre wohlverdiente Strafe eines Tages wohl bekommen, und dann wird sie es sich ganz allein zuzuschreiben haben. Dann könnt Ihr sicher sein, welcher Mann ihr *nicht* zu Hilfe eilen wird.«

»Da wir schon von Hilfe reden – wir haben Angst um Eliza«, ergriff nun die blonde Annabelle wieder das Wort. Sie schien den Tränen nahe. Wycliff seufzte. *Auch das noch.* Weinende Frauen waren so gar nicht seine Spezialität.

»Darum sind wir hier«, pflichtete Lady Roxbury ihrer Freundin bei.

»Ich habe Euch schon gesagt, ich habe keine Ahnung, wo sie steckt.« Jetzt war der Duke irritiert. Sie ging ihn doch nichts mehr an. Was auch immer passierte, er war aus der Nummer raus. Er runzelte die Stirn. Warum aber fürchtete er dann das Schlimmste?

»Das wiederum bringt uns zu unserer zweiten Frage«, sagte Lady Roxbury.

»Helft Ihr uns, sie zu finden?«, bat die Duchess.

Wycliff lachte. Erneut klang sein Lachen alles andere als fröhlich. Von allen Frauen auf der ganzen Welt war keine ihm so sehr unter die Haut gegangen und hatte sich ihm ins Herz gegraben wie Eliza. Er wollte laut Nein brüllen und diesen Hühnern drohen, sich vor seinem Zorn zu ducken und sofort zu verschwinden. Er wollte so sehr nichts darauf geben, dass sie vermisst wurde. Aber sein Puls hatte sich nicht mehr beruhigt, seit die Schreibfräulein gesagt hatten, dass *Eliza vermisst* wurde.

Das muss wohl Liebe sein, überlegte Wycliff widerstrebend. Jede Andeutung von Stolz, jede Abwägung von Richtig oder Falsch, ja: alles – wirklich alles! – verblasste angesichts der plötzlichen Sorge um Eliza. Es blieb nur eine unumstößliche Wahrheit bestehen: Seiner Liebsten sollte es gut gehen. Eliza musste in Sicherheit sein. Das war alles, was noch zählte.

Erst jetzt, bei diesen schwerwiegenden Gedanken, hielt Sebastian kurz inne, um sich ein Leben ohne Eliza vorzustellen. Insekten katalogisieren ohne ihre Wortgefechte. Die Arbeit im Gewächshaus ohne heiße Küsse. Was waren seine skandalösen Tätowierungen schon ohne ihre Hände, ihren Mund, ohne ihre Berührung oder ihren Blick, der darauf ruhte? Er dachte an Elizas Blick, den sie ihm immer über den Frühstückstisch hinweg zugeworfen hatte (dabei sollte sie an seiner Seite sitzen und ihm nicht den Kaffee servieren). Eliza war sein erster Gedanke nach dem Aufwachen und sein letzter Gedanke beim Einschlafen. Er dachte an diese Leere im Haus ohne sie.

Wycliff stellte sich sogar vor, wie er in Timbuktu eintraf und sich im selben Moment an Eliza wandte, um mit einem Freudenkuss den gemeinsamen Triumph zu feiern.

Aber ihr Verrat …

Sie hatte seine Geheimnisse verraten …

Ihn benutzt …

Sie war verheiratet …

Plötzlich bedeutete das alles nichts mehr. Wenigstens nicht genug, um nicht alles dafür zu tun, sie zu retten.

Für ihn gab es auf einmal keinen Grund, länger darüber nachzudenken oder sein Herz zu befragen. Er musste ihr helfen!

Ja, er würde dafür sorgen, dass sie in Sicherheit gebracht wurde.

Für ihn gab es jetzt nur noch dieses eine Versprechen.

Mrs. Buxby wählte diesen Moment, um mit einem Tablett mit Tee einzutreten.

»Ihr habt nach Tee verlangt?«, fragte Wycliff seine Gäste, die sich sogleich über das Tablett hermachten, als seien sie hier zu Hause.

»Ich trage ein Kind unter dem Herzen«, antwortete Lady Roxbury. »Ich brauche ständig kleine Erfrischungen.«

»Dann wünscht ihr vielleicht, den Tee lieber nicht zu trinken«, erklärte Wycliff ihr. Sie hob fragend den Kopf und schenkte sich seiner Warnung zum Trotz eine Tasse Tee ein. Er musste sich ein Lachen verkneifen, weil sie den mit Whiskey versetzten Tee schon nach dem ersten Schluck wieder ausspuckte.

»Die Ladys bedürfen der Stärkung«, verteidigte sich Mrs. Buxby. »Besonders, wenn sie sich auf die Suche nach Eliza machen wollen.«

»Wie haben Sie denn davon erfahren?«, wollte Wycliff wissen.

»Ach, du meine Güte, Euer Gnaden! All Eure Diener wissen über alles Bescheid. Jeder von uns hätte diese Kolumne schreiben können. Wenn wir denn schreiben könnten.«

In all den Jahren war Mrs. Penelope Buxby stets eine freundliche, niedliche und beschwipste alte Matrone gewesen. So hatte sie jedenfalls nicht mehr mit ihm gesprochen, seit … ja, seit er ein kleiner Junge gewesen war, der sich auf der Suche nach Kuchen heimlich aus dem Kinderzimmer schlich.

»Sie sind heute aber ziemlich direkt«, erklärte Wycliff ihr. »Haben Sie etwa getrunken, Mrs. Buxby?«

»Nur Tee«, antwortete diese selbstbewusst. Eines der Schreibenden Fräulein musste sich ein Lachen verkneifen. Mrs. Buxby machte »hmpf« und verließ den Salon, um im Flur schamlos weiter zu lauschen.

»Wann habt Ihr sie das letzte Mal gesehen?«, fragte Wycliff, kaum hatte sich die Tür hinter der Haushälterin geschlossen. Sie konnte nicht verloren gegangen sein; dafür war Eliza viel zu klug. Alles, was er tun musste, war, diesem Hühnerhaufen mit ein paar logischen Gedankenspielen auf die Sprünge zu helfen. Bestimmt fiel ihnen ein sicherer Ort ein, wohin Eliza gehen wollte. Oder war das nur Wunschdenken? Sein Herz hämmerte schmerzhaft in der Brust. *Eliza. Vermisst.*

»Wir beide wurden kurz vor Mitternacht im Ruheraum der Ladys eingesperrt und konnten erst eine Viertelstunde später entkommen«, erklärte Annabelle.

»Wie schafft man es denn bitteschön, dort eingesperrt zu werden?«, fragte der Duke und lehnte sich mit vor der Brust verschränkten Armen gegen den Kamin. Wäre die Lage nicht so ernst, hätte er amüsiert gelächelt.

»Das war ein hinterhältiger Plan«, sagte Annabelle ernst. »Ich will ja keine falschen Anschuldigungen aussprechen, allerdings …«

»Oh, das war aller Wahrscheinlichkeit nach Lady Althea, die so bequem ihre Rivalin aus dem Weg räumen konnte«, mischte sich Lady Roxbury ein. »Die große Szene war für Euch und Eliza bestimmt, wie mir erzählt wurde.« Sie musterte ihn prüfend, als wolle sie seine Reaktion abschätzen. Diese Genugtuung gönnte der Duke ihr allerdings nicht. Aber verdammt, wie viel einfacher hätte das alles laufen können!

Sein Herz schlug laut, während Wycliff darüber nachdachte, was gewesen wäre, wenn er die Sache selbst in die Hand genommen hätte und nicht dazu gedrängt worden wäre. Wenn er sich nicht dem Diktat der Gesellschaft beugen müsste.

»Lady Charlotte tut das alles unheimlich leid«, musste Lady Brandon überflüssigerweise noch einmal verzweifelt einwerfen.

»Und nachdem Sie es geschafft haben zu entkommen, was passierte dann?«, fragte Wycliff, weil er sich lieber auf seine Aufgabe konzentrieren wollte. *Bloß nicht aus der Haut fahren*, sagte er sich, *sonst verschüchterst du die Ladys, und sie sagen nichts mehr.*

»Wir schlossen uns der Menge vor der Bibliothek gerade rechtzeitig an, um zu hören, wie Lady Althea verkündete, dass Ihr um ihre Hand angehalten hättet. Und dann floh sie. Ich versuchte, ihr zu folgen – aber ich schaffte es nur bis zur Eingangstür. Im Hof habe ich sie dann aus den Augen verloren. Dort standen so viele Kutschen und Leute, und es war dunkel.«

»Das heißt, Eliza wird inzwischen seit fast zwölf Stunden vermisst«, schloss er Wycliff daraus und sog geräuschvoll die Luft ein.

»Ich habe gedacht, sie wäre bei Julianna«, klagte Lady Brandon. Unter ihren Augen lagen dunkle Schatten. Das fiel ihm erst jetzt auf.

»Und ich habe gedacht, sie wäre bei Sophie«, jammerte Lady Roxbury und rang verzweifelt die Hände. Sie sah auch wie ein nervliches Wrack aus, das zu wenig Schlaf bekommen hatte.

»Ich auch«, sagte Annabelle leise. »Ich dachte, sie sei verschwunden, um sich umzuziehen, nachdem Lady Althea mit ihr zusammengestoßen war und dabei den Champagner auf ihr Kleid verschüttet hat.«

»Wir haben ihr Fehlen erst heute Früh bemerkt, als sie nicht aufgetaucht ist, um wie geplant über den Ball zu reden«, fügte Lady Roxbury hinzu.

»Ist schon mal einer von Euch die Idee gekommen, dass Eliza vielleicht keine Lust hatte, heute Früh zu kommen?«, erkundigte sich Wycliff.

»Jetzt seid doch nicht albern!«, empörte sich Lady Brandon.

»Wir haben einen Boten geschickt, der sich bei ihren Eltern nach ihr erkundigte«, erklärte Lady Roxbury. »Und wir haben sogar Knightly befragt. Niemand weiß, wo sie steckt.«

»Wenn sie nicht bei Euch ist«, erklärte Annabelle, »dann müsste dieser Liam es doch wissen, haben wir überlegt.« Als er darauf nichts sagte, fügte sie hinzu: »Der Mann, den Ihr in Eurem Kerker unter dem Haus versteckt.«

Wycliff stieß ein erschöpftes Seufzen aus. Frauen! Manchmal waren sie wirklich eine Plage.

Dann holte er tief Luft und antwortete: »Erstens: Es gibt keinen Kerker. Zweitens: Er ist uns entwischt. Drittens: Glaubt Ihr wirklich den ganzen Quatsch, den Ihr selber schreibt?«

»Knightly hat die Kolumne geschrieben«, sagte Lady Roxbury. »Die Ausgabe, die Eliza eingereicht hatte, war in seinen Augen zu schmeichelhaft. Sie hat versucht, Euren beschädigten Ruf wiederherzustellen, und Knightly wollte das nicht veröffentlichen. Das solltet Ihr vielleicht noch wissen.«

Der Duke wurde blass. *Was wusste er wohl noch alles nicht?* Er hatte nur den Verrat, die Hinterlist und die herzlose Missachtung seiner Privatsphäre gesehen. Aber was war mit *ihren* Träumen und Dämonen? Wycliff erkannte, dass es so vieles gab, das er nicht wusste. Und die Frau, die Licht ins Dunkel bringen könnte, wurde vermisst.

Er schaute in die drei beklommenen Gesichter der Schreibfräulein, die um ihn herum saßen.

»Euer Gnaden«, setzte Annabelle erneut an. »Eliza ist unsere Freundin. Wir lieben sie. Und wir haben Grund zu der Annahme, dass sie Eure Hilfe braucht.« Ihre Wangen röteten sich vor Aufregung, als sie mit ihrem leidenschaftlichen Plädoyer fortfuhr: »Wenn Ihr auch nur einen Funken Empfindsamkeit in Eurem Herzen habt, flehe ich Euch an, uns zu helfen. Aber falls nicht, verschwendet Ihr nicht länger unsere Zeit. Sollten wir sie zu spät finden – und wie

Ihr wisst, kann es auf Minuten ankommen, werde ich mir das nie verzeihen.«

»Ich helfe«, sagte der Duke ruhig. Doch in ihm tobte ein Sturm. Eliza verlieren … Was würde aus ihm, wenn sie sie nicht fanden? Was passierte, wenn er sie für immer verlöre?

Höllenqualen umschrieben nicht, was diese Vorstellung bei ihm hervorrief. Bedauern klang zu klein und sauber. Es war ein schrecklich großes Gefühl des Verlusts, das ihn bei der bloßen Vorstellung erfasste. Eine Leere, die immer schon da gewesen war, in seinem Herzen, der er sich aber erst jetzt bewusst wurde, da das Eine – die eine Frau, die diese Leere auszufüllen vermochte – spurlos verschwunden war. Es gab vieles, das er an den letzten Begegnungen mit ihr bereute, denn wenn er ehrlich zu sich war, musste er sich eingestehen, dass er grausam und gnadenlos zu einer Frau gewesen war, die nur versucht hatte, in einer Welt zu überleben, die ihr ständig Steine in den Weg legte.

Nein, auch Höllenqualen genügten nicht, um seine Gefühle zu beschreiben.

»Und wo sollen wir mit unserer Suche beginnen?«, fragte Lady Roxbury knapp.

Eine herzzerreißende Stille legte sich über den Raum, denn keiner hatte auch nur die geringste Ahnung.

Kapitel 53

Noch mehr Pech

Früher an diesem Morgen

Wenn dies das Leben einer reichen Erbin war, wollte Eliza es nicht haben. Ehrlich gesagt war ihre Unterbringung als Dienerin in Wycliff House sehr viel besser gewesen als das hier.

Sie waren irgendwo am Hafen; so viel hatte sie inzwischen anhand der salzigen Seeluft, die sich mit dem Gestank nach totem Fisch und widerlichem Gesinde vermischte, herausfinden können. Möwen kreischten und durchschnitten die morgendliche Stille.

Sie war wieder einmal eingesperrt. Diesmal in einem winzigen Raum. Erst im Ruheraum für Ladys, jetzt das hier. Sie wusste, dass die Tür abgeschlossen war, weil sie gehört hatte, wie der Schlüssel im Schloss umgedreht wurde und jemand – höchstwahrscheinlich der verfluchte Liam – ein schweres Möbelstück davorgeschoben hatte. Da ihre Hände hinter ihrem Rücken gefesselt waren, ergab das für sie keinen Sinn. Doch sie hatte ganz andere Probleme als die Zurechnungsfähigkeit ihres Ehemannes. Sie war müde, verängstigt, hungrig und brauchte dringend ein Bad. Vor allem aber verspürte sie eine Mordswut, weil man sie entführt und hier eingesperrt hatte.

Die Kammer war dunkel – es gab weder Fenster noch Kerzen –, und durch die Spalte zwischen den groben Brettern fiel nur wenig Licht. Das war der einzige Hinweis für sie, welche Tageszeit gerade war. Konzentriert starrte Eliza auf die Lichtstrahlen. Sie kannte das Licht eines heraufdämmernden Morgens nur allzu gut von ihrer Zeit als Hausmädchen. Bei Sonnenaufgang musste sie aufstehen, die Feuer schüren und Wassereimer schleppen. Das vermisste sie nicht. Aber dies hier? Das war schlimmer.

Eliza hatte die Nacht auf dem Boden hockend verbracht und sich mit hinter dem Rücken gefesselten Armen und ausgestreckten Beinen gegen die Wand gelehnt. Nicht gerade die bequemste Haltung. Sie fragte sich, wie es Wycliff wohl früher ergangen war; bei seinen Abenteuern hatte er ein paar verflixt unangenehme Situationen überstehen müssen, wusste sie. Vielleicht hätte er ihr noch mehr solcher Geschichten erzählt, während sie zusammen auf dem Dach saßen oder wenn sie Seite an Seite im Gewächshaus arbeiteten. Wenn sie nicht elendig durch Heirat an einen anderen gebunden wäre, hätte er ihr diese Geschichten auch erzählen können, wenn sie nach einem langen Abend voller Liebe ineinander verschlungen in seinem Bett lagen.

Nicht, dass sie das je erfahren würde.

Eliza seufzte schwer. All die Tränen, die sie nicht weinen wollte, schwangen in diesem Seufzen mit; all die Sehnsucht nach einer Liebe, die in einem anderen Universum vielleicht ihr gehört hätte. Sie seufzte mit der Erschöpfung einer verlassenen Frau, die von Herzen liebte und sich dieser Liebe nicht hingeben durfte; sie seufzte vor Erschöpfung und Reue. Sie war allem so nahe gewesen – der wahren Liebe, dem Erfolg, dem Reichtum. Und jetzt saß sie hier, gefangen in einer Kammer am Hafen.

Die nächsten zehn Minuten verbrachte Eliza damit, ihren schrecklichen Ehemann von Herzen zu verfluchen. Er war wie eine Erkältung, von der sie sich nie richtig erholt hatte, wie eine Plage, die immer neue Opfer forderte. Wie ein Kieselstein in ihrem Schuh, den sie nicht herausschütteln konnte. Zuerst murmelte sie die Flüche nur. »Du verfluchter Idiot, du minderbemittelter Schuft, du hässlicher Schurke.« Dann schrie sie die Flüche mit voller Kraft, bis Liam zurückschrie, sie solle gefälligst die Klappe halten.

Danach fühlte Eliza sich deutlich besser. Was an der Tatsache, dass sie immer noch eingesperrt war, allerdings nichts änderte.

Eliza wog ihre Optionen ab. Sie könnte sich aus den Fesseln befreien, allerdings würde sie sich dabei vermutlich die Handgelenke aufscheuern. Oder sie konnte auf Rettung hoffen und noch mehr Stunden in diesem dunklen, feuchten Raum vor sich hin faulen. Solange sie noch Luft bekam zumindest – was angesichts der drückenden Enge vielleicht nur noch Stunden oder Minuten waren. Sie wusste es nicht. Vor allem nicht, nachdem sie ihren idiotischen Kidnapper mit ihrem Geschrei wütend gemacht hatte.

Sophie glaubte vermutlich, sie sei mit Julianna gegangen, die im Gegenzug wohl davon ausging, dass sie bei Sophie geblieben sei. Annabelle wiederum konnte sich wahrscheinlich gar nicht vorstellen, dass sie etwas so völlig Unüberlegtes machte und einfach mitten in der Nacht in London auf die Straße ging. Was zum Teufel hatte sie sich nur dabei gedacht, etwas so Dummes zu tun? Eliza hielt kurz inne, um zu überlegen. Die Wahrheit war, dass sie überhaupt nicht nachgedacht hatte. Nur ein Gedanke war in ihrem Kopf gewesen: *Wycliff hat um meine Hand angehalten!*, gerufen mit Lady Shackleys seidiger Stimme. Immer und immer wieder. Das reichte schon, um eine Frau in den Wahnsinn zu treiben. Oder sie etwas Dummes tun zu lassen.

Eliza grübelte weiter. Und der Duke? Würde ihm ihre Abwesenheit überhaupt auffallen? Und wenn ja, würde es ihn kümmern? Sie schnaubte. Vermutlich war Wycliff froh und glücklich, dass sie nicht mehr da war und damit auch keine weiteren Ausgaben von »Der tätowierte Duke« schreiben konnte.

Kurzum: Sie konnte nicht auf Rettung zählen, schloss Eliza.

Also musste sie wohl selbst für ihre Freilassung sorgen.

Doch der Klang von Stimmen im Nebenraum ließ sie zögern. Sie hörte Liams Stimme, ihren lange vermissten Ehemann. Und da war noch jemand ... eine Frau.

Kapitel 54

Ehemann und Ehefrau wiedervereint

Die Tür schwang auf, und da stand er vor ihr. Eliza hatte ihn auf der Straße immer nur flüchtig und im schwachen Licht von funzeligen Laternen gesehen. Zuerst an jenem Tag, als sie ihn vor dem Galloway's entdeckt hatte, was sie damals noch für einen üblen Scherz des Schicksals gehalten hatte. Beim zweiten Mal hatte er sie in der dunklen Gasse mit Chloroform betäubt. Eliza ballte die Hände in der Erinnerung. War das vielleicht eine Art, seine Ehefrau zu behandeln?

Wütend nahm sie ihren seit langem verschwundenen Ehemann zum ersten Mal seit seinem Verschwinden genauer unter die Lupe.

Die Zeit hatte von ihm ihren Tribut verlangt, doch er sah immer noch verflixt gut aus mit dem zerzausten, sandfarbenen Haar und den faszinierend grünen Augen. Über seine Wimpern sagten die Frauen immer, an einen Mann seien sie verschwendet, und im Geheimen stimmte Eliza dem zu. Liam hatte sich nicht rasiert, und sein Kinn war entsprechend stoppelig. Das Ungepflegte ließ ihn ziemlich schäbig aussehen, aber auf eine charmante Art. Und wenn er grinste …

Er war ein sündiger, verlogener Verbrecher und noch dazu flüchtig. Aber sein Charme und sein gutes Aussehen halfen ihm immer wieder, mit Gott weiß was für Missetaten durchzukommen.

Sie erinnerte sich flüchtig daran, wie es sich für ihr dummes, achtzehnjähriges Selbst angefühlt hatte, als sein Blick zum ersten Mal auf ihr ruhte. Woher hätte sie denn wissen können, dass es irgendwann hierzu käme? Eliza schüttelte im Stillen den Kopf. Nein, keiner hätte das wissen können. Aber mit einiger Wahrscheinlichkeit voraussagen.

»Ach, hallo Liam. Das ist ja eine Ewigkeit her«, begrüßte Eliza ihn von ihrem Platz am Boden aus.

»Eliza. Du siehst ...« Er verstummte und suchte nach den richtigen Worten.

»Ich sehe aus, als hätte man mich die ganze Nacht gefesselt auf dem Boden schlafen lassen, hm?«, half sie ihm.

»Ich wollte gerade sagen, du siehst hübsch aus, weil Frauen sowas doch gerne hören. Aber wenn du darauf bestehst ...« Dann warf er ihr wieder sein typisches *Vergib-mir-Liebes*-Grinsen zu. Sie runzelte die Stirn.

»Du warst schon immer gut darin, das zu sagen, was Frauen gerne hören«, antwortete sie in gespielter Anmut.

»Ich bin Schauspieler«, sagte er. Als bräuchte sie eine Erinnerung daran, dass er seinen Lebensunterhalt mit einem Lügengespinst verdiente.

»Ja, ja, ich weiß, du spielst die Rolle des guten Mannes. Aber sobald der Vorhang fällt ...«, fauchte Eliza und holte Luft, um zu einer längeren Tirade anzusetzen.

Liam unterbrach sie amüsiert. »Hoppla, hoppla – immer noch das wilde alte Temperament. Eliza, Schätzchen, ich wusste ja, dass du wütend sein würdest, wenn wir uns wiedersähen. Aber dass deine Wut nach sechs – oder waren es sieben – Jahren immer noch nicht verraucht ist, hätte ich nicht gedacht.« Liam lehnte sich gegen den Türrahmen und machte sich sogar die Mühe, die Jahre zwischen diesem Moment und jenem, als sie sich zuletzt sahen, an den Fingern abzuzählen. Brighton, nur ein Monat nach der Hochzeit. Schon damals, nur einen Monat nach diesem kurzen Eheglück fing er wieder an zu trinken und ließ sie allein. Darum stritten sie.

Eines Nachmittags ging er dann auf ein Bier in ein Gasthaus und kam nie wieder zurück. Sie wartete eine Woche, und dann verschwand sie nach London und schaute nie mehr zurück.

»Was führt dich also nach so langer Zeit zurück zu mir?«, fragte Eliza kühl. Die Genugtuung, Liam hemmungslos anzuschreien, wollte sie ihm nicht gönnen. War es etwa Zufall, dass er jetzt auftauchte, nachdem sie zu einem Vermögen gekommen war?

»Oh, ich bin gar nicht so lange verschwunden wie du denkst«, plauderte Liam. »In den letzten zwei Jahren habe ich in London gelebt. Davor bin ich mit der Truppe viel gereist. Hauspartys, Jahrmärkte, was sich eben so ergab.« Liam verschränkte die Arme vor der Brust. Sie hätte gern dasselbe gemacht, aber ihre Hände waren ja gefesselt.

»Du bist seit zwei Jahren in London und wolltest nicht mit mir Kontakt aufnehmen?«, fragte sie ungläubig.

»Ich hatte ja keine Ahnung, dass du auch in der Stadt bist. Und keinen Grund, dich zu suchen«, antwortete Liam schlicht.

»Und dann bist du mir wirklich zufällig vor dem Galloway's über den Weg gelaufen«, sagte Eliza. Langsam ergaben die Puzzleteile ein vollständiges Bild. *So ein Pech*!

»Ja, ein Zufall. Ich habe mir nichts dabei gedacht, bis ich eben von Lord Alvanleys Wetteinsatz hörte und zwei und zwei zusammenzählte«, erklärte Liam. »Ich habe gesehen, wie du die Redaktion der *London Weekly* verlassen hast und bin dir bis zum Haus des Dukes gefolgt. Ich wollte dich gerade an den Earl verraten, da kursierte in der Stadt aber schon das Gerücht, du habest das Geld bereits selbst beansprucht.«

»Und hier sind wir nun. Wie schockierend, ehrlich! Wer hätte gedacht, dass du wieder auftauchst, sobald ich ein Vermögen gemacht habe«, meinte Eliza ironisch.

Es war schon eine Herausforderung, beherrscht und imposant zu wirken, wenn man gefesselt auf dem Fußboden hockte, aber bei Gott, irgendwie schien es ihr zu gelingen. Das erkannte Eliza daran, wie Liams Augen überrascht aufblitzten. Andererseits kannte er sie ja nur als lammfrommes Mädel. In den letzten sieben Jahren war eine Menge passiert.

»Wenn mein Wissen über das Eherecht mich nicht täuscht, gehört das Geld jedoch gar nicht dir«, bemerkte Liam mit einem verschlagenen Grinsen.

Eliza klappte die Kinnlade herunter. Daran hatte sie noch gar nicht gedacht.

»Als dein Ehemann gehören die zehntausend Pfund mir.« Liam lächelte, wie der Teufel vermutlich grinsen würde, nachdem ein armer Tropf ihm unwissend seine Seele verkauft hatte.

Es dauerte einen Moment – einen sehr langen, quälenden Moment – ehe Eliza das volle Ausmaß von Liams Worten begriff. Das Geld gehörte nicht ihr; nun, das kümmerte sie nicht weiter. Aber dass es Liam gehörte – *das* tat richtig weh. Sie hatte Wycliff, den Mann, den sie liebte, betrogen, um ihm die Möglichkeit zu geben, auf Entdeckungsreise zu gehen. Mit Geld, das ihr gar nicht gehörte, sondern diesem Schatten von einem Ehemann, dieser jämmerlichen Gestalt von einem Kerl, diesem verlogenen Charmeur, der anstelle eines Herzens nur ein schwarzes Loch in der Brust trug.

»Ich kann wohl ein bisschen erübrigen, damit du ein neues Kleid bekommst«, sagte Liam und musterte abfällig ihr nach Champagner stinkendes Abendkleid.

Später würden ihr passende Antworten einfallen. Später würde auch die Kraft zurückkehren, sich mit aller Gewalt gegen ihn aufzulehnen. Aber die grausame Wahrheit lähmte Eliza immer noch. In ihrem Kopf kreiste nur ein einziger Gedanke: Sie hatte den Mann betrogen, den sie liebte, um ihm die Freiheit zu schenken – und jetzt war das alles für die Katz.

»Wo bist du all die Jahre gewesen?«, fragte Eliza leise.

»Hier und da«, meinte er mit einem Schulterzucken.

»Warum hast du dich nie mit mir in Verbindung gesetzt?«

»Das ist eine komplizierte Angelegenheit«, antwortete Liam. Er konnte sie nicht ansehen dabei.

»Es geht mich aber etwas an«, beharrte Eliza. Etwas Hartes schwang in ihrer Stimme mit, so dass er entsetzt aufblickte und sie fassungslos anstarrte.

Nein, sie war wirklich nicht mehr das Mädchen von früher, stellte Eliza mit gewisser Befriedigung fest.

»Lass es uns kurz machen: Du rückst die zehntausend Pfund raus, und dann sind wir quitt. Mein Schiff läuft morgen Früh aus«, sagte er.

»Wo willst du hin?«

»Amerika«, gab er zur Antwort und verlagerte das Gewicht von einem Fuß auf den anderen.

»Warum?«

Liam zog die Stirn unwillig in Falten. »So viele Fragen. Du warst immer schon viel zu neugierig.« Und dann ahmte er ihre Stimme nach: »Liebst du mich, Liam? Was heißt das, Liam? Wo gehst du hin, Liam?«

Die Erinnerung an ihr jüngeres Ich, das so dumm und in diesen Hallodri verliebt gewesen war, verdüsterte Elizas Stimmung nur noch mehr. Aus keinem bestimmten Grund, außer, um ihn zu verärgern – und vielleicht, um seine Flucht nach Amerika zu vereiteln –, würde sie es ihm alles andere als einfach machen.

»Beantworte mir einfach meine Frage. Ich würde es nämlich gerne wissen.«

»Zuallererst gehen wir beiden Hübschen zur Bank und heben ein bisschen Geld ab, dann sehen wir weiter«, sagte Liam und sah sie drohend an. Als sein Blick keine Wirkung auf sie zeigte, wurde er deutlich. »Und mit *ein bisschen* meine ich jeden letzten Penny von den zehntausend Pfund, die dir erst kürzlich in den Schoß gefallen sind, kapiert?«

»Und was wirst du dann machen?«

»Ich werde mich wohl oder übel um dich kümmern, damit das Geld auch wirklich rechtmäßig mein bleibt. Nur für den Fall, dass jemand Fragen stellt. Aber das werden sie nicht, denn ich werde das Geld mit nach Amerika nehmen. Und ehe du mich wieder fragst, warum ich das mache, erzähle ich es dir einfach. Weil ich in Amerika kein Vorstrafenregister habe. Weil es ihnen dort egal ist, ob ein Mann einen Titel oder einen guten Namen hat oder gar nichts. Ich nehme dein Vermögen und baue mir dort ein Leben auf, das ich in England nie hätte haben können.« Er war laut geworden vor Aufregung, stellte Eliza zufrieden fest. Er war unsicher. Und wer unsicher ist, macht über kurz oder lang Fehler …

»Liam, du wirst das Geld wahrscheinlich bei dummen Wetten und mit lockeren Weibsbildern zum Fenster rauswerfen. Da kannst du dir die Seereise auch sparen und es gleich hier auf den Kopf hauen«, sagte Eliza im Plauderton.

»Und damit riskieren, in Newgate einzufahren? Ich glaube eher nicht«, entgegnete Liam vehement. Sie widerstand dem Drang, ihm zu erzählen, wie sie einmal aus Newgate geflohen war, um eine gute Story zu haben. Es ging nicht immer um die Story.

»Was hast du getan?«, fragte sie.

»Du solltest eigentlich wissen, dass Schauspieler nicht besonders gut bezahlt werden. Verbrechen zahlt sich mehr aus.«

»Oh, in dem Fall bin ich ja beruhigt und kann dir vergeben«, erwiderte sie scharf.

Das war zu viel gewesen, sie hatte den Bogen überspannt – das spürte Eliza in dem Moment, in dem Liam sich vom Türrahmen abstieß und den Raum betrat. Langsam kam er auf sie zu.

Ihr Herz begann zu hämmern. Würde er ihr wehtun?

Er packte ihren Arm; seine Hand fühlte sich warm an. Dann zog er leicht an ihr. Ihre Bemühungen, die Fesseln um die Handgelenke zu lockern, waren erfolgreich gewesen. Aber jetzt hatte er sie dabei ertappt.

»Verdammt noch mal! Du wolltest doch nicht etwa versuchen zu fliehen, Eliza«, schalt Liam sie, als sei sie ein kleines Kind, das versucht hatte, die Keksdose auf dem Regalbrett zu stibitzen. Stirnrunzelnd zog er das Seil wieder fest.

»Und jetzt komm mit, geliebtes Eheweib. Wir müssen unser Schiff erreichen.« Liam schenkte ihr das charmante, unbekümmerte Grinsen, das Eliza nur allzu gut kannte. Jenes Grinsen, dem sie vor sieben Jahren erlegen war. Sie schaute ihn finster an.

Dann zückte er eine Pistole, die er bisher im Bund seiner Hose versteckt hatte.

Eliza seufzte nur.

Kapitel 55

Endlich ein Hinweis!

Die Schreibenden Fräulein, ihre Ehemänner und Wycliff hatten große Teile Londons abgesucht und jeden befragt, der ihnen einfiel. Der Tag hatte sie alle erschöpft, und jetzt waren sie wieder in Wycliff House zusammengekommen. Alle Hoffnungen waren zerstört und ihre Kräfte erschöpft.

Die Ehemänner hatten sich den Freundinnen und Wycliff angeschlossen – der Duke of Brandon und der Earl of Roxbury –, und beide berieten sich ständig mit den Bow Street Runners. Julianna entdeckte die abgeschlossenen Türen und verlieh ihrer Verzweiflung Ausdruck, weil sie nicht wusste, was dahinter lag. Sogar Knightly war aus seinem Büro herausgelockt worden, doch er hatte große Papierstapel mitgebracht, die er zum Arbeiten auf Wycliffs Schreibtisch ausgebreitet hatte. Auf genau dem Schreibtisch, bei dem Wycliff sich mehr als einmal vorgestellt hatte, wie er Eliza dagegen drängte und sie von hinten nahm. Auf dem Schreibtisch, an dem er über Geschäftsbüchern, Karten und Büchern gebrütet und nach einem Ausweg gesucht hatte. Nichts davon hatte jetzt noch eine Bedeutung.

Der Duke schaute sich in seinem Arbeitszimmer um. Es entging seiner Aufmerksamkeit nicht, wie liebevoll die Ehemänner mit ihren Frauen umgingen. Sie waren ganz vernarrt in sie, aufmerksam und stets zur Stelle, wenn die

Dame ihres Herzens auch nur den Mund aufmachte. Es war ein Anblick, den er in diesem Haus noch nie gesehen hatte, und Sebastian empfand das Fehlen von Eliza als noch schwerwiegender. Was hatte er verloren? Das Ausmaß dieses Verlusts dämmerte ihm nur langsam, doch es war eine schmerzhafte Erkenntnis.

Eine kleine Armee hatte sich eingefunden. Eine Armee treuer Soldaten, die für Eliza kämpfen wollten. Sie hatten weder einen klaren Feind noch gab es ein Schlachtfeld. Aber es gab Brandy für die Gentlemen und Mrs. Buxbys Whiskytee für die Ladys.

Und dann kam Harlan. Es geschah zur späten Stunde, die Nacht war bereits hereingebrochen und hüllte die Stadt in samtene Dunkelheit. Wenn jemand die Absicht hegte, schon bald zu verschwinden, würde er zumindest noch Harlans Auftritt abwarten.

»Ich bin gekommen, um Lebewohl zu sagen«, sagte Harlan, als er das Arbeitszimmer betrat. Dann schaute er sich erstaunt um und war offensichtlich erstaunt über Wycliffs plötzliche Beliebtheit bei Leuten gewissen Standes. »Ich hatte ja keine Ahnung, dass ich hier eine Party störe. Sieht mir allerdings nicht gerade nach einer fröhlichen Feier aus. Das ist so ziemlich die ernsteste, deprimierendste Zusammenkunft, die ich je erlebt habe«, sagte Harlan und lächelte hilflos. Er fühlte sich sichtlich unwohl in seiner Haut.

»Du willst dich also verabschieden?«, fragte Wycliff.

»Burkes Expedition läuft morgen Nachmittag aus«, erklärte Harlan und nickte. Er besaß immerhin so viel Schneid, ihm direkt in die Augen zu sehen. Tat es ihm leid? Wycliff glaubte das nicht, genauso wenig wie es einem Löwen leidtat, wenn er eine Babygazelle riss und fraß. Wie konnte es Harlan leidtun, wenn er das tat, was sein eigenes Überleben sicherte?

Aber trotzdem: Sein langjähriger Kamerad verließ ihn und ging auf große Abenteuerfahrt. Ohne ihn. Und er würde hierbleiben, während seine Zukunft noch immer völlig ungewiss war. Alles hing jetzt von Eliza ab.

»Die *Esmeralda*. Zur Mittagsstunde«, erklärte Knightly.

»Woher wissen Sie das denn?«, wollte Wycliff wissen.

»Es steht in der Zeitung«, sagte der Herausgeber mit vernichtender Stimme. »Schiffsnachrichten. Seite sechzehn.«

»Herzlichen Glückwunsch«, sagte Wycliff steif und nickte Harlan zu.

»Dankeschön«, meinte dieser und trat von einem Bein aufs andere. Dann getraute er sich endlich und fragte in die Runde: »Was zieht denn alle hier so runter? Irgendwas muss doch passiert sein. Die Stimmung hier drinnen ist ja geradezu erstickend.«

»Du erinnerst dich sicher an Eliza, Harlan«, sagte Wycliff und lächelte ironisch. »Nun, dies sind ihre Freunde – ein Duke, eine Duchess, ein Earl, eine Countess ... Und dies ist der verfluchte Mann, dem die *London Weekly* gehört.«

»Und wie ergeht es Eliza, wenn ich fragen darf?«, erkundigte sich Harlan.

»Das wissen wir nicht. Sie wird vermisst«, erklärte Wycliff.

»Ja, wirklich?«, fragte Harlan und machte große Augen.

»Nein, mein Freund, ich mache gerne so geschmacklose Scherze. Ja, wirklich«, fauchte Wycliff.

»Ziemlich viel Aufregung um ein Hausmädchen, Eure

Gnadenschaft«, meinte Harlan und schaute sich misstrauisch im Raum um. »Aber sie war nie nur ein Hausmädchen, stimmt's?«, fragte er dann mit einem spitzbübischen Grinsen, das Wycliff so nicht erwidern konnte. Sie war nie irgendein Hausmädchen gewesen. Nach allem, was sie für ihn gewesen war – seine Vertraute, seine Liebste –, war Eliza der einzig gute Grund gewesen, in London zu bleiben. Sie war, wie Harlan so scharfsinnig bemerkt hatte, Sebastians Verbindung, die ihn an Land hielt.

Die Zeit verging, und Wycliff war sich inzwischen nur allzu deutlich bewusst, dass Eliza mittlerweile seit fast vierundzwanzig Stunden verschwunden war. Wenn irgendeine Spur zu ihr geführt hätte, wäre diese inzwischen erkaltet.

Steif trat er an das Buffet und schenkte sich einen Brandy ein. Er musste das Brennen spüren, irgendwas anderes Scharfes, das dieses überwältigende Gefühl übertünchte, im nächsten Augenblick ertrinken zu müssen. Sein Herz hämmerte, und er konnte nicht atmen, rang förmlich nach Luft und strebte wie ein Ertrinkender einer Oberfläche entgegen, die im Moment außerhalb seiner Reichweite zu liegen schien.

Wo konnte sie nur stecken?

Was sollte er tun, falls sie Eliza niemals fanden?

Und wenn sie sie fanden? Wycliff erstarrte. Darüber hatte er bislang noch keinen einzigen Gedanken verschwendet. Er kippte den Drink herunter und sagte zu Harlan: »Wenn du uns helfen kannst, darfst du gerne bleiben. Anderenfalls willst du vielleicht lieber die letzte Nacht in der Stadt mit lebhafterer und vergnüglicherer Gesellschaft verbringen.«

»Oh, ich war ohnehin gerade auf dem Weg zu einem

Haus voller netter englischer Mädels, aber ich dachte, ich erzähle dir erst, was ich unten am Hafen Komisches gesehen habe.«

Harlan schenkte sich ebenfalls einen Drink ein und setzte sich in einen Sessel. In aller Ruhe nippte er an dem Drink.

»Fühl dich ganz wie zu Hause. Bitte, lass dir ruhig Zeit. Wir haben ja die ganze Nacht«, meinte Wycliff ironisch.

»Wie ich bereits erwähnte, habe ich unser Schiff darauf vorbereitet, morgen auszulaufen«, setzte Harlan an. »Unten am Hafen. Und vielleicht habe ich nicht so genau auf jede einzelne Kiste unserer Fracht geschaut. Kann schon sein, dass ich abgelenkt war.«

»Harlan«, sagte Wycliff, doch was er eigentlich sagen wollte, war: *Bei aller Liebe, aber komm endlich zum Punkt!*

»Das Schiff direkt neben unserem wurde zur selben Zeit beladen. Ein Mann ging an Bord, zusammen mit einem Mädel, das er ziemlich dicht an sich drückte. Ich hätte schwören können, dass es Eliza war. Der Kerl sah diesem Typen mit dem Chloroform nämlich verflixt ähnlich.«

»Liam«, sagte Wycliff, als handle es sich um ein Schimpfwort.

»Aye. Das fiel mir ins Auge. Im wahrsten Wortsinn.« Harlan grinste die Ladys an, die sich nicht ganz einig zu sein schienen, was sie von diesem einäugigen Sonderling halten sollten. Wycliff starrte sie alle finster an.

Harlan fuhr indes unbekümmert fort: »Nun ja, ich dachte also so für mich: ›Das Mädel da sieht ein bisschen aus wie Eliza. Harlan, aber warum zum Teufel sollte das Dienstmädchen mit so einem finsteren Kerl an Bord gehen? Sie is ja nur ein liebes, unschuldiges Ding ... Das kann nicht sie sein, aber vielleicht is sie's ja doch.‹ Dann fiel mir wieder ein, dass ich vorbeikommen und mich von dir verabschieden sollte.«

»Sag mir bitte, dass du versucht hast, zu ihr zu gelangen«, sagte Wycliff. Seine Stimme klang angespannt.

Harlan wiegte den Kopf gedankenverloren. »Ich wusste ja nicht, ob sie es war. Könnte ja sein, dass nicht. Aber da Eliza vermisst wird und unten am Hafen ein Mädel ist, das ihr so ähnlich sieht, dachte ich, erwähnen könnte ich es wenigstens. – Aber wer weiß schon, ob sie überhaupt gefunden werden *will*?«, setzte Harlan mit einem feinsinnigen Lächeln hinzu.

Wycliffs Gedanken rasten nach den Worten seines Freundes.

Was sollte er tun, wenn sie nicht gekidnappt worden war? Wenn sie einfach weggelaufen war?

Dann schüttelte er jedoch entschieden den Kopf. Das war eine Frage, mit der er sich befassen wollte, wenn er sie gefunden hätte.

Aus dem Augenwinkel bemerkte er Lady Roxbury, die zielstrebig die Tür anpeilte. Ihr Ehemann war nur einen Schritt hinter ihr.

»Wo geht Ihr hin?«, fragte er.

»Zum Hafen natürlich«, antwortete die Lady, und sie klang gerade so, als sei das eine ziemlich dumme Frage und die Antwort mehr als offensichtlich. Natürlich ging eine schwangere Frau zu dieser Stunde runter zum Hafen, während die Dunkelheit sich bereits über die Stadt senkte.

Wycliff schaute Roxbury fragend an.

»Ich habe inzwischen begriffen, dass es einfacher ist, sie bei ihren verdrehten Plänen zu begleiten, statt zu versuchen, sie mit vernünftigen Argumenten davon abzubringen. Frauen und Vernunft – das ist wie Öl und Wasser. Außerdem ist sie eine hervorragende Schützin.«

»Sind Sie sicher, dass es Eliza ist?«, fragte der Duke of Brandon ruhig. »Wir können es uns nämlich nicht leisten, Zeit zu verschwenden, indem wir falschen Fährten folgen.«

»Was hat sie getragen?«, unterbrach Annabelle ihn. Alle Köpfe fuhren zu ihr herum.

»Ein hellblaues Kleid«, antwortete Harlan. »Es hatte die Farbe des Karibischen Meers. Das ist auch der Grund, wieso ich mir nicht so sicher war, ob ich sie erkannt hab. Man sieht ja nicht alle Tage so rausgeputzte Diener. Andererseits folgen diese englischen Sitten ja nicht immer einer zwingenden Logik.«

»Würde mich jetzt bitte jemand zu den Docks begleiten?«, schnaufte Julianna ungeduldig.

»Wir werden nicht einfach ohne Plan drauflos rennen«, sagte Wycliff beherrscht und stand auf, um sich mehr Gehör zu verschaffen. »Daran scheitern immer noch die meisten Expeditionen. Heute Abend darf uns kein Fehler passieren«, fügte er beschwörend hinzu.

Und dann begannen sie, einen Plan zu schmieden.

Wycliff und Harlan würden selbstverständlich mitgehen. Nach einer hitzigen Debatte wurde beschlossen, dass der Duke of Brandon bliebe, um die Bow Street Runner zu koordinieren, die sie zur Verstärkung hinzurufen wollten. Julianna würde aufgrund ihres Zustands ebenfalls zurückbleiben, und Roxbury und Annabelle würden ihr Gesellschaft leisten. Knightly kam mit und schickte nach Mehitable Loud, der ihnen auch versichern ließ, dass er zu Hilfe eilen würde.

Sie wählten ihre Waffen, säuberten und schärften sie,

luden die Pistolen durch. Grob skizzierten sie einen Plan: Sie würden sich heimlich an Bord schleichen, nach Eliza suchen und sie mit aller gebotenen Eile und Vorsicht vom Schiff holen. Eine Szene wollten sie alle vermeiden.

»So habe ich meinen letzten Abend an Land eigentlich nicht geplant«, bemerkte Harlan. »Mein Abenteuer sollte doch erst morgen beginnen.«

»Vielleicht brauchen wir ja nur eine Stunde, und du kannst die Mädels in dem Bordell gleich mit einer heldenhaften Geschichte beeindrucken«, antwortete Wycliff.

»Wie wahr, wie wahr ...«

»Wenn wir in zwei Stunden nicht zurück sind, schickt Verstärkung«, trug Wycliff den Zurückbleibenden zum Abschied auf.

»Geht und holt unser Mädchen«, sagte Lady Brandon und drückte die Hand ihres Mannes, um ihre Worte zu unterstreichen.

Wycliff nickte, doch er dachte bei sich, dass er losging, um *sein* Mädchen zu holen. Selbst wenn Eliza rechtlich an einen anderen gebunden war, gehörte sie doch zu ihm.

Kapitel 56

In dem die Rettung versucht wird

Inzwischen war die Stunde weit fortgeschritten und der Himmel nachtschwarz. Ein dicker, fast voller Mond spendete reichlich Licht, wie auch die Lichter in den Gasthäusern und Bordellen, die das Dock säumten, die Straßen hell erleuchteten. Die angetäuten Schiffe jedoch lagen im Dunkel; es wäre also egal, ob ein Mann ein Auge hatte oder zwei. Sehen könnten beide nichts an Bord.

Wycliff, Harlan, Knightly und Mehitable waren hier, um Eliza zu retten.

»Ich habe es dir ja gesagt«, meinte Harlan völlig aus dem Zusammenhang gerissen.

»Wie bitte?«, erkundigte Wycliff sich steif. Er kannte nur einen Gedanken: *Eliza*. Jeder seiner Sinne war in Alarmbereitschaft, als könne er die Witterung gleich aufnehmen oder ihre Gegenwart irgendwie erspüren. Harlans Geschwätz lenkte ihn davon ab.

»Das Band. Du schleichst dich gerade an Bord eines Schiffes, und das nur wegen einem Mädel«, erklärte er.

»Das ist etwas, das jeder Gentleman tun würde«, antwortete Wycliff. Aber Harlan hatte natürlich recht. Irgendwann hatte sich sein Herz von der großen, weiten Welt abgewendet und gehörte nun voll und ganz einem schmächtigen, englischen Mädchen. Oh, er wollte immer noch auf Entdeckungsreise gehen und die Welt erkunden, aber nicht mit derselben Intensität und Wildheit, mit der

Sebastian Eliza finden, sie lieben, besitzen und mit ihr zusammen sein wollte. Er scherte sich keinen Deut um ihren lange vermissten Ehemann oder darum, was die Gesellschaft über ihre Verbindung sagen würde. Er konnte ohne sie nicht glücklich sein.

»Eigentlich ist das ja eher ein Job für die Polizei«, antwortete Harlan.

»Ich bin für diese Aufgabe besser geeignet. Ich finde mich selbst bei völliger Dunkelheit auf einem Schiff zurecht. Außerdem kenne ich sie«, beendete Wycliff die Diskussion.

»Das da gehört Burke«, sagte Harlan und zeigte auf eines der Schiffe. »Und das andere links davon ist das, bei dem ich sie an Bord gesehen habe.«

»Die *Spirited Away*. Auf dem Weg nach Amerika«, sagte Knightly und nickte.

»Woher wissen Sie das?«, fragte Wycliff. Nicht zum ersten Mal erstaunte ihn das detaillierte Wissen des Herausgebers.

»Ich lese eben die Zeitungen«, antwortete Knightly nicht zum ersten Mal an diesem Abend. »Sie etwa nicht?«

»Nur die kleinen Häppchen, die sich um mich drehen«, erwiderte Wycliff.

»Warum befindet sie sich auf einem Schiff, das Richtung Amerika ausläuft?«, überlegte Harlan laut.

»Dafür fällt mir kein guter Grund ein«, sagte Wycliff, nachdem er eine Weile über diese Frage gegrübelt hatte. »Sie hat mir gegenüber nie etwas davon verlauten lassen, dass sie gerne dorthin will.«

Es gab eine Menge, was sie nie erwähnt hatte, musste der Duke sich eingestehen. Aber das war jetzt nicht mehr wichtig. Denn allen Lügen zum Trotz hatte er immer gewusst, wer Eliza in den Tiefen ihres Inneren war. Und dieses Mädchen würde niemals spätabends an Bord eines Schiffes nach Amerika gehen, ohne diejenigen Menschen davon in Kenntnis zu setzen, die ihr nahestanden.

Sein Magen krampfte sich schmerzhaft zusammen, als Sebastian sich eingestand, was das bedeutete: Sie war entführt worden. Erst jetzt wurde ihm bewusst, wie er sich bisher an die Hoffnung geklammert hatte, dass sie einfach in einem Anflug von Wut aus freien Stücken weggelaufen war. Das hieße nämlich, dass sie sich beruhigen und zurückkommen würde. Aber entführt …

Er dachte an die zehntausend Pfund. Natürlich! Das Geld war der Schlüssel! Plötzlich war Eliza eine reiche Frau und damit ein Ziel für Entführer.

Auf den Schiffsdecks herrschte noch Betriebsamkeit, was für sie hieß, dass sie nicht einfach hinaufgehen und sich erkundigen konnten, ob eine reiche Frau an Bord gebracht worden sei.

»Wenn wir bis morgen Früh warten«, schlug Harlan vor, »könnten wir bestimmt viel leichter an Bord schleichen – dann gehen nämlich ohnehin alle Passagiere hoch.«

»Ich kann nicht länger warten«, erklärte Wycliff klipp und klar. Das schaffte er einfach nicht.

Sie blieben stehen, und er beobachtete die Situation eine Weile. Dabei wog Wycliff die verschiedenen Möglichkeiten sorgfältig gegeneinander ab. Er bezog die Dunkelheit, die Männer an Deck und die Wahrscheinlichkeit, dass Eliza tatsächlich an Bord gefangen gehalten wurde, in seine Berechnungen mit ein. Und dann traf er eine Entscheidung.

»Harlan, Mehitable, ich brauche euch. Ihr müsst einen Aufruhr anzetteln. Zieht ihre Aufmerksamkeit auf euch, damit Knightly und ich unbemerkt an Bord gehen können.

Wenn einer von euch wegrennt, wird das die Menge auf ihn ziehen, und der andere kann uns folgen.«

»Ihr wollt, dass einer von uns von einem wütenden, betrunken Mob aus Seeleuten auf Landgang verfolgt wird?«, fragte Mehitable skeptisch.

»Ihr könnt auch was anderes machen, aber ich für meinen Teil muss an Bord dieses Schiffes gelangen – und zwar jetzt«, antwortete Wycliff knapp. Es wurde bestimmt nicht leicht, wenn so viele Matrosen und Gott weiß was noch für zwielichtiges Gesindel hier herumliefen.

Harlan zuckte zum Einverständnis mit den Schultern. Und dann schubste er Mehitable. Heftig.

»Oi! Was zum Teufel ...« Mehitable richtete sich zu seiner vollen Größe von eins fünfundneunzig auf.

»Willste mich nicht zurückschubsen, oder was?«, forderte Harlan ihn jetzt heraus. Obwohl er nur einen funktionstüchtigen Arm und ein heiles Auge hatte und sein Gegner ungefähr doppelt so groß war wie er, schubste Mehitable Harlan. Und dieser taumelte ganz kunstgerecht ein paar Schritte nach hinten.

Einige Köpfe fuhren zu ihnen herum. Jetzt beschimpfte Harlan Mehitable ziemlich grob, und Mehitable zahlte es ihm mit gleicher Münze heim. Schubser, Rempler und Schläge schlossen sich nahtlos an.

»Eine Keilerei!«, rief jemand begeistert, und sofort sammelte sich eine Menge um die Kampfhähne. Ganz wie erwartet, eilten die Männer an Bord des Schiffs zum Bug, um auf den Krawall am Pier runterzuschauen und an dem allgemeinen Spaß teilhaben zu können. Damit war die Bahn frei für Knightly und Wycliff, die sich vom Heck des Schiffs aus an Bord schleichen wollten.

Sie liefen rasch, ohne zu rennen, auf das Schiff zu. Wycliff war vor allem damit beschäftigt, sich darüber zu ärgern, dass er ein Jüngelchen wie Knightly mitschleppen musste – seine Erwartungen an den Zeitungsmann waren nicht besonders hoch, und daran ließ er auch keinen Zweifel. Knightly beklagte sich jedoch nicht darüber, dass er sich die Stiefel beschmutzte, als er mit Leichtigkeit an Bord des Schiffes kletterte.

Vielleicht war er ja doch nicht so nutzlos, dachte Wycliff kurz. Dann brauchte er jedoch seine gesamte Konzentration, um die Lage an Bord zu sondieren: Eine Horde Seeleute lehnte sich über die Wanten des Schiffs und beobachtete Harlan und Mehitable, die sich gegenseitig Beleidigungen und Kopfnüsse an den Kopf warfen.

»Sie ist vermutlich in einem der Räume unter Deck«, murmelte Wycliff.

Knightly nickte, und flink stiegen sie die dunklen, schmalen und steilen Stufen in den Bauch des Schiffs hinunter. Wycliff ging voran; Knightly dicht hinter ihm. Das Schiff stöhnte und schwankte, und irgendwo konnten sie Stimmen hören. In diesem Teil des Schiffs waren sie also nicht allein. Wycliff lauschte angestrengt.

»Das ist eine unmögliche Aufgabe«, sagte Knightly atemlos, »herauszufinden, wo sich die anderen befinden.«

»Ich weiß«, antwortete Wycliff ärgerlich und ging weiter. Es war unmöglich, geschenkt. Aber für ihn war es genauso unmöglich, es nicht wenigstens zu versuchen. Er dachte an Eliza. An ihr Lachen. An das süße, etwas durchtriebene Grinsen, wenn sie besonders gute Laune hatte. An ihren schnellen Verstand und wie sie sich in seinen Armen anfühlte.

Nur um zu probieren, welche Wirkung es auf ihn hatte, dachte er wieder über »Der tätowierte Duke« und den Umstand nach, dass sie die Kolumne schrieb. Würde ihn der Gedanke wieder in Rage versetzen? Einen dumpfen Schmerz, ein leises Brennen verursachen? Wycliff entdeckte, dass er jetzt, so kurz vor dem Ziel, seine Liebste zu befreien, nicht einmal mehr lange genug an dem Gedanken festhalten konnte, um überhaupt irgendetwas zu fühlen. Er dachte einfach nur an sie und wollte sie in den Arm nehmen. Dieser Wunsch war schier überwältigend.

Die letzten Minuten waren ohne Ergebnis verstrichen. Sie hatten fast alle Räumlichkeiten unter Deck erkundet: das Lager, die Kombüse, Kammern, Kabinen und Gänge. Und nichts gefunden. Nun – genau genommen hatten sie sogar eine Menge gefunden, aber eben nicht Eliza.

»Da bist du ja, Schatz.« Die Stimme einer Frau durchschnitt die Stille. Die Männer blieben stehen und lauschten. Es war eine willkommene Abwechslung nach dem ganzen Schrecken der Suche.

»Hast du das Abendessen mitgebracht?«, fragte ein Mann und fügte dann hastig hinzu: »Schatz.«

Man konnte förmlich sehen, wie die Frau auf der anderen Seite der Wand die Stirn runzelte.

»Ich hoffe, du wirst nicht während der ganzen Überfahrt nach Amerika so ein Langweiler sein«, sagte sie. »Diese Quartiere sind nämlich für zwei schon zu eng. Das gilt erst recht, wenn einer von beiden einen Stock im Arsch hat.«

»Wir essen gerade, Maggie. Musst du so vulgär sein?«

»Warum hebst du so viel von deinem Abendessen auf? Hast du einen blinden Passagier an Bord gebracht oder was?«, fragte Maggie. Wycliffs Puls beschleunigte sich.

»Herr im Himmel, Maggie! Kümmer dich einfach um deinen eigenen Scheiß«, ging der Mann jetzt in die Luft.

Wycliff und Knightly wechselten einen Blick.

»Ich bin deine Frau. Deine Angelegenheiten kümmern mich genauso wie dich«, erwiderte die ominöse Maggie.

Wycliff hatte genug gehört. Er trat vor und klopfte an die Tür. Drinnen hörte er hektische Aktivität: Holz kratzte über Holz, Besteck klapperte auf Zinngeschirr, Flüche wurden gewispert, und die beiden in der Kabine redeten aufgeregt miteinander.

Die Tür ging auf, und Wycliff wusste sofort, dass er hier richtig war. Er erkannte den unrasierten Mann mit den zerwühlten Haaren und den harten, grausamen Augen. Sie hatten sich bisher nur einmal kurz in einer Gasse neben der Fleet Street getroffen, nachdem dieser Schurke Eliza mit dem Chloroform außer Gefecht gesetzt hatte. Seine Faust allerdings war mit dem Gesicht dieses Mannes sehr vertraut ... Wycliff fluchte stumm und trat einen Schritt vor. Dieser verfluchte Schuft war ihm schon einmal entkommen, aber das würde nicht noch einmal passieren. Nicht heute Abend.

Wycliff hoffte einfach, er würde ihn nicht sofort erkennen. Darum gab er den gelangweilten, überheblichen Aristokraten.

»Dies ist nicht zufällig das Schiff nach Boston, oder?«, erkundigte sich Wycliff und legte ein gewisses Timbre in seine Stimme.

»Nein, nach New York«, antwortete der Mann. *Gut zu wissen.*

»Ah, gut. Dann bin ich ja an Bord des richtigen Schiffs. Ich glaube jedenfalls, das hier ist meine Kabine«, sagte Wycliff.

»Ich bin sicher, das ist sie nicht«, erwiderte der Mann gedehnt.

»Der Kapitän hat mich hergeschickt. Die Stiege runter hat er gesagt. Dann die Türen zu meiner linken zählen. Ich suche nach der siebten. Ist das nicht die siebte?«

»Ich hab sie nicht gezählt.« Allmählich schien der Mann irritiert zu sein. Gut.

»Dann bleibt uns wohl nichts anderes übrig«, meinte Wycliff und wurde mit jeder Sekunde fröhlicher, während der andere immer weniger gute Laune verbreitete. »Lassen Sie uns doch mal schauen, ob die anderen Kabinen die richtigen sind.«

»Wir haben nur diese beiden Kammern«, sagte der Mann scharf. »Und die dürft Ihr nicht ansehen.«

Das war alles, was Wycliff hören musste, um zu wissen, welche Tür er öffnen musste. Als der Mann auf ihn zukam, um ihn daran zu hindern, trat Knightly aus dem Schatten und versperrte ihm den Weg.

»Was zum Teufel! Das ist meine …«

Wycliff stieß die Tür auf. Sie knallte gegen die Wand, und sein Herz setzte für einen Schlag aus, nur um im nächsten Moment umso heftiger wieder einzusetzen.

Kapitel 57

Die Enthüllung

Eliza hasste es, sich das einzugestehen, aber in Gefangenschaft zu sein, stellte sich vor allem als verdammt langweilig heraus.

Sie hatte die vergangene Nacht und den Tag in einem schäbigen, kleinen Hinterzimmer verbracht, ohne Fluchtmöglichkeit oder Zerstreuung irgendwelcher Art. Seit sie zum Schiff eskortiert worden war, war Eliza permanent in Alarmbereitschaft gewesen. Aber ihr waren unterwegs bei jedem Schritt Pistolen in den Rücken gedrückt worden, und sie war sich der Tatsache bewusst, dass diese Dinger schon bei der kleinsten Provokation losgehen konnten.

Das war jedenfalls nicht die Fluchtmöglichkeit, nach der sie Ausschau gehalten hatte. Sie waren bereits am Vorabend der Abfahrt an Bord des Schiffes gegangen, weil ihr die nächtliche Flucht so schwerer fiele, hatte Liam erklärt.

Liam … Eliza hätte ihm direkt vor die Füße gespuckt, wäre er jetzt im Raum gewesen.

Jetzt gesellte sich die Stimme einer Frau zu der Liams, hörte Eliza. Es handelte sich zweifellos um die Frau, die sie schon vorher kurz gesehen hatte, doch wer diese Frau genau war und in welchem Verhältnis sie zu Liam stand, konnte Eliza noch nicht genau sagen.

Sie hörte die beiden zu Abend essen. Mehr noch: Eliza konnte es sogar riechen. Gierig sog sie den Duft ein, und ihr Magen krampfte sich schmerzhaft zusammen bei der Vorstellung, etwas zu Essen vorgesetzt zu bekommen. Sie war nämlich schier am Verhungern. Die Hände waren immer noch gefesselt, und das ständige In-Alarmbereitschaft-Sein hatte Eliza sehr müde gemacht. Außerdem war ihr langweilig. Sie konnte genauso gut die Augen zumachen und ein bisschen schlafen …

Morgen Früh, wenn sie zur Bank gingen, konnte sie immer noch entkommen, tröstete Eliza sich.

Und dann sprang plötzlich die Tür auf und knallte mit einem lauten Schlag gegen die Wand.

Eliza sah Wycliff. Und glaubte, sie müsse träumen.

»Ihr könnt dort nicht reingehen«, rief Liam hitzig aus dem Flur. »Die Kammer gehört mir!«

»Ist das die Kabine für Ihre Mätresse?«, fragte Wycliff jetzt so laut, dass das Wort »Mätresse« durch das ganze Schiff zu hallen schien. Eliza war nicht sicher, was er damit bezweckte. Aber er war da, und sie vertraute ihm. Darum blieb sie still.

»Mätresse? Mätresse?!«, kreischte die andere Frau. »Ich bin seine Ehefrau! Nicht seine verdammte Mätresse. Warum zum Teufel glaubt Ihr …«

»Madame, mir will scheinen, Sie und Ihr Mann haben eine Menge zu besprechen. Er ist doch Ihr Ehemann, oder?«, fragte Wycliff.

Plötzlich war alle Langeweile verflogen, und Elizas Verstand arbeitete fieberhaft. Wenn Liam eine Frau hatte … *Was war sie dann für ihn?*

»Im Moment ist er das, mein Ehemann – ja«, antwortete die Frau. Ihre blonden Locken wippten aufgeregt. »Er könnte allerdings schon vor Ablauf dieser Nacht mein verstorbener Ehemann werden.« Niemand versuchte, ihr das auszureden. Sie schob sich an den Männern vorbei und betrat Elizas Kabine.

»Bitte vergeben Sie mir, wenn ich nicht den Anstand besitze aufzustehen; es könnte aber auch daran liegen, dass ich gerade ein bisschen gefesselt bin«, sagte Eliza gedehnt.

»Wer zum Teufel sind Sie denn?«, fragte die Frau und stützte die Hände in die Hüften. Sie war eine füllige Frau mit blasser Haut und dichten, blonden Locken.

»Ich bin Eliza Fielding. Und wer sind Sie?«, fragte Eliza höflich.

»Maggie Fielding.«

»Ich glaube wirklich nicht, dass wir dieses Gespräch unbedingt jetzt …«, setzte Liam an.

»Halt die Klappe, Liam.« Die Frauen – seine Ehefrauen – fauchten ihn gleichzeitig an, ohne ihn dabei auch nur eines Blickes zu würdigen.

»Wir können nicht beide mit demselben Mann verheiratet sein«, erklärte Eliza sachlich. Dann dachte sie nach. »Also, wir können das schon, aber dann droht wohl jemandem eine Anklage wegen Bigamie.«

»Nicht, wenn die zweite Ehe nie rechtskräftig war«, sagte Liam triumphierend.

Genau in diesem Moment trafen sich Elizas und Wycliffs Blicke. Sie spürte die Intensität seiner Augen bis tief in ihre Seele, und sofort keimte Hoffnung in ihr auf.

Weißt du, was das bedeutet?

Die Frage sprach keiner von ihnen aus, aber sie war da – in ihren Augen und in seinen. Es gab die Möglichkeit, dass …

Aber was zählte das schon. Hauptsache, er war hier!

Zusammen mit Knightly! Zwei komische Retter hatte sie da, dachte Eliza und kicherte leise. Sie wusste, dass ihre Augen vor Freude funkelten, obwohl sie noch gefesselt am Boden hockte. Wycliff war ihr zu Hilfe geeilt, und Liam war unter Umständen ein Bigamist. Was für wunderbare Neuigkeiten.

Elizas Herz schlug vor Aufregung doppelt so schnell. Jetzt hielt sie nichts mehr zurück. Keine dummen Formsachen jedenfalls. Sie konnten zusammen sein, wenn sie das wollten!

Wycliff schob Liam ungeduldig beiseite und drängte an der anderen Mrs. Fielding vorbei, um sich dann neben Eliza zu knien und ihre Fesseln zu lösen. Er machte das sehr behutsam, jedoch ohne dabei Zeit zu verlieren.

»Wie lange haben sie dich schon so gefangen gehalten?«, fragte er leise.

»Seit direkt nach dem Ball«, antwortete sie. »Seit deiner Verlobung.«

Er fluchte heftig. Dann küsste er ihre Handgelenke und flüsterte: »Es tut mir leid, dass ich dich nicht eher gefunden habe. Und gleich vorweg: Es gibt keine Verlobung.«

Eliza lächelte. Wycliff strahlte und hielt ihr die Hand hin, um ihr beim Aufstehen behilflich zu sein. Danach ließ er sie nicht mehr los.

»Was macht Ihr da? Was glaubt Ihr eigentlich, wer Ihr seid?«, unterbrach Liam die beiden und versuchte, Elizas Befreiung gewaltsam zu verhindern.

Knightly stieß ihn kurzerhand zurück.

Irgendwie spürte Eliza trotz dieser schrecklich unangenehmen Situation vor allem eines: Liebe. Liebe und unbändige Freude. Sie schlang die Arme um Wycliff, und er zog sie an sich.

»Mr. Fielding, richtig?«, fragte Wycliff beiläufig und presste Eliza noch ein wenig fester an sich. »Es sieht so aus, als hätten wir Sie gerade der Entführung und der Bigamie überführt, ganz abgesehen von anderen Verbrechen, die Sie vielleicht verübt haben und die Sie jetzt zwingen, nach Amerika zu fliehen.«

»Entführung? Bigamie?«, echote Maggie laut.

Liam zuckte beim Klang ihrer Stimme merklich zusammen.

»Seid nicht albern«, antwortete er mit der ruhigen Stimme eines geübten Lügners. »Es ist nicht das, wonach es aussieht.«

Wycliff wandte sich an Maggie. »Seit wann sind Sie verheiratet mit diesem ...«

»Verlogenen Schuft?«, fragte Maggie und verwendete damit exakt das Wort, das Eliza bereits für ihn gefunden hatte. »Wartet ... Es war der Sommer nach dem großen Sturm und sechs Monate nach der Hochzeit meiner Schwester. Du warst damals mit der Theatergruppe in der Stadt. Ich würde mal sagen, das muss 1816 gewesen sein?«

»Und unsere war 1818«, sagte Eliza. »Ich kann mich noch sehr gut daran erinnern.«

»Achtzehn achtzehn ... Das war der Sommer, in dem ich mit Fieber zu Hause geblieben bin«, erinnerte sich Maggie. »Ich war zu krank zum Reisen.«

»Wir sind durchgebrannt«, berichtete Eliza. »Ich war gerade erst achtzehn geworden. Und er hat mir einen Strauß Wildblumen gepflückt.« Sie war damals geradezu schwindelig vor Dummheit gewesen – wie man eben war, wenn die erste heftige Verliebtheit zuschlug. Liam war so gutaussehend gewesen und ein so netter Kerl! Sie hatte sich vorgestellt, mit ihm, dem Star des Ensembles, ständig auf Reisen quer durchs Land zu sein. Was für dumme Träume …

»Ich habe unterschrieben. In der Kirche und vor Gott«, sagte Maggie. »Das hast du auch getan, Liam Fielding. Und so, wie sich das jetzt anhört, hast du nur ein Jahr nach unserer Hochzeit schon wieder eine andere Frau geheiratet. Sag mal, du Schuft, da gab es doch noch den Sommer, in dem ich zuhause blieb, um meine Schwester während ihrer Schwangerschaft zu betreuen. Hast du dir damals auch eine andere Frau genommen?«

»Auch wenn mich dieser eheliche Disput wirklich fasziniert«, knurrte Wycliff, »gibt es für mich noch einen Punkt, den ich gerne bestätigt haben möchte.«

»Wir sind doch vor dem Gesetz nicht verheiratet, Liam. Oder?«, fragte Eliza. Sie versuchte, nicht zu hoffnungsvoll zu klingen. Zu erfreut.

»Nein. Tut mir leid«, sagte dieser und zuckte mit den Schultern. »Aber das heißt nicht, dass ich dich einfach so ziehen lasse. Nicht, solange zehntausend Pfund auf dem Spiel stehen.«

»Habt ihr das gehört?«, unterbrach Knightly die Diskussion.

Sie verstummten. Irgendwo in der Ferne war ein Donnern zu hören, das immer lauter wurde. Schüsse. Und dann das unmissverständliche Knallen von zerbrechenden Glasscheiben.

»Das klingt, als würde der Mob sich gerade Zutritt zum Schiff verschaffen. Was unsere Flucht von Bord um einiges komplizierter macht«, sagte Wycliff und zog Eliza noch enger an sich.

»Dieses Schiff transportiert nicht nur Passagiere«, begann Knightly belehrend. »Sondern auch eine nicht geringe Menge Schießpulver. Was ihr übrigens alle wüsstet, wenn ihr die Zeitung lesen würdet. Daher schlage ich vor, dass wir versuchen, schleunigst zu verschwinden.«

Kapitel 58

Im Schlafgemach des Dukes

Eliza schloss ihre Augen und sank mit einem zufriedenen Seufzen tiefer in die Wanne. Sie wusste, wie viel Kraft es brauchte, um die Eimer mit heißem Wasser von den Küchen bis ins Schlafgemach des Dukes im Obergeschoss zu schleppen, und – Herr im Himmel – was war sie dankbar, sich nach den dramatischen Ereignissen des Abends einfach nur entspannen zu dürfen.

Harlans und Mehitables Bemühungen, für Ablenkung zu sorgen, waren etwas zu erfolgreich gewesen: Die Schlägerei auf dem Pier hatte sich rasch zu einem gewalttätigen Pöbel entwickelt. Knightly, Wycliff und sie hatten es irgendwie geschafft, sich heimlich von Bord zu schleichen, das von einer heftigen Explosion erschüttert wurde, sobald sie wieder auf dem Dock standen. Sie hatten es geschafft zu fliehen, während das Feuer von einem Schiff auf das nächste übersprang. Die Bow Street Runners kamen kurz darauf mit dem Duke of Brandon zu Hilfe und stellten die Ordnung wieder her. Festnahmen wurden vorgenommen. Unter anderem wurde Liam Fielding, Dieb, Entführer und Bigamist, in Arrest genommen. Das Feuer brachte man wieder unter Kontrolle.

Während alledem ließ Wycliff – Sebastian – ihre Hand nicht für eine Sekunde los.

Jetzt öffnete Eliza die Augen, weil sie hörte, wie eine Tür aufging. Flammen flackerten in der offenen Feuerstelle. Kerzen bewegten sich träge in der sanften Brise, die durch die undichten Fenster hereinpfiff.

»Hallo«, sagte er leise und lehnte in der Tür. Mit einem langen, heißen Blick betrachtete er sie. Eliza rutschte in der Wanne nach unten, bis das Wasser alles von ihr bis zu den nackten Schultern bedeckte.

Er schloss die Tür hinter sich und kam zu ihr, um sich neben die Wanne zu knien.

»Wycliff, ich …«

Er drückte einen Finger auf ihre Lippen, um die hundert Erklärungen und tausend Entschuldigungen nicht hören zu müssen.

»Deine Storys sind deine Abenteuer, das weiß ich. Und jetzt schließ die Augen«, sagte Wycliff lapidar. Sanft drückte er ihren Kopf in den Nacken, goss Wasser über ihr Haar und seifte sie ein.

Eliza hielt die Augen geschlossen und musste ihre Tränen zurückhalten. War das die erhoffte Vergebung?

»Es ist schon in Ordnung«, fuhr er fort. »Ich könnte niemals mit einer langweiligen Frau zusammen sein, die zuhause bleibt, während ich die Welt entdecke. Eine Frau sollte immer an der Seite ihres Mannes sein.«

Eliza öffnete die Augen und drehte den Kopf, um ihn durch den von der Wanne aufsteigenden Wasserdampf anzusehen.

»Ich dachte, ich hätte dir befohlen, die Augen geschlossen zu halten«, sagte der Duke mit gespieltem Ernst. Sie murmelte etwas darüber, wie anmaßend und herrschaftlich sein Verhalten sei, und er murmelte etwas, das sich frappierend nach »impertinentes Weib« anhörte.

Lächelnd schloss Eliza wieder die Augen. Wycliff ließ mehr warmes Wasser über ihre Haare fließen, um die Seife auszuwaschen. *An diese Form der Aufmerksamkeit könnte ich mich direkt gewöhnen*, dachte Eliza wohlig und erschrak sofort über sich.

Durfte sie es wagen?

»Es tut mir leid, Wycliff.«

»Mir nicht«, entgegnete dieser spontan. Eliza hielt die Luft an, als er fortfuhr: »Jetzt nicht mehr, in keiner Beziehung. Wie hätte ich dich denn finden sollen, wenn du nicht direkt vor meiner Nase aufgetaucht wärst?« Mit diesen Worten setzte er einen Kuss auf ihre Nase.

Sie öffnete die Lippen und erwartete seinen Kuss.

»Fast hätte ich dich verloren ...«

»Wegen meiner eigenen Dummheit«, wisperte Eliza und ließ sich tiefer ins Wasser gleiten. Eins musste sie sich unbedingt merken: Sie durfte auf keinen Fall – nie wieder – allein mitten in der Nacht in London auf die Straße stürmen.

»Nein, ich wollte sagen, dass ich dich fast verloren habe, weil ich nicht gesehen habe, wie du für mich deinen Traum aufgegeben hast. Ich weiß, du musstest deine Stellung als Schreibfräulein für die *London Weekly* aufgeben, um das Geld von Alvanley zu bekommen. Und das Geld war für mich bestimmt. Damit ich dich verlassen konnte.«

»Es klingt jedenfalls sehr nobel, wenn du es so ausdrückst.«

»Nobel. Lästig. Wunderbar«, bemerkte Wycliff und küsste sie.

»Und nicht verheiratet«, fügte Eliza hinzu und atmete befreit durch. Es war so ein herrliches Gefühl, frei zu sein und nicht mehr von Geheimnissen und ihrer Vergangenheit gequält zu werden. Sie konnte einfach sie selbst sein.

»Für den Moment wenigstens«, meinte Wycliff und lächelte schelmisch.

Sie schaute ihn fragend an. Ihr Herzschlag beschleunigte sich.

Aber dann verstand er es, sie auf eine sehr wilde, für einen Wycliff typische Art abzulenken. Er grinste verwegen, nahm das Stück Seife zur Hand und begann, es aufzuschäumen, um direkt im Anschluss mit seidigen, weichen und seifigen Händen zuerst ihre Schultern einzuseifen und dann tiefer zu ihren Brüsten zu wandern.

Eliza keuchte auf, als ihre Nippel unter seiner Berührung spitz wurden. Sie drückte das Kreuz durch, während seine Hände tiefer in das warme Wasser abtauchten. Fachmännisch fanden seine Finger jenes Dreieck zwischen ihren Beinen und begannen, sie genau dort zu streicheln – erst nur ganz sanft und zärtlich, dann mit zunehmender Intensität, die immer perfekt zu dem Druck passte, der sich langsam in ihrem Inneren aufbaute.

Von dem heißen Wasser, dem Dampf und seiner Berührung wurde Eliza ziemlich schwindelig. Jede neue Berührung seiner Finger brachte sie der Schwelle näher. Jetzt legte sich Wycliffs Mund auf ihren, und dann ließ sie sich vollends gehen und gab sich der wachsenden Anspannung hin, bis diese sich in einem Schrei der Lust entlud.

Wycliff beobachtete Eliza, wie sie verschwenderisch in der Badewanne ausgestreckt lag. Ihre Wangen waren von einem zarten Hauch überzogen, die Lippen von seinem Kuss gerötet und geschwollen, ihre Augen von einem tiefen Blau, das in dem gedämpften Kerzenlicht beinahe schwarz wirkte. Er hätte sie beinahe verloren. Dieser Fehler würde ihm kein zweites Mal passieren.

Er reichte ihr die Hand und half ihr aufzustehen. Wie Aphrodite aus dem Meer stieg sie aus der Wanne, und der Umstand, dass sie *real* und seine Eliza war – mutig, intelligent und unglaublich unabhängig – machte sie nur noch schöner. Er wollte nicht, dass sie diese Unabhängigkeit für ihn aufgab, aber genauso wenig wollte er sie verlieren.

Die Worte brannten ihm auf der Zunge. *Willst du …* Aber ihre Schönheit machte ihn sprachlos. Nach all den Sonnenaufgängen und -untergängen, die er beobachtet hatte, nach all den außergewöhnlichen Naturspektakeln und atemberaubenden Aussichten, deren Zeuge er auf seinen Reisen geworden war, ließ sich nichts mit Eliza vergleichen.

Stumm sank er vor ihr auf ein Knie.

»Wycliff?«, sagte sie leise und hob fragend eine Augenbraue. Sie schaute sich suchend nach einem Handtuch um und blickte dann wieder ihn an, wie er vor ihr kniete. Kleine Wasserbäche flossen über ihre blasse, makellose Haut. In diesem Moment war er allein auf die Wassertropfen eifersüchtig.

»Willst du mich heiraten, Eliza?«

Sie öffnete überrascht den Mund, doch kein Laut kam über ihre Lippen. Wycliff holte tief Luft und sprach rasch weiter. Denn es gab einiges, das er ihr jetzt sagen musste.

»Ich weiß, vermutlich gehört es sich nicht, um die Hand einer nackten Frau anzuhalten, und wenn ich überhaupt auch nur ansatzweise ein Gentleman wäre, würde ich warten, bis du dir etwas Ordentliches angezogen hast und jemand dir zur Seite steht und ich die Erlaubnis deines Vaters eingeholt habe. Aber ich kann nicht länger auf dich warten, meine Liebste. Überall auf der Welt war ich nun schon unterwegs und habe dich gesucht … und dabei warst du, meine Seelenpartnerin, die ganze Zeit über hier. In Verkleidung. Jetzt sehe ich dich aber. Du bist die abenteuerlustigste, leichtsinnigste, atemlos machende Liebende. Und die wunderbarste schreibende Frau der Welt. Ich habe mich in dich verliebt, Eliza. Ich will gemeinsam mit dir Abenteuer erleben. Ich möchte dich nie wieder hergeben. Nicht einmal für eine Stunde. Also sag mir bitte: Willst du meine Frau werden?«

In ihren Augen standen Tränen, und das »Ja« brannte ihr auf den hübschen, roten Lippen.

Seine Lippen fanden ihre, und sie schloss die Augen. Ein Kuss, berauschend und voller Verlangen. Eliza war sich nur allzu schmerzlich der Tatsache bewusst, wie knapp sie fast für immer aus seinem Leben verschwunden wäre, und sie griff nach ihm, legte die nackten Arme um seinen Körper und bog den Rücken leicht durch, um sich noch enger an ihn zu schmiegen. Dabei spürte sie sein Lächeln.

Der Duke zog sie einfach an seinen festen Unterleib und schlang seine starken, tätowierten Arme um sie. Eine Sekunde lang musste Eliza den Kuss unterbrechen, um die pechschwarzen Tätowierungen auf der sonnengebräunten Haut zu betrachten, die sich dunkel von ihrer eigenen blassen Haut abhoben. Jeder glaubte, über die Tätowierungen des Dukes Bescheid zu wissen. Aber niemand war mit ihnen so vertraut wie sie. Und niemand würde ihm zukünftig so nahe kommen.

»Küss mich. Bitte«, flüsterte sie erregt.

Sein Wunsch war ihr Befehl. Auf sein Drängen hin öffnete sie sich ihm. Ihre Zungen umspielten einander, sie schmeckte ihn; er schmeckte sie. Es war herrlich. Vor allem aber gab es jetzt keinen Grund mehr, aufzuhören. Und darum taten sie es auch nicht.

Die Zeit verlor jegliche Bedeutung.

»Ich wollte dich vom ersten Augenblick an. Seitdem ich dich zum ersten Mal gesehen habe«, wisperte sie.

»Hmmm«, murmelte er. »Und ich erinnere mich dunkel daran, wie ich damals zuerst deinen Hintern anstarrte.« Wie um seinen Standpunkt zu unterstreichen, packte Wycliff Elizas nackten Hintern mit beiden Händen. Sie lachte leise und voller Lust auf, und dann schnappte sie nach Luft, weil er sich auf sie rollte. Das Gefühl seines Körpers auf ihrem war herrlich, aber das war nichts verglichen mit seiner Erregung, die hart und heiß gegen das Dreieck zwischen ihren Schenkeln drückte. Sie öffnete die Beine für ihn. Es war eine instinktive Handlung, die auf sein instinktives Verlangen reagierte, das ihn schier überwältigte. Er wollte in ihr sein, sich heiß und hart und tief in sie hineintreiben.

Genauso instinktiv kam Eliza das »Bitte« über die Lippen, bei dem sie sich im nächsten Augenblick ertappte.

»Du wirst wohl noch warten müssen, Miss S. F. Meadows«, murmelte er. »Jetzt bin ich mal dran, dich zu quälen.«

»Küss mich einfach weiter wie bisher«, flüsterte sie.

»Oh, das werde ich …« In der Dunkelheit konnte sie sein verruchtes Grinsen aufblitzen sehen. Hitze sammelte sich in ihrem Unterleib. Sie hatte keine Ahnung, was er mit ihr vorhatte. Aber wenn dieses herrlich sündhafte Funkeln in seinen Augen ein Hinweis war …

Er stützte sich über ihr auf die Ellbogen. Und wie sie ihn so betrachtete, von unten, dachte Eliza an ihre eigenen Worte – dass er aussah wie ein heidnischer Krieger – und errötete gegen ihren Willen. Aber das war nichts gegen die Gedanken, die sie jetzt hegte. Für sie war er ein wilder Gott der Verführung. Sie wusste ganz genau, wie gering ihre Chancen waren, aus dieser Begegnung unversehrt hervorzugehen. Andererseits wollte sie das aber auch gar nicht.

Der Duke gehörte ihr. Und sie wollte ihm Lust bereiten. Dieser Wunsch wiederum ängstigte und erregte sie gleichermaßen.

Wycliff setzte einen weiteren sanften Kuss auf ihre Lippen und blickte zärtlich auf sie herunter.

Seine Brust war breit, muskulös und stark. Sie fuhr mit beiden Händen über seine Tätowierungen. Seine Haut fühlte sich unter ihren Fingern heiß an. Als ihre Hände sanft über seine Brustwarzen strichen, schnappte er nach Luft und schloss die Augen. Sie machte es ein zweites Mal; er stöhnte. Und erneut, woraufhin er sagte: »Dafür lasse ich dich bezahlen.«

Er umschloss ihre Brust mit der Hand. Das allein genügte, um Eliza ein Seufzen zu entlocken. Sein Mund umschloss die Spitze ihrer Brust und brachte sie dazu, lustvoll aufzustöhnen. Als seine Zunge über ihren empfindlichen Nippel schnellte, krallte sie sich in das Laken. Diese Qual wiederholte er Gott sei Dank auf der anderen Seite. Himmel, sie hatte ja bisher keine Ahnung gehabt, was Lust bedeutete.

»Mehr«, keuchte Eliza. Woher kam nur diese Lüsternheit? Er gab ihr mehr.

Und dann noch mehr ... ja, mehr sogar als sie sich je hätte vorstellen können. Tatsächlich war ihr nie in den Sinn gekommen, dass es solche Lust geben könnte. Aber da es jetzt geschah ... Eliza klammerte sich verzweifelt und verschwitzt mit aller Macht in die Laken.

Der Duke küsste sie dicht unterhalb ihrer Brüste. Wie empfindlich ihre Haut dort war.

Dann küsste der Duke die blasse Haut ihres Bauchs. Sie seufzte.

Der Duke drückte seine Lippen auf die Stelle, wo ihre Schenkel auf ihren Bauch trafen, und dann küsste er auch die Innenseite ihrer Schenkel. Eliza schnappte verzweifelt nach Luft und riss die Augen auf. Im Licht der Kerzen sah sie seine langen, dunklen Haare zwischen ihren Beinen. Spürte, wie es weich die Innenseite ihrer Schenkel streifte. Erschrocken sank sie in die Kissen. Sie war entsetzt.

Und voller Lust.

Und wiederum entsetzt.

Dann küsste der Duke sie genau da, an dieser ganz besonders intimen Stelle, und genau in diesem Moment gab sie nach. Ließ sich fallen. Eliza konnte nicht anders – sie schnappte nach Luft und stöhnte im nächsten Moment auf, weil seine Zunge über eine besonders empfindliche Stelle leckte. Dann machte er dasselbe noch mal, und sie stöhnte, und wieder und immer wieder …

Sie fuhr mit den Fingern ihrer Rechten durch seine langen Haare, weil sie sich an irgendetwas festhalten musste. Mit der anderen Hand packte sie fest die Bettlaken. Er liebte sie mit dem Mund auf diese überaus verruchte, wunderschöne Art.

In ihr nahm dieser herrliche Druck langsam an Kraft zu. Vage hörte sie ihren Atem, der hohl und keuchend ging. Dann war da nur noch dieser wachsende Druck. Sie wollte ihm sagen, er solle aufhören zu wachsen, weil sie nicht mehr davon ertrug, aber sie konnte weder sprechen noch sich bewegen oder irgendetwas anderes tun außer sich zurücklehnen und jede einzelne Sekunde genießen.

Als Eliza es nicht länger ertrug, als sie nicht einmal mehr protestieren konnte, als ihr keine andere Wahl blieb als sich ihm vollkommen auszuliefern, tat sie genau das. Die Wellen der Lust schlugen über ihr zusammen und durchliefen ihren Körper. Sie schrie, immer und immer und immer wieder.

Wycliff brach neben Eliza zusammen. Seine Geliebte, seine Verlobte. Ihr Mund war leicht geöffnet, und eine sanfte Röte breitete sich von ihren Wangen bis hinab zu den Brüsten und ihrem Bauch aus ... Er war verdammt stolz darauf, dass es ihm gelungen war, ihr dieses wunderbare Gefühl zu schenken. Sein Schwanz pochte und war steinhart vor Verlangen.

Jetzt legte sie die Arme um ihn und zog ihn an sich, um ihn zu küssen. Als er sich gehorsam auf sie rollte, drückte und drängte sein Schwanz gegen die Stelle, wo bis vor wenigen Sekunden noch sein Mund gewesen war. Er musste jetzt in ihr sein – er brauchte das mehr als alles andere. Er wurde fast verrückt vor Lust.

Sie öffnete für ihn die Beine. Er stöhnte.

Ihre Hüften hoben sich ihm verführerisch entgegen, und Wycliff musste sich auf die Lippen beißen, während ihre kleinen Hände seinen Rücken streichelten. Sein Schwanz drängte sich gegen sie, und er flüsterte ihren Namen, »Eliza«, als er in sie eindrang. Zunächst ganz langsam. Doch als sie ihre kleinen Hände auf sein Kreuz drückte, konnte er sich nicht länger zurückhalten. Mit einem langen, harten Stoß war er in ihr.

Eliza, seine Liebste, keuchte unter ihm. Sie wand sich und stöhnte. Er starb beinahe, so schön war diese alles vernichtende Lust. Aber dann starb er auch wieder nicht. Er konnte nicht, weil er die ganze Nacht brauchen würde, um diese eine Frau so zu lieben, wie sie es verdiente, von Sonnenuntergang bis Sonnenaufgang. Und er hatte doch gerade erst begonnen. Also bewegte er sich, langsam und selbstsicher. Und genoss dieses hitzige, herrliche Gefühl, in ihr zu sein. Rein und raus, wieder und wieder und wieder und wieder …

Eliza schlang die Arme um ihn. Und dann auch noch ihre Beine, bei Gott! Ihre lustvollen Seufzer und ihr geiles Stöhnen waren fast so berauschend wie das Gefühl, endlich in ihr sein zu dürfen. Wycliff hatte sich diesen Augenblick vorgestellt. Ausgiebig vorgestellt. Die Realität aber war noch viel besser, und zwar um Längen.

Sein Höhepunkt kam heftig und schnell und ließ ihn aufschreien. Vielleicht rief er sogar Gott an oder eine Gottheit oder ein heidnisches Götzenbild. Vielleicht rief er sogar nach dem Teufel. In diesem einen Moment wusste er aber, was wahre Liebe und eine alles verzehrende Lust war. Und dann brach er neben Eliza zusammen. Seiner Frau. Er zog sie an sich. Niemals würde er sie wieder loslassen.

»Ich liebe dich«, keuchte er.

»Ich liebe dich«, flüsterte sie.

Es war das letzte, was er in jener Nacht zu ihr sagte. Und es waren seine ersten Worte am Morgen. Von jetzt an jede Nacht und jeden Morgen.

Geheimnisse der Gesellschaft
von einer Lady mit Klasse

Die triumphale Rückkehr des tätowierten Dukes

Endlich ist der berühmte tätowierte Duke – im Triumph – zurückgekehrt von seiner Expedition nach Timbuktu. Der Duke of Wycliff, Seine Gnaden Sebastian Digby, war der erste Europäer, der diesen mysteriösen Ort bereiste und wieder zurückkehrte.

Er war nicht ohne Konkurrenz: der langjährige Rivale des Dukes, Monroe Burke, war ihm ein würdiger Gegner. Nachdem Burke sein voll beladenes Schiff bei einem Aufruhr im Hafen verloren hatte, bei dem es zu Explosionen und sogar zu einem Brand gekommen war, lieferten sich die beiden ein äußerst packendes Rennen nach Timbuktu.

Aber das liegt inzwischen zwei Jahre zurück und ist eine alte Nachricht, wie Sie mir zustimmen werden.

Also gebühren unsere Glückwünsche den beiden Gentlemen (jawohl, sie sind Gentlemen, egal wie wild und verrufen sie auf den ersten Blick auch wirken mögen), denn ich weiß aus gut unterrichteter Quelle, dass diese beiden mutigen Entdecker ihre Rivalität beilegten, um diese sagenhafte Stadt Seite an Seite zu betreten. Das Rennen, liebe Leser, resultierte also in einem »Unentschieden« und brachte die sichere Rückkehr beider Abenteurer mit sich. Meinen Glückwunsch all jenen, die eine entsprechende Wette abgegeben haben!

Und sollten Sie sich fragen, was mit der Duchess of Wycliff geschehen ist, so lautet die Antwort: Die unerschrockene Heldin hat ihren Ehemann bei jedem Schritt seiner Reise begleitet, in Korsett und Rock bis zu den Stiefeln. (Ob sie in der Wildnis Afrikas den britischen Dresscode aufrechterhielt, müssten wir sie allerdings gesondert fragen …) Haben wir etwas anderes als ein Abenteuer historischen Ausmaßes von einem der Schreibenden Fräulein von der London Weekly erwartet? Ihre exklusiven Berichte von dieser aufregenden, gefährlichen und beinahe katastrophalen Reise, die in einem absolu-

ten Triumph gipfelte, werden schon bald auf diesen Seiten erscheinen.

Wenn das nicht reicht, um Ihre Neugier zu befriedigen, liebes London, sollten Sie schon bald einen Besuch im British Museum in Erwägung ziehen, wo der Wilde Duke of Wycliff alle nur denkbaren Schätze seiner Reisen ausstellen wird, die immerhin von Tahiti bis Timbuktu reichten und ihn die halbe Welt erkunden ließen. Mir wurde berichtet, diese wunderschönen Exponate seien nie zuvor in England ausgestellt worden und dass die Ausstellung seit Jahren vorbereitet würde. Euer Gnaden hat sie stets unter Verschluss in seiner Residenz am Berkeley Square gehalten (zum großen Ärger seiner Ehefrau, die es – genau wie die Verfasserin dieser Zeilen – unerträglich findet, eine Tür verschlossen oder ein Geheimnis verhüllt zu belassen.)

Nun aber zum wirklich delikaten Teil meiner Geschichte. Die Verfasserin dieser Zeilen kann aus gut unterrichteter Quelle berichten, dass der Duke und die Duchess sich nun in ihrer Residenz am Berkeley Square häuslich einrichten, um sich auf ihr nächstes großes Abenteuer vorzubereiten: ihre eigene Familie.

Danksagung

Die Autorin ist Sarah Tormey zu Dank verpflichtet für die ständige Ermutigung und das Feedback; ein großes Dankeschön geht außerdem an Denise für einen inspirierenden und produktiven Schreiburlaub auf Barbados. Ich danke meiner talentierten Lektorin Tessa, die mir half, dieses Buch auf eine ganz neue Ebene zu heben. Meiner Momma, die mich immer ermutigte, das zu tun, was ich liebe. Und ich danke Toni und Penny, einfach weil es ist, wie es ist.

Vor allem wäre dieses Buch nicht ohne die erstaunliche Fürsorge von allen Mitarbeitern bei Hands on Healing möglich gewesen. Ich hatte schreckliche Schmerzen und konnte kaum tippen, als ich mit diesem Buch begann, und jetzt schreibe ich »Danke«. Schmerzfrei. Wirklich und ehrlich – ich kann euch gar nicht genug danken.

»Eine absolut bezaubernde Lektüre!«

Romance Reviews Today

448 Seiten. ISBN 978-3-442-37861-6

Die Hochzeit des Duke of Hamilton steht kurz bevor, und als Gesellschaftsreporterin darf Miss Sophie Harlow bei dem glanzvollsten Ereignis der Saison natürlich nicht fehlen. Dass sie sich dabei in den Bräutigam verliebt, war nicht geplant. Allerdings ist sie nicht die Einzige, die ihren verbotenen glühenden Kuss nicht vergessen kann. Aber wird der perfekte Duke den Skandal der Saison riskieren, um die Frau seines Herzens zu gewinnen?

Lesen Sie mehr unter: **www.blanvalet.de**